Oscar bestsellers

di Danila Comastri Montanari

nella collezione Oscar

Cave canem
Cui prodest?
Morituri te salutant
Parce sepulto
Tabula rasa

nella collezione Omnibus

Terrore

DANILA COMASTRI MONTANARI

CUI PRODEST?

OSCAR MONDADORI

I edizione Oscar bestsellers maggio 2013

ISBN 978-88-04-63026-5

Questo volume è stato stampato
presso ELCOGRAF S.p.A.
Stabilimento - Cles (TN)
Stampato in Italia. Printed in Italy

Cui prodest?

Dolce frutto del bastare a se stessi è la libertà.
EPICURO

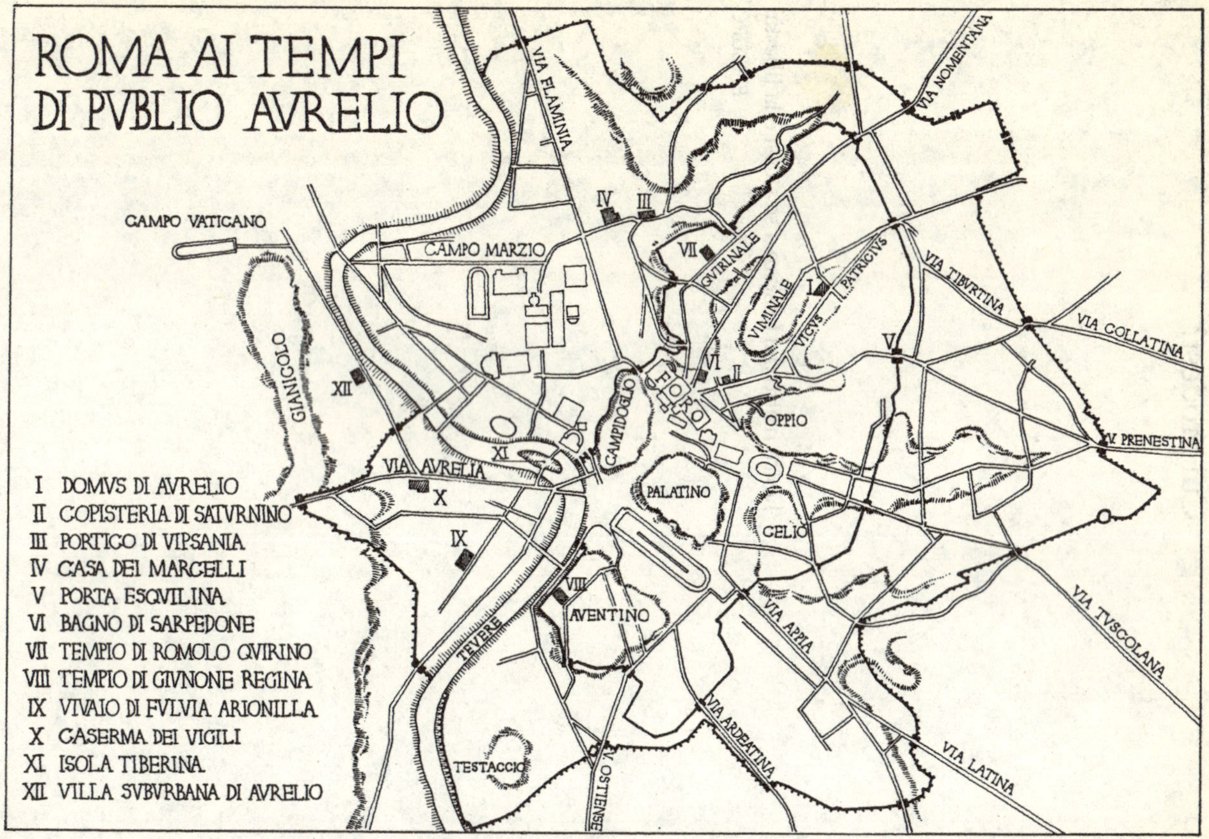
ROMA AI TEMPI
DI PVBLIO AVRELIO
CAMPO VATICANO
GIANICOLO
CAMPO MARZIO
VIA FLAMINIA
VIA NOMENTANA
VIA TIBVRTINA
VIA COLLATINA
V. PRENESTINA
VIA TVSCOLANA
VIA LATINA
VIA APPIA
VIA ARDEATINA
V. OSTIENSE
VIA AVRELIA
TEVERE
TESTACCIO
QVIRINALE
VIMINALE
VICVS PATRICIVS
OPPIO
FORO
CAMPIDOGLIO
PALATINO
CELIO
AVENTINO
I DOMVS DI AVRELIO
II COPISTERIA DI SATVRNINO
III PORTICO DI VIPSANIA
IV CASA DEI MARCELLI
V PORTA ESQVILINA
VI BAGNO DI SARPEDONE
VII TEMPIO DI ROMOLO QVIRINO
VIII TEMPIO DI GIVNONE REGINA
IX VIVAIO DI FVLVIA ARIONILLA
X CASERMA DEI VIGILI
XI ISOLA TIBERINA
XII VILLA SVBVRBANA DI AVRELIO

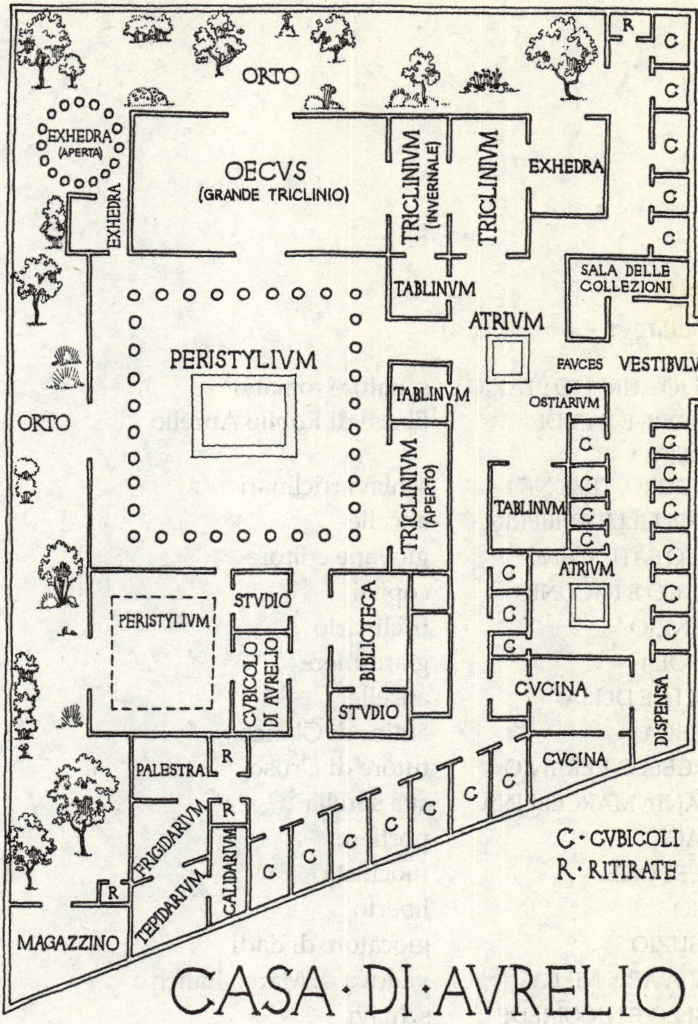

CASA · DI · AVRELIO

Personaggi

PUBLIO AURELIO STAZIO	senatore romano
CASTORE E PARIDE	liberti di Publio Aurelio
MODESTO, POLIDORO, TIMONE	schiavi triclinari
NEFER, FILLIDE, IBERINA	ancelle
DRUSO SATURNINO	giovane editore
GLAUCO E PACONIO	copisti
TERENZIO	triclinario
SCAPOLA	giardiniere
TUCCIA E DELIA	ancelle
DOMIZIA	amica di Glauco
MARCELLO VERANIO	tutore di Druso
VERANIA MARCELLINA	sua sorella
ARSACE	portiere
SARPEDONE	fuochista
NERIO	liberto
COSSUZIO	giocatore di dadi
FULVIA ARIONILLA	vedova di Marco Italico
PUPILLO E NICOMEDE	schiavi
CALVISIO	mercante di schiavi
SETTIMIO	fabbricante di scarpe
FEDRO	poeta
GIULIO CANO	campione di *latrunculi*
ZOE	prostituta
MUMMIO VERO	vigile notturno

I

Roma, anno 799 ab Urbe condita (anno 46 dopo Cristo, inverno)
Quarto giorno prima delle Idi di gennaio

Un lungo applauso segnò la fine dell'interminabile seduta e i trecento padri coscritti si riversarono in fretta sui gradini della Curia, come uccelli bianchi e rossi all'assalto del becchime.

Publio Aurelio Stazio era di pessimo umore. A Roma faceva molto freddo, quell'inverno, e quattro ore di immobilità sulle austere panche di marmo del Senato lo avevano ridotto a un pezzo di ghiaccio. La veste di rappresentanza – tunica col laticlavio e toga drappeggiata sul braccio scoperto – offriva un ben magro riparo ai morsi del gelo; gli inverni dovevano essere più miti nei secoli addietro, quando Catone il Censore tacciava di molli costumi chiunque rifiutasse di andar nudo sotto la toga, considerò il patrizio, rabbrividendo.

Giunto all'aperto, un soffio di aria umida lo investì in pieno, e bastò una rapida occhiata ai nuvoloni neri dietro al tetto dorato del Tempio Capitolino per convincerlo ad allungare il passo verso i lettighieri nubiani che lo aspettavano al Foro di Augusto. Il senatore, dunque, si precipitò nella portantina chiusa e si rincantucciò sotto le coperte: non appena a casa, avrebbe fatto un bagno bollente, sempre che quei fannulloni dei suoi servi si fossero ricordati di accendere la caldaia dell'ipocausto.

«Largo alla lettiga di Publio Aurelio Stazio!» gridavano a squarciagola gli schiavi annunciatori, cercando di farsi largo tra il traffico.

In breve l'elegante portantina uscì dal caos del centro e cominciò ad arrampicarsi per il Vicus Patricius, fino alla vetta del Viminale, dove sorgeva la grande *domus* degli Aurelii.

«Benvenuto, padrone!» lo salutò l'*ostiarius*. Aurelio ne fu oltremodo stupito: di solito Fabello dormiva della grossa nella sua guardiola di portiere, senza minimamente curarsi di controllare chi andasse e venisse.

C'era qualcos'altro di strano in casa quel giorno, notò il senatore, un silenzio del tutto innaturale, una calma foriera di guai. Niente rumori sgradevoli, schiamazzi di servi ubriachi o querimonie di ancelle; non si sentivano neppure gli acuti di Azel, l'effeminato tonsore siro-fenicio che scorticava le barbe accompagnandosi col canto per coprire le urla delle sue vittime consenzienti.

Due ancelle sorridenti andarono incontro al padrone per levargli il mantello: «Ave, *domine*!».

«Bentornato!» lo accolse Castore, sprofondando in un inchino riverente.

Aurelio lo studiò sospettoso: decisamente qualcosa non andava nel verso giusto, se persino il suo indisciplinato segretario greco si mostrava tanto deferente. Bofonchiando un rapido *Ave*, si diresse nella sua stanza sul peristilio interno.

Non fece in tempo a entrare che due cubicolari vennero a togliergli gli scomodi *calcei* con la lunetta curiale e una schiava sollecita provvide a stropicciargli i cuscini dello scranno.

L'addetto alle pantofole gli porse un paio di confortevoli *crepidae* da casa. Prima di calzarle, il patrizio saggiò il pavimento col piede nudo: prodigio dei Numi, il riscaldamento era acceso, qualcuno si era ricordato di scendere ad attizzare il fuoco nella caldaia sotterranea!

Seppure ancora diffidente nei riguardi di tutte quelle premure, Aurelio cominciava a prenderci gusto, e a sperare che la sua compagine di servi riottosi si fosse decisa una buona volta a mettersi in riga.

«Se desideri un massaggio, padrone, ho qui pronto l'olio muschiato» occhieggiò dalla porta Nefer, la bellissima schiava egizia che si prendeva cura della sua persona.

«Ortensio ha preparato le offelle di maiale coi porri» aggiunse Castore. «Oppure, se preferisci, gru arrosto e tonno in umido con salsa di pesce... adesso, però, bevi un po' di vino speziato, ti farà star meglio!» consigliò zelante, chiamando subito lo schiavo pocillatore con una coppa di Falerno caldo.

Publio Aurelio si guardò attorno, dubbioso: come mai i suoi schiavi erano diventati all'improvviso così diligenti? «Forza, sputate il rospo; cosa c'è sotto?» sbottò infine.

«Pensiamo solo al tuo bene, *domine*. Purtroppo siamo in pochi, ci sarebbe bisogno di altro personale» osservò il greco, porgendogli una clamide di lana intiepidita con lo scaldino.

«Scherzate? Mantengo più di cento domestici, che oziano da mattina a sera ingrassando alle mie spalle!»

«Il numero dei famigli è del tutto insufficiente al tuo rango, *domine*» si scandalizzò l'alessandrino. «Un senatore dovrebbe disporre di intere decurie di schiavi!»

«Ho quattro annunciatori, tre *salutigeruli*, un paio di flabelliferi, un tonsore, cinque *balneatores*, due squadre di lettighieri e un esercito di cubicolari, pocillatori, cellari, cuochi e sguatteri. Senza contare le donne!»

«Ti manca uno scriba, però!» ricordò Castore. «Non hai sempre detto che desideravi qualcuno in grado di ricopiarti i libri? Guarda caso, domani, al mercato degli schiavi, saranno messi all'asta proprio gli espertissimi scrivani del defunto Saturnino!»

«Chi, l'editore? In passato mi servivo spesso da lui; ultimamente, però, aveva perduto i copisti più in gamba.»

«Non Glauco. È il migliore sulla piazza!» esclamò il greco.

«Nonché nostro amico. Lui sta per essere venduto, e se capita nelle mani di un padrone troppo severo, non lo vedremo mai più!» aggiunse Nefer, gemendo.

«Non parlerete di quel biondino che ho pescato più volte a fare il cascamorto con le ancelle?» insinuò sospettoso Aurelio.

«Devi salvarlo, *domine*! Il giovane Druso Saturnino, erede dell'editore, non ha ancora indossato la toga virile, così gli è stato attribuito come tutore quel tirchiaccio di Marcello Veranio... e Marcello si sta disfando di tutti i servi per risparmiare sulle spese. Il povero Glauco verrà esposto sul palco dell'asta col cartellino al collo, come un barbaro appena catturato!» si indignò il greco.

«Fillide non sa darsi pace, è tutto il giorno che piange. Anche Gaia e Iberina sono molto affezionate a Glauco e sperano che tu acconsenta a comprarlo. Lavoreranno di lena, se le accontenterai!» gli assicurò Nefer.

«Già, immagino quanto» brontolò Aurelio. Non sarebbe mancato che quel lavativo, per far perdere altro tempo alle serve...

«Allora, padrone?»

«Niente da fare, Paride non me lo perdonerebbe mai» scosse la testa il patrizio, facendosi scudo del nome del severo amministratore incaricato di gestire il suo patrimonio. L'intendente, infatti, non perdeva mai occasione di deprecare le scelte dissennate del padrone in fatto di servitù: un nobile di antica schiatta avrebbe dovuto mantenere ai suoi ordini dei domestici di un certo decoro, ripeteva del tutto inascoltato, non una masnada di oziosi, pasticcioni e ladri, come quella che bivaccava in permanenza nella *domus* di Aurelio...

«Penseremo noi a convincere Paride» assicurò Nefer, speranzosa.

«Perché insisti, cara?» la interruppe Castore, portandosi teatralmente le mani alla fronte. «Siamo soltanto poveri schiavi senza alcun diritto» declamò in tono offeso, distogliendo il viso in segno di stoica rassegnazione. «Noi tutti, greci, siri, egizi, popoli vinti e assoggettati, tratti in catene sotto gli archi di trionfo dei quiriti, piegati al volere tirannico dei conquistatori rom...»

«Basta con la solita filippica, Castore!» lo interruppe stizzito Aurelio. «Tu sei più ricco di molti cavalieri, mentre Nefer possiede un guardaroba che poche matrone possono permettersi!»

La schiava egizia aveva però già cominciato a frizionare delicatamente il collo irrigidito del patrizio. Per tal via, grazie alla sensazione di benessere che si diffondeva sempre più in tutto il corpo, anche l'iniziale ostinazione di Aurelio parve ammorbidirsi e inclinare all'arrendevolezza. Castore gli riempì di nuovo la coppa di vino e lo lasciò nelle abili mani dell'ancella, assicurandogli: «Glauco ti piacerà, vedrai...».

II

Terzo giorno prima delle Idi di gennaio

Aurelio e Castore si fermarono per riprendere fiato sui gradini del portico.

«Numi che acqua, il Flamine di Giove Pluvio deve essersi intascato di nuovo le offerte dei sacrifici!» esclamò il segretario mentre, dopo un istante di pausa, avevano ricominciato a correre a più non posso, nel tentativo di esporsi il meno possibile alla sferza della pioggia: l'ennesimo temporale li aveva sorpresi proprio davanti all'ingresso del mercato degli schiavi, e pochi passi all'aperto erano stati sufficienti per inzupparli da capo a piedi. Malgrado il tempo inclemente, all'asta c'era una gran ressa, poiché il comandante delle legioni del Reno aveva messo in vendita un gran numero di germani catturati durante una scaramuccia ai confini, proprio mentre arrivava dall'Oriente un nuovo contingente di sciti, e parecchi etiopi ancora stazionavano invenduti, retaggio ingombrante delle aste precedenti.

Aurelio e Castore aspettavano già da due ore che il banditore annunciasse il lotto dei copisti; nel frattempo avevano visto sfilare galli, macedoni, illiri e moltissimi britanni. Questi ultimi, del resto, dopo la recente conquista di Claudio, inflazionavano il mercato.

Il patrizio si guardava attorno, pensoso, chiedendosi cosa si provasse ad appartenere a qualcun altro; di certo lui sarebbe stato pronto a infliggersi la morte piuttosto che vivere in quelle condizioni, ma non tutti la pensavano in maniera così risoluta: a Roma, la schiavitù non era né intollerabile né eterna, tanto che persino gli onnipotenti ministri dell'imperatore, Pallante e Narciso, erano nati in catene. Anche tra i cosiddetti liberi, molti abdicavano volentieri ai propri diritti per farsi guidare da protettori autorevoli, e le cose non cambiavano molto se li si chiamava genitori, sacerdoti, cesari, oppure semplicemente padroni.

«Ci siamo, *domine*; sta arrivando Druso Saturnino col suo tutore. Ed ecco Glauco!» esclamò Castore, osservando il copista salire sul palco, con tanto di cartello al collo.

«Ma quelli chi sono?» chiese Aurelio, stupito.

Dietro allo scriba, altri schiavi stavano salendo sulla tribuna: un vecchio canuto che stentava a reggersi in piedi; una donnetta bionda e formosa che occhieggiava promettente i possibili compratori; un uomo sciancato e privo per di più di due dita nella mano destra; uno schiavo bruno e slanciato a cui, per un miracolo dei Numi, pareva non difettare alcun pezzo... Per ultima, venne sospinta a forza sul podio una ragazza scarmigliata, così refrattaria alla disciplina da riuscire a piazzare un calcio negli stinchi del sorvegliante, prima di raggiungere il suo posto.

«Ecco un lotto di eccezionale pregio!» proclamava in quel momento il banditore Calvisio. «Glauco e Paconio, due copisti di vaglia, provenienti dai laboratori del defunto editore Saturnino; Scapola, espertissimo topiario, capace di rendere lussureggiante anche il giardino più squallido; Terenzio, triclinario di classe, indispensabile per ogni banchetto elegante; e infine due fanciulle di rara avvenenza: Tuccia, bianca e morbida come un guanciale; e per chi preferisce i corpi acerbi e scattanti, la bella Delia, fiore del deserto!»

«Ehi, questi schiavi non erano nei patti!» protestò Aurelio. «Non vorrai che li compri tutti, vero?»

«Non vedo come potremmo fare altrimenti, padrone: chi avrebbe potuto immaginare che associassero il nostro Glauco a tutta quella mercanzia? Però un secondo copista ti può servire e le ragazze sono carine.»

«Carine? La bionda ha una faccia da luna piena, l'altra è tutto uno spigolo, e sembra tutt'altro che ben disposta!»

«Be', almeno il giardiniere...»

«Immagino quanto sarà abile a potare gli alberi, se si è già trinciato le dita con le cesoie!»

«Cinque ottimi schiavi qualificati, non lasciatevi sfuggire l'occasione! Si parte da tremila sesterzi, chi offre di più? Tremilacinquecento!» urlava intanto Calvisio, additando il gesto di un potenziale acquirente dai capelli rossi seduto in prima fila.

«Dei dell'Olimpo, abbiamo un concorrente» si preoccupò Castore. «Lo conosco di vista, è un certo Pupillo, schiavo anche lui: sarà stato incaricato da qualcuno di acquistare il lotto... Presto, *domine*, offri di più, o quello ci soffia Glauco!»

«Quattromila, cinquemila!»

«Settemila!» urlò il greco. «Settemila sesterzi per il senatore Publio Aurelio Stazio!»

Il rosso alzò di nuovo la mano.

«Novemila, diecimila!» gioì incredulo il venditore. «Coraggio, è un'occasione unica!»

«Forza, padrone!» supplicò Castore.

«Sei matto, non valgono nemmeno la metà!» escluse Aurelio, scuotendo vigorosamente la testa. «L'asta è truccata e quel Pupillo è certamente complice dell'imbonitore!»

«Non lasciateveli sfuggire!» si sgolava Calvisio, trascinato dall'entusiasmo. «Guardate: capelli naturali!» magnificò, facendo scorrere le dita sulle chiome visibilmente tinte col *sapo* di Magonza dell'ancella più in carne «... e sentite qui, che muscoli possenti; non c'è un filo di grasso!» prese a vantare, palpando le braccia del magrissimo triclinario «... e chi non vorrebbe esser servito da questa docile cameriera?» continuava, cercando di tener ferma la brunetta che si divincolava sul podio come una puledra selvaggia.

«Andiamo via, è tutto un imbroglio!» decise il senatore.

Castore, preso dalla disperazione, si risolse a intervenire di persona: non c'era tempo di persuadere il padrone con le buone, ormai. E a casi estremi, estremi rimedi. Con una vigorosa pressione sotto il gomito, spinse in alto il braccio di Aurelio e gridò: «Dodicimila!» con quanto fiato aveva in gola.

«Dodicimila sesterzi per il nobile senatore Publio Aurelio Stazio!» esultò Calvisio, mentre il concorrente si ritirava in buon ordine. «Aggiudicato!»

«Questa me la paghi!» ringhiò il patrizio, furibondo.

«Ci vorrà un po' di tempo, *domine*, prima che ce li consegnino» disse Castore, fingendo di non aver sentito. «Sono sicuro che non rimpiangerai l'acquisto: le ragazze non vedono l'ora di mostrarti la loro gratitudine!»

«Bada di tenermele lontane, non voglio averci nulla a che fare; e guai se quel sedicente topiario osa toccare le mie piante! Ti riterrò direttamente responsabile per tutti i danni che questi disgraziati potranno combinare in casa mia!» sbraitò Aurelio, stizzito.

«Su, su, pensa agli scribi: ti farai riprodurre i volumi della biblioteca di Pollione, d'ora in poi. Da che testo hai intenzione di cominciare? Meglio un saggio o qualche poeta? Magari un bel Properzio da regalare alla brava Pomponia per il suo compleanno» lo blandì abilmente il liberto.

«Speriamo che il triclinario sappia almeno apparecchiare la mensa...» bofonchiò Aurelio, ancora seccato ma ormai sulla via della rassegnazione.

«È un autentico asso, *domine*; ma vieni, beviamo qualcosa per ingannare l'attesa.»

Un'ora dopo, i due si presentavano a ritirare la merce.

«Manca solo la firma sui documenti di proprietà e l'affare è concluso» puntualizzò il banditore, spingendo avanti le due donne.

«*Ave, domine*» si inchinò la bionda, mentre l'altra rimaneva ostentatamente muta. Il giardiniere sorrise accattivante e il triclinario piegò appena la testa in un abbozzo di saluto.

«Dove hai messo i copisti? Sono quelli che mi interessano» chiese Aurelio.

«Li troverai nello stanzino sotto il portico. Glauco ha fama di testa matta, così, per prudenza, l'ho legato al suo collega. Adesso, se volete scusarmi, ho una partita di traci che mi aspetta» si accomiatò Calvisio, eclissandosi rapidamente.

«Devono essere da questa parte...» disse Castore, che precedeva il padrone nel labirinto delle botteghe. «Ah, eccoli là, in quel ripostiglio!»

I due giacevano contro il muro, incatenati assieme, e dormivano della grossa, la testa reclinata sul busto. Pazienza il vecchio, pensò Aurelio, ma che anche Glauco fosse già stanco a quell'ora...

«Ehi, sveglia, pigroni!» esclamò Castore con voce allegra, all'indirizzo della coppia.

Il prigioniero anziano si riscosse con un sobbalzo, il giovane invece restò immobile.

«Dai, Glauco, tirati su!» disse di nuovo il greco, e gratificò l'amico di un'amichevole pacca sulla schiena. «Sacra Artemide!» esclamò un istante dopo, balzando all'indietro, mentre il corpo del copista si abbatteva a terra e un minuscolo pezzo di legno rotolava ai suoi piedi.

Aurelio fissò la scena, sconcertato, mentre la sua memoria registrava automaticamente tutti i particolari: la lama di luce che giungeva dalla feritoia; il cadavere di Glauco accasciato sul pavimento; la ferita che gli squarciava la gola, l'impronta rossa al centro della stanza, su cui spiccava uno strano ricciolo; il viso del vecchio, aperto in un'espressione di terrore stupefatto... In quel momento, un lampo tinse di luce spettrale il macabro palcoscenico del delitto.

Il patrizio si chinò sul corpo esanime di Glauco, gli toccò una mano e raccolse da terra il minuscolo pezzo di legno, a forma di rotellina dipinta.

«Cos'hai trovato, padrone?» chiese Castore.

«Un pezzo di *latrunculi*» rispose Aurelio, facendo sparire la pedina del gioco tra le pieghe del mantello.

Il senatore Stazio e il suo fido segretario sedevano nel tablino con aria sconsolata.

«È stato ucciso subito prima che arrivassimo noi: la mano non era ancora fredda quando l'ho toccata» affermò Aurelio.

«Forse abbiamo persino incrociato l'assassino mentre fuggiva dalla scena del delitto, ma come identificarlo in mezzo a tutta quella folla?» si chiese Castore.

In quell'istante comparve sulla soglia Paride, l'amministratore, reggendo in mano un grosso sacco.

«Padrone, devo rivolgerti una preghiera a nome di tutta la servitù» esordì cauto. «Glauco è stato ammazzato. Era uno schiavo, quindi le autorità non si daranno troppo da fare, e quand'anche trovassero il responsabile, lo condannerebbero solo a risarcire il suo proprietario che, al momento della sua morte, era ancora Druso Saturnino... Ecco,» continuò l'amministratore, visibilmente imbarazzato «i magistrati non perderanno tempo prezioso a cercare l'assassino di un Glauco qualunque, con tutti i delitti insoluti che hanno per le mani, *domine*. Tu, invece, hai dimostrato più volte di essere un abile investigatore.»

«Si trattava di reati commessi nel mio ambiente, Paride, tra gente di cui conoscevo abitudini, motivazioni e sentimenti. Questo è un caso molto diverso» si schermì il patrizio.

«Noi pensiamo che potresti farcela, padrone. Per cui ti chiediamo di occuparti dell'inchiesta. Naturalmente siamo disposti a pagarti per il disturbo...»

«Voi, i miei servi, pagare me?» si stupì il senatore.

«Perché no, *domine*?» annuì Paride, ribaltando il sacco sul tavolo. Dall'orlo sdrucito cadde una pioggia di monete: ce n'erano da un denario, da un quadrante, persino da un aureo, ma il grosso consisteva in conii da un asse, nemmeno sufficienti a pagare una ciotola di vino.

«Abbiamo fatto una colletta per assumerti; ho già raccolto seicento sesterzi, e altri quattrocento intendo aggiungerli di tasca mia» spiegò l'amministratore. «Se vuoi dare qualcosa anche tu...» proseguì poi, rivolto al segretario, sempre riluttante ad aprir la borsa.

Aurelio ascoltava, commosso. Mille sesterzi! Per mettere insieme una somma simile, i suoi servi dovevano aver dato fondo a tutti i loro risparmi. Castore, intanto, ribolliva di rabbia per esser stato messo in ombra dal suo eterno rivale: «Raddoppio la posta, *domine*!» esclamò di getto, e subito si morse la lingua, pentito della clamorosa enormità che si era lasciato sfuggire.

«Aggiungo la mia collezione di statuette votive!» incalzò l'intendente, per non essere da meno.

«E il mio bracciale di perle» dichiarò Nefer.

«E la pasta depilatoria di mia invenzione» si unì Azel, il barbiere siro-fenicio.

«E la mia ricetta delle offelle di maiale» si lanciò il cuoco Ortensio.

I domestici lo guardavano ansiosi, in attesa di una risposta.

«Vedo bene che non posso sottrarmi» assentì il patrizio, senza naturalmente avere alcuna intenzione di intascare il compenso. «D'accordo, ci proverò, ma non sarà facile: abbiamo pochissimi indizi.»

«Soltanto una pedina... e c'è un mucchio di gente che gioca a *latrunculi*!» rimarcò Castore.

«Come passatempo, tuttavia, è meno diffuso dei dadi o degli astragali, perché si basa soltanto sulla strategia. Non a caso, il massimo campione della città è il filosofo Giulio Cano. È decisamente improbabile, comunque, che quella pedina appartenga a lui» osservò Aurelio. «Per quanto ne so, possiede una magnifica scacchiera con le sessanta caselle intarsiate di pietre dure, mentre Glauco teneva in mano soltanto una vecchia *mandra*, una pedina di ben poco conto.»

«Potrebbe trattarsi di un messaggio lasciato apposta» ipotizzò Castore.

«Un'ipotesi suggestiva» riconobbe il padrone. «Ma in questo caso, che significato avrebbe? Avvertimento, minaccia, vendetta? Teniamo presente che nei *latrunculi* ci sono pezzi di valore diverso, le semplici *mandrae* e i potenti *bellatores*.»

«L'assassino potrebbe essere uno scommettitore ridotto in rovina» ribatté il liberto.

«Però qui non si tratta di dadi» lo smentì Aurelio. «Chi mai punterebbe del denaro su un gioco che manca di qualunque elemento di azzardo?»

«Allora, forse, qualcuno che avverte un odio feroce nei riguardi dei giocatori...»

«Non siamo nemmeno certi che quella pedina appartenesse all'assassino; magari Glauco se la ritrovava addosso per puro caso» scosse la testa il patrizio. «Penso invece che faremmo meglio a concentrarci sull'impronta insanguinata, cercando di capire cosa può aver lasciato quello strano segno.»

«A che servirebbe, *domine*? Non è nemmeno un'orma completa, soltanto uno sbaffo rosso» fece Castore, scettico.

«Certo, l'ideale sarebbe risalire al movente. Davanti a un delitto, la prima domanda da porsi è sempre: *cui prodest?* "a chi giova?" Quindi, cominciate a dirmi tutto quello che sapete sulla vittima.»

«Un ragazzo onesto, simpatico, disponibile» bofonchiarono i domestici, imbarazzati. Come sempre, alla presenza del padrone, la parola d'ordine era una sola: omertà.

«Eh, no, questa è la strada migliore per non concludere niente!» li provocò Aurelio. «Il vostro amico sarà anche stato la somma di tutte le virtù, ma qualche difetto l'avrà pure avuto. È da quello che dobbiamo partire!»

Gli schiavi si scambiarono una lunga occhiata significativa, divisi tra l'ovvia solidarietà di casta e il legittimo desiderio di giustizia.

«Allora, pochi scherzi: com'era veramente questo Glauco?» ripeté il patrizio, rabbuiato.

«Un grandissimo figlio di puttana!» rispose all'unisono il coro dei servi.

Col senatore erano rimasti solo Castore e Paride. In pochi minuti erano emersi a carico del copista elementi sufficienti per farlo finire a vita nelle miniere di sale, se la mano dell'omicida non avesse provveduto a eliminarlo prima.

«Ricapitoliamo» fece Aurelio, perplesso. «Glauco ha truffato Ortensio, spacciandogli per vero un codice di ricette abilmente falsificato; si è fatto finanziare da Azel per presentargli un giovane efebo che si è poi rivelato una femmina; ha sottratto dei soldi a Timone e Polidoro; ha venduto a Fabello un rimedio contro la sonnolenza che quasi l'ammazzava; ha bruciato i capelli di Nefer con una lozione dal prezzo esorbitante; prendeva continuamente in giro Paride e infine cercava di spennare Castore barando agli astragali.»

«Dimentichi le ancelle, *domine*: Glauco ha sedotto in rapida successione Fillide, Gaia e Iberina, giurando a ciascuna eterna fedeltà» aggiunse l'intendente.

«Numi dell'Olimpo, perché allora volevate che lo comprassi?» domandò il senatore, sorpreso.

«Ma è ovvio, *domine*: se fosse finito presso un altro padrone, non avremmo mai avuto modo di fargliela pagare» chiarì tranquillamente Castore.

«Glauco, dunque, era un imbroglione matricolato e tutti voi avevate ottimi motivi per volergliene. Adesso, però, siete disposti a sacrificare i vostri risparmi per scoprire chi l'ha ucciso. Si può sapere perché mai ci tenete tanto?»

«È una questione di principio, *domine*» rispose Paride, abbassando gli occhi. «L'avremmo riempito di botte, d'accordo, ma nessuno doveva permettersi di ucciderlo: Glauco era uno di noi.»

«Capisco» disse Aurelio, che in realtà non capiva affatto. «Avanti, allora! Paride, incarica Nefer di entrare in confidenza con le due ancelle del defunto Saturnino: amori, gelosie, pettegolezzi, imbrogli, mi interessa tutto quello che accadeva nella famiglia. Castore, tu vedi di scoprire a chi appartiene quel Pupillo che ci ha fatto concorrenza all'asta, e trovami anche il nome di tutti gli eventuali padroni presso cui ha servito Glauco.»

«In passato aveva fatto il fornaio ed era stato persino pedagogo presso un mercante: sapeva leggere e scrivere perfettamente, accompagnava a scuola i figli del padrone e li aiutava nei compiti. Venne cacciato da quella casa dopo aver combinato un grosso guaio; una storia di donne, se non sbaglio» rivelò il segretario.

«Informati meglio, e scovami anche i compagni con cui Glauco era solito giocare ai *latrunculi*... Be', che aspetti?»

«Il denaro, padrone. Le informazioni costano, e dal tuo compenso sono escluse le spese» precisò Castore.

«Quei nuovi famigli, *domine*...» azzardò Paride quando il segretario fu ben lontano. «Erano veramente malmessi e ho avuto il mio daffare per renderli presentabili. Li ho dotati di vesti calde e decenti, e visto che l'inverno promette di essere molto freddo, mi sono permesso di ordinare cinque paia di guanti al nostro *digitabularius* di fiducia. Adesso, però, dovresti far loro il discorsino di prammatica e mettere subito in chiaro che qui esistono delle regole ben precise.»

Aurelio grugnì. Non si aspettava granché da un gruppo di servi così male assortiti, e l'idea di ripetere la solita paternale lo infastidiva alquanto.

Paride notò il disappunto del suo *dominus* e fu lesto a intervenire: «Oggi il topiario si aggirava con aria bramosa tra i sempreverdi del peristilio» disse, certo di scuotere la pigrizia del padrone.

«Per Ercole, guai a lui se si avvicina alle mie piante! Se ha proprio voglia di potare, dagli qualche arbusto su cui sfogarsi!»

«Ci sarebbero quei vecchi bossi nel cortile sul retro» suggerì l'accorto amministratore. «Stanno seccando, e nemmeno Scapola con le sue cesoie può fare un gran danno, ormai. Non è lui a preoccuparmi, tuttavia, e nemmeno il triclinario. Terenzio sa svolgere egregiamente i suoi compiti e credo proprio che tu abbia fatto un affare a comprarlo: è difficile, di questi tempi, trovare camerieri all'altezza della professione, in grado di servire in una casa elegante; anche da solo, quello vale ben di più di dodicimila sesterzi.»

«Meno male!» sospirò il senatore.

«Gli altri sono un disastro, *domine*. Paconio, il vecchio copista, ha l'aria di cadere stecchito da un momento all'altro; Delia, dal canto suo, obbedisce di malavoglia, comportandosi senza alcuna umiltà. Dobbiamo correre ai ripari finché siamo in tempo; è meglio che le ancelle riottose imparino subito a stare al loro posto» consigliò l'intendente che, da rigido classista qual era, aveva idee chiare sulla giusta collocazione di ogni servo nella scala gerarchica della casa, con l'eccezione ovviamente di Castore, refrattario a qualsiasi inquadramento.

«Non mi hai detto della bionda.»

Paride diventò rosso: «Ha un modo di fare cortese, *domine*; non che manchi di rispetto, tuttavia...» farfugliò, tormentandosi le falde della tunica. «Ecco, è fin troppo gentile, se capisci cosa intendo.»

«Probabilmente le piaci!» rise Aurelio, che ben conosceva l'inveterata timidezza dell'amministratore.

«Le sue attenzioni mi imbarazzano non poco, padrone. Dovresti dirle...»

«Ah, no, Paride: non mi risulta che tra i doveri di un *paterfamilias* ci sia anche quello di difendere la virtù del suo intendente» escluse il padrone. «E per quanto riguarda Delia, il capo dei servi sei tu, e spetta a te liberarmi da simili noie» ordinò il patrizio, sempre lestissimo a delegare all'amministratore i problemi più spinosi, tanto più che mantenere la disciplina non era mai stato il suo forte.

«Come desideri, *domine*. Eppure, una tua autorevole...»

Le parole di Paride furono troncate da grida provenienti dal corridoio, tanto improvvise quanto concitate. Affacciatosi al peristilio, Publio Aurelio vide due ancelle gettarsi su Delia. «Comincia subito, c'è del lavoro per te» disse, rientrando precipitosamente, prima di essere coinvolto nella diatriba.

III

Vigilia delle Idi di gennaio

Il giorno dopo, il senatore scendeva in portantina il Vicus Patricius, ben deciso a mettere il naso in casa dei Saturnini. Si fermò nei pressi del portico di Livia, lasciando i nubiani ad aspettarlo in un *thermopolium*, e proseguì a piedi, senza fretta. L'editore viveva nell'Argiletum, la strada dei librai alle soglie della Suburra, in un appartamento proprio sopra la copisteria.

Aurelio aveva sempre amato aggirarsi in quel quartiere, sostare nei negozietti striminziti che nascondevano tesori preziosi, rare pergamene, introvabili papiri dal profumo antico... ma, ahimè, le *tabernae librariae* non erano le uniche botteghe della zona, e da tempo gli scrivani avevano dovuto rassegnarsi a convivere con alcuni laboratori di concia che ammorbavano orribilmente l'aria.

Passandovi accanto, il patrizio allungò il passo per salvaguardare le sue delicate narici, ma poi, colto da un'ispirazione improvvisa, cambiò idea e tornò indietro: nelle vicinanze delle concerie, gli era venuto in mente, si trovavano di solito anche i fabbricanti di scarpe.

Poco dopo, infatti, entrava in un umido seminterrato, dove cinque lavoranti si affannavano su pezzi di cuoio che, una volta modellati, avrebbero fasciato alla perfezione i piedi di qualche elegante matrona.

Quello che pareva il capo, un biondo di mezza età dal viso sciupato, tagliava con un gesto rapido le suole, passandole poi a un ragazzo che provvedeva a metterle in forma. Un terzo operaio praticava dei fori nella tomaia e due donne vi infilavano svelte le strisce di pelle da avvolgere attorno alle gambe.

Assuefatto alla bonaria pigrizia dei suoi concittadini, il patrizio osservò perplesso l'attività frenetica del laboratorio, chiedendosi la ragione di una simile fretta: chissà di quali rappresaglie aveva minacciato gli schiavi, quel temibile padrone, per farli lavorare così di lena...

«Ehi, voi, fermatevi un attimo; offro da bere a tutti!» gridò con voce possente.

Incredibilmente, la sua proposta cadde nel nulla: i gesti veloci degli operai non si interruppero neppure un istante e nessuno si concesse un attimo per sollevare gli occhi dal lavoro. Esasperato, Publio Aurelio trasse la borsa da sotto il mantello e la fece significativamente tintinnare vicino all'orecchio del biondo.

«Qualcuno prenda il mio posto!» ordinò l'uomo, quindi mise subito in chiaro: «Se cerchi degli stivali su misura, hai sbagliato indirizzo; accettiamo soltanto grosse ordinazioni.»

«Potrei acquistarne parecchie paia» propose Aurelio, senza esitare. Con cento persone in casa, le scarpe non erano mai troppe.

«Me le paghi a fine mese?» chiese il biondo, con espressione diffidente.

«Subito, e in contanti» specificò il senatore.

Il viso dell'artigiano si aprì in un largo sorriso. Poco dopo invitava Aurelio in un bugigattolo sul retro, spolverando per bene il sedile prima di farlo accomodare.

«Cinquanta paia di stivali pesanti, hai detto?» ammiccò l'artigiano. «Dimmi per quando le vuoi e Settimio ti garantisce una rapida consegna...»

«Approfitto per chiederti un'informazione» lo interruppe il patrizio. «È possibile riconoscere il laboratorio che ha confezionato una scarpa dalla traccia di una suola?»

Non erano in molti, a Roma, i produttori in serie, considerava Aurelio. Il grosso dei calzolai lavorava ancora su misura; di conseguenza, identificando il fabbricante, con un po' di fortuna si sarebbe potuto risalire al cliente, tanto più che l'orma insanguinata aveva dimensioni tutt'altro che disprezzabili.

«Di solito, ogni artigiano imprime la sua sigla proprio sulla suola» rispose Settimio.

«Ne hai mai vista una a forma di ricciolo?» chiese il patrizio, tracciando col dito il segno che aveva notato sull'impronta.

«Vediamo... potrebbe essere la lettera "C": molti usano come marchio l'iniziale del nome. Si tratta certamente di quell'Appio Curzio che ha la bottega in Trastevere. Fa roba molto dozzinale, non certo come la mia!» affermò l'artigiano, rabbuiandosi al pensiero del temuto concorrente.

«Sei sicuro che non ci sia nessun altro con quella sigla?» volle sapere il senatore.

«Se te lo dico io, puoi crederci. So tutto sulle scarpe, hanno fatto la mia fortuna. Quando arrivai qui da Vicetia, non avevo un soldo e adesso, a nemmeno quarant'anni, sono un uomo ricco.»

Aurelio, che di anni gliene avrebbe dati sessanta, lo guardò impietosito.

«A lavorar sodo, si guadagna. Non badare a quelli che piangono miseria, è gente che non ha voglia di darci sotto. Io mi sono appena comprato una lettiga di legno laccato e i miei figli posseggono palanchini chiusi con le rifiniture in avorio. Se vuoi, te li faccio vedere; li tengo in deposito.»

«No, grazie, vado di fretta: li ammirerò al Foro, uno di questi giorni» assicurò il senatore.

«Macché Foro, non abbiamo mica il tempo di andare a zonzo, noi: si fatica dodici, tredici ore al giorno, feste comprese, ma se va bene quest'anno ci prendiamo una *raeda* da quattro cavalli.»

«Che non avrai modo di sciupare usandola troppo» ironizzò il patrizio con un filo di amarezza. «Certo che li sfrutti bene, i tuoi schiavi, non un attimo di sosta!» commentò poi nell'uscire.

«Schiavi? Ma quelli sono i miei figli, li ho messi sotto che ancora portavano la *bulla*» protestò Settimio, un po' offeso, mentre Publio Aurelio si congedava in fretta, rinunciando a comprendere la mentalità stravagante dell'indefesso artigiano di Vicetia.

Il negozio di Saturnino, sbarrato ora da due assi trasversali, odorava ancora di colla e di papiro, e dei mille aromi diversi che si accompagnano al nascere dei libri: quello dell'inchiostro, dei solventi, del cuoio e dei legni pregiati delle custodie.

Aurelio tese le narici e aspirò forte quei profumi familiari. L'indomani, forse, un pescivendolo o una sala da concia avrebbero occupato il posto lasciato libero dalla copisteria, soffocando col fetore anche l'ultimo ricordo dei fragili papiri. Scuotendo la testa, il patrizio allontanò da sé tali considerazioni e alzò gli occhi verso la balconata del primo piano: l'appartamento aveva le imposte chiuse e appariva deserto. Bussò, e ad aprirgli fu una vecchia scorbutica.

«Non c'è nessuno; io ho solo l'incarico di custodire la casa» disse con voce stridula. «Il padroncino vive col cognato, nei pressi della Via Flaminia.»

Aurelio ringraziò, non senza aprire la borsa per gratificare la vecchia della consueta mancia che a Roma costituiva un obbligo, più che una cortesia.

«Sai nulla di un certo Glauco che lavorava qui?» chiese, allungando una moneta.

«Potrei anche averlo conosciuto» rispose la donna, circospetta, osservando bene il soldo tra le sue mani: un sesterzio, non il solito asse. «Pensandoci bene, l'ho conosciuto di sicuro. Ricordo quando Saturnino lo comprò, un anno fa: il giovanotto era piuttosto svelto, e di schiavi intelligenti a buon prezzo se ne trovano pochi. Oh, il lavoro lo svolgeva bene, a dire il vero, però era un piantagrane, una testa calda. Non faceva che dar fastidio alle donne: ci ha provato anche con mia nipote!»

«Potrei parlare con lei?» propose Aurelio, incuriosito.

«Nemmeno per sogno! Domizia è una ragazza per bene, e non va in giro a raccontare i fatti suoi agli sconosciuti. Comunque, posso dirtelo io com'è finita: con lei quel disgraziato ha dovuto far marcia indietro!» sbraitò la vecchia, chiudendogli rapidamente la porta in faccia.

Il patrizio sbuffò: ci sarebbe voluta Pomponia, per sciogliere la lingua a quella megera... Stavolta, purtroppo, la brava matrona, insuperabile nel carpire le notizie più segrete, non poteva aiutarlo, essendosi recata a svernare nella sua tenuta in Sicilia, alla ricerca di un clima più mite.

Deluso, il senatore raggiunse la lettiga dove lo aspettavano i fedeli portatori, otto robusti nubiani, neri come la pece e forti come tori cretesi. Risoluto a non arrendersi, diede loro ordine di dirigersi verso la Via Flaminia: sarebbe andato dal giovane erede senza nemmeno farsi annunciare.

Ci volle quasi un'ora per attraversare mezza città, e altrettanto per trovare il posto. Finalmente, grazie a una serie di informazioni confuse e frammentarie, Aurelio individuò, nei pressi del portico di Vipsania, una piccola porta, quasi invisibile, tra la bottega di un calderaio e l'antro oscuro di un fabbro. Picchiò al battente e sulla soglia comparve un servo macilento e completamente calvo, che pareva più morto che vivo.

«Sta qui Druso Saturnino?» chiese il patrizio, certo di essersi sbagliato.

«Chi lo vuole?» chiese una voce dal fondo dell'atrio, e subito comparve un uomo corpulento, sommariamente ricoperto da una leggera tunica estiva che sarebbe stata adattissima a un agosto particolarmente torrido.

Il nuovo venuto non brillava né per bellezza, né per eleganza. Un'ombra di capelli crespi e biondicci gli spuntava da dietro le orecchie, quasi a compensare la calvizie della sommità del capo; la barbetta irsuta, malamente tagliata a forbice, incorniciava un viso pienotto e flaccido, nel quale brillavano tuttavia due occhi chiari e intelligenti.

Quello doveva essere Marcello Veranio, tutore e futuro cognato di Druso Saturnino, si disse Aurelio. Scrutandolo nella penombra, il patrizio lo aveva giudicato di mezz'età, ma non appena comparve alla luce, si avvide dalla pelle ancora fresca che non poteva avere più di trent'anni.

«Publio Aurelio Stazio» si presentò, augurandosi di ricevere il permesso di entrare: fermo sulla soglia, in quell'androne piuttosto umido, stava già battendo i denti.

«Il senatore che ha comprato gli schiavi di Druso? Vieni dentro, presto, devo parlarti di una cosa importantissima!» lo invitò subito Marcello. Aurelio si compiacque, piacevolmente sorpreso di una collaborazione così pronta. Le cose si mettevano per il meglio; Veranio nutriva di sicuro qualche sospetto sulla morte di Glauco.

«È vero che possiedi un'edizione delle *Odi* di Pindaro?» chiese invece il suo ospite.

«Ne ho due: a quale alludi?» rispose Aurelio, frastornato, rammentandosi subito dopo che Veranio era noto come fanatico collezionista di libri.

«Alla più antica, naturalmente! Accomodati nel tablino, ti mostrerò qualche volume!»

Aurelio mosse alcuni passi nell'atrio scurissimo, illuminato a stento dalla magra torcia di resina appesa al muro. Tutto attorno, lungo le pareti, centinaia di rotoli rigurgitavano dagli *armaria* e dalle teche strapiene, mentre i bastoncini di osso su cui erano avvolti incombevano in alto, stagliandosi nella penombra come minacciose spade di Damocle.

«Facciamo un po' di luce» propose garrulo Veranio, armandosi di una minuscola lanterna che a mala pena avrebbe rischiarato un loculo. «Ecco, siedi qui. Hai freddo?»

Il patrizio non rispose: pensava che per lui parlasse eloquentemente il colore bluastro delle labbra illividite.

«Niente paura: accosto il braciere!» sorrise Marcello, eclissandosi in fretta per ricomparire con quella che Aurelio scambiò per una ciotola da abluzioni, e nemmeno delle più grandi. Sul fondo ardevano due tizzoni asfittici, annegati in un mare di cenere.

«Si sta meglio al calduccio, vero?» gorgogliò giulivo il padrone di casa, mentre Aurelio, malgrado il duplice strato di fasce di lana, cominciava a non avvertire più le dita dei piedi.

Ravvisando i sintomi di un prossimo assideramento, il patrizio decise di tagliar corto.

«Sono passato solo un attimo, per fare le condoglianze a Druso: come sai, ero un buon cliente di suo padre» mentì, per nulla intenzionato a svelare all'allegro collezionista il vero motivo della sua visita.

«È fuori con Marcellina; sono giovani, hanno il diritto di divertirsi!»

Aurelio annuì. Sapeva che Druso, quasi diciassettenne, attendeva solo di indossare la toga virile per impalmare la sorella minore di Veranio: i matrimoni con ragazzine appena puberi non erano infrequenti nella capitale.

«Perché non rimani a cena?» lo invitò generosamente il suo ospite. «Ho proprio un mezzo galletto avanzato da ieri: con un po' di fave lesse e qualche foglia di cavolo, basterà per tutti!»

«Mi spiace, non posso trattenermi» si scusò il senatore, terrorizzato da una simile prospettiva. «Tuttavia, mi piacerebbe averti presto da me, con Druso e tua sorella: potremmo parlare di libri a nostro comodo...» "E al caldo" aggiunse mentalmente. «Intanto ti chiedo il permesso di visitare la villa dove è morto Saturnino. Ci terrei a conoscere l'ambiente in cui hanno vissuto i miei nuovi domestici. A proposito, li hai venduti tutti?»

«Sì, io e mia sorella ci accontentiamo del nostro bravo Arsace» rispose Marcello Veranio, indicando lo scheletrico servitore che aveva aperto la porta. Nascosto nell'ombra del cupissimo tablino, il servo aveva l'aria spettrale di un lemure fuggito dall'Ade durante una momentanea distrazione di Cerbero, il custode dell'Oltretomba.»

"Numi dell'Erebo, che casa deprimente" si disse Aurelio, rabbrividendo. "E poveretti quei due ragazzini che sono costretti a viverci!"

Marcello Veranio, tuttavia, pareva contentissimo della sua dimora, della quale non cessava di vantare pregi e comodità. «Non se ne fanno più, di case così!» deplorava, accompagnando il patrizio alla porta.

"Per fortuna" pensò il senatore fuggendo verso la portantina, mentre il giocondo collezionista si tratteneva sulla soglia ad agitare con foga le braccia nude, che lo strato di adipe rendeva evidentemente impermeabili al gelo.

Aurelio percorse rapido un tratto di strada e recuperò i nubiani nella *popina* dove li aveva lasciati. «Dritti a casa!» ordinò, e gli otto partirono di gran carriera, agognando le coltri di lana che li attendevano nei loro cubicoli.

IV

Idi di gennaio

I nuovi schiavi stavano in piedi davanti alla *sella* ricoperta da un drappo di bisso su cui Aurelio sedeva rigido e impettito, con tanto di toga di gala. Era stato Paride a insistere per quel cerimoniale: «Devi impressionarli con una certa pompa» aveva suggerito. «Servirà ad affermare il tuo prestigio!»

La messa in scena, a dire il vero, stava sortendo l'effetto sperato, perché i cinque lo fissavano intimiditi, senza aprir bocca. Capeggiava il piccolo drappello il triclinario Terenzio, dritto come un fuso, col volto glabro atteggiato a un'espressione di blando interesse; al suo fianco la bionda Tuccia apriva il viso pienotto in un sorriso melato, nel tentativo di far colpo sul nuovo padrone. Il topiario Scapola si agitava, dominando malamente il preoccupante desiderio di rendersi utile al più presto con le cesoie. In seconda fila, un po' discosto, stava il vecchio copista Paconio, i capelli candidi fluenti sulle spalle; ultima Delia, col volto più fosco del solito e le pupille sfrontate che fissavano Aurelio senza ombra di remissività. Il patrizio la guardò incuriosito e la ragazza si morse le labbra, tesa come la pelle del timpano durante un'orgia dionisiaca.

«Il solito fervorino, eh?» commentò Castore senza troppa fiducia. La predica poteva funzionare per un po', ma i nuovi arrivati non ci avrebbero messo molto a capire che in quella casa la disciplina lasciava alquanto a desiderare.

Intanto, da tutti gli anfratti della grande *domus* giungevano frotte di servi ansiosi di spettegolare sui nuovi compagni. Il cuoco Ortensio squadrava ostile le altre cinque bocche da sfamare, timoroso di non riuscire più a sottrarre alla dispensa le derrate necessarie ai membri affrancati della sua numerosa famiglia. Il barbiere Azel rinnovava la delusione patita a ogni nuovo acquisto, rammaricandosi che il padrone, alieno dai suoi gusti, si ostinasse a comprare ancelle, anziché giovani efebi. Modesto, Timone e Polidoro scrutavano ansiosi il nuovo, inappuntabile triclinario, sperando di non rimetterci troppo nel confronto, mentre Fillide e Iberina già si arrovellavano alla ricerca di qualche pretesto per attaccar briga con le due importune che rischiavano di minare la loro posizione tra la servitù. Nefer, corrucciata, passava al setaccio il modesto abbigliamento di Delia: se fossero state assunte altre cameriere così rozze, pensava, presto la casa degli Aurelii avrebbe perso l'invidiabile reputazione di ospitare le ancelle più eleganti della città.

«Zitti, parla il padrone!» ordinò Paride, ma l'esortazione dovette essere ripetuta parecchie volte prima che nella sala scendesse il silenzio.

«Ascoltatemi bene» esordì il senatore. «Nella mia *domus* gli schiavi non vengono battuti per un nonnulla, né ignorati se hanno qualche ragionevole richiesta da avanzare. I miei servi non si ammazzano di lavoro, mangiano abbondantemente, hanno vesti da fare invidia a molti liberi e percepiscono un buon salario; quando si ammalano vengono curati, non lasciati a morire in mezzo a una strada; possono metter su famiglia e, se hanno figli, sanno di poterli allevare serenamente, sicuri che non verranno loro sottratti per denaro o per capriccio. In cambio mi aspetto assoluta fedeltà a questa casa, che è la mia, ma anche la vostra, l'unica che avete mai avuto o che avrete mai. È tutto» disse, alzandosi.

In un angolo l'intendente sorrideva, soddisfatto del sermone. Non era uno scherzo governare più di cento dipendenti di razze e abitudini diverse, alcuni dei quali digiuni persino dei primi rudimenti di greco e latino. Quella folla eterogenea doveva essere istruita passo dopo passo per adattarsi all'ambiente e lavorare in buona armonia, senza turbare mai la quiete del signore, al cui benessere era interamente votata. A mano a mano che un altro servo veniva ad aggiungersi alla grande *familia,* occorreva aiutarlo a integrarsi senza troppe scosse, a considerarsi tutt'uno con la *domus* e col padrone.

Paride sospirò, contemplando desolato i nuovi domestici: gli avrebbero dato tutti del filo da torcere, salvo forse Terenzio, il triclinario, l'unico a possedere l'aspetto di una persona civile.

«Potete andare» comandò Aurelio, del tutto inascoltato.

«Avete sentito? Via, via!» intervenne autorevolmente Paride, e solo allora la piccola folla cominciò a sciamare.

«Aspetta un istante, Terenzio!» lo richiamò il senatore.

«Sì, *domine*» rispose lui con accento impeccabile.

«Di dove sei?» chiese Aurelio, messo sull'avviso dalla perfetta pronuncia del cameriere: solo uno straniero dotato di grande cultura avrebbe pronunciato il latino senza alcuna inflessione dialettale.

«Di Atene, *domine*.»

Il patrizio sorrise. Un greco di Atene, la culla di ogni civiltà! Cosa ne avrebbe pensato Castore, che da buon alessandrino considerava ormai decaduta la vecchia capitale delle arti?

«Collaborerai con l'amministratore a far sì che i tuoi amici si adattino presto alle nostre abitudini. Suppongo che tu li conosca tutti bene...»

«Abbastanza, *domine*. Da Saturnino svolgevo le funzioni di capo della casa.»

«Si tratta di individui fidati?» volle sapere il patrizio, con fare dubbioso.

«Come lo possono essere degli schiavi, *domine*» fu la sconcertante risposta.

«Glauco era tuo amico?»

«Un compagno di servitù, *domine*, al pari degli altri...»

«Stavi bene dall'editore?» domandò Aurelio, sempre più perplesso.

«Certo, *domine*; il padrone era giusto e buono. Tuttavia, qui mi troverò sicuramente meglio.»

«Perché mai?» chiese il senatore, stupito.

«L'ambiente mi si confà maggiormente» dichiarò il triclinario con un certo sussiego, additando i ricchi arredi del tablino.

"Numi, questo schiavo è più altezzoso di un patrizio di vecchia data" pensò Aurelio. "Andrà d'accordo con Paride, hanno lo stesso smodato spirito di casta!"

«Hai servito presso altri, a Roma?»

«Dal mercante Marco Italico, *domine*» affermò il triclinario, e il patrizio annuì: erano lontani i tempi in cui i servi nati in casa crescevano col *paterfamilias* e ne restavano i compagni per tutta la vita; le guerre di conquista avevano immesso sul mercato una tale quantità di prigionieri che ora i grandi ricchi ignoravano non solo il nome, ma financo il numero dei loro servi, considerati ormai alla stregua di semplici dipendenti sostituibili alla bisogna.

Aurelio scrutò con attenzione il triclinario, prima di congedarlo: Terenzio portava la tunica con un'eleganza innata, e dopo due soli giorni si muoveva nella grande *domus* come se ci fosse vissuto da sempre. In quel momento era in piedi in fondo alla sala, accanto a una colonna che reggeva un grosso vaso, molto appariscente ma di nessun valore artistico: un'imitazione piuttosto ben fatta, a dire il vero, ma non abbastanza da ingannare un amatore.

«Fa' attenzione a non appoggiarti a quel cratere, Terenzio» disse il patrizio, mosso da un'ispirazione improvvisa «L'ho pagato una follia da un antiquario dei Saepta Iulia!»

«Davvero, *domine*? Temo che tu sia stato imbrogliato; è indubbiamente un falso» dichiarò sicuro il cameriere.

Aurelio sorrise: e così l'irreprensibile triclinario era anche un esperto d'arte. Avrebbe dovuto tenerlo d'occhio, si ripromise; dopo quindici anni di vita in comune con Castore, sapeva bene cosa potevano combinare i greci saccenti, se ci si mettevano di lena... ma, a proposito, dove era finito l'alessandrino? Non si trovava mai sottomano, quando ce ne sarebbe stato bisogno.

«Mandami il segretario» ordinò dunque a Paride, che storse subito la bocca. La rivalità tra lui e Castore era nota a tutti. Dopo anni di dispetti e ripicche, i due si erano bene o male rassegnati a convivere, ma solo a prezzo di reciproche e inevitabili rinunce: Castore aveva dovuto riconoscere all'amministratore pieni poteri sulla conduzione della casa e la gestione del patrimonio degli Aurelii; Paride, dal canto suo, si era visto costretto ad abdicare all'assurda pretesa di imporre la sua autorità sull'indisciplinato liberto che, di fatto, più che un servo era il migliore amico e confidente del padrone.

«Preparati, Castore» annunciò Aurelio, una volta che il greco fu al suo cospetto. «Voglio che mi accompagni al negozio dei Sosii, dove intendo svolgere una piccola indagine su Marcello Veranio, il tutore di Druso Saturnino: non c'è nulla di meglio, per conoscere un uomo, che scoprire cosa legge.»

Il greco tentò abilmente di defilarsi. La libreria si trovava lungo il Vico Tusco, nei pressi del tempio dei Dioscuri, in pieno Foro. Il padrone ci sarebbe andato in lettiga, mentre lui, per tenere il passo coi portatori, avrebbe dovuto correre come un cinghiale inseguito da una muta di cani.

«Ahimè, da ieri sera non mi reggo in piedi, *domine*; quella vecchia distorsione alla caviglia non mi dà requie!»

«Puoi montare sulla portantina, se è proprio necessario» concesse il patrizio, fingendo di ignorare che Castore aveva giocato a trigono in cortile per tutta la mattinata. «Cosa hai scoperto sui passati proprietari di Glauco?» gli chiese poi, mentre si faceva rivestire da capo a piedi dalle schiave.

«Come già ti avevo detto» rispose il greco «il primo è stato un fornaio, tal Bosio, che lo comprò appena arrivato dalla natia Messenia, passandolo poco dopo al mercante Norbano, il quale a sua volta ne fece incautamente il precettore dei figli. Glauco visse in casa sua quasi un anno, poi combinò un pasticcio e per punizione venne venduto al fuochista Lupo. Rimase alle caldaie soltanto un mese; delicato com'era, non avrebbe resistito a quel lavoro massacrante. Lupo, che era un uomo violento e brutale ma non del tutto stupido, capì subito che sarebbe stato da babbei costringere un greco abbastanza istruito a buttar legna nella fornace, quando col ricavato della sua vendita si potevano arruolare due vigorosi sciti analfabeti. Così se ne disfò, cedendolo a Saturnino...»

Quando il senatore fu finalmente pronto, Iberina terminò di allacciargli il mantello e Fillide gli porse i guanti, mentre Castore, sollecito, corse a fargli strada verso la lettiga. Poco dopo i possenti nubiani si avviavano giù per il Viminale col doppio carico.

«Bene, abbiamo di che sbizzarrirci. Comincerai immediatamente col cercare Bosio e Norbano» ordinò Aurelio, spingendo da parte il liberto che, ben disteso sui cuscini di lana, stava occupando da solo quasi tutto il giaciglio.

«Già fatto, *domine*: Norbano è morto poco dopo aver venduto Glauco.»

«Ottimo, Castore! E non dirmi che hai già scoperto per che tipo di guaio il tuo amico è finito dritto alla caldaia!»

«C'entrava qualcosa la figlia del padrone.»

«Ci avrei scommesso. Mi meraviglia che il padre offeso non l'abbia scorticato vivo...»

«Norbano era un tirchio, *domine*: mandandolo dal fuochista, trovò il modo di punirlo senza rimetterci troppo.»

«Che ne è stato della ragazza?»

«Non si sa. Per quanto riguarda Bosio, ha una bottega nel Clivius Orbius, dietro l'Argiletum. Tutto quello che sono riuscito a sapere su Lupo, invece, è che gestiva un piccolo stabilimento termale nella Suburra» spiegò Castore, affacciandosi per vedere cosa stava succedendo; i portatori, infatti, si erano fermati all'improvviso e avevano deposto a terra la lettiga. «Il solito ingorgo, padrone. L'imbocco della Suburra è ostruito da un paio di carretti rovesciati e le strade attigue sono impraticabili, perché le riparazioni iniziate l'anno scorso procedono a rilento. Ci vorrà un bel pezzo prima di muoverci.»

«In questo caso, raccontami ancora del tuo amico: affari, imbrogli, donne...» ne approfittò Aurelio, cercando di farsi sentire in mezzo agli urli dei pedoni inviperiti che tentavano di aprirsi un varco.

«Di donne, padrone, ne aveva a iosa. Glauco era bello, tanto da sembrare effeminato, anche se le sue propensioni erano ben diverse. Era un grosso vantaggio, capisci? Le ragazze, lungi dal guardarsi da lui come avrebbero fatto con un uomo dall'aspetto più virile, se ne fidavano ciecamente. Piaceva molto anche agli omosessuali, però.»

«Pensi che se la facesse anche con una delle ancelle di Saturnino, di quelle che abbiamo comprato? Tuccia mi sembra alquanto disponibile.»

«Quella adocchia i padroni, *domine*, non certo i servi. O almeno, si industria di arrivare il più in alto possibile: ha già cominciato a circuire Paride...»

«Auguri!» rise Aurelio, ben conoscendo la tetragona castità dell'intendente; un'inclinazione che nemmeno la famosa cortigiana Cinzia era riuscita a mettere in crisi.

«In quanto a Delia,» riprese il greco «hai notato i suoi capelli? Davvero significativi, non trovi?»

«Sì, corti e informi, come se fossero stati rapati a zero» annuì Aurelio.

«È il trattamento che si riserva alle schiave che tentano di fuggire. Se ci riprovano, vengono frustate, e le recidive possono essere anche marchiate a fuoco» ricordò Castore.

"Ecco perché Paride le ha messo il collare" rifletté il patrizio, riluttante a imporre ai suoi servi il ferro su cui era inciso l'avvertimento: "Sono uno schiavo fuggito, riportami al mio padrone".

«Ehi, ci si muove!» esclamò Castore, sentendo oscillare la portantina, ma i nubiani avanzarono solo di pochi passi.

«C'è qualche servo con cui Glauco fosse particolarmente in buoni rapporti?» chiese il senatore.

«Paconio, forse: erano i soli scrivani fissi di Saturnino; gli altri venivano assunti a giornata, mentre i testi li dettava l'editore in persona... ma perché tante domande sulla vita privata del nostro povero copista, *domine*? Al mercato c'erano migliaia di persone, e chiunque può essere entrato nel ripostiglio per sgozzare il malcapitato!»

«Se è stato un estraneo, abbiamo ben poche possibilità di trovarlo: ci conviene quindi partire dal presupposto che l'assassino conoscesse la vittima. L'unico indizio su cui possiamo contare è l'orma col ricciolo... A proposito, ricorda di fare una visitina a quel Curzio di cui mi ha parlato il fabbricante di scarpe: tra i suoi clienti potrebbe esserci qualcuno che conosciamo.»

«Dimentichi la pedina dei *latrunculi*, padrone. Glauco ci giocava spesso e molti dei nostri servi avevano imparato da lui» divagò Castore, nella speranza di evitare lo scomodo trasferimento a Trastevere.

«I *latrunculi*, già» prese la palla al balzo Aurelio. «Corre voce che il campione Giulio Cano sia stato sfidato da ignoto avversario; andrò a parlargli, uno di questi giorni, potrebbe rivelarsi utile. Prima, però, voglio tornare al mercato, per rendermi conto di come può essere avvenuto l'omicidio. Intendo anche effettuare al più presto un sopralluogo nella villa dove è morto Saturnino, portando con me tutti i suoi vecchi servi: sono certo che sanno qualcosa sulla morte del padrone. Intendo osservare le loro reazioni quando si troveranno di nuovo in quella casa.»

«Avrai bisogno del permesso dell'erede, cioè del giovane Druso.»

«Ho quello di Marcello Veranio, il tutore. Mi è costato un volume delle *Odi* di Pindaro; del resto, Marcello si getterebbe nel fuoco per un libro raro. Comunque avrai presto modo di conoscerlo; l'ho invitato a cena col giovane Druso e la sua fidanzatina.»

«Ah, quasi dimenticavo, *domine*... mi è venuto in mente dove ho visto quel Pupillo che ti faceva concorrenza all'asta: al mercato dei fiori. La sua padrona, una vedova, possiede un piccolo vivaio.»

«Sai per caso chi fosse il marito defunto?»

«Un certo Marco Italico» rispose Castore, mentre il senatore, stupito, sollevava la testa. In quel momento, la lettiga venne risollevata di colpo e i nubiani si lanciarono a spron battuto verso il Foro.

V

Diciannovesimo giorno prima delle Calende di febbraio

Quando, l'indomani, Aurelio arrivò al mercato, Calvisio stava dividendo gli schiavi da vendere secondo le loro funzioni.

«Sofrone, i triclinari mettili laggiù in fondo, accanto ai pocillatori, ne faremo un unico lotto. Subito dopo il personale di cucina: cuochi, pistori e pasticceri; poi gli addetti agli *armaria* e alle stanze da letto: capsari, cubicolari, guardarobieri... Hai controllato che tutti gli arcari sappiano far bene i conti e abbiano credenziali ineccepibili? Ho una reputazione da difendere, io, e nessuno deve poter dire che rifilo contabili disonesti! Adesso vammi a prendere gli efebi siriani, e spicciati, che stanno per arrivare i lenoni dell'Esquilino!»

Il sorvegliante, un omone grande e grosso dotato dell'aspetto terrificante che si addice a un buon aguzzino, si allontanò verso il portico, facendo schioccare la frusta.

«Senatore Stazio!» esclamò Calvisio, e subito corse ad accogliere Aurelio con premura. Il patrizio non aveva fama di buon cliente, a causa della brutta abitudine di scegliere gli schiavi in base alle simpatie personali, anziché comprarli in squadre intere, come era costume dei suoi pari. Però bisognava tenerselo buono, perché di soldi ne aveva da buttar via, e forse un giorno o l'altro si sarebbe deciso a cambiar metodo e mettere un po' d'ordine tra i suoi dipendenti.

«Non vedo le donne» osservò Publio Aurelio, guardandosi attorno.

«Ne abbiamo di splendide, senatore: *cosmeticae*, ornatrici, parrucchiere, flautiste, ballerine!» esclamò Calvisio con gli occhi che gli brillavano: correva voce che il senatore Stazio possedesse le schiave più belle di Roma e fosse pronto a pagare cifre folli per un'autentica rarità.

«Dove si trovavano le due che mi hai venduto, dopo l'asta?» chiese il patrizio.

«Le tenevo lontane dagli altri, guardate a vista» disse Calvisio. «Nella stanza accanto bivaccavano una trentina di minatori provenienti dalle cave di sale della Sicilia; e puoi bene immaginarti cosa sarebbe successo, se delle fanciulle tanto avvenenti fossero cadute in balìa di quegli scalmanati.»

«Gli uomini erano in catene?»

«Soltanto quelli che sarebbero rimasti soli a lungo. Gli altri li avevo affidati al sorvegliante.»

«È possibile che uno di loro si sia allontanato, anche per pochi istanti?»

«Scherzi? L'aguzzino Sofrone ha un occhio d'aquila!»

«Un'ultima cosa: Marcello Veranio, il tutore di Druso Saturnino, ti aveva mostrato in precedenza i famigli da vendere?»

«No, li portò solo quella mattina, quando giunse qui con la sorella. Ti confesso che i Marcelli sono stati una delusione: ne avevo sentito parlare come di una famiglia abbiente, e mi sono messo le mani nei capelli quando me li sono visti comparire davanti, lui con le scarpe infangate e lei col mantello sdrucito come una vecchia mendicante. Capisci, se i clienti si accorgono che il venditore è in difficoltà economiche, tirano sul prezzo. Per fortuna c'era anche il giovane Druso, che almeno era abbigliato decentemente» dichiarò il mercante.

Aurelio lasciò il mercante Calvisio senza nemmeno accennare allo schiavo Pupillo, certo che, anche qualora i due fossero stati d'accordo per far salire i prezzi, l'imbonitore non lo avrebbe mai ammesso.

Uscì all'aperto e si guardò intorno. Sotto le colonne del quadriportico stazionavano un paio di vecchi malridotti. Il loro proprietario, dopo averli sfruttati per anni, giudicava evidentemente che non valesse più la pena di mantenerli, e li mandava all'asta per tentare di ricavarci ancora qualcosa, prima di risolversi ad abbandonarli per strada. Aurelio distolse lo sguardo, disgustato.

Anche l'isola Tiberina era piena di schiavi infermi, espulsi da casa come suppellettili ormai inservibili: l'imperatore avrebbe dovuto porre un freno a certi abusi! Fu lì per elargire ai vecchi una moneta, ma poi, timoroso che l'avido padrone potesse sequestrarla e intascarsela, preferì comprar loro un paio di salsicce calde.

Sorpassato un gruppo di nani giocolieri che si esercitava nel cortile, scorse finalmente Sofrone in fondo allo spiazzo. Il sorvegliante, staffile alla mano, faceva avanzare lungo il porticato una schiera di ragazzetti in chitone, intenti a lisciarsi a vicenda con mosse languide i capelli inanellati. Uno degli efebi, valutate a colpo d'occhio le possibilità economiche del senatore, cominciò a fissarlo con insistenza, ammiccando per attirare la sua attenzione. Aurelio, seccato che il giovane l'avesse preso per un possibile compratore, si sforzò di assumere la sua aria più austera.

«Via, via, disgraziato, smettila di disturbare; si vede subito che questo signore non è dei vostri!» intervenne l'aguzzino. «In miniera li manderei, quelli, o a sudare al remo; invece non posso nemmeno sfiorarli con la sferza, perché un solo graffietto basterebbe a far calare il prezzo che sono disposti a sborsare i ruffiani dell'Esquilino!»

Aurelio allargò le braccia, tollerante: sapeva bene che a Roma c'erano parecchi bordelli con personale esclusivamente maschile, ma non se ne scandalizzava troppo.

«Ehi, ma tu non sei quello che ha acquistato le due ragazze, soffiandole a Pupillo?» esclamò Sofrone. «Hai fatto bene, tanto lui non avrebbe saputo cosa farsene: è uno di quelli!»

«Pupillo è amico di Calvisio, per caso?» chiese Aurelio, ricordando la parte avuta dal rosso nel far crescere il prezzo del lotto.

«Macché! Viene qui a mangiarsi con gli occhi quei siriani dipinti, ma non compra mai niente; anzi, mi sono meravigliato che all'asta facesse un'offerta. Non è mica l'unico, sai, che si fa venir l'acquolina in bocca per i femminelli; sapessi quanti sono i pezzi grossi che li apprezzano: cavalieri, pretori... persino quel filosofo che gioca a scacchi.»

«Ne sei sicuro?» domandò Aurelio, facendo luccicare una moneta.

«Morissi qui!» dichiarò Sofrone, battendo l'impiantito col manico della sferza. «Piuttosto, dimmi di Tuccia, quella deliziosa pupetta bionda: te la sarai già goduta, immagino» chiocciò, leccandosi le labbra.

«Carina, vero? E si ricorda benissimo di te» mentì spudoratamente il senatore.

«Ah, se non ci fosse stata l'altra a rovinare tutto!» rimpianse Sofrone. «Ero riuscito a liberarmene mandandola da sola alla latrina, anziché accompagnarla come avrei dovuto. Ma non tornava più, così ho dovuto mollare la bionda e correre a cercarla.»

Lasciando quindi incustodita Tuccia, dedusse il patrizio, mentre osservava la dislocazione dei servizi, disposti proprio sul retro del ripostiglio.

«Comunque, se la ragazza fosse uscita dal bagno, l'avresti certamente notata. Sempre che tu ci veda bene.»

«Be', veramente i miei occhi non sono più quelli di una volta. Mi raccomando, te l'ho detto in confidenza, non lasciartelo scappare!»

«E Calvisio ti tiene ugualmente al suo servizio?» domandò Aurelio, meravigliato.

«Certo, nel mio mestiere l'importante è incutere paura, e io, non per vantarmi, in quanto a questo mi presento mica male!» affermò l'altro in tono orgoglioso. Sofrone, in effetti, coi capelli rasati, la corazza di cuoio, due bracciali di metallo ai polsi e la frusta in mano, era un aguzzino perfetto: quale schiavo, davanti a quel temibile guardiano, avrebbe sospettato che non possedesse anche la vista di un falco? Di fatto, però, il sorvegliante non era in grado di garantire niente: entrambe le donne avevano avuto, in momenti diversi, il modo di entrare da Glauco. La stessa cosa si poteva dire di Terenzio e Scapola, perché Sofrone, assorbito dalle grazie di Tuccia, non si sarebbe accorto nemmeno di una legione che gli fosse passata sotto il naso in assetto di guerra.

«Insomma, mi è toccato girare tutto il mercato per trovare quella disgraziata, così non ho potuto approfondire la conoscenza della sua amica. Mi chiedevo anzi se non potessi venire a farle visita a casa tua, qualche volta...»

«Hai corso un bel rischio; se ti fosse sfuggita una schiava, per te sarebbero stati guai grossi!» commentò Aurelio, ignorando la richiesta.

«Già: l'ho pescata proprio vicino all'ingresso, e tanto per farle vedere che non scherzavo, le ho mollato uno schiaffo. E sai cos'ha fatto, quell'impudente? Mi ha morso la mano! A me, Sofrone, il miglior aguzzino del mercato! Stavo per dargliele sul serio, quando sei arrivato tu.»

Il senatore allungò la mancia di prammatica e fece per andarsene.

«*Domine, domine,* aspetta! Non mi hai detto dove abiti! Per via della bionda, capisci...» gli urlò dietro Sofrone, mentre Aurelio si affrettava a eclissarsi tra la folla.

Appena entrato in casa, Aurelio si chiuse in biblioteca, a riflettere sui pochi elementi di cui disponeva per risolvere il caso. La visita a Calvisio gli aveva confermato che chiunque sarebbe potuto entrare facilmente nel locale dov'era avvenuto il delitto. Glauco doveva essere stato assalito all'improvviso, e forse era morto ancor prima di rendersi conto della presenza dell'aggressore: dato che la ferita si apriva sulla parte destra del collo, era facile dedurne che l'omicida gliel'avesse inferta alle spalle... sempre che non fosse mancino, naturalmente. Paconio, interrogato subito dopo il delitto, spergiurava di non aver visto nulla; eppure nemmeno il sonno più profondo avrebbe giustificato una simile distrazione.

Il vecchio, d'altronde, pareva tranquillissimo e continuava a comportarsi come se non avesse nulla da nascondere; anzi, aveva già chiesto a Paride di procurargli del lavoro. Cosa avrebbe affidato per primo all'anziano scriba? si chiese il patrizio. Il trattato di cui la biblioteca di Augusto reclamava l'immediata restituzione, oppure l'*Aratea* di Germanico, ricercatissima, adesso che il fratello dell'autore sedeva sul trono dei Cesari?

Suonò il campanello per convocare il copista.

«*Ave, domine*» disse questi, entrando.

Aurelio lo studiò attentamente. Paconio aveva la chioma candida, lunga fino alle spalle, le vesti semplici e linde, la voce pacata di chi ha vissuto molto e sa che non conviene agitarsi per un nonnulla. Un bel vecchio, tutto sommato, anche se c'era qualcosa di strano nel modo in cui guardava la gente, senza mai fissarla direttamente negli occhi.

Il patrizio gli mostrò un testo e lo scrivano prese a scorrerlo con aria competente, palpandone accuratamente i fogli: «Ottimo, questo nuovo papiro che chiamano "carta di Claudio"» esclamò. «Sottile e resistente al tempo stesso.»

«È formato da due strati incollati assieme, uno di fibra scadente ma robusta, l'altro di fine papiro ieratico. L'ha ideato l'imperatore in persona, grande intenditore di libri» spiegò Aurelio, approfittando subito del momento favorevole per tirare in ballo l'argomento che lo interessava. «Mi sembri un uomo onesto, Paconio, ma dubito che tu mi abbia detto la verità sul delitto. Sei l'unico testimone oculare, però sei anche un testimone reticente. Come non sospettare di qualcuno che dichiara di non saper nulla di un omicidio al quale ha assistito tanto d'appresso?»

Il copista scosse la testa, rammaricato.

«Te lo giuro, padrone, tutto quel che ricordo è una specie di fruscio.»

Contro ogni logica, Aurelio fu tentato di credergli. Forse Paconio era stato drogato, suppose per un attimo, ma il vecchio si affrettò a smentirlo, specificando di non aver bevuto o mangiato nulla nelle ore precedenti l'asta.

«Se fossi a conoscenza di qualche altro particolare, non te lo tacerei, *domine*. Io volevo bene a Glauco. Oh, so che ne ha combinate parecchie, ma sempre a causa della sua esuberanza, della sua voglia di vivere. Era giovane, simpatico, e sapeva ascoltare: una dote rara.»

«Se attirava le confidenze altrui, può essere venuto a conoscenza di qualche segreto pericoloso...» ipotizzò Aurelio.

«Difficile a credersi, *domine*. I suoi amici erano schiavi o popolani, e quelle che gli venivano riferite erano faccende da poco: amoretti, pettegolezzi, liti di servi; niente di abbastanza serio da giustificare un omicidio, insomma.»

«C'è chi vede poco chiaro nella fine improvvisa di Saturnino. Tu ne sai qualcosa?»

«Cadde ammalato da un momento all'altro. Il figlio lo supplicò di farsi visitare, però lui non ne volle sapere: diceva che i medici sono buoni solo ad ammazzar la gente.»

«Che sintomi presentava?»

«Nausea, debolezza, crampi allo stomaco... lo ricordo bene, perché la prima crisi lo colse mentre stava dettandoci un testo. A proposito, hai un buon lettore?»

«No, a dire il vero.»

«Se vuoi, posso consigliartene uno: è un liberto della casa di Augusto. Un tempo faceva il poeta, ma poi si urtò con Seiano, subì un processo e smise di pubblicare. Da allora non è più tornato in auge e campa accettando lavoretti qua e là.»

«D'accordo, purché sia bravo... Adesso dimmi la tua opinione sui servi che ho comprato» domandò il senatore e, vedendo che

Paconio nicchiava, aggiunse franco: «Se non me ne parli tu, dovrò ricorrere alle dicerie delle malelingue, e sarà peggio».

«Scapola è un buon uomo, ma un po' pasticcione» si decise il vecchio. «Da un pezzo al padrone non serviva più un giardiniere, ma gli era troppo affezionato per venderlo, così lo affittava agli amici in caso di bisogno. Terenzio invece era efficientissimo, anche se, come capo della servitù, preferiva tener le distanze. Di Tuccia non so molto, salvo che Saturnino la trattava con un certo riguardo.»

«Delia la conosci?» chiese Aurelio, incuriosito.

«È una donna molto particolare, *domine.* Ha le qualità di una patrizia, ma ciò che per un libero è una dote, per uno schiavo costituisce un difetto imperdonabile.»

«Ti ringrazio» lo congedò il padrone. «E mandami pure il tuo poeta: vedremo di assumerlo.»

Uscito lo scriba, Aurelio andò a riprendere la scacchiera di *latrunculi.* Non aveva neppure finito di disporre le pedine che Castore si precipitò nella stanza. «Padrone, ho una notizia da un aureo!» annunciò, eccitatissimo.

«Cinque sesterzi, non un soldo in più» offrì il senatore senza sollevare lo sguardo.

«Dieci, e li vale tutti!»

Il patrizio si arrese. La voce del greco era troppo trionfante perché si trattasse dell'ennesimo imbroglio.

«Quel Lupo che mi hai mandato a cercare, il fuochista...»

«Ebbene?» chiese Aurelio.

«È morto anche lui, nemmeno due anni fa: sgozzato come Glauco! Il bagno pubblico si trova in una *insula* della Suburra; adesso è gestito da un certo Sarpedone, un omaccio manesco e volgare che batte i servi di santa ragione. Quattro dipendenti lavorano come muli per far andare avanti quello che lui chiama con prosopopea "stabilimento termale"; in realtà si tratta di una *forica,* una comune latrina con una decina di sedili di pietra allineati contro il muro. Accanto c'è una stanza di una ventina di piedi, murata da una parte a formare una vasca. Per un quadrante puoi accedere alla latrina e con due assi ti paghi anche qualche sommaria abluzione» spiegò Castore.

«Non è nemmeno a buon mercato, per un posto del genere» commentò il senatore. «E questo Sarpedone vive lì coi suoi servi?»

«Il liberto e gli schiavi che lavorano alla fornace dormono nello scantinato, in condizioni invereconde; Sarpedone, invece, ha un locale tutto suo al pianterreno, che dà sulla strada, ma comunica con la cantina attraverso una scala a pioli. Un tempo ci abitava Lupo: il suo corpo fu ritrovato in un lago di sangue proprio in quella camera. Gli avevano tagliato la gola da parte a parte, e non dev'essere stata un'impresa facile, dato che come ex gladiatore sapeva certo difendersi.»

«Se ho ben capito, però, Glauco non lavorava più alla caldaia quando il fuochista venne assassinato.»

«No, tuttavia si era fatto vivo da poco coi suoi compagni. La sguattera, che per inciso è proprio bruttina, ha raccontato che venne a portar loro dei panni e un po' di cibo.»

Aurelio annuì, pensoso. Padrone e schiavo scannati a nemmeno due anni di distanza: una coincidenza davvero sorprendente...

«Se il caso di Glauco non è isolato, indagare nell'ambiente dell'editore è tempo perso, *domine*» consigliò il segretario. «A che ti è servita la visita dai Sosii, per esempio? Non penso che ti sia di grande utilità sapere che Veranio, oltre a leggere Virgilio e Sofocle, possiede parecchie copie di un oscuro libello alessandrino di Sotade sulle nozze di Tolomeo e Arsinoe!»

«Oscuro? Oggi, forse, ma tre secoli addietro fece scandalo, tanto che l'autore passò un sacco di guai.»

«C'è in giro un pericoloso assassino e tu ti perdi nei meandri della letteratura!» brontolò il greco.

«Quella famiglia mi interessa, Castore. Per questo ho invitato a cena i Marcelli» lo smentì il padrone.

«Dovrò fare da balio ai pargoli!» fece il liberto, stizzito.

«Druso non è più un bambino, ha quasi diciassette anni: io, alla sua età, indossavo già la toga virile.»

«Ma la fidanzata sarà una mocciosetta insopportabile... Ehi, ma che stai facendo, ti sei dato anche tu ai *latrunculi*?» osservò Castore, additando la scacchiera sul tavolo.

«Tento di entrare nello spirito del gioco, dato che la *mandra* è uno dei pochi indizi che abbiamo. A proposito, che fine hanno fatto le pedine di Glauco?»

«Non ne possedeva affatto; se le faceva prestare dalle nostre ragazze... Già, tre delle nostre ancelle sono state in rapporti con lui. Forse sanno qualcosa che noi ignoriamo.»

«No, ahimè. Interrogandole non ho scoperto nulla, salvo il fatto che non sono mai riuscite a portare a termine una partita senza finire ribaltate sul cubile!»

Quando il liberto si fu accomiatato, Aurelio mise definitivamente da parte la scacchiera: la partita che aveva ingaggiato contro lo sconosciuto assassino era infinitamente più complessa ed eccitante di qualunque mossa dei *latrunculi*. Glauco e Lupo, pensò: il primo di una delicatezza femminea, uso a perseguire i suoi scopi con l'astuzia e il calcolo; l'altro un bestione violento, che si era guadagnato la libertà massacrando i compagni nell'arena. Strano destino, il loro: a farli conoscere era stata una circostanza fortuita – la punizione comminata da un padre offeso – e i due si erano frequentati per qualche tempo, incontrando poi la stessa orribile fine.

Per cercare di schiarirsi le idee, Aurelio uscì nel suo peristilio privato e si fermò sotto il sambuco spoglio, respirando a fondo. Amava quel quartierino nascosto, riservato a lui solo: le case dei ricchi erano eleganti e sfarzose, sì, ma più simili a palcoscenici che a rifugi nei quali trovare un po' di intimità. La vita vi si svolgeva in pubblico, tra clienti e domestici che andavano e venivano senza sosta, spiando e criticando i minimi gesti del padrone; impossibile ospitarvi un amico, o ricevervi una donna, senza che il mattino dopo la novità diventasse l'oggetto di conversazione dei curiosi. In queste condizioni i più reconditi segreti politici, e ancor più quelli di alcova, non rimanevano tali a lungo: sussurrati di bocca in bocca, graffiti sui muri da mani pettegole, venivano offerti quotidianamente in pasto ai maldicenti, commentati nelle basiliche, ripetuti a voce alta nei pranzi di gala. I quiriti non se ne adontavano; per un romano, infatti, l'abitazione non costituiva che una misera appendice di quella che era la sua vera casa: la strada, la piazza, il Foro. L'Urbe intera, insomma.

Aurelio, invece, aveva voluto un posticino lontano dai rumori molesti, dalle liti dei servi, dalle richieste dei postulanti. Stava appunto godendosi un raro momento di quiete, quando con la coda dell'occhio vide qualcuno avanzare cautamente alle sue spalle.

Tutti i suoi sensi entrarono all'erta: gli anni passati nelle legioni, e ancor più quelli trascorsi in una città dove gladio e pugnale potevano nascondersi sotto ogni mantello, lo avevano reso circospetto. Attese che l'intruso gli giungesse accanto, poi si girò con uno scatto fulmineo e lo afferrò con ambo le mani. Rimase di sasso, trovandosi davanti non il ghigno feroce di un sicario, ma il sorriso melenso della biondissima Tuccia.

«Sono venuta a vedere se hai bisogno di qualcosa, padrone» lo blandì la donna, accostandosi con movenze dichiaratamente voluttuose.

«Paride non ti ha informato che nessuno può metter piede qui, se non dietro mio ordine?» la ammonì freddamente Aurelio.

«Sì, ma ho pensato...» balbettò Tuccia in un tono lezioso che ebbe l'effetto di infastidire ancor di più il patrizio.

«La prossima volta obbedisci!» tagliò corto il senatore.

«Credevo ti interessasse sapere di Glauco» sussurrò lei, insinuante, attendendo che il patrizio gli facesse cenno di proseguire. «Dopo l'asta in cui avesti la bontà di acquistarci, noi donne ti aspettavamo sotto il portico...» disse, e si interruppe subito per una pausa a effetto.

«Ebbene?» chiese il senatore, asciutto.

«Delia non rimase sempre con me, il giorno che tu ci comprasti. Io stessa la vidi avviarsi verso il retrobottega in cui avevano appena portato i copisti» rivelò in un soffio, aspettandosi i complimenti per la spiata.

«Ti riferisci a quando Delia andò alla latrina, e Sofrone dovette lasciarti sola per rincorrerla?» la raggelò il patrizio, ritorcendole contro l'accusa. La ragazza si morse la lingua: non era stata una buona idea cercare di ingraziarsi il senatore riferendogli l'episodio, ma come poteva prevedere che reagisse in quel modo, anziché lodarla per aver denunciato l'amica?

«Puoi ritirarti» la congedò Aurelio. «Se avrò bisogno di te, ti farò chiamare.»

La donna si inchinò, abbassando umilmente le palpebre; tuttavia al patrizio non sfuggì lo sguardo di stizza che per un attimo le si accese negli occhi. La guardò allontanarsi nel peristilio, con studiata lentezza: i fianchi fasciati di verde ondeggiavano come le spire sinuose di un serpente.

VI

Diciottesimo giorno prima delle Calende di febbraio

La sera, nel triclinio invernale, tutto era pronto per accogliere i Marcelli: tre lettucci imbottiti erano stati già allineati ai lati del tavolo, uno a testa per Aurelio e Veranio, l'ultimo in comune per i due ragazzi.

I domestici finirono di stendere un drappo di lino ricamato sul marmo della mensa, decorandolo poi con rami e bacche di arbusti sempreverdi. Terenzio, efficientissimo, disponeva in bell'ordine le salviette, piegandole elegantemente a forma di ali di gabbiano, mentre le ancelle passavano e ripassavano gli scaldini per intiepidire i guanciali. Data la presenza di una giovanissima, il senatore non aveva ritenuto di ingaggiare musici di professione o ballerine; ad allietare gli ospiti sarebbero stati Fillide con la sua cetra e il cameriere Modesto, che se la cavava piuttosto bene col flauto.

Avvolto in una *synthesis* dalle maniche lunghe, ampia abbastanza da nascondere la calda tunica di lana, Aurelio attendeva gli invitati nel tablino, seduto accanto a un grande braciere di bronzo: era sicuro che Marcello non si sarebbe accomodato a mensa prima di aver frugato in lungo e in largo nella biblioteca, e pregustava il piacere di stupirlo con le sue rarità.

«Gli anelli, *domine*» lo sollecitò Castore, porgendogli la *dactyliotheca*.

Il patrizio scelse due gioielli modesti per non mettere in imbarazzo gli ospiti, e li infilò con noncuranza alle dita della mano destra, accanto al grande rubino col sigillo degli Aurelii che portava sempre all'indice.

«Stanno arrivando» disse l'annunciatore, e Aurelio vide avanzare verso di lui il corpulento collezionista, seguito da un ragazzo piuttosto esile e da una prosperosa fanciulla che non risultava affatto tra gli invitati. Della sorellina piccola, nessuna traccia.

«Marcello Veranio, Druso Saturnino e Verania Marcellina!» proclamò lo schiavo nomenclatore, lasciando il senatore letteralmente a bocca aperta: la fidanzata del giovane Druso era dunque una donna fatta, e fatta in modo da attirare decisamente l'attenzione! La bella Verania, un'energica ragazzona dal colorito acceso, sollevò su di lui gli occhi chiari e si aprì in un largo sorriso.

«Salve, Publio Aurelio Stazio; dove tieni i libri?» chiese subito Marcello.

Il patrizio, però, stava già rivolgendosi al giovane Druso con la stessa deferenza che avrebbe riservato a un adulto togato.

«Mi spiace per tuo padre» gli disse compunto.

«È accaduto tutto così in fretta che non riesco ancora a crederci: la malattia, il lutto, la chiusura della bottega...»

«Ti auguro di rimetterla in sesto appena possibile.»

«Non dipende da me, bensì dal mio tutore» osservò il giovane.

«Riaprirà, riaprirà, e al più presto. C'è da lavorar sodo, se vogliamo far quadrare i conti!» intervenne Marcello.

«Tuttavia, non sarà più la stessa» si lasciò scappare il ragazzo, entrando nella sala con la fidanzata.

Aurelio li guardò accomodarsi sui triclini; lei del tutto a suo agio nella stola turchina che ne sottolineava le forme fiorenti, lui visibilmente impacciato nella toga ornata ancora dalla *bulla* infantile.

«Che intendeva dire Druso?» chiese il senatore, facendo strada a Marcello Veranio verso l'agognata biblioteca.

«Saturnino era un raffinato, un esteta, un artista» rispose Marcello. «Pubblicava rotoli perfetti, su sottilissima carta augusta, riservandoli agli intenditori come noi. Ora, sai bene che molti acquirenti non sono tanto schizzinosi; quello che vogliono è solo un bel rotolo, che si presenti bene all'esterno, col triangolino del titolo scritto a lettere d'oro. Per quanto riguarda la qualità della carta o la calligrafia, invece, sono di bocca buona, e non fanno caso agli eventuali errori del testo. I volumi servono loro più che altro da oggetti di arredamento; così, davanti a un'elegante membrana color porpora non si chiedono neppure se il papiro sia stato trattato o no col *cedrium* contro le tignole.»

«Vuoi dire che hai intenzione di produrre libri dozzinali, che andranno in briciole alle prime muffe?» si scandalizzò Aurelio.

«Perché no? Quello che manda in rovina un editore sono i materiali costosi, come appunto l'olio di cedro, e i buoni scrivani, che devono conoscere a menadito l'ortografia per lavorare velocemente sotto dettatura» spiegò il pratico Marcello. «A Roma, tuttavia, c'è un mucchio di gente che, bene o male, sa leggere e scrivere; quindi mi sarà facile arruolare due dozzine di schiavi e metterli a riempire pagine e pagine di quel papiro saitico prodotto con fibre di corteccia, che si vende a prezzo stracciato. Dopo basterà un buon illustratore per dipingere qualche scena vistosa sulla membrana, ed ecco che, con un terzo della spesa, avrò in mano un volume di successo!» affermò Veranio, soddisfatto.

«In centinaia di copie!» esclamò Publio Aurelio, storcendo il naso.

I rotoli fatti in serie erano inevitabilmente zeppi di refusi, tanto che non se ne trovava uno uguale all'altro, e per studiarli era necessario confrontarne parecchie versioni.

«E perché non migliaia?» riprese Marcello. «I nuovi ricchi, quelli che hanno fatto i soldi col commercio e gli incarichi imperiali, ardono dal desiderio di ostentare una storia di famiglia dalla quale risulti che il solito nonno schiavo era in realtà un principe frigio o egizio. Ovviamente bisognerà fornir loro non solo l'edizione, ma anche l'autore. La cosa, comunque, è abbastanza facile: l'Urbe rigurgita di scribacchini che non sanno come sbarcare il lunario!

«Capisco» fece Aurelio un po' perplesso, pur non mancando di ammirare, suo malgrado, lo spirito imprenditoriale di Marcello. Papiri tanto vistosi quanto scadenti, offerti sulle bancarelle a prezzi bassissimi... c'era di che far rabbrividire il suo gusto sofisticato! Eppure, a ben vedere, il disinvolto editore non aveva tutti i torti a lanciarsi in una simile impresa. L'Urbe aveva fame di libri e, volendo accontentare tutte le tasche, non si poteva guardar troppo per il sottile. L'unico aspetto irritante di quel progetto era sapere che il collezionista avrebbe continuato a procurarsi i suoi volumi, perfetti ed elegantissimi, dai fratelli Sosii, al Foro.

«Un Metrodoro, un Filodemo, un Ermarco... hai tutti gli epicurei di Ercolano» mormorava frattanto Veranio, cacciando il naso tra gli scaffali. «C'è anche uno scritto di Temistia. Mi congratulo, sono in pochi a leggere le donne che si dedicano alla filosofia. Ed ecco qui i trattati di Posidonio: converrebbe farne un'edizione economica; i quiriti hanno un debole per i manuali divulgativi!» continuò il bibliofilo, appoggiandosi pesantemente alla teca con la mano destra, mentre con l'altra srotolava sgarbatamente un prezioso volume sotto gli occhi preoccupati del senatore.

«A proposito,» disse Aurelio «credo che tu possieda il libello che Sotade scrisse contro le nozze di Tolomeo Filadelfo e Arsinoe. Mi piacerebbe leggerlo.»

«Purtroppo non ce l'ho nemmeno io; anzi, è un pezzo che lo cerco» negò Marcello, allargando le braccia.

Aurelio rimase alquanto stupito, perché i Sosii gli avevano confidato di averne venduto al collezionista ben tre copie. Che quel fanatico fosse tanto geloso dei suoi libri da non volerli cedere a nessuno?

«Vedo che pure tu hai dovuto procurarti le opere complete di Claudio» esclamò ridendo il grassone. «Le possiedono tutti, oggigiorno. Strano, però: i tuoi rotoli non sembrano neppure nuovi» aggiunse poi, mettendone uno da parte.

In effetti, la *Storia degli Etruschi*, scritta in gioventù dall'imperatore, era rimasta a lungo sconosciuta; non appena però il maturo erudito era asceso al trono dei Cesari, il colossale compendio era apparso come per magia in ogni biblioteca.

Il giovane Druso Saturnino, che sopraggiungeva proprio in quell'istante, scorse il volume sul tavolo e lo aprì, incuriosito. «Ehi, c'è la dedica!» mormorò, osservando stupito le parole vergate a minio rosso dalla mano stessa del divino Cesare:

Tiberio Claudio Nerone a Publio Aurelio Stazio,
suo migliore e unico allievo di etrusco,
nel giorno del ventiduesimo compleanno.
Anno 778 ab Urbe condita.

Il ragazzo rilesse incredulo la data, e scrutò Aurelio con occhi nuovi. Dunque, quell'eccentrico patrizio, che declinava gli inviti ufficiali e si faceva vedere tanto raramente in Senato, era amico di Cesare da due decenni, da quando cioè l'imperatore era soltanto l'ultimo e il più negletto dei Giulio-Claudi! Druso strinse le labbra, dissimulando la sorpresa: quell'informazione avrebbe potuto rivelarsi molto utile, in futuro.

«La cena è pronta, *domine*» annunciò Castore a voce tonante, e aggiunse sogghignando all'orecchio del senatore: «Se quella è la bimba, solo Afrodite sa cosa diventerà da grande!».

Marcellina, rimasta sola coi musici, aveva presto dimenticato le regole del contegno e cantava assieme agli schiavi al ritmo della cetra e dell'*aulos*, sollevando e abbassando il seno generoso, trattenuto a stento dallo strettissimo strofio mammillare. Tuttavia, non appena vide i tre uomini entrare nel triclinio, si ricompose in fretta e finse ostentatamente di ignorare i servi coi quali aveva riso e scherzato fino a un istante prima.

In quel momento si fece avanti l'impeccabile Terenzio con un superbo trionfo di fichi al miele e di olive dolci, seguito dagli altri domestici che servivano le insalate invernali, il pasticcio di fegato d'oca e il fragrante pane del Piceno.

«Tutta questa roba per noi quattro?» si meravigliarono gli ospiti, non usi a tanta abbondanza.

«Veramente è soltanto l'antipasto. Dopo ci sono ghiri arrosto, pesci e porchetta» disse Aurelio, mentre il giovane Druso si gettava famelico sulle olive, senza nemmeno aspettare l'invocazione agli Dei.

Anche Marcellina faceva onore alla tavola, attenta a non lasciarsi sfuggire nessun assaggio. Una donna semplice e spontanea, considerò il senatore mentre la guardava mangiare a quattro palmenti. E bella, per di più: bionda, formosa, ben fatta. Peccato che non avesse la minima grazia nei gesti e la sua conversazione risultasse tanto banale da indurre al sonno... La sorella di Veranio non era certo il tipo della matrona colta, e Aurelio dubitava che si divertisse molto a vivere in mezzo a papiri polverosi, con una *recitatio* poetica di tanto in tanto come unico diversivo. Per una ragazza così piena di energia, sarebbe stato meglio vivere con la madre in campagna; fuori dall'Urbe, però, era difficile trovar marito, ed ecco allora il previdente fratello prenderla in casa e fidanzarla al suo pupillo.

«A quando il matrimonio?» chiese Aurelio, per mostrarsi doverosamente cortese.

La fanciulla ridacchiò, mentre il giovane Druso si faceva di fuoco. Fu Veranio a rispondere, accarezzandosi i cernecchi con un gesto vago.

«C'è tempo, c'è tempo; i ragazzi devono maturare.»

Il patrizio dette un'occhiata in tralice alla promessa sposa e gli parve matura, maturissima, ma tenne per sé quella considerazione e si rituffò a parlar di libri.

VII

Dodicesimo giorno prima delle Calende di febbraio

«Che coppia male assortita!» commentava Castore qualche giorno più tardi. «Marcellina ha quattro anni più del ragazzo, e questa è un'età in cui anche pochi mesi fanno differenza. Per di più, dalla disinvoltura con cui la fanciulla si presenta, giurerei che il povero Druso si troverà pieno di corna prima ancora di aver passato la soglia della camera nuziale... Mi chiedo perché mai si sia messo in questa situazione.»

«Non è tanto strana come credi, Castore» ribatté Publio Aurelio. «A Roma, molti uomini non più giovani si promettono a delle bambine, attendendo che raggiungano la pubertà per sposarle: il contratto di fidanzamento è un impegno pubblico, e davanti alla legge vale quanto il matrimonio anche in materia fiscale; in questo modo i furbi acquistano tutti i diritti degli accasati, senza far fronte agli svantaggi della convivenza, e inoltre hanno l'opportunità di plasmare la futura moglie a loro immagine e somiglianza. Qui abbiamo il caso contrario, ma non c'è da stupirsi: io stesso, a poco più di vent'anni, sposai una donna più anziana. Il matrimonio risponde a precisi interessi, e l'età del coniuge è irrilevante.»

«Mi piacerebbe sapere se queste nozze erano già state decise prima della morte di Saturnino, oppure se è stato quell'ingegnoso grassone a combinarle. A proposito, come ha ottenuto la tutela del ragazzino?»

«Era un lontano cugino dell'editore, oltre che un suo ottimo cliente, così è stato indicato nel testamento come amministratore del patrimonio, sino alla maggiore età di Druso» spiegò il patrizio.

«Che di sicuro verrà procrastinata il più possibile» malignò il liberto. «Marcello sarà anche benestante, ma di certo non è divorato dalla brama di spendere: la *mappa* in cui si è incamerato mezza porchetta aveva le dimensioni di un lenzuolo, più che di un tovagliolo.»

«In effetti, l'ho visto approfittare un po' troppo dell'usanza che permette di portarsi a casa gli avanzi della mensa nella salvietta personale!» rise Aurelio.

Un bussare nervoso interruppe la conversazione, annunciando la presenza di Paride. L'amministratore fece il suo ingresso con più solennità del solito, seguito da alcune guardie che trascinavano a forza la schiava Delia.

«Devi punirla, padrone: l'abbiamo pescata vicino al Macello di Livia mentre stava scappando.»

Aurelio fissò muto la scena che gli si presentava davanti: quattro uomini nerboruti si sforzavano di tener ferma una ragazza magrolina, scatenata come una menade in pieno Baccanale. Il patrizio ricordò di aver assistito una volta, in Egitto, alla cattura di una gazzella: le lunghe gambe di Delia possedevano la stessa grazia acerba delle zampe dell'animale prigioniero, e gli occhi l'identico sguardo, sospeso tra paura e rancore.

«Non stava scappando» dichiarò d'istinto il senatore. «L'ho mandata laggiù io stesso, per una commissione.»

«Come vuoi, il padrone sei tu» bofonchiò l'intendente, lasciando capire che non ci era cascato. Mai che il senatore avesse un debole per una persona perbene, deplorava Paride; le sue simpatie andavano sempre ai fannulloni, agli insolenti, agli insubordinati come Castore o quella schiava arrogante...

«Lasciateci» comandò Aurelio, il quale, una volta rimasto solo con la mancata fuggitiva, aspettò un grazie che però non venne. "Che mula" pensò il senatore. "L'ho appena salvata dalla sferza e non si degna nemmeno di rivolgermi la parola!"

Ci avrebbe pensato lui, tuttavia, a farle calare le arie, con un sistema quasi infallibile che aveva già collaudato parecchie volte. Lentamente prese posto su un comodo seggio, proprio di fronte alla ragazza, e cominciò a squadrarla da capo a piedi, a lungo, senza dire una parola. Di solito, quella tattica innervosiva l'osservato che, in netta posizione di svantaggio, si decideva ad aprir la bocca per primo, nel tentativo di vincere l'imbarazzo.

Dunque, Publio Aurelio sedette e attese. La situazione presentava anche un aspetto piacevole, perché la ragazza, malgrado l'aria astiosa e la bocca imbronciata, era tutt'altro che brutta, con quel corpo snello, la pelle brunita e gli occhi grandissimi e cupi.

Delia, impassibile sotto il suo sguardo, teneva la testa alta e la schiena dritta; le braccia bruciavano per le escoriazioni e le gambe, denudate nella cattura, erano ormai livide e intirizzite dal gelo. Stava certamente soffrendo, però non lo dava a vedere in alcun modo e restava ostinatamente immobile, indifferente al freddo e al dolore.

Il patrizio aspettò a lungo che cedesse, invano. "Numi del Tartaro, è proprio testarda!" pensò, decidendosi a chiederle: «Quanti anni hai?».

«Ventotto» rispose lei.

Aurelio aggrottò la fronte, stupito: pensava che fosse più giovane; ma forse erano i capelli, corti e scarmigliati, a darle quell'aria acerba da adolescente.

«E tu?» aggiunse subito la ragazza in tono sfacciato, come se si rivolgesse a un suo pari.

«Sei nata libera, vero?» domandò il senatore, fingendo di non rilevare l'impertinenza.

Era già sicuro della risposta; cos'altro avrebbe potuto giustificare quello spirito ribelle? La pelle ambrata della ragazza parlava di deserti infuocati, di tende ombrose, di fieri nomadi; per lei, cresciuta a quel modo, doveva esser stato duro ritrovarsi in stato di schiavitù.

«Ti sbagli» lo smentì Delia, laconica. «Sono figlia di una ierodula di Corinto. Ne esistono ancora.»

Il patrizio assentì: sapeva che un tempo la prostituzione sacra veniva esercitata nel recinto di Afrodite da fanciulle che, votatesi alla Dea per qualche anno, attendevano di essere prescelte dai passanti per poi consegnare al tempio i proventi della loro attività. Secoli addietro, le ierodule erano rispettate, e nessuno si sarebbe permesso di paragonarle a comuni meretrici; ma col passare degli anni e l'affievolirsi dello spirito religioso, quella funzione sacra era diventata un vero e proprio traffico di carne umana, così il tempio veniva ora considerato alla stregua di un bordello, per di più privo di tariffe fisse, perché i sacerdoti si accontentavano delle offerte spontanee dei fedeli.

«Mio padre doveva essere un marinaio della Mauritania; nell'istmo arriva gente di ogni genere e da ogni dove» aggiunse Delia.

Sebbene decaduta, pensò Aurelio, Corinto era ancora un grande centro commerciale. Le navi vi giungevano dallo Ionio, poi venivano trainate a secco sulle sponde dello stretto, per riprendere infine il mare nell'Egeo. Era un procedimento faticoso, ma risparmiava quel paio di giorni che sarebbero occorsi per circumnavigare il Peloponneso. Gli ingegneri romani, peraltro, avevano già allo studio il progetto di tagliare l'istmo con un canale, simile a quello scavato dai Tolomei in Egitto, tra il Mediterraneo e il Mar Rosso...

Perso in queste riflessioni, Aurelio non si era accorto che la ragazza tremava come una foglia: dunque non era fatta di marmo, osservò maligno, e decise di lasciarla penare finché si fosse decisa a chiedere qualcosa con cui coprirsi.

«Da chi hai servito finora?» le chiese. L'elenco dei proprietari doveva essere lungo, perché Delia non era certo l'ancella docile e arrendevole che dei patrizi desiderosi di pace domestica avrebbero gradito trovarsi attorno.

«Didio Barbato fu il mio primo padrone; mi prese al tempio, appena nata, e mi crebbe a Delo, dove esercitava la filosofia. Pochi anni dopo ci trasferimmo a Roma, e da allora ho sempre vissuto qui. Quando Didio si uccise, fui ereditata da suo nipote, che a sua volta mi vendette a Saturnino. Infine mi hai comprata tu.»

Aurelio conosceva di fama il filosofo Barbato, uno di quei moralisti intransigenti sempre pronti a far la predica a tutti.

«Era uno stoico, vero?» chiese soprappensiero, ricordando che il vecchio si era tagliato le vene qualche anno addietro, per protestare contro un'ingiusta accusa rivoltagli dal folle Caligola.

«Lo sono anch'io» dichiarò altera la ragazza.

«Tu?» esclamò il senatore, divertito.

«Perché no? Anche gli schiavi pensano» replicò lei, con espressione piccata.

«E anche gli stoici soffrono il freddo» ribatté il patrizio, e finì con l'arrendersi, buttandole addosso una coperta. Nemmeno questa volta la ragazza si degnò di ringraziarlo.

«Comunque, filosofia o no, piantala di combinar guai, o non potrò evitarti le vergate: il nostro intendente è molto severo!» minacciò Aurelio, esagerando non poco l'intransigenza del buon Paride.

«Picchiare i servi è il suo mestiere» commentò lei con fare indisponente.

«Oh, adesso non tediarmi con la solita filippica degli stoici sui mali della schiavitù; molti di quei virtuosi ipocriti hanno più servi di me!» fece Aurelio, seccato. «E poi, dimmi: sai forse distinguere uno schiavo da un libero, quando li vedi camminare per strada? Vestono nell'identica maniera, mangiano gli stessi cibi, lavorano un numero di ore più o meno uguale e frequentano le medesime terme, ormai!»

«Facciamo cambio, allora» propose Delia, beffarda, e per l'ennesima volta evitò accuratamente di chiamarlo *domine,* come avrebbe dovuto.

Aurelio sospirò, congedando l'ancella con un gesto di noia: aveva già un segretario ladro, un intendente ficcanaso, un portinaio dormiglione, un barbiere a cui tremavano le mani e un giardiniere con la vocazione di radere al suolo ogni accenno di vita vegetale. Quello che gli mancava era proprio una schiava seguace della filosofia stoica...

VIII

Decimo giorno prima delle Calende di febbraio

Publio Aurelio si aggirava nell'Argiletum, inseguito dai librai che speravano in qualche suo acquisto. Il patrizio proseguì dritto, senza fermarsi. La curiosità lo spingeva di nuovo verso la copisteria di Saturnino, ma quando vi giunse davanti stentò quasi a riconoscerla. L'ingresso non era più sbarrato dalle assi, e all'interno ferveva un'attività frenetica: i muratori avevano abbattuto il muro di fondo e stavano ora aprendo una larga botola verso il piano superiore, dove una volta si trovava l'appartamento dell'editore. L'imbianchino intonacava i muri, mentre un falegname era occupato a prendere le misure per una serie di tavoli stretti e lunghi, capaci di ospitare un gran numero di copisti. Veranio non perdeva tempo, constatò il patrizio; presto un centinaio di calami avrebbero scricchiolato sul papiro saitico di pessima qualità.

«Non so proprio dove potete mettere il legno per la scala: sono solo incaricata di sorvegliare la casa!» disse una voce che dal timbro e dalla limpidezza non poteva essere quella della vecchia custode incontrata qualche tempo prima. Infatti apparteneva a un fior di ragazza, di cui nemmeno la coperta buttata sulle spalle a mo' di mantello riusciva a nascondere la grazia delle forme.

«La *kyria* Domizia?» tirò a indovinare Aurelio, rivolgendosi a lei con il titolo che si riservava alle signore di un certo lignaggio.

«Sì» confermò la giovane, lusingata, e lanciò un lungo sguardo di approvazione all'elegante patrizio: doveva essere un uomo importante, pensò la ragazza, eppure la conosceva per nome...

«I lavori procedono bene; vedo grandi cambiamenti.»

«Oh, sì... io, però, preferivo la bottega com'era prima.»

«Certo la qualità dei rotoli non migliorerà» commentò Aurelio, osservando lo spazio esiguo in cui i poveri scribi si sarebbero stipati gomito a gomito, stretti come sardine in un orcio.

«A dire il vero, io di libri ci capisco poco, anzi non ho mai imparato molto bene a leggere e a scrivere: la nonna dice che per una ragazza onesta è meglio saper filare!»

«Eppure la bottega di Saturnino ti piaceva, e di certo avrai conosciuto i copisti.»

«Sì, il vecchio Paconio» tergiversò Domizia.»

«E il giovane Glauco. È lui che mi ha parlato di te» mentì Aurelio.

«Poveretto, che morte orribile! Chiacchiera e chiacchiera, ha finito per farsi dei nemici: se mi avesse dato retta!»

Il patrizio aprì le orecchie, interessato.

«Glielo dicevo di non andare a cacciarsi nei guai, ma Glauco era testardo come un mulo; per lui le donne erano sempre uguali, ricche o povere, libere o schiave! Pensare che, abile com'era, avrebbe potuto metter via un po' di soldi, comprare la libertà e sistemarsi con una ragazza per bene!» continuò Domizia.

«Scommetto che correva dietro anche a te; devono essere in tanti a girarti attorno, carina come sei...»

La ragazza fece un mezzo sorriso, tra l'imbarazzato e il compiaciuto, tuttavia non negò.

«Be', sì, per un po' ci ha provato, ma non faceva mistero di mirare a una signora abbastanza ricca da riscattarlo. E poi non era il mio tipo.»

«Qual è il tuo tipo, allora?» chiese Aurelio, confidando che la ragazza descrivesse un quarantenne bruno, attraente e abbastanza generoso da strapparla alla miseria, magari per metterle a disposizione una casetta sull'Aventino.

«Deve essere un uomo libero, giovane, seriamente intenzionato a sposarmi» dichiarò Domizia e il senatore, pur con tutta la sua buona volontà, non riuscì proprio a riconoscersi.

«Lo troverai, prima o poi» le augurò.

«Parli come mia nonna!» ribatté Domizia, irritata. «Ma chi mi prende, povera in canna e senza uno straccio di dote per rendermi invitante?»

«Sai cucire, vero? Vai dunque a comprarti una bella stoffa di Tiro e fatti un vestito elegante: vedrai che i pretendenti arriveranno a frotte!» disse Aurelio, allungandole venti sesterzi. «Mi raccomando, però, non riferire a tua nonna che te li ho dati io: nel migliore dei casi, mi correrebbe dietro con la scopa!»

Il senatore ritornò sui suoi passi e, memore delle indicazioni di Castore, si diresse al forno di Bosio, non lontano dall'incrocio con la Via della Suburra. Le considerazioni di Domizia lo avevano convinto della necessità di chiedere notizie di quella figlia di Norbano che era stata la causa della punizione di Glauco: infatti, nella sua accanita ricerca di una matrona libera e incline a favorirgli la manomissione, il copista poteva essersi rivolto proprio alla vecchia amica ancora in debito nei suoi confronti.

Giunto al crocicchio, il senatore si fermò davanti all'edicola sormontata dalla statua di Mercurio, poi proseguì verso il Clivius Orbius, il vicolo parallelo all'Argiletum.

Non faticò a trovare il posto. La bottega profumava di pane fresco, e dalle macine sul retro proveniva lo scricchiolare monotono delle mole di pietra sui chicchi di frumento, di miglio, di farro. Dietro al banco di legno affacciato sulla via, sepolto tra due grandi gerle ricolme, stava un omino minuscolo, con un'enorme berretta di lana calata sugli occhi, che gli conferiva un aspetto simpatico, se non proprio astutissimo.

«Cosa desideri, *domine*?» chiese, sorpreso di vedere un gran signore fare la spesa da solo.

«Del pane» restò sul vago il senatore.

«Sì, ma di che genere?» domandò il fornaio: a quell'elegantone non poteva certo proporre la pagnotta bigia dei poveri, o le pizze impastate con la *farina cibaria*, buone solo per gli schiavi. «Ne abbiamo una dozzina di tipi; al cumino, al coriandolo, alla maggiorana, ai semi di finocchio, all'uva passa... lo preferisci a forma di fungo o di treccia?»

«Quelle focacce con l'uva passa andranno benissimo» rispose Aurelio, occhieggiando la banda di monelli affamati che giocava sul marciapiede.

«Tempo da lupi, eh? Era un pezzo che a Roma non si sentiva un freddo così!» attaccò discorso il loquace panettiere. «A forza di spianare i colli e costruire dappertutto, la natura finisce col prendersi la sua rivincita. Lo vedo bene io, nel mio mestiere: una volta, quando ci si accontentava dell'umile semolino di farro, tutti godevano di ottima salute e non c'era mai bisogno del medico. Me lo diceva sempre, mio padre: Bosio, vendi pure i manicaretti ai golosi, ma tu mangia solo della roba genuina!»

«Ah, così tu sei il famoso Bosio» finse di riconoscerlo il patrizio. «Mi ha parlato di te un certo Glauco.»

«Lo ricordo bene, quel farabutto!» rise forte il fornaio, battendosi le mani sulle cosce. «Panificava a suon di crusca, vendendo poi il mio fior di farina al negoziante di fronte. Le sue michette nere dall'effetto lassativo per poco non mi hanno fatto scappare la clientela, ma io lo perdonavo sempre, perché conosceva un mucchio di storielle divertenti e di notte, mentre si inforna, c'è da farsi venire la lingua grossa senza qualcuno con cui scambiare una parola.»

«Come mai, allora, l'hai ceduto a Norbano?» domandò Aurelio.

«Avevo bisogno di soldi per comprare una di quelle nuove macchine impastatrici che fanno risparmiare un mucchio di tempo e lavoro. Che stupido sono stato; con quell'aggeggio non posso mica chiacchierare! D'altra parte, Norbano mi fece un'ottima offerta; ci teneva a educare bene i figli, e non sapeva di tirarsi addosso dei guai acquistando un simile precettore. Quante ne ha passate con Norbana, la ragazza, quel poveretto! Era bella, intendiamoci, e per niente stupida, ma non proprio il genere di figlia che avrebbe desiderato un uomo all'antica. Troppo disinvolta, non so se mi spiego, troppo civetta: un po' puttana, insomma. Glauco, naturalmente, ci andava d'amore e d'accordo, e le fece da ruffiano, aiutandola a scappare con un mercante orientale. Il padre se la legò al dito, e per vendicarsi mandò il pedagogo alle caldaie!»

«Che ne è della famiglia?»

«Moglie e figli stanno in Lucania, adesso. La ragazza invece sparì con l'amante. Avrà fatto carriera come mantenuta, si vedeva subito che aveva la vocazione!»

Aurelio si ripromise di chiedere lumi alla sua buona amica Cinzia, l'etera più pagata di Roma: se qualche nuova recluta era entrata con successo nel mondo galante, nessuno avrebbe potuto saperlo meglio della famosa cortigiana, alle cui feste sontuose partecipava tutta la nobiltà dell'Urbe.

Il patrizio stava per lasciare la bottega quando, colpito da un'ispirazione improvvisa, domandò al fornaio: «Mentre Glauco lavorava qui, è mai successo qualcosa di strano nei dintorni?».

«Non mi risulta» esitò Bosio, riflettendo.

«Nessun delitto insoluto, nessun omicidio?» specificò puntiglioso il senatore.

«Ah, sì, è vero. Un omicidio c'è stato, proprio qui dietro, vicino al tempio della Terra» disse il fornaio.

«Un terzo delitto!» esultò Aurelio, eccitato. «Presto, raccontami tutto!»

«Fu quattro anni fa, quando quell'imbroglione di Glauco stava ancora con me» spiegò il panettiere, che sperava con quel nuovo argomento di tenere inchiodato per un bel po' il suo interlocutore.

«Glauco conosceva forse la vittima?»

«Certo, e molto bene: Ponzio era uno dei *fullones* da cui si serviva anche lui. Anzi, se ben ricordo, era stato da lui proprio pochi minuti prima che...»

«Sì?» lo esortò il patrizio, col fiato sospeso.

«... Che quella testa calda di Amintore lo strozzasse con la cintura, dopo aver scoperto che si divertiva con sua moglie» terminò serafico il fornaio.

Castore preparò il lenzuolo asciutto e attese che il padrone uscisse dalla vasca fredda, dove si era immerso per un tuffo corroborante dopo il bagno di vapore.

«Quando Bosio ha parlato di omicidio, ero pronto a scommettere che la vittima fosse morta sgozzata. Credevo veramente di trovarmi davanti a un delitto simile agli altri due» considerò Aurelio, intento a sottoporsi alle cure del segretario.

«Invece si trattava solo di un banale crimine di gelosia» commentò il liberto, mentre avvolgeva il patrizio nella candida *sabana* di lino.

«Comunque è necessario rintracciare la figlia di Norbano: non ti sarà difficile, se ha avuto successo come cortigiana; prima, però, devi interrogare il calzolaio di Trastevere riguardo a quell'orma.»

«Già fatto, padrone. Purtroppo devo deluderti: Appio Curzio usa come marchio la "A" del suo prenome.»

«E Settimio sostiene che non c'è nessun altro fabbricante a Roma il cui nome cominci con la "C". Quindi i casi sono due: o il nostro assassino si rifornisce di scarpe fuori città, oppure quel maledetto ricciolo possiede un altro significato» rifletté il senatore.

«Sei pronto, *domine*?» si affacciò sulla soglia la bellissima Nefer con l'ampolla dell'olio odoroso. Aurelio si distese bocconi sul lettino, abbandonandosi alle mani rilassanti dell'ancella.

«Ho provato a far chiacchierare Tuccia, come mi hai chiesto: lascia intendere di esser stata in grande intimità col defunto Saturnino» riferì l'egizia, massaggiandogli delicatamente le spalle.

«Nulla di strano; si dà per scontato che le schiave siano a completa disposizione del padrone» osservò Castore.

«Anche i servi maschi, se è per questo» replicò l'ancella, con una considerazione inoppugnabile.

«Forse Tuccia non mente» rifletté Aurelio. «Saturnino era un uomo ancora vigoroso, e lei è piuttosto abile a tessere le sue reti: basta contemplare le suadenti moine che riserva a Paride. Quella Delia, invece, sembra molto meno disponibile...»

«È terribilmente riservata, *domine*: non dà confidenza ai compagni, e si comporta come se non avesse nulla da spartire con gli altri domestici. L'intendente ha dovuto relegarla nel magazzino, a occuparsi del bucato, perché nessuno era disposto a lavorare con lei» raccontò l'ancella, terminando di cospargergli l'unguento.

Il patrizio si voltò, stiracchiandosi. Le dita vellutate di Nefer gli avevano sciolto la tensione, e ora si sentiva lucido e riposato.

«Castore, disponi per la visita alla villa suburbana di Saturnino, e fai pedinare il servo di Veranio.»

«Intendi impicciarti di nuovo negli affari di quella famiglia, padrone? Eppure la spedizione in libreria si è risolta in un nulla di fatto» alzò le spalle il liberto, per nulla convinto.

In quel momento entrarono Fillide e Iberina col *subligaculum* per fasciare l'inguine, la tunica pulita e una sopravveste da casa lunga fino ai piedi. Aurelio alzò le braccia e le schiave lo rivestirono con gesti rapidi ed esperti.

Era appena uscito dal bagno, quando venne bloccato da Paride.

«Una visita, padrone.»

«Per Giove, chi viene a disturbarmi a quest'ora?» si stupì Aurelio.

«È il poeta che hai assunto come lettore: si chiama Fedro.»

IX

Nono giorno prima delle Calende di febbraio

L'indomani, una piccola carovana si mise in marcia verso la dimora suburbana in cui l'editore aveva trovato la morte.

Aurelio, sepolto sotto le coperte della lettiga, allungò la mano per scostare i vetri opachi quel tanto che bastava per guardare fuori. Il corteo si stava inoltrando sulle pendici dell'Esquilino, là dove le ville signorili, prima tra tutte quella sontuosa appartenuta a Mecenate, avevano ormai sfrattato i caseggiati popolari e il misero cimitero in cui, fino a poco tempo prima, la plebe più povera seppelliva i suoi morti. Presto fece la sua comparsa il tempio *Ad Spem Veterem*, "Della Speranza Vecchia", antico quasi di mezzo millennio, che i romani chiamavano così per distinguerlo dall'altro, edificato soltanto due secoli addietro. I servi biascicarono una devota preghiera: la Speranza era sempre la Dea più invocata dagli infermi e dagli schiavi oppressi.

A dire il vero, i famigli del senatore in quel momento non parevano affatto oppressi: a parte l'anziano Paconio, comodamente seduto su un palanchino, gli altri avanzavano a piedi, con passo energico e in grande allegria, lieti di quella gita fuori programma che forniva loro l'occasione di rompere la tediosa monotonia dell'inverno.

Scapola saltellava fischiettando sulla gamba zoppa, e Terenzio procedeva in mezzo al fango col portamento solenne di chi cammina sul porfido. Accanto al raffinato triclinario, il giovane allievo Modesto canzonava Tuccia per non essere riuscita a far colpo su

Paride, e si offriva di prendere il posto del tetragono amministratore. L'ancella reagiva con scappellotti scherzosi, fingendosi risentita, ma si vedeva benissimo che l'apprezzamento non mancava di lusingarla.

Ci sono donne, rifletteva Aurelio, che vivono per essere ammirate, e poco importa se il pretendente è giovane o vecchio, bello o brutto. Tuccia avrebbe trovato intollerabile se un solo maschio, dai quindici agli ottanta anni, si fosse permesso di ignorarla. Al contrario, la burrascosa Delia camminava tutta sola in disparte, senza partecipare agli scherzi dei compagni, sempre tetra in volto, come se fosse adirata col mondo intero.

Finalmente, piedi e vesti infangate, la piccola processione si fermò davanti alla residenza estiva dei Saturnini, a poche miglia da Roma sulla via di Preneste: più che una villa, si trattava di una specie di casolare sperduto in mezzo a campi tanto magri da nutrire appena gli stessi coloni incaricati di coltivarli. Il fattore, già avvertito da Marcello Veranio, si affrettò ad aprir loro la porta e Aurelio prese ad aggirarsi tra i corridoi della casa deserta.

«Come mai non eravate all'Argiletum, quando Saturnino morì?» domandò improvvisamente il patrizio.

«Il padrone chiese di essere portato qui» riferì Terenzio a nome del gruppo. «Il giovane Druso era in pensiero per le condizioni del padre e volle che noi lo seguissimo, a costo di lasciare il lavoro.»

«Stava per morire, e lo sapeva» intervenne Scapola, con voce mesta. «Io lo conoscevo da molto tempo; ero con lui in Numidia quando un vecchio indovino, capace di leggere nelle ossa dei bambini sacrificati alla Dea Tanit, gli predisse il futuro che lo attendeva.»

Il patrizio e i servi ascoltavano col fiato sospeso. Nessuno di loro, evidentemente, era al corrente di quella storia.

«Il veggente annunciò che sarebbe morto poco dopo aver visto sullo stesso ramo un pettirosso, un merlo e una civetta. Saturnino la prese sul ridere: la civetta è un uccello notturno, e si sveglia proprio quando i primi due si sono ritirati da un pezzo. Ora, ricordate il giorno in cui il padrone si sentì male mentre stava dettandovi un testo?»

Paconio assentì vigorosamente con la testa: «Sì, aveva già avuto qualche disturbo, ma si curava da solo, come al solito».

Il giardiniere si interruppe, commosso.
«Va' avanti!» lo esortò Delia, pallidissima.
«Mi mandò a chiamare, annunciandomi che per lui era finita: aveva appena visto i tre volatili sul ramo del fico, nel cortile. Tentai di rassicurarlo, ma invano. Dettò il suo testamento, dispose ogni cosa per tornare nella casa dov'era nato, e da quel momento non fece che peggiorare. Ecco, quello è il letto dove si è spento» mormorò Scapola, indicando il giaciglio che occupava quasi per intero un piccolo cubicolo senza finestre.
«Chi cucinava i suoi pasti?» chiese Aurelio che, alieno da ogni superstizione, mal digeriva la profezia degli uccelli del malaugurio.
«Di giorno la moglie del villico, di sera io stesso: glieli servivo a letto per non affaticarlo» rispose Terenzio. «Mangiava poco negli ultimi giorni, a volte solo un tocchetto di *moretum*, il formaggio all'aglio che si faceva confezionare col latte di capra, ma ormai non riusciva più a digerirlo.»
Aurelio assentì; conosceva il gusto forte del *moretum*, tanto forte da nascondere ogni altro sapore. Se qualcuno avesse voluto aggiungere una sostanza estranea al pasto di Saturnino, quello sarebbe stato il cibo ideale...
«Venne nessuno a trovarlo, negli ultimi giorni?»
«Sì. Marcello Veranio, a cui Saturnino intendeva affidare la custodia del figlio. Naturalmente portò con sé la sorella» rammentò Tuccia, con disappunto.
Il senatore si stupì del tono smorzato dell'ancella: da quando aveva messo piede nella casa del vecchio padrone, la letizia con cui aveva affrontato il viaggio pareva essersi spenta all'improvviso, come se qualcosa la turbasse dal profondo.
Aurelio la seguì mentre vagabondava tra le stanze vuote, guardandosi attorno con malcelata nostalgia. Forse proprio lì, tra quelle mura, aveva avuto inizio la sua storia d'amore col maturo Saturnino, e nell'oscurità di quelle stanze si erano consumati gli intimi rapporti dai quali la donna aveva sperato di trarre tanti vantaggi: una posizione di potere all'interno della servitù, la libertà e magari l'invidiabile status di *paelex*, concubina ufficiale del padrone. Poi Saturnino era morto e lei si era ritrovata al mercato col cartellino al collo, insieme a tutti gli altri.
Il patrizio la vide entrare silenziosamente nella stanza dell'edi-

tore e si affrettò a fare altrettanto. Tuccia sedeva sul cubile, e sfiorava la coperta con un gesto quasi affettuoso.

«Ci hai dormito molte volte, in questo letto?» le chiese.

«*Domine,* non penserai che...» sorrise lei, riacquistando all'istante la sua maschera melata.

«Io non penso niente; sei tu stessa ad aver messo in giro certe voci» la interruppe Aurelio, che mal tollerava i modi ipocriti dell'ancella. «Sembra che tu rimpianga molto il tuo defunto padrone...»

«È bello vivere con qualcuno che ti vuole bene» rispose Tuccia, fissando il patrizio con velato rimprovero. «Ma forse non me ne voleva poi tanto, visto che ha dimenticato di affrancarmi per testamento!» affermò subito dopo in tono duro, risentito.

Aurelio la lasciò ai suoi ricordi e alle sue speranze tradite, allontanandosi discretamente.

I servi erano tutti radunati attorno al fattore, che stava tagliando un po' di pane e formaggio.

«Chi produce il vostro *moretum*?» volle sapere il senatore, prendendo in mano la caciotta profumata.

«È un'incombenza che spetta a mia moglie, signore» si affrettò a rispondere il custode.

«Dov'è adesso?»

«La troverai sul retro. Esci nel cortile, gira attorno al portico e vedrai subito la cucina. Questo però non è cibo per te, *domine*; prepareremo di meglio» gli assicurò il villico, pronto a sacrificare a quel nobile personaggio uno dei rari pennuti che teneva da conto per le feste dei Saturnali.

«Il formaggio andrà benissimo» lo tranquillizzò il patrizio, e uscì sull'aia, dove alcuni polli scheletrici razzolavano alla vana ricerca di qualcosa da becchettare. Accucciata in terra accanto al recinto degli animali, Delia era intenta a imboccare una capretta con una manciata d'erba.

Aurelio si fermò a osservarla, stupito di vederle per la prima volta le labbra atteggiate al sorriso. Avvertito il calpestio alle sue spalle, la ragazza mosse impercettibilmente la testa, poi rivolse di nuovo la sua attenzione alla capra, fingendo di ignorare la presenza del *dominus*.

Qualche istante più tardi, il senatore tornava sui suoi passi, munito dell'informazione che gli serviva: il *moretum* veniva conservato in una dispensa aperta, dove a chiunque sarebbe stato facile raggiungerlo. Era quindi possibile che l'editore fosse stato avvelenato, e che Glauco ne sapesse qualcosa, nel qual caso il sanguinoso omicidio al mercato degli schiavi avrebbe assunto un significato completamente nuovo. In quanto alla morte di Lupo il fuochista, forse si trattava di una mera coincidenza: nei bassifondi dell'Urbe, di delitti se ne contavano a iosa.

Concentrato nei suoi pensieri, Aurelio percorse di nuovo il cortile per rientrare nella villa, mentre lo sguardo gli correva senza volere allo stabbio delle capre: il recinto era deserto. Trovò Delia assieme agli altri, nel quartiere dei domestici, seduta su uno sgabello davanti a un grande tavolo di legno. Appena entrato, il senatore si impadronì a sua volta di uno scranno, accomodandosi in mezzo ai servi, e prese dal piatto comune una fetta di formaggio. Il fattore, che arrivava in quel momento con una fumante brodaglia di cavolo, si arrestò interdetto, mentre Terenzio scattava in piedi per versare la zuppa al padrone. I famigli abbassarono gli occhi, imbarazzati, non sapendo come comportarsi: era la prima volta che vedevano un signore dividere la mensa con i suoi schiavi.

«Mi sono già servito da solo» disse Aurelio, senza rendersi conto della bizzarra situazione. Poi, afferrata una pagnotta, prese a masticarla di gusto. I servi rimanevano immobili, timorosi di azzardare il minimo gesto.

«Che c'è, non avete fame?» chiese il patrizio, stupito.

Piano piano, la mano di Delia avanzò verso il piatto comune e si impadronì di una porzione abbondante di *moretum*.

«È buono» disse tranquilla, mandandolo giù con un lungo sorso di Nomentano. Allora il fattore sollevò un mestolo di zuppa, la versò con la mano tremante nella ciotola di Aurelio e, a uno a uno, gli schiavi cominciarono a mangiare.

Sulla via del ritorno incominciò a piovere. Dietro alle cortine della lettiga chiusa, Aurelio osservava Tuccia procedere a balzelloni tra le pozze, squittendo come un grosso scoiattolo che salta da una noce all'altra dopo il lungo digiuno invernale. Terenzio e Modesto, divertiti nel vederla tanto preoccupata di bagnarsi, levarono in alto i capi del mantello, e l'ancella corse a rifugiarcisi. Scapola, invece, difeso dai robusti stivali da giardiniere, lungi dal lamentarsi per la pioggia, camminava svelto quanto la gamba storpia gli permetteva, fermandosi spesso a staccare qualche talea dagli alberi spogli. I nubiani, un po' brilli per aver bevuto vino schietto anziché il solito mulso annacquato, sfidavano le intemperie intonando a squarciagola un antico ritmo africano. Separata dagli altri e per nulla partecipe della generale allegria, Delia procedeva a fatica, affondando nel fango con le scarpette estive del tutto inadeguate alla circostanza; gocce d'acqua le rigavano il volto, incollandole alla fronte le ciocche dei capelli protetti soltanto da un cappuccio leggero.

Aurelio aprì un vetro della lettiga. «Vuoi salire?» le chiese cordialmente: la ragazza era magra e quel poco peso in più non avrebbe certo rallentato la marcia dei robusti portatori.

«Grazie, non sono stanca» rispose lei in tono sostenuto.

«Sali» ripeté seccamente il patrizio, piccato che quella serva scorbutica si permettesse di rifiutare un suo invito.

«Preferisco camminare» replicò in fretta l'ancella.

«Vieni su, è un ordine!» ingiunse Aurelio al colmo dell'irritazione, facendo fermare la lettiga.

Riluttante, la ragazza prese posto accanto al padrone, rannicchiandosi al limite estremo della portantina, il più lontano possibile da lui. Dall'intrico di panni umidi in cui era avvoltolata malamente, sporgevano solo il viso rannuvolato e un braccio nudo, intirizzito dal gelo. Aurelio le sfiorò con le dita calde l'incavo del gomito e la sentì sussultare.

«Che c'è, hai paura?» chiese.

«*Timeo Danaos et dona ferentes.* "Temo i greci, anche se portano doni"» recitò lei con aria di sfida.

«Da quando le lavandaie conoscono Virgilio?» domandò il patrizio, sarcastico.

«Da quando i senatori mangiano il *moretum*?» lo rimbeccò lei con prontezza.

Aurelio la guardò incuriosito. Se quella ragazza intendeva far colpo, c'era riuscita. Delia, però, non parve affatto desiderosa di continuare la conversazione: girata la testa, sprofondò nella contemplazione del paesaggio, del tutto invisibile dietro i vetri opachi della lettiga.

X

Settimo giorno prima delle Calende di febbraio

Due giorni dopo, Aurelio andò a far visita a Giulio Cano, famoso filosofo stoico, nonché campione di *latrunculi*.

Non appena messo il piede nella grande casa presso Porta Esquilina, si trovò circondato da gente di ogni tipo, dall'austero senatore al liberto arricchito, dal cavaliere di fresca nomina al poeta ansioso di procacciarsi amicizie utili frequentando la cerchia di un celebre pensatore. E tutti, un po' per passione, un po' per compiacere l'ospite, giocavano ai *latrunculi*. Un domestico di rara avvenenza introdusse il senatore nel cuore della *domus*.

I tablini erano tre, occupati quasi per intero dai grandi tavoli su cui stavano allineate decine di scacchiere; quello davanti al quale giaceva il padrone di casa era di marmo e portava al centro un intarsio con le sessanta caselle composte da pietre dure di colori diversi: malachite, diaspro, agata, rodonite, turchese...

Dappertutto, sparsi sui tavoli, sugli scranni, sulle *cathedrae* imbottite, i pezzi del gioco: *mandrae* e *bellatores*, pedoni e guerrieri, da lanciare all'attacco delle forze avversarie con complesse e astute strategie.

«Stroncherai il Mago in poche mosse, maestro!» auspicò Vibenna, l'allievo preferito di Cano, mentre Aurelio si avvicinava interessato.

«Il mio sfidante si fa chiamare Mago, ma gli ci vorrà ben altro che la stregoneria per battermi!» dichiarò il filosofo, sottolineato da un coro di unanime approvazione.

«Non vedo l'ora di sapere chi è» esclamò uno dei cortigiani. «Forse il solito Pisone, che vuole la rivincita.»

«No, Pisone si mostrerebbe certamente alla luce del sole» lo smentì Cano. «Invece il mio misterioso avversario promette di presentarsi mascherato, per rivelare la sua identità solo in caso di vittoria.»

«Allora dev'essere un alto personaggio, un tribuno forse, o un console... a meno che non si tratti di Cesare in persona!» ipotizzò un cavaliere.

«Macché, è già molto se Claudio sa giocare ai dadi» gli rispose il campione. «Quando ha bevuto troppo, si addormenta persino sui bossoli.»

«Il poveretto è completamente rimbecillito: sarà il peso delle corna che gli mette Messalina!» rise Vibenna, un giovane imbelle la cui spudorata effeminatezza era nota in tutta la città.

Aurelio si morse la lingua per star zitto. Non gli andava di sentir insultare in quel modo il suo vecchio amico, ma era consapevole che un suo intervento in difesa dell'imperatore sarebbe stato interpretato come una manifestazione di piaggeria da quei falsi sapienti da salotto. In parecchi ambienti, soprattutto intellettuali, dir male di Cesare era ormai di gran moda; serviva a costruirsi la fama di spiriti liberi senza pagarne lo scotto, perché Claudio, a differenza dei suoi predecessori, era assai tollerante con le malelingue.

«A quel vecchio ubriacone scoppierà presto il fegato, così non saremo più obbligati ad ascoltare la sua noiosissima *Storia degli Etruschi*» affermò Vibenna.

«Davvero non ti piace quel libro?» intervenne con voce tagliente il senatore, non riuscendo più a trattenersi. «Io invece lo trovo molto interessante, soprattutto nel passo dove si legge di quel tuo nonno schiavo che riuscì a farsi adottare dal padrone a cui concedeva i favori. D'altra parte, si sa, certe propensioni sono ereditarie.»

«Schiavo mio nonno? Io discendo da un autentico lucumone etrusco» protestò livido il giovinastro, ma già in parecchi sogghignavano, dandosi di gomito: non appena a casa, si sarebbero precipitati a consultare il volume del principe, per accertare la veridicità di quel pettegolezzo.

«Fossi in voi, non parlerei male del divino Cesare in presenza del senatore Publio Aurelio Stazio» consigliò un cortigiano con un sorriso velenoso. «Al Palatino verrebbero a saperlo subito...»

«Certo, se ti preoccupassi tu stesso di riferirlo al ministro Pallante, quando vai a baciargli le mani per supplicare una pensione!» ribatté Aurelio in tono acido.

«Su, su, amici, non mettetevi a litigare in casa mia!» intervenne Giulio, pacato. «Il senatore è mio ospite, e un ospite molto gradito. Cosa ti porta nella mia casa, Publio Aurelio? So che a volte anche tu ti diletti con la scacchiera.»

«Non sono certo all'altezza di misurarmi con te» ammise di malavoglia il patrizio, a cui sarebbe piaciuto spegnere il sorrisetto sarcastico sulle labbra del campione. «Mi chiedo, anzi, se nell'Urbe tu abbia ancora un degno avversario.»

«C'è un tal Mago che sostiene di esserlo, ma dovrà dimostrarlo. Per il resto, credo immodestamente che a Roma nessuno sia in grado di battermi, da quando è morto Barbato.»

Aurelio si fece attentissimo; Didio Barbato era stato il primo proprietario di Delia. «Era appassionato del gioco dei *latrunculi*?» domandò immediatamente.

«Fu appunto lui a farmi conoscere il gioco, mentre frequentavo la sua scuola per apprendere la filosofia stoica. In casa sua giocavano tutti, i parenti, gli amici, persino gli schiavi.

«Allora potrebbe essere uno dei suoi vecchi famigli ad averti sfidato» disse Aurelio, pensando all'ancella.

«Uno schiavo campione di *latrunculi*? È ridicolo!» fece Vibenna con tono sprezzante. «Ogni mossa implica calcoli così complessi che una semplice mente servile non potrebbe affrontarli!»

«Amico mio, non dimenticare che anche Platone, come tanti uomini di valore, fu ridotto in schiavitù» lo corresse con dolcezza Giulio Cano, mentre ordinava al bellissimo pocillatore Aristide di versargli altro vino.

Il patrizio squadrò incuriosito il suo ospite, chiedendosi perché mai un uomo colto e raffinato come quello avesse bisogno di circondarsi di una schiera di viscidi adulatori, pronti a incensarlo per un nonnulla.

«Barbato era un dilettante al tuo confronto, maestro!» lo blandì infatti un discepolo; e il campione, anziché riprenderlo, assentì compiaciuto.

Aurelio ne aveva ormai abbastanza: mormorando un rapido «*Vale!*» a Cano, salutò gli altri con cenno del capo tanto altero da risultare offensivo, e si diresse alla porta.

Sulla soglia di casa, quasi si scontrò col coppiere Aristide, che arrivava di corsa inalberando una missiva arrotolata: «Padrone, padrone, è arrivata un'altra sfida del Mago!».

Il senatore tornò sui suoi passi e si fece largo tra gli ospiti accalcati attorno al filosofo. Rotti i sigilli, dal papiro arrotolato cadde a terra un bottoncino di legno con tre righe rosse: una *mandra*, identica in tutto e per tutto a quella di Glauco. Una coincidenza, pensò Aurelio, o la firma dell'assassino?

XI

Sesto giorno prima delle Calende di febbraio

Aurelio stava proprio riflettendo sulla misteriosa pedina quando, il giorno dopo, nel passeggiare con fare pensoso nell'orto della sua *domus*, seguito a breve distanza da Paride, vide improvvisamente incombere su di lui la forma minacciosa di un mostro alato. Trascorso però un istante di stupore, ravvisava nell'arpia svolazzante un disegno di foglie, là dove i rami del sempreverde si aprivano per lasciar filtrare una piccola porzione di cielo.

«Per Plutone, cos'è successo al mio bosso?» domandò sgomento.

«Scapola gli ha inflitto una tosatina, *domine*» rispose Paride, soffocando il riso. «È specializzato nell'arte topiaria e sa acconciare i cespugli in qualunque forma.»

«Vuoi dire che dovremo tenerci quell'incubo in cortile?»

«Sono stato costretto a dargli mano libera sul retro per salvare i giardini, padrone. Ieri ha lavorato tutto il giorno, e sembrava molto soddisfatto del risultato.»

«Si può rimanere stecchiti a vedere quell'affare nel buio...» brontolò il patrizio. «Ehi, guarda qui!» esclamò poi, chinandosi ai piedi dell'arbusto per osservare nella terra appena smossa una serie di impronte di spessore irregolare, tutte contrassegnate da uno strano riccioletto. «Chi viene qua dietro, di solito?» chiese eccitato.

«Quasi unicamente gli schiavi, *domine*: il giardiniere, naturalmente, ma anche gli addetti alla dispensa e alla lavanderia» rispose Paride, additando gli edifici di servizio.

Aurelio ispezionò meglio il terreno; le tracce coprivano l'intera superficie del cortile, dall'esedra aperta ai magazzini sul fondo, ma non si presentavano del tutto omogenee: in quelle sotto il bosso, infatti, la profondità del piede sinistro era più accentuata, come se fossero state lasciate da qualcuno che zoppicava.

«Vammi a prendere le scarpe di ricambio di Scapola» ordinò all'intendente.

Paride fece subito ritorno con due dei *calcei* che Aurelio aveva comprato dal laborioso Settimio e mostrò al padrone le suole nuovissime, al centro delle quali era impressa la sigla dell'artigiano veneto, una grande "S" maiuscola. Dunque le impronte incriminate non potevano esser state lasciate da quegli stivali, pensò Aurelio, ma ciò non discolpava affatto il topiario, che ne aveva certamente un paio di ricambio. Come spiegare allora le altre tracce, tanto abbondanti da far supporre che una legione intera avesse percorso l'orto in lungo e in largo per parecchie ore di seguito?

Nel tablino minore, il poeta Fedro e il copista Paconio erano intenti a lavorare al nuovo volume. Il vecchio riempiva la pagina con movimenti eleganti, tenendo a portata di mano gli strumenti indispensabili a ogni buon copista: il temperino per appuntire il calamo, la pietra pomice, la spugnetta per cancellare. Dal tavolo mancava soltanto il disco di piombo con cui si tracciavano le righe sul papiro.

«Come procede il libro?» chiese Aurelio, dando un'occhiata. Paconio scriveva senza nemmeno usare delle linee di guida, tenendo la pagina distesa con alcuni spilli sui margini. «Vedo che state facendo un buon lavoro; Pomponia ne sarà estasiata» proseguì in tono soddisfatto il senatore, che si era infine deciso per un Properzio da regalare alla brava matrona. «Paconio, sai se Glauco fosse a conoscenza dell'infausta predizione fatta a Saturnino?» domandò poi allo scriba.

«Non credo, *domine*: stavamo lavorando alla stessa opera quando il padrone si sentì male, e me ne avrebbe parlato.»

«A proposito, tu cosa scrivi, Fedro?» chiese il patrizio, incuriosito.

«Favole, padrone, sul modello di quelle di Esopo.»

«Magari un giorno potresti farmele leggere» propose Aurelio, con blando interesse.

«Guarda caso, ne ho proprio una copia nella mia bisaccia!» esclamò immediatamente il poeta.

Da un pezzo si portava dietro il rotolo, confidando in una simile occasione: se a quel ricco patrizio le sue favole fossero piaciute, forse gli avrebbe organizzato una lettura pubblica...

Aurelio prese il volume e fece per srotolarlo.

«Padrone, ci sono novità!» lo interruppe Castore, piombando nel tablino come un falco su un gregge di agnelli. Fedro lo fulminò con uno sguardo rancoroso. Proprio quel momento doveva scegliere, il greco impiccione!

«Ricordi Pupillo, lo schiavo di Fulvia Arionilla che ci faceva concorrenza al mercato? Ne ho scoperta una bella su un altro dipendente della stessa casa!»

«Tutto qui? So già che Terenzio ha servito da loro.»

«Allora sarai informato anche su tutto ciò che concerne Nicomede» si inalberò il greco. «Vedo bene che non hai alcun bisogno di me!»

«Siedi!» gli ingiunse il patrizio, facendo intanto segno al pocillatore di versare del vino. «Chi è questo Nicomede?»

«Chi era, vorrai dire: uno schiavo della casa di Marco Italico, morto qualche mese fa. Gli hanno tagliato la gola!»

«Un terzo delitto» constatò il patrizio. «E stavolta pare che non ci siano dubbi: da quel che mi dici, l'omicidio di Nicomede sembra assomigliare come una goccia d'acqua a quello di Glauco... Riferiscimi cosa è accaduto esattamente.»

«Il proprietario di Nicomede, Marco Italico, che di mestiere faceva l'importatore di manufatti di pelle, non si trovava a Roma, in quel momento. Come saprai, la lavorazione del cuoio non si effettua quasi più nella penisola, perché i prodotti di qualità provengono tutti dall'Oriente, mentre quelli economici vengono acquistati in Gallia o in Iberia, dove il prezzo della manodopera è inferiore. Italico, già avanti con gli anni, non se la sentiva di viaggiare in continuazione e rimaneva a Narbo Martius quasi tutto l'anno, lasciando alla moglie, Fulvia Arionilla, la gestione degli affari nell'Urbe. Arionilla ricorse allora all'aiuto di Terenzio, nominandolo amministratore e capo della servitù; fu lui a dare a Nicomede il permesso di uscire, la sera fatale. Sulla porta, il giovane venne bloccato da Pupillo, che lo scongiurava di non andare.

«Che sapesse qualcosa?» chiese Aurelio.

«Può darsi, padrone; ma forse era soltanto la piazzata di un amante deluso: tra i due c'era stato del tenero, tempo prima, e il maturo Pupillo non si rassegnava al fatto che il suo ragazzino, ormai cresciuto, non volesse più saperne di lui. Tutti pensarono che Nicomede avesse una nuova relazione e non si stupirono di vederlo tardare. Il mattino dopo, invece, fu trovato sulla sponda del Tevere, riverso in una pozza di sangue. Teneva in mano...»

«Una pedina di *latrunculi*!» dedusse Aurelio.

«No, un sacchetto di cuoio. Vuoto» lo smentì Castore.

«Maledizione, ci speravo proprio! Sai almeno quando è rimasta vedova Fulvia Arionilla?» chiese il senatore, sconfortato.

«Poco dopo il delitto. Dopo aver ceduto la ditta del marito, ha impiantato un piccolo vivaio, che continua a mandare avanti grazie all'aiuto di pochi operai.»

«Un vivaio, eh? Benissimo, noi abbiamo in casa un ottimo giardiniere: offrirai alla brava signora i suoi servigi!» prese la palla al balzo Aurelio, felice di aver trovato il modo di introdurre in posizione strategica un informatore, salvando nel contempo dalle cesoie i suoi amati arbusti.

Poco dopo, licenziato il segretario, il patrizio convocava Terenzio. Lo osservò a lungo, mentre il triclinario attendeva in piedi con la solita aria compunta: un furbastro, pensava Aurelio, capace di approfittare dell'assenza del padrone per circuirgli la moglie anziana e sprovveduta, e metter le mani sulla cassa. Chissà quanto aveva rubato, a quel povero mercante, durante le sue ripetute assenze!

«Dunque, tu vivevi nella stessa casa di Nicomede quando fu ammazzato, e non me ne hai fatto parola» lo redarguì, severo.

«Non me lo hai chiesto, *domine*. Sarebbe disdicevole, se un buon servo prendesse iniziative di sorta» si giustificò lui.

«Già, un buon servo, e dicono che tu sia uno dei migliori: hai conquistato persino il puntigliosissimo Paride, diventando subito il capo dei camerieri. Da Saturnino dirigevi il personale e a casa di Marco Italico ti eri reso addirittura indispensabile...» insinuò Aurelio.

«In effetti la *kyria* Fulvia Arionilla, consorte di Marco, riponeva in me la massima fiducia» ammise Terenzio con un certo orgoglio.

«Un po' meno il marito, però» ribatté il patrizio. «Non è forse vero che si affrettò a venderti, non appena tornato in patria?»
Il triclinario allargò le braccia con aria indifferente.

«Andiamo, Terenzio, è ovvio che, sapendo di Nicomede, hai collegato immediatamente i due delitti, quando ritrovammo Glauco cadavere!» sbottò il patrizio.

«Pensai infatti che i crimini fossero da imputarsi alla stessa mano, *domine*» ammise il triclinario. «Non mi permisi, tuttavia, di confidare ad alcuno il mio sospetto.»

«Perché non erano fatti tuoi!» ironizzò il senatore.

«Appunto, *domine*» rispose Terenzio, serissimo.

«O forse perché tu eri l'unico che si potesse associare ad ambedue le famiglie» alluse Aurelio, maligno.

«Non è esatto, padrone. Saturnino conosceva bene Italico, da cui comprava il cuoio delle custodie, senza contare che i Marcelli venivano da noi a scegliere le membrane per rilegare i libri. Inoltre, quando Arionilla comprò il vivaio, l'editore ebbe modo di prestargli Scapola come manovale.»

Aurelio grugnì, per nulla convinto. «Dunque tu sei soltanto un cameriere inappuntabile, un servo fidato che non ha nulla da nascondere. Dimmi allora dove hai imparato tutte quelle raffinatezze che mandano in visibilio l'intendente. Non certo presso un cuoiaio o un editore... Paride sostiene che ti comporti come se avessi servito alla mensa di Cesare in persona.»

«Hai qualcosa da lamentarti, *domine*? Ti ho forse indisposto o deluso in qualche modo?» chiese Terenzio, turbato.

«No, per Ercole, sei persino troppo perfetto!»

«Ognuno ha i suoi difetti» riconobbe modestamente il triclinario.

«Ti mostri tranquillo, Terenzio, troppo per aver già visto scannare due amici e colleghi: non pensi che la prossima volta potrebbe capitare a te?» domandò Aurelio, indispettito dall'autocontrollo del servo, che pareva aver raggiunto appieno quell'imperturbabile distacco da cui lui stesso, malgrado le molte meditazioni epicuree, era ancora tanto lontano.

«È il Fato a decidere per tutti noi, e Ananke, la Necessità. Sarebbe assurdo opporsi al loro volere» dichiarò Terenzio con voce pacata.

"Numi del Tartaro, non tirerà in ballo Parmenide adesso?" temette il senatore, per cui due schiavi filosofi erano decisamente troppi.

L'impassibile triclinario, dietro la sua calma olimpica, nascondeva di certo qualcosa, e qualcosa di grosso: sarebbe stato necessario trovare una crepa nella sua rigida corazza, per scoprirla.

«Terenzio, sai giocare ai *latrunculi*?» chiese di getto.

«Non mi rimane molto tempo, dopo aver assolto i miei doveri, *domine*, e preferisco dedicarlo alle buone letture. Credo comunque che, se fosse necessario, sarei in grado di imparare rapidamente.»

«Non lo metto in dubbio» mugugnò Aurelio, congedando con un gesto irritato l'altezzoso cameriere.

XII

Quarto giorno prima delle Calende di febbraio

Il senatore Stazio si attardava sotto il portico di Vipsania, fingendo di osservare le carte geografiche di tutto il mondo conosciuto che Augusto vi aveva fatto dipingere per onorare la sorella del generale Agrippa.

La casa di Marcello Veranio era lì vicino e il patrizio ne teneva d'occhio il portone, nella speranza di un incontro fortuito con Marcellina o il suo fidanzato. Aveva scelto quel giorno proprio perché i Sosii tenevano la loro asta mensile, alla quale il fanatico bibliofilo non sarebbe sicuramente mancato: in assenza del loquace padrone di casa, era più facile che uno dei due giovani si lasciasse andare a qualche confidenza e, in mancanza di meglio, Aurelio era disposto ad accontentarsi di un colloquio con Arsace, il cadaverico prigioniero parto che fungeva da schiavo tuttofare della parsimoniosa famiglia.

Il patrizio esitava a presentarsi all'uscio; infatti, era già pomeriggio inoltrato, quindi, prima di recarsi in visita, sarebbe stato opportuno farsi preannunciare da un servo. Quando però sentì che il cielo cominciava a brontolare e la prima folata di vento gli mulinò sotto il mantello facendogli gelare le ossa, decise di soprassedere all'etichetta e picchiò al batacchio della porta. Gli aprì un Arsace mesto al suo solito; sullo sfondo, un vestibolo più oscuro dell'atra caverna di Persefone. Dal peristilio, tuttavia, giungevano esclamazioni divertite, frammiste a scoppi di risa: fortunatamente i giovani erano in casa.

Condotto dal teschio vivente, Aurelio si trovò davanti a Druso e Marcellina, intenti a giocare nel cortile sotto una cappa di nuvole già plumbee. La ragazza, incurante della presenza del fidanzato, si era rimboccata la veste come una serva di fattoria e correva gridando di gioia ogniqualvolta la palla di stoffa imbottita le cadeva in grembo. Druso, dal canto suo, partecipava al gioco con indulgente sufficienza, quasi si fosse rassegnato a quell'attività puerile soltanto per compiacere la promessa sposa.

Aurelio contemplò con un mezzo sorriso quel ragazzo tutto compreso nello sforzo di crescere, e intanto rammentava il tempo in cui lui stesso – sedicenne appena, ma già investito della grave dignità di *paterfamilias* – osservava di sottecchi, con burbanza mista a invidia, i compagni spensierati che si gingillavano ancora a tirare le noci sulla luna graffita col gessetto sul marciapiede. Marcellina, però, aveva già compiuto vent'anni, un'età in cui molte donne, dimesse le bambole e i giochi, erano già madri di famiglia; eppure il fratello la riteneva ancora immatura per il matrimonio...

«Disturbo?» disse il patrizio, e raggiunse subito il centro del cortile per dare una rapida occhiata al terreno, nella speranza di scorgervi qualche impronta: purtroppo, entrambi i giovani indossavano *crepidae* da casa, la cui suola morbida non lasciava alcuna traccia.

«È un piacere averti qui, senatore!» esclamò felice la ragazza, mentre Druso si ricomponeva all'istante, imbarazzato per essere stato scoperto a baloccarsi in un gioco così poco consono alla gravità virile.

«Mi dispiace non poterti trattenere, ho appuntamento tra poco col maestro di greco» si scusò, facendo scomparire rapidamente la palla per sostituirla con la cassa dei libri.

«Non frequenti una scuola pubblica?» chiese il patrizio.

«La retta costa molto, così mio cognato ha scovato un cliente disposto a insegnarmi a titolo gratuito, in cambio di semplici favori. Ci vado a giorni alterni; ma visto che non pago, mi è impossibile scegliere l'orario» sbuffò il ragazzo.

Aurelio corrugò la fronte: rimaneva tanto poco del patrimonio dei Saturnini, per ricorrere a simili economie? Oppure Marcello Veranio stava approfittando senza ritegno di quella fortunata tutela, al punto da far mancare al suo pupillo persino lo stretto necessario per una buona educazione?

«In questo caso tornerò un'altra volta» concluse, facendo mostra di ritirarsi.

«Il senatore non può andarsene così; resterò io con lui, fino al ritorno di mio fratello» propose la ragazza.

Il patrizio esitò: la presenza contemporanea di un uomo e di una fanciulla da marito, soli sotto lo stesso tetto, era ritenuta cosa riprovevole e scandalosa; d'altra parte, tra le sue abitudini più radicate c'era quella di agire in maniera poco ortodossa, se non addirittura censurabile, senza minimamente curarsi dei pettegolezzi. Stavolta, tuttavia, il senatore non aveva troppa voglia di violare le regole della buona creanza: quella casa era uggiosa e inospitale come le terre dei lontani Iperborei, e oltre tutto non gli sembrava il caso di esporsi alle rimostranze di un fratello geloso per una donna che non lo interessava affatto; lo stesso Saturnino, poi, avrebbe trovato certamente da ridire.

Con sua grande meraviglia, invece, il promesso sposo appoggiò caldamente la proposta. Di sicuro ci sarebbe stato Arsace di guardia, pensò Aurelio, risolvendosi infine ad accettare. Eppure, nonostante tale riflessione, poco dopo vide il parto infilarsi gli stivali e prendere la borsa dei libri, per scortare Druso a lezione.

«*Vale*, senatore; spero che tornerai presto a farci visita» dichiarò ad alta voce il giovane nel vestibolo. Ma non appena il servo gli ebbe dato le spalle, gli si accostò furtivo per bisbigliargli all'orecchio: «Mio padre è stato ucciso!». Poi uscì a precipizio dietro il suo servitore.

Nel frattempo Marcellina, dimentica del freddo e della veste troppo corta, aveva raggiunto il tablino e si era distesa nel lettuccio elucubratorio del fratello.

«Meno male, credevo che non se ne andassero più» disse sorridendo, e con un gesto insofferente si liberò della stola, senza preoccuparsi di svelare l'attaccatura del seno.

«Conosci i *latrunculi*? Potremmo fare una partita» propose Aurelio, adocchiando la scacchiera sul tavolo; poi spalancò l'astuccio senza attendere la risposta.

«Non mi dirai che ti piace scervellarti con quella roba!» protestò Marcellina. Il patrizio richiuse la custodia delle pedine, ma intanto aveva fatto in tempo a dare un'occhiata alle *mandrae* e ai *bellatores*, tutti di legno scuro e lucido, senza alcun segno rosso.

«Io conosco soltanto gli astragali» confessò la ragazza. «Mio fratello gioca qualche volta a *latrunculi* con Druso, ma non si diverte affatto, perché il mio fidanzato è troppo pignolo e studia a lungo ogni singola mossa.»

Un'attitudine molto prudente in un giovanissimo, pensò il patrizio. Evidentemente Druso non sopportava di perdere...

«Davvero è tanto serio? Non ho avuto questa impressione, entrando!»

«Si divertiva, infatti, malgrado fingesse di giocare soltanto per compiacermi. Non appena sei comparso tu, però, ha assunto la sua solita aria posata: teme sempre di far brutta figura, per questo non mi porta mai in giro. Non bastava che mi legassero a un bambinetto, doveva anche essere l'unico che si comporta alla stregua di un austero senatore!» sbuffò Marcellina.

«Come me, vuoi dire?» insinuò Aurelio, ridendo.

«Oh, ma tu non sei affatto austero; anzi, io ti trovo molto eccitante. Su, vieni qui, e fammi divertire» lo esortò, battendo la mano sul divanetto.

Il patrizio inarcò il sopracciglio, chiedendosi come interpretare un simile invito. In quella richiesta espressa con tanto candore, così come nella posa disinvolta con cui Marcellina accavallava le gambe o gettava indietro i capelli, non era presente la minima sfumatura di malizia. Gli occhi chiari della ragazza lo fissavano senza sottintesi, con la premura di una bimba che aspetta un dono gradito. Aurelio si guardò intorno dubbioso, chiedendosi come si sarebbe comportato nelle stesse circostanze un opportunista al pari di Glauco, uso ad approfittare di ogni debolezza femminile.

«Che fai, non vieni?» insistette lei.

Possibile, si chiese il patrizio, che in quella casa non ci fosse neanche uno straccio di servo, un'ancella, una nutrice decrepita deputata a custodire la virtù dell'imprudente fanciulla?

«È bello parlare con te; quando c'è mio fratello si discute solo di argomenti tediosi» continuò Marcellina. «Nella tua *domus*, invece, circola un mucchio di gente interessante. Scommetto che nella sala dove abbiamo cenato, offri anche dei veri banchetti, con ballerine, giocolieri e tutto il resto.»

«La prossima volta ti inviterò» promise il senatore.

«Inutile, Veranio rovinerebbe la festa a tutti» replicò la ragazza con una smorfia di disappunto. «Intendiamoci, è un buon fratello e mi vuole bene. Soltanto, qualche volta è di una noia mortale...»

Aurelio, infastidito, provò la sgradevole impressione di parlare con una bambina imprigionata in un corpo di donna e si chiese quanto quelle smorfie infantili fossero connaturate a una personalità poco matura, e quanto invece venisse artificiosamente studiato per attirare la simpatia dell'interlocutore.

A un tratto, avvertì un senso di disagio, e cercò di defilarsi. «Devo andare» tentò di congedarsi, fingendosi dispiaciuto, ma proprio in quel momento nella stanza avvampò una luce accecante.

«Numi, il fulmine!» La ragazza balzò in piedi terrorizzata, mentre uno schianto fortissimo faceva ondeggiare la lucerna. «Oh, no, non lasciarmi proprio adesso, ho paura del temporale!» lo supplicò tremante.

Il patrizio le si fece vicino, stupito di non trovare troppo gradevole la situazione. Un nuovo lampo ruppe l'oscurità.

«Non temere» disse Aurelio, rassicurante, e lei gli corse tra le braccia, seppellendogli il viso nelle pieghe del mantello. Poi alzò il volto con le palpebre ancora chiuse, e accostò le labbra alle sue, sfiorandole timidamente.

Aurelio mise da parte scrupoli e perplessità: anche la coscienza ha un limite, si disse, apprestandosi a restituirle un bacio meno casto.

In quell'istante la porta venne spalancata e Veranio irruppe nella stanza, caracollando sotto il peso dei rotoli strenuamente difesi con le falde del cappello a scapito della testa, da cui l'acqua ruscellava come il getto di una minuscola fontana. Immobile sulla soglia, si fermò allibito a fissare la scena.

Aurelio, che non appena aveva sentito la porta aprirsi era schizzato lontano da Marcellina, ripassò velocemente il suo vasto repertorio di scappatoie atte a giustificare coi padri, mariti e fratelli gelosi le situazioni più compromettenti. Ma imbastire una scusa plausibile davanti a un grassone gocciolante senza mettersi a ridere era un'impresa tanto ardua che il senatore preferì tacere e fronteggiare l'offeso con l'atteggiamento impavido di chi non ha nulla da rimproverarsi.

Veranio, dal canto suo, si riscosse quasi immediatamente dallo stupore.

Posato senza aprir bocca l'involto sul tavolo, prese ad avanzare torvo verso il patrizio.

«C'è un equivoco, io...» balbettò il senatore, ma già Marcello gli era piombato addosso con tutto il suo peso, afferrandolo bruscamente per un braccio.

«Vieni a vedere che magnifici libri ho trovato, Publio Aurelio! Un Geronimo di Rodi, ci pensi? E un Nicandro praticamente intatto!»

Il patrizio balbettò qualche felicitazione senza azzardarsi a guardare in faccia il suo ospite, poi si immerse nei volumi. Con la coda dell'occhio vide la ragazza raccogliere la stola dal divano e lasciare la stanza con un sospiro rassegnato.

XIII

Terzo giorno prima delle Calende di febbraio

La mattina seguente, Aurelio uscì con passo energico dalla piccola palestra del Clivius Pullius, presso il portico di Livia, dove era andato a fare qualche esercizio con Castore.

«Quella ragazza, se ne renda conto o no, è abbastanza sfacciata da mettere in testa delle idee» disse incamminandosi verso casa. «Uno come Glauco non ci avrebbe pensato due volte a saltarle addosso; Marcellina gode di una libertà fuori del comune, e lui avrebbe avuto tutte le occasioni di incontrarla in segreto.»

«E con ciò? Non dimenticare che Nicomede era un omosessuale» replicò il liberto, arrancandogli dietro. «Inoltre, vorrei proprio sapere come riuscirai ad associare la sorella di Veranio al gestore di un bagno di infimo ordine.»

«Marcellina andrà di sicuro alle terme.»

«Non in quello stabilimento, *domine*. È riservato esclusivamente agli uomini.»

«Ci sei già stato, dunque!»

«Sì, ma con scarsi risultati. La gente, laggiù, tiene la bocca cucita e Sarpedone non ha nemmeno voluto parlarmi. Comunque ho saputo che è nei guai, perché gli manca un addetto alla caldaia e non ha abbastanza soldi per comprarselo; nessuno si offrirebbe volontario per un lavoro così duro, tanto più che davanti alla porta ci sono due ziri da cui i *fullones* passano a ritirare l'urina necessaria alle loro tinture, quindi puoi ben immaginare il fetore che aleggia lì attorno. Tornando a casa, ho dovuto fare subito il bagno. Per fortuna, c'era Tuccia ad aiutarmi.»

«Si aspetterà di certo qualche tornaconto, Castore» lo avvertì il patrizio.

«Hai torto ad avere in antipatia quell'ancella, *domine*: si precipiterebbe con gioia nel tuo giaciglio, se solo ti decidessi a invitarla.»

«Non ci penso nemmeno» escluse Aurelio con un sorriso. «Sostituiscimi tu, Castore, in qualità di mio segretario.»

«Già, è evidente che preferisci quella piccola barbara neghittosa che non ti degna di un'occhiata. Sta' attento, è il tipo che semina guai: non parla con nessuno, salvo il vecchio copista e il cameriere Modesto. E probabilmente è stata l'ultima a incontrare Glauco vivo.»

«Sciocchezze, Paconio l'avrebbe riconosciuta.»

«Sì, proprio come ha visto l'assassino!» fece Castore, sarcastico. «Chi ti dice che non sia stato proprio il vecchio a tagliare la gola del poveretto? Noi stiamo buttando all'aria tutta la città alla ricerca di un fantomatico sicario e intanto il principale sospetto se ne sta tranquillo nel tablino di casa nostra, a vergare in bella calligrafia dei versi d'amore!»

«Ragiona, Castore: Paconio era in catene, quindi se avesse ucciso Glauco, avremmo dovuto ritrovare l'arma del delitto nello sgabuzzino. Legato com'era, il vecchio non si trovava certo in condizione di disfarsi di un pugnale.»

«Può averlo consegnato a un complice, magari a Delia stessa. Mi sembra del tutto plausibile...»

«E Lupo allora, e Nicomede?» obiettò in fretta il senatore, per nulla ansioso di prendere in considerazione quella spiacevole eventualità. «No, Castore. Non ci troviamo di fronte a un crimine isolato, ma a una serie di omicidi collegati. Un solo assassino ha ucciso più volte e sempre nello stesso modo!»

«Sarà, ma nei tuoi panni rivolgerei ugualmente qualche domandina a Delia: quella ragazza ha l'aria di saper maneggiare bene un coltello...» suggerì il liberto, mettendosi da parte per far entrare in casa il padrone.

Aurelio, che per quel giorno ne aveva abbastanza di gole tagliate, si chiuse in biblioteca col rotolo di Fedro: via via che proseguiva la lettura, apprezzava sempre di più le sue favole, malgrado il finale inevitabilmente moralistico. Molti a Roma avrebbero gradito un libro simile, meditò, e forse valeva davvero la pena di presentarlo al pubblico.

«*Domine*, un messaggio della vedova Arionilla» lo interruppe l'intendente, consegnandogli una lettera.

Fulvia Arionilla a Publio Aurelio Stazio, *salutem dicit*.

Sono interessata a rilevare due schiavi che tu hai acquistato di recente. Si tratta del triclinario Terenzio, che fu già al mio servizio, e del giardiniere Scapola. Ti lascio stabilire il prezzo, certa che non vorrai approfittare di una vedova indifesa. *Vale*.

«Un tal Pupillo aspetta la risposta.»

«Mandamelo, gliela comunicherò a voce.»

Poco dopo faceva il suo ingresso lo schiavo dai capelli tinti, che aveva dato tanto filo da torcere ad Aurelio il giorno del mercato. Era massiccio e muscoloso, ma qualcosa nell'incedere guardingo, nello sguardo sfuggente, nella circospezione con cui si arrestò a rispettosa distanza dal patrizio, rivelava una fragilità di fondo, a dispetto della voce robusta.

«Leggo che Arionilla vorrebbe ricomprarmi due servi. Purtroppo la tua interferenza ne ha fatto alzare il prezzo.»

«La *domina* ti rimborserà volentieri» assicurò Pupillo. Dei servigi del topiario la donna godeva già a titolo pressoché gratuito, ragionò il senatore, dunque era Terenzio a interessarla veramente.

«Posso cederle Scapola; il cameriere preferisco tenerlo» decise, attento alle reazioni dell'intermediario.

«Ma è a lui che la *domina* Fulvia tiene di più!» protestò Pupillo.

«Dirai alla tua padrona che se vuole trattare l'acquisto deve venire di persona, e da sola» ribatté Aurelio: ci avrebbe pensato lui, in separata sede, a mettere in guardia l'ingenua matrona dai raggiri dello scaltro triclinario!

«La signora tiene troppo al suo buon nome, per uscire senza scorta» affermò il servo, desolato, e fece mostra di accomiatarsi.

«Aspetta un attimo, Pupillo. Mi hanno detto che eri molto legato a Nicomede, quindi è naturale che tu desideri veder punito chi lo ha ucciso» lo fermò il senatore, andando dritto al punto.

Colto di sorpresa, il rosso trasalì visibilmente e Aurelio si chiese se non fosse proprio lui, l'amante respinto, il colpevole che stava cercando.

«Lo supplicai di restare con me, quella sera, ma Nicomede non mi dette retta» mormorò Pupillo con le labbra tremanti. «Sarebbe ancora vivo, se Terenzio non gli avesse dato il permesso di uscire per distoglierlo dalla mia compagnia!»

«Anche lui era fuori casa quella notte?» domandò Aurelio, contando sul palese rancore dello schiavo per giungere alla verità.

«Veramente non lo so» rispose Pupillo con onestà. «Come capo della servitù, andava e veniva a suo piacimento.»

«E perché mai Italico, a un certo punto, si decise a vendere un servo tanto prezioso? Riesci a spiegarmelo?»

«Senatore, non mettermi in imbarazzo, chiedendomi di rivelare le faccende di famiglia a un estraneo; domandale alla *domina*, queste cose!» protestò il rosso, un po' impermalito, ma Aurelio si avvide che stava guardandosi attorno, come per valutare il compenso di un'eventuale delazione.

«Quanto?» chiese secco. Sapeva per esperienza che tutti potevano essere comprati; alcuni – i più gretti – col vile denaro, gli altri con monete diverse: la fama, l'ambizione, la lussuria, a volte persino l'amore. «Spicciati, prima che cambi idea!» tagliò corto.

Pupillo esitava, timoroso sia di chiedere troppo, sia di sprecare un'occasione insperata.

«Trenta sesterzi!» esagerò infine, rimanendo poi col fiato sospeso ad aspettare la reazione del patrizio.

«Te ne darò la metà, e solo se la notizia li vale» promise Aurelio, e Pupillo acconsentì soddisfatto.

«Al padrone non piacque affatto che Terenzio avesse preso in mano gli affari della ditta: pensava che la *domina* si facesse influenzare da lui e che gli fosse, per così dire, fin troppo affezionata.»

Di bene in meglio, pensò Aurelio. Probabilmente l'integerrimo triclinario aveva sostituito il padrone anche nel talamo coniugale, oltre che nella cassaforte.

«Che c'entrava il tuo amico in tutto questo?»

«Fu lui che scrisse al padrone in provincia, mettendolo al corrente di quello che stava succedendo in casa. Sperava certamente in una ricompensa. Quando stava con me non aveva alcun bisogno di soldi, ma poi cominciò a frequentare delle donnacce, così quel poco denaro che Fulvia ci passava non gli bastava più.»

Aurelio si insospettì: e se anche Nicomede, come forse Glauco, fosse stato ucciso perché sapeva troppo? Niente di più facile, per una matura matrona innamorata, che tentare di disfarsi dello scomodo marito e di un testimone ingombrante.

«Come morì Italico?» chiese, attento.

«Fu investito da un carro, nella Gallia Narbonese» rispose Pupillo, e il patrizio cancellò mentalmente quella pista dalla mappa di ipotesi che doveva portarlo alla soluzione dell'intricato caso.

«Adesso» continuò lo schiavo «senza più il padrone né Terenzio, le cose non vanno troppo bene. Io lavoro da mane a sera per aiutare la *domina*, ma l'età comincia a pesarmi, e da quando Nicomede è morto, non faccio che pensare a lui più ancora di prima. Mi sembra ieri che Italico lo portò a casa, uno schiavetto spaurito di soli quattordici anni, coi capelli ricci tutti arruffati e gli occhi gonfi di lacrime: che tenerezza faceva! Rammento come fu felice la prima volta che lo condussi a vedere gli acrobati ai Saepta Iulia e gli comprai dei dolci. Il giorno lavoravamo e la sera, di solito, giocavamo assieme.»

«Ai *latrunculi*?» domandò Aurelio in tono perentorio.

«Macché, ai dadi! Non ci ho mai capito niente del gioco dei *latrunculi*.»

«Però forse Nicomede li conosceva.»

«Può darsi, era intelligente, lui; avrebbe potuto imparare, se ne avesse avuto voglia, ma negli ultimi tempi era sempre al postribolo, e non credo proprio che ci andasse a giocare a scacchi!» gemette Pupillo.

Aurelio lo guardò comprensivo: un uomo patetico, già avanti con gli anni, divorato dalla passione per un ragazzo che, nel crescere, si era scoperto diverso da come credeva, e aveva licenziato il vecchio protettore per andare a buttarsi a capofitto nei bordelli.

«Qual era il lupanare frequentato da Nicomede? Non fingere di ignorarlo, Pupillo; di certo l'avrai seguito un mucchio di volte!»

«È vero, mi mettevo ad aspettare che uscisse, poi correvo a casa in fretta, perché non si accorgesse che lo stavo sorvegliando. L'avessi fatto anche l'ultima sera!» si rammaricò il rosso. «È il postribolo di Vicolo Corto, dietro ai portici di Pompeo.»

«Sai qualcosa del sacchetto di cuoio che gli fu trovato in mano?» indagò ancora il senatore, consegnandogli quindici monete destinate a scomparire presto nelle tasche di qualche efebo dell'Esquilino.

«Era vuoto» disse Pupillo con voce atona. «La mattina che lo trovai morto, dopo averlo cercato tutta la notte sotto la pioggia, ci guardai dentro: gliel'avevo notato al collo, da un po' di tempo, e speravo che ci tenesse qualcosa di mio» mormorò, con gli occhi velati di pianto.

Aurelio lo vide arretrare curvo, i capelli stopposi che si stagliavano nell'ombra come fiamme dipinte frettolosamente da un pittore malpagato. Poteva essere lui il misterioso assassino? Se quella catena di delitti aveva uno sfondo omosessuale, Pupillo, con le sue dichiaratissime propensioni, era di certo il più adatto a candidarsi al ruolo di colpevole.

XIV

Vigilia delle Calende di febbraio

Quando, all'ora nona di sera, Aurelio giunse al Vicolo Corto, non dovette faticar molto a riconoscere il lupanare. Anche senza il Priapo gigantesco che campeggiava a mo' di insegna sul muro, a indicare il posto sarebbe bastata la lunga fila di clienti infreddoliti in paziente attesa davanti alla porta.

Il patrizio si mise in coda con gli altri, col preciso intento di attaccar discorso: avvolto in una pelle di agnello che scendeva a ricoprire sommariamente la modesta *lacerna*, le mani celate dai guantoni imbottiti, si sentiva perfettamente mimetizzato e sperava soltanto che a tradirlo non fosse la sintassi troppo corretta. Comunque, per propiziare le chiacchiere, si era portato in spalla una piccola giara di vino, e adesso, scostando leggermente il vello, faceva in modo che se ne intravedesse tra i panni l'orlo accattivante.

Non dovette attendere molto: la prima pacca vigorosa sulla schiena gli venne da un guercio, il cui unico occhio doveva vederci molto bene. Pochi istanti dopo, il senatore era fatto oggetto di calorose manifestazioni di simpatia da parte degli ultimi cinque uomini della fila, tutti quelli, cioè, abbastanza vicini per godere del panorama dell'anfora.

«È la prima volta che vieni qui, eh? Se non conosci ancora le ragazze, ti consiglio Leda» gli suggerì l'orbo, prendendolo confidenzialmente sotto braccio.

«Ma cosa dici, quella mezza storpia della Leda a questo bel giovanotto! No, no, meglio Orseide!» replicò un grassone, ridendo sguaiatamente. «Comunque, prima di scegliere, guarda sopra i cubicoli le scene che illustrano le specialità delle pensionanti. Qui, per tre assi puoi avere tutto quello che desideri... e pensare che ci sono dei gonzi disposti a scucire un patrimonio per una cortigiana smorfiosa!»

«Il mio padrone va da Arsinoe e ci lascia cinquanta sesterzi ogni volta» riferì uno schiavo.

«Questo è niente, dicono che la celebre Cinzia se ne faccia pagare ottocento a colpo!» esclamò scandalizzato un ometto.

«Mille» corresse Aurelio, che a rigor di logica avrebbe dovuto ignorare le tariffe della famosa etera.

«Ma cosa avrà quella, le poppe d'oro?» si chiese l'orbo, non poco stupito.

Intanto il senatore, esortato dai compagni, aveva stappato l'anfora e la passava di spalla in spalla, perché tutti vi potessero attingere. Dopo il secondo giro di bevute, però, i consigli si moltiplicarono e la conversazione degenerò in lite, attirando l'attenzione dei clienti delle prime file, molti dei quali si voltarono incuriositi: facce meravigliate, sorridenti, ammiccanti, una delle quali aveva qualcosa di noto.

Scorgendo tra l'intrico dei cuculli un profilo grifagno che gli sembrava di conoscere, Aurelio si nascose prontamente dietro le spalle dell'orbo e guardò meglio: non si era sbagliato, il cranio glabro e ossuto di Arsace, lo schiavo di Marcello Veranio, era inconfondibile! Il tetro portiere, che pareva uscito proprio in quel momento dalla porta del postribolo, si avvolse nel mantello nero, calò il cappuccio sulla testa e scomparve rapidamente in strada.

«Prendi Leda!»

«Scegli Orseide!» urlavano intanto gli avventori e Publio Aurelio, tirato da tutte le parti, pensò bene di porre fine alla diatriba.

«Pensavo di chiedere la donna che mi ha raccomandato un amico, un certo Nicomede.»

«Deve trattarsi di Zoe, allora: quel tipo andava solo da lei. Adesso che ci penso, però, è un pezzo che non lo vedo.»

«Parli del servo del cuoiaio? Ma non l'hanno sgozzato?» intervenne sospettoso il guercio. Per fortuna, proprio in quel momento la porta si aprì e dallo spiraglio fece la sua comparsa una montagna di carne in vesti femminili.

«Avanti il prossimo!» ingiunse con voce tonante.

L'orbo, timoroso di perdere il turno, si infilò nel pertugio senza perder tempo a replicare. Poco dopo toccava ad Aurelio.

«Voglio Zoe» chiese senza esitazione.

«È occupata» disse la grassa lenona, dopo aver gettato una veloce occhiata dietro una lurida tenda da cui provenivano grugniti inequivocabili.

«Aspetterò» ribatté tranquillamente il senatore.

«Ehi, credi forse di essere nell'anticamera di qualche etera per andar tanto per il sottile? Le ragazze qui non hanno tempo da perdere, e se ti dico che Zoe...»

«Eccomi, eccomi!» esclamò una donna alta e gagliarda, spingendo fuori l'ultimo cliente senza nemmeno concedergli il tempo di allacciarsi la cintura. «Sono da te, giovanotto. Fanno tre assi, e non avrai modo di rimpiangerli!»

Il sofisticato patrizio rimirò sgomento il pavimento del cubicolo, coperto da un materasso pulcioso che fungeva da alcova d'amore.

«Tutta la notte, e fuori di qui!» pretese.

«Per dieci sesterzi puoi tenerla fino a domattina, ma solo se lasci un deposito» concesse la lenona.

Con fare lesto, Aurelio si slacciò una delle fibule d'oro nascoste sotto il mantello. «Va bene questa?» chiese, porgendola alla ruffiana.

«Certamente, nobile signore!» esclamò lei, valutando a colpo d'occhio il prezzo della spilla. «Siamo onorate di metterci al tuo servizio... e tu, mi raccomando, comportati bene!» esclamò affibbiando a Zoe una pacca sul sedere. Subito dopo il senatore usciva, tirandosi dietro la *lupa*.

«Dove andiamo?» volle sapere lei, esitante. La vista della preziosa fibula l'aveva resa guardinga: non sarebbe stata la prima volta che una prostituta veniva fatta a pezzi da qualche degenerato in vena di sensazioni forti.

«Dove vuoi che si vada? In un posto dove si possa parlare in pace» rispose spiccio Aurelio.

Convinta ormai di essere capitata nelle mani di un pervertito, Zoe si sottrasse con uno scatto e girò sui tacchi per scappare alla svelta. Dopo pochi passi, tuttavia, ruzzolò sul lastricato, inciampando rovinosamente sugli zoccoli altissimi che le donne della sua professione erano use calzare.

«Niente più scherzi!» la redarguì Aurelio, risollevandola senza troppa delicatezza. La prostituta si spazzolò con un gesto sommario la toga brunita e cercò di darsi un contegno, mentre in cuor suo si raccomandava caldamente a Venere Ericina, protettrice delle puttane.

Pochi minuti più tardi, il senatore la sospingeva in un vicolo buio, tenendosi accuratamente al centro della strada per non venir centrato dal contenuto dei vasi da notte che i quiriti di scarso senso civico vuotavano nottetempo dalla finestra. Quando furono davanti a un portone con l'insegna del tralcio di vite, Aurelio aprì il battente e spinse dentro la sua prigioniera. I cori ubriachi si interruppero di colpo e gli avventori inneggiarono entusiasti alla povera *lupa*, mentre le serve fissavano accigliate la concorrente sleale che osava metter piede nel loro territorio.

«Abbiamo le nostre ragazze» avvertì freddo l'oste, ma bastò la comparsa di un paio di monete sul banco per indurlo a ospitare la strana coppia nella migliore stanza della taverna, un localino tranquillo al primo piano dove gli odori grevi della cucina giungevano attutiti e si poteva quasi dimenticare che la *caupona*, a dispetto degli editti di Claudio, offriva come specialità le salsicce fritte condite con timo e maggiorana.

Zoe entrò guardinga, camminando rasente il muro. Con la coda dell'occhio vide il patrizio che si accomodava sul *torus* senza degnarla di uno sguardo e cominciò a tremare. Non era nata ieri, e aveva capito subito che in quell'uomo c'era qualcosa che non andava: le guance, prima di tutto, prive dei soliti, inevitabili graffi lasciati dai rasoi di infima qualità; poi il taglio elegante dei capelli, gli stivali quasi nuovi, il modo stesso che aveva di parlare. Fu però quando il patrizio si tolse i guanti che la donna fu certa di essere caduta nelle mani di un pervertito: all'indice dello sconosciuto brillava un rubino autentico, frutto sicuramente di una rapina sanguinosa, così come la fibula d'oro che aveva visto consegnare con tanta noncuranza alla lenona. Perché mai quel ladro l'aveva trascinata nella *caupona*? Di certo pensava di ucciderla, ma non sarebbe stato tanto facile far fuori la vecchia Zoe! Ecco, adesso si stava liberando del mantello, e tra poco le avrebbe dato le spalle... era il momento!

La brocca di coccio volò dritto sopra la testa di Aurelio e andò a infrangersi con uno schianto secco sulla parete, mentre la donna si metteva a gridare.

L'oste, richiamato dal rumore, batté alla porta. Rapido, Aurelio afferrò il catino pieno d'acqua e senza esitare lo gettò in faccia alla *lupa*, poi le torse le braccia dietro la schiena, tappandole la bocca con la mano.

«Zitta!» ingiunse. «Non voglio farti niente!»

Zoe cominciò a singhiozzare, e ci volle del bello e del buono per calmarla. Finalmente si risolse a sedere sul cubile, e sorbì tutto d'un fiato la zuppa e il vino caldo che il patrizio le aveva fatto servire.

«La ruffiana mi spellerà viva!» gemeva. «Si era tanto raccomandata che ti trattassi bene!»

«Manterrò il segreto, se mi darai qualche informazione» propose Aurelio, e finalmente riuscì a chiederle di Nicomede.

«Certo che lo conoscevo. Quando venne da me, non era mai andato con una donna; stava con quel Pupillo fin da quando era piccolo, ed era convinto di essere come lui. "Zoe," mi disse "voglio provarci, perché magari mi sbaglio." E si era sbagliato, infatti! Così ci prese gusto e tornò parecchie volte, finché un giorno venne a dirmi di essersi innamorato.»

«Molto interessante» osservò il senatore, incuriosito. «Ti rivelò il nome della ragazza?»

Zoe scosse la testa in segno di diniego. «Ripeteva solo che era bella, bellissima.»

«Ma saprai almeno se era una schiava, una liberta, o magari una cittadina romana!»

«Libera non era di sicuro, perché lui se ne rammaricava molto» affermò Zoe, corrugando la fronte. Non Marcellina, dunque, pensò il patrizio. Chi altri, allora? Delia, Tuccia, o una qualsiasi delle migliaia di schiave e liberte di Roma?

«Teneva sempre una ciocca dei suoi capelli appesa al collo, in un borsellino di daino» aggiunse Zoe, commossa.

Il sacchetto che era stato ritrovato vuoto, ricordò Aurelio.

«Di che colore erano?» domandò.

«Non me li mostrò mai: ero solo una *lupa*, capisci» si schermì la donna.

«Eppure, malgrado il grande amore, lui continuava a venire a letto con te» constatò il patrizio.

«Per forza, lei gli aveva raccontato di aver vissuto una brutta storia, anni prima, così Nicomede era costretto ad andarci piuttosto piano.»

Aurelio annuì, pensoso. Un'esperienza negativa, brutale: una ragazza violentata, forse, o una schiava costretta dal padrone a soddisfare turpi voglie...

«Cosa sai di un frequentatore del postribolo, un vecchio alto e magrissimo, con la testa completamente calva?» chiese poi, alludendo ad Arsace.

«Non è nostro cliente; lo ricorderei di certo.»

Aurelio rimase sconcertato: era sicuro di averlo visto uscire dal lupanare quella sera stessa...

«Se un tipo simile dovesse presentarsi da voi, avvertimi subito e incasserai una buona ricompensa» promise. «Adesso vieni, ti riaccompagno.»

«Come, senza neppure che io e te...» si stupì vistosamente la meretrice.

Il senatore sorrise, declinando con fermezza l'offerta. Uno di quelli, pensò Zoe, e dire che a vederlo non sembrava. Peccato, però, un così bell'uomo.

«Senti, se ti vengono dei dubbi, come a quel povero ragazzo, chiedi di me: magari ti faccio cambiare idea» si offrì generosamente.

«Contaci» disse il patrizio, facendole strada.

XV

Calende di febbraio

La mattina successiva, il senatore dovette sottoporsi al noiosissimo rito di ricevere i *clientes*: gli Aurelii erano una famiglia molto antica ma, ahimè, quasi in via di estinzione. Così il patrizio, allo stesso modo in cui aveva ereditato dai suoi antenati parsimoniosi e poco prolifici un immenso patrimonio in latifondi, si era dovuto accollare anche gli obblighi tradizionali nei riguardi dei protetti, i quali ammontavano a parecchie centinaia. Se a essi si aggiungevano gli schiavi che lavoravano fuori casa e i moltissimi liberti che contavano ancora sul suo patronato, il numero di persone che si metteva in coda davanti alla porta, per augurargli il buongiorno e ricevere in cambio la *sportula*, saliva alle stelle.

Invocato da tutte le parti, Aurelio non vedeva l'ora di finirla con quella sfibrante cerimonia, ma la ressa nel vestibolo era ancora fitta, e altra gente si accalcava fuori dalle *fauces*, in attesa. Fu così che per un pelo non mancò di leggere l'ennesima supplica, sotto forma di missiva cadutagli in grembo.

Non appena levati gli occhi dal foglio, il senatore si alzò di scatto, cercando di scorgere tra la folla chi gliela aveva consegnata; ma i clienti, avviluppati nelle loro candide toghe, gli parvero tutti uguali.

«Prendi il mio posto, Paride!» comandò e, mentre il senatore spariva nei recessi del corridoio, dalla massa dei postulanti si elevò un coro di sonore proteste.

Soltanto quando fu al sicuro al centro del peristilio grande, Aurelio, scuro in volto, rilesse di nuovo il rotolo:

Sotto il tuo tetto c'è chi ha già ucciso e ucciderà ancora.

Accigliato, sedette su una panca di marmo, cominciando a vagliare, uno per uno, gli schiavi comprati in quell'infausto pomeriggio.

Terenzio: cosa sapeva di lui? Quasi nulla, salvo il fatto che una rispettabile matrona era disposta a far fuoco e fiamme per averlo al suo servizio. L'ateniese, tuttavia, mostrava caratteristiche del tutto peculiari in un servo: la sua competenza in fatto d'arte, la perfetta educazione formale che mandava in visibilio Paride, il distacco orgoglioso con cui si teneva lontano da tutti, il riserbo estremo dei suoi modi ineccepibili ma, sotto sotto, anche sprezzanti... Un uomo freddo e deciso, dunque, che non era difficile immaginare col pugnale in mano, pronto a dare la morte a un nemico per poi tornare ai suoi compiti quotidiani, come se nulla fosse accaduto.

Paconio: d'accordo, incatenato com'era, non avrebbe potuto far sparire l'arma del delitto, eppure la storia di quel sonno tanto pesante non convinceva affatto. Chi stava dunque proteggendo il vecchio, e perché?

Scapola invece, malgrado le orme incriminate, come assassino non gli pareva molto credibile, ma forse, entusiasta com'era di brandire le forbici da giardinaggio, il topiario si sarebbe dimostrato altrettanto abile con un coltello.

Le donne, allora: Tuccia, lesta a fingere, adulare e tradire pur di ottenere qualche meschino privilegio. Chissà se davvero era stata l'amante del defunto editore, oppure se quella vanteria era solo il riflesso di un desiderio covato a lungo e rimasto sempre insoddisfatto... Paride, il giorno prima, l'aveva scoperta nelle cucine, dove non aveva ragione di andare: l'ancella era china su uno dei piatti già pronti e, vedendosi scoperta, si era affrettata ad allontanarsi. Quando l'intendente gli aveva riferito l'episodio, ad Aurelio si erano rizzati i capelli in testa: Saturnino era morto dopo aver sofferto di strani crampi allo stomaco.

Infine, Delia: dura, ostile, impenetrabile Delia, che nutriva nei suoi confronti un sordo e tangibile rancore.

Il patrizio si scosse all'improvviso, colpito da un pensiero sgradevole quanto inevitabile: i sospetti non si potevano limitare ai nuovi famigli. Il colpevole poteva essere benissimo uno dei suoi uomini più fedeli, quelli a cui ogni giorno metteva in mano la casa, i beni, la vita stessa: il cuoco Ortensio, il barbiere Azel, l'ostiario Fabello, il gigante Sansone, il cameriere Modesto. Tutti loro frequentavano Glauco, e tutti avrebbero potuto conoscere altrettanto bene Nicomede o Lupo. Perché non gli stessi Paride e Castore, allora? si disse il patrizio, alzando le spalle a quell'ipotesi assurda. No, non poteva trattarsi di qualcuno della sua famiglia, decise perentorio, e in quel momento l'occhio gli corse all'aiuola dove la piccola effigie di Cupido si ergeva nella sua solitudine invernale, spoglia dei rampicanti che l'avrebbero ricoperta nel corso della bella stagione. Ai piedi della colonna che reggeva il bronzetto, si scorgeva l'impronta di un piede, nettissima, e solcata al centro da un ricciolo monco.

Era ancora lì, fermo a fissare attonito l'orma, quando Paride lo raggiunse.

«Hai per caso mandato Modesto a fare qualche commissione, *domine*?» mormorò l'intendente, esausto per aver dovuto sedare la rivolta dei clienti delusi. «Ho un lavoro da affidargli e non lo vedo da ieri pomeriggio.»

Aurelio avvertì una specie di cupo presentimento. Che stupidaggine, pensò riscuotendosi, irritato con se stesso per tanto allarmismo: sicuramente il ragazzo era in giro per compere, oppure se ne stava imboscato in qualche angolo, in compagnia di una servetta compiacente.

In quel momento giunse Castore, visibilmente scosso.

«Il cubicolo è vuoto e il letto intatto: stanotte non è tornato a casa.»

«Non usciva mai senza permesso» gemette l'amministratore con la voce incrinata. I tre si fissarono, muti, la mente rivolta a un unico, terribile pensiero.

«Cerchiamolo immediatamente!» scattò il senatore, prendendo in mano la situazione.

«Numi, è vero che...» arrivava in quel momento Nefer.

«Zitta! Raduna le donne e chiedi loro, una per una, quando hanno visto Modesto per l'ultima volta» le ordinò Aurelio. «Assicurati che parlino liberamente; qualunque cosa abbiano combinato, non saranno punite. Tu, Castore, suona la campana per dare l'allarme.»

Pochi istanti dopo, più di cento domestici si radunavano nel peristilio, ma nessuno di loro aveva la minima idea di dove potesse trovarsi il ragazzo scomparso. Quando Polidoro e Timone, i migliori amici di Modesto, scoppiarono a piangere, tra i servi si sparse il panico.

«State calmi, lo troveremo» disse Aurelio, cercando di non far trapelare la sua agitazione.

«Forse Fabello ricorda se lo ha visto uscire» suggerì il segretario, e tutti si precipitarono nel vestibolo, senza nutrire soverchia speranza: Fabello, incapace di tener gli occhi aperti per più di qualche istante, come portiere era un vero disastro. Lo trovarono infatti profondamente addormentato, dato che nemmeno l'allarme era stato sufficiente a distoglierlo dalle braccia di Morfeo. Spinto da tutte le parti, l'ostiario aprì un occhio, per richiuderlo subito dopo: stava facendo uno strano sogno, con un mucchio di gente che lo scuoteva a più non posso.

«Sveglia, disgraziato!» lo mise in piedi il senatore, afferrandolo per la tunica. «Hai visto Modesto?»

«Veramente mi ero appisolato» bofonchiò contrito.

«Ma figurati se questo babbeo sa qualcosa!» sbottò Paride, rannuvolandosi tutto: il padrone era troppo buono; ci avrebbe pensato lui a strigliare ben bene il portiere, più tardi.

«Ieri però è passato davanti alle *fauces,* tutto elegante e profumato!» rammemorò Fabello all'improvviso.

«A che ora?» chiese il patrizio.

«L'ottava, al massimo la nona... C'era ancora luce.»

«Dividetevi in gruppi e battete il quartiere casa per casa: dobbiamo trovarlo subito!» comandò Aurelio, fosco. Ma a tarda sera di Modesto non si era trovata traccia.

Alla dodicesima ora il senatore aveva interrotto le ricerche, poi si era chiuso in camera, rifiutando i servizi del cubicolare che si offriva di prepararlo per la notte. Col mantello ancora addosso, giaceva ora sul *torus* imbottito, incapace di sedare l'ansia che gli pesava dentro.

Ricordava bene Modesto, così come conosceva uno per uno tutti i servi della *domus*, più di cento persone che si occupavano dei suoi bisogni e gli appartenevano totalmente. Dietro di loro, indistinti e sconosciuti, migliaia di schiavi lavoravano nei campi, sulle navi o in città lontanissime e ignote, per conservare il suo patrimonio, moltiplicarlo e permettergli di godere appieno i piaceri più raffinati del corpo e della mente. Aurelio era consapevole di quanto la sorte lo avesse favorito nel farlo nascere libero, romano e padrone, ultimo frutto di una stirpe di vincitori che aveva asservito i vinti al suo dominio. Sapeva anche di non averne alcun merito, ma poiché questo, giusto o non giusto, era il solo mondo che conosceva, ringraziava la cieca Fortuna di essersi dimostrata tanto benevola nei suoi riguardi. Ad altri era toccato un destino diverso: sulle sue terre, ogni giorno, decine di schiavi nascevano, e altrettanti morivano. Quanti ne possedeva, con precisione? Avrebbe dovuto chiederlo a Paride...

Tuttavia, i domestici che vivevano sotto il suo tetto erano molto di più che una semplice proprietà. Al patrizio piaceva pensare che nutrissero dell'affetto nei suoi riguardi e li ricambiava con un lassismo indulgente: forse non poteva additarli come esempi di ferrea disciplina o di specchiata onestà, ma li aveva visti, nel momento del bisogno, schierarsi al suo fianco senza esitare. Fino a che punto, però, si spingeva la lealtà dei servi? Che cosa sapeva realmente di loro, al di là di ciò che consentivano a mostrargli?

Ripensò a Modesto, un ragazzo di neppure vent'anni, allegro e un po' timido, con la passione del flauto. Rammentava quando lo aveva chiamato a Roma dal natio Piceno, per venire incontro ai desideri di una vecchia serva rurale: la bisnonna del ragazzo compiva cent'anni, evento straordinario per una schiava; nell'occasione aveva fatto scrivere a quel *dominus* onnipotente che aveva servito per tutta la vita senza vederlo nemmeno una volta, raccomandandogli il pronipote bambino. E Aurelio aveva risposto, togliendo Modesto ai campi per portarlo tra gli splendori dell'Urbe.

Dov'era, adesso? In quale anfratto della città dorata e velenosa, che aveva amato a prima vista, con la dedizione assoluta di un uomo ancora ignaro delle donne a cui capita di incontrare una Dea? Ma Roma, come tutte le donne, era capricciosa, volubile, spietata, e aveva inghiottito nelle sue viscere calde e oscure quell'amante giovane e ingenuo.

Incapace di prender sonno, Aurelio scivolò silenziosamente nei quartieri della servitù. Il cubicolo che Modesto divideva con Polidoro e Timone era deserto: i suoi compagni non se l'erano sentita di dormire accanto al giaciglio vuoto e avevano chiesto ospitalità altrove.

Nella piccola nicchia del muro giaceva l'*aulos*, il flauto doppio; il patrizio lo sfiorò, chiedendosi se avrebbe suonato ancora. Accanto allo strumento, uno spartito fitto di lettere greche che indicavano i toni, con alcune aggiunte di pugno del giovane sulla durata del tempo, e parecchie annotazioni a margine. Modesto aveva cominciato a studiare musica non appena arrivato in città, mettendovi ben più passione che negli esercizi di grammatica e ortografia. Ecco infatti parecchi dittonghi completamente errati, osservò il senatore scorrendo gli appunti, e un accusativo privo della regolare desinenza: *Ad Quirini Aede*, "Al tempio di Quirino", senza la emme finale...

Aurelio trasalì, rendendosi conto all'improvviso che quella frase indicava una destinazione.

«Sveglia, forse so dov'è andato Modesto!» urlò piombando nel cubicolo di Castore, e pochi istanti dopo i due passavano nelle *fauces*, davanti al dormiente Fabello.

Fuori faceva un freddo da lupi. In linea d'aria il luogo non si trovava molto lontano, ma la grande metropoli edificata sui colli fatali era tutto un alternarsi di continui e scomodissimi dislivelli, tanto che, arrampicandosi su per il Quirinale dopo aver sceso il Viminale di corsa, il patrizio si chiese se il Nume tutelare di Roma – quel Romolo Quirino al cui tempio erano diretti – non avrebbe fatto meglio a scegliere un luogo un po' più pianeggiante per fondarvi l'Urbe eterna.

Arrivarono trafelati in cima all'altura: il recinto sacro contava ormai tre secoli; il sacello, invece, era stato interamente ricostruito da Augusto, e soltanto l'iscrizione di Lucio Papinio Cursore rimaneva ancora sul frontespizio a ricordare l'edificio originale. Fu proprio sotto quell'antica lapide che i due si fermarono, incerti sul da farsi.

«Se anche è venuto qui, può essersi diretto ovunque: al tempio della Salute, al Pincio, lungo l'Alta Semita» gli fece notare il segretario.

«Dietro di noi c'è la cinta muraria e di là non può essere passato» osservò Aurelio.

«Perché no? Roma ha più porte che mura!» obiettò il liberto. Da quando l'Urbe dominava il mondo, infatti, le possenti fortificazioni di Servio Tullio erano diventate del tutto inutili, perché i nemici – quei pochi che erano rimasti – si trovavano nelle foreste del Nord o nella lontana Partia, non certo alla periferia della città. Nessun politico ambizioso, tuttavia, avrebbe mai rinunciato a interrompere la monotonia dei mattoni rossi, ridotti ormai a rifugio di innamorati e gatti randagi, per aprirvi un bell'arco di marmo, con il suo nome tramandato ai posteri in lettere d'oro.

«Ispezioniamo almeno il tratto alle nostre spalle, da porta a porta» ordinò il senatore, mentre accendeva la torcia incamminandosi verso il baluardo abbandonato.

«Ehi, voi due, cosa fate con quella fiaccola?» si udì gridare nel buio. «Non sapete che è severamente proibito far fuoco nel bosco?»

«Per Ercole, i vigili!» imprecò Aurelio.

Il corpo dei *vigiles nocturni*, creato per difendere l'Urbe dai malintenzionati e dagli incendiari, aveva il dovere di arrestare all'istante ogni individuo sorpreso in sospetto atteggiamento da piromane. Il patrizio cercò d'istinto l'anello col sigillo, la cui vista avrebbe indotto la guardia a profondersi immediatamente in mille scuse.

«Numi, l'ho lasciato a casa, nel cubicolo!» scoprì con sgomento.

I vigili andavano per le spicce, e prima di appurare la sua identità lo avrebbero tenuto ore, e forse giorni, chiuso in una cella. In quel momento Castore gli si fece appresso, mettendogli confidenzialmente il braccio sulle spalle.

«Scusaci, agente, spegniamo subito la luce!» assicurò con un tono ammiccante che non piacque al senatore.

«Non per fare il moralista, capisco coi ragazzini, ma quello è un uomo fatto, e magari anche un libero cittadino!» commentò la guardia in tono di palese disapprovazione.

«È maggiorenne, no? La legge non lo vieta» sorrise Castore, avvicinandosi al tutore dell'ordine per mormorargli qualcosa all'orecchio. Aurelio, troppo stupito per reagire, cercò di captare alcuni brani del colloquio, domandandosi intanto se non sarebbe stato preferibile passare qualche notte al fresco, piuttosto che avvalersi di quella scappatoia.

«Be', in questo caso... l'importante è che non ti chieda di scambiarvi le parti!» rise il vigile, allontanandosi.

«Faccenda sistemata!» disse il greco, tornando allegramente sui suoi passi.

«Cosa gli hai detto?» chiese Aurelio, con un cipiglio torvo stampato in volto.

«La verità, *domine*, cioè che sei un potente senatore» tergiversò il liberto. «Naturalmente ho dovuto aggiungere qualche particolare di fantasia, atto a giustificare la nostra presenza in un posto così buio e solitario.»

«Vuoi dire che...» cominciò Aurelio, sdegnato, ma Castore fu lesto a chiudergli la bocca.

«Quante storie, padrone!» sbuffò infatti l'alessandrino. «È dai tempi di Tiberio che nessuno viene più radiato dalla Curia per omosessualità passiva!»

Aurelio si mise le mani nei capelli: già se li vedeva, i padri coscritti, additare al pubblico ludibrio l'impudico depravato che infangava col vizio il più alto consesso di Roma! Lentulo avrebbe avuto la sua testa, stavolta, gemette il patrizio; quel vecchio bacchettone ce l'aveva con lui per via di una scappatella con sua moglie, e non mancava occasione di attaccarlo in Senato, accusandolo di praticare costumi troppo molli e sofisticati per la rude virilità dei quiriti. Finora le sue recriminazioni erano cadute nel nulla, ma l'indomani avrebbero trovato eco in tutta l'Urbe.

«Sciagurato, proprio questa scusa dovevi trovare?» tuonò il senatore, inviperito, e certo che Castore avesse agito di proposito. «Non potevi dirgli almeno che la femmina la facevi tu? Sei un liberto, per tutti i Numi, e nessuno ci avrebbe trovato niente di male!»

A Roma, in effetti, non era tanto il sesso del compagno di letto a suscitare scandalo, quanto il ruolo assunto nella coppia dal libero cittadino, a cui era fatto divieto di sottomettersi alle brame altrui, pena il dileggio e l'ostracismo sociale.

«*Domine*, sarebbe iniquo chiedermi di mettere a repentaglio la mia reputazione!» si giustificò Castore, serafico. «Comunque, sta' tranquillo, mi sono ben guardato dal fare il tuo nome: gli ho dato quello di un tuo collega.»

«Meno male» sospirò Aurelio, sollevato. «E chi è il poveretto?»
«Lentulo, ovviamente» disse Castore, sogghignando.

Ispezionare le mura con la torcia spenta era tutto fuorché agevole, ma sebbene il vigile si fosse allontanato da un pezzo, Aurelio non voleva correre il rischio di vederlo tornare sui suoi passi: questa volta avrebbe dovuto farsi riconoscere, e allora, dopo lo scherzo maligno di Castore, addio matrone fascinose e incantevoli etere!

«È inutile, *domine.* Non lo troveremo mai con questo buio» sospirò il greco, sedendosi su un cornicione abbattuto. «Meglio aspettare l'alba e tornare in forza con tutti gli uomini disponibili.»

Aurelio acconsentì. Dalla cima del Quirinale cominciava a scorgersi la prima luce dell'aurora.

«E sia, andiamo a casa» borbottò deluso, e prese a scendere il dirupo.

Non fece che pochi passi nel bosco, prima di ruzzolare a terra. L'ammasso informe che l'aveva fatto cadere non era una roccia, né un groviglio di radici: quando il senatore stese la mano, incontrò uno spessore morbido e lanoso, come di una stoffa imbottita.

«Accendi la torcia!» sibilò, prendendo un profondo respiro per guardare quello che sapeva avrebbe visto.

Prima ancora che i bagliori della fiamma illuminassero il cespuglio, Aurelio aveva infatti riconosciuto nella penombra uno dei guantoni che Paride faceva confezionare dal *digitabularius* appositamente per i servi di casa sua.

XVI

Sesto giorno prima delle None di febbraio

Stavolta gli schiavi non piangevano: se ne stavano muti e afflitti, andando su e giù per la stanza dove il medico Ipparco esaminava i resti del loro sventurato compagno.

«Hai finito?» chiese Publio Aurelio al luminare, prendendolo da parte.

«Ferita da taglio, inferta da dietro con la mano destra, o dal davanti, se l'assalitore era mancino. La lama era affilatissima e ha squarciato la carne come se forasse una zolla di terra bagnata, recidendogli di netto l'arteria» spiegò Ipparco. «È morto all'istante, senza soffrire, ma il sangue deve essergli uscito con molta violenza. Per sferrare un colpo simile non occorreva di certo una grande forza; ci sarebbe riuscito anche un bambino.»

"O una donna" pensò fosco Aurelio.

Mentre raccoglieva i suoi strumenti, il medico sussurrò al senatore: «Prima di morire aveva avuto un rapporto sessuale. Ci sono tracce di sperma sulla sua tunica».

Il senatore fece segno a Castore di avvicinarsi e gli bisbigliò all'orecchio: «Prendi con te Paride e vedi se da qualche parte c'è un vestito macchiato». I due liberti ricomparvero poco dopo con aria palesemente sollevata: in casa non avevano trovato niente del genere.

Quando Ipparco se ne fu andato, nella grande *domus* scese un silenzio totale.

I servi si riversarono nel peristilio, attoniti: Fillide e Nefer sbirciavano smarrite il corpo del giovane con cui, fino al giorno prima, avevano riso e scherzato; Fabello mormorava, con le lacrime agli occhi: «Se non mi fossi addormentato...».

«Un così bel ragazzo!» scosse la testa Azel, stringendosi al petto il suo Ganimede. Anche Timone e Polidoro erano commossi, e Iberina, che aveva sperato di far coppia fissa col flautista, piangeva a dirotto.

Aurelio, chino davanti al feretro, sentì dire sottovoce: «Credete che sia davvero tanto addolorato? Per lui era solo uno schiavo».

Non ebbe bisogno di alzare gli occhi per sapere che a parlare era stata Delia.

Ormai tutti i famigli stavano fissando il padrone, come se si aspettassero da lui un gesto risolutivo. Il patrizio avanzò lentamente, si diresse nell'atrio e tese la destra sul Larario, l'altare sacro dei Numi tutelari degli Aurelii.

«Qualcuno, in questa città» disse «ha levato la mano su uno dei miei schiavi, credendo di poter colpire impunemente me, la mia famiglia, la mia gente. Io vi giuro sui Lari di questa casa, e sul mio onore di cittadino romano, che troverò quell'uomo a qualunque costo e con qualunque mezzo, e lo punirò del suo delitto. E se – gli Dei non vogliano – dovessi scoprire che il colpevole si trova tra voi, lo giudicherò di persona, in base all'antico diritto di vita e di morte del *paterfamilias*, e vi darò facoltà di eseguire la sentenza!»

Castore e Paride gli si misero accanto: «Siamo con te, padrone». Allora, a uno a uno, gli schiavi sfilarono davanti al *dominus*, rinnovandogli il loro voto di fedeltà.

Aurelio scrutò ciascuno nel profondo degli occhi: chi di loro mentiva?

Il funerale fu grandioso e solenne, quale mai si era visto per uno schiavo: mentre le prefiche intonavano i loro ululati lamentosi, Aurelio, alla testa del corteo, depose le ceneri del povero Modesto in una nicchia del grande mausoleo di famiglia, ai margini della via che portava il nome della sua *gens*. Lì le ceneri del ragazzo vennero riposte insieme a quelle degli antenati consoli e senatori, e delle intere generazioni di servi, fedeli ai padroni nella tomba come lo erano stati tra le pareti della grande *domus* del Viminale.

La sera, il senatore convocò il suo segretario nella biblioteca per un colloquio riservato.

«Prendi tutto il denaro che ti serve, Castore. Paga, corrompi, minaccia, ricatta, fai quello che vuoi, ma trovami dei testimoni che possano riferirmi ogni mossa di Modesto, da quando ha lasciato la *domus* al momento in cui è stato ammazzato!» ordinò.

Castore assentì ligio, ma si vedeva bene che non credeva troppo all'utilità di quell'azione.

«Comincia subito con l'interrogare la gente di casa; voglio sapere esattamente quello che ha fatto il ragazzo prima di uscire, quali lavori ha svolto e con chi ha parlato.»

«Ho già provveduto a questo quando ancora speravo che potessimo ritrovarlo in vita, *domine*. Il giorno della sua morte, Modesto era di servizio alla mensa. Paride l'aveva affidato alla guida di Terenzio, affinché ne facesse un triclinario completo: ha passato con lui gran parte della mattina, esercitandosi a disporre il vasellame. Tuccia li aiutava, intrecciando le corone di frasche da appendere alle pareti.»

«Tuccia e Terenzio, dunque» meditò il patrizio.

«Non solo» aggiunse il liberto, riluttante. «Modesto sembrava di ottimo umore dopo colazione, tanto che ha suonato a lungo l'*aulos* per un'amica. Li hanno sentiti cantare insieme e sembra che lei si sia persino esibita in una specie di danza...»

«Si tratta di Delia, vero?» domandò il senatore e Castore annuì gravemente, corrugando la fronte. «È uscita nel pomeriggio?»

«Sì. Nessuno sa dove sia andata, ma anche gli altri erano fuori: a quell'ora, infatti, la maggior parte dei servi si reca a prendere il bagno.»

«E magari qualcuno si serve proprio da Sarpedone.»

«È improbabile, *domine*. Col salario che paghi, i tuoi dipendenti possono certo permettersi di meglio. Comunque, Delia è proprio il tipo che si azzarderebbe a metter piede di sera nella Suburra, oppure presso le mura della città.»

Il patrizio pareva abbacchiato: «Lupo, Glauco, Nicomede, Modesto... Possibile che non si trovi un filo conduttore che unisca tra loro ben quattro omicidi?».

«Oh, di fili ne abbiamo a iosa, *domine*» osservò Castore. «Il problema è che sono troppo ingarbugliati. Inoltre le impronte fanno sospettare che il fulcro del mistero si trovi proprio qui, a casa nostra.»

«Non siamo i soli a pensarlo» disse Aurelio, mostrando al segretario il rotolo che gli era stato gettato in grembo.

«Chi l'ha scritto prevedeva dunque che sarebbe avvenuto un nuovo delitto» rifletté Castore, serio. «Per quanto ne sappiamo, il delatore potrebbe essere uno qualunque del milione e mezzo di abitanti di Roma.»

«Eppure, in tutta quella confusione, sarebbe stato facile anche a uno degli schiavi travestirsi con una toga e mescolarsi ai *clientes* per darmi il papiro.»

«Come intendi procedere, *domine*: interrogando Scapola?»

«Aspettiamo. Non mi pare che le orme che ho scorto nel peristilio siano state lasciate da uno zoppo, senza contare che quello stesso giorno il giardiniere si trovava presso il vivaio di Fulvia Arionilla.»

«Ti suggerisco nuovamente di parlare con Delia: sembra quasi che tu voglia evitarla» fece Castore, guardingo.

«Hai ragione, è una cosa che rimando da tempo» convenne il patrizio. «A proposito, ho visto che hai fatto amicizia con Tuccia.»

«Purtroppo i nostri rapporti sono ostacolati dall'esiguità dei miei mezzi, *domine*» deplorò il liberto, che in realtà era più ricco di un cavaliere. «È contrario ai miei principi aprire la borsa per ciò che si può avere a titolo gratuito.»

«Perché mai tanta intransigenza?» chiese Aurelio, al quale pareva non solo ovvio, ma doveroso, compensare i favori delle sue amanti.

«Sono cresciuto negli angiporti di Alessandria, *domine*, e ho dovuto imparare precocemente a ottenere con altri mezzi tutto quello che i signori comprano col denaro. Inoltre Tuccia, più che ai soldi, ambisce a una posizione di prestigio: le interessa primeggiare, acquisire una parvenza di potere; non per nulla fa gli occhi dolci al nostro Paride. Probabilmente la storia della relazione con Saturnino è vera, e c'è dell'altro: ricordi che Paride ti disse di averla vista armeggiare in cucina? Be', dato che la scusa accampata per giustificare la sua presenza mi convinceva assai poco, ho ispezionato a fondo il suo cubicolo. Tra creme e belletti, c'era una scatolina d'argento che recava tracce di polvere verde.»

Aurelio impallidì: la schiava stava per servire il suo cibo quando l'intendente l'aveva scoperta.

«Ti ho messo paura, eh?» rise il liberto. «Stai tranquillo, *domine*, non si trattava di cicuta, né di aconito. Era solo una farina ottenuta dal corpo disseccato di certe rane, che gli imbonitori vendono come afrodisiaco... Secondo me, Tuccia voleva aggiungerla al tuo piatto.»

«Per Giove, Bacco, Diana e tutti i venerabili Dei!» sbottò Aurelio, montando in collera. «Possibile che non sia al sicuro nemmeno tra le mura di casa mia? Quella serpe non la passerà liscia!»

«Ti ho confidato solo un sospetto, *domine*, non puoi fare un processo alle intenzioni. E poi non capisco perché ti arrabbi tanto, in fondo dovresti esserne lusingato!» lo canzonò il liberto.

«Sorvegliala a vista, Castore, e se mai mi vedessi mostrare qualche propensione verso di lei, buttami addosso un secchio di acqua fredda!» gli ingiunse il padrone, seccato.

«Ancora una cosa, *domine*. Nessuno in città sembra conoscere un'etera chiamata Norbana; d'altra parte, dandosi alla vita galante, le donne di solito assumono uno pseudonimo greco per non recar danno alla reputazione della famiglia. Purtroppo, non abbiamo idea di che aspetto abbia la ragazza, perché la descrizione del fornaio Bosio era alquanto confusa.»

«Nemmeno Cinzia la conosce» meditò il patrizio, che si era informato presso la famosa cortigiana. «Eppure si picca di saper tutto sulle sue possibili concorrenti.»

«Hai altri ordini, *domine*?» volle sapere Castore, congedandosi.

«Sì. Quando tutti si saranno ritirati, prendi Delia e portala nella mia stanza.»

Aurelio attendeva l'ancella nel cubicolo, davanti a una coppa di *cervesia*. Aveva mangiato bene e il pavimento sotto i suoi piedi era piacevolmente caldo, come pure l'aria che si levava dal braciere rosseggiante di tizzoni accesi. Era quindi nella migliore disposizione di spirito per affrontare una serva indocile, senza rischiare di perdere subito la pazienza.

«Eccola, *domine*» disse Castore, spingendo dentro la donna, senza tanti complimenti.

«Chiudi la porta e siedi» ordinò il patrizio alla ragazza, che si appiattiva diffidente contro il muro. La schiava non si mosse di un millimetro.

«Ti ho detto di sedere!» ripeté Aurelio, secco, imponendosi di non montare subito in collera.

Con infinita lentezza, Delia si lasciò calare sull'orlo di una *cathedra* imbottita. Aurelio staccò una lucerna dall'alto candelabro di bronzo e andò a posarla sul tavolino accanto alla ragazza, per vederla meglio in faccia.

«Senti, lo so che non ti piace star qui e che non vai d'accordo con nessuno, ma dovrai adattarti, prima o poi» le disse franco. «Intanto, cerca di essermi d'aiuto, rispondendo sinceramente alle domande che ti farò. Hai capito?»

Delia annuì con la testa.

«Allora, raccontami prima di tutto del tuo vecchio padrone, Barbato» chiese il patrizio, prendendo il discorso alla lontana. «Gli volevi bene?»

«Come a un padre.»

«Ti sarà dispiaciuto sapere della sua morte...»

«Ero con lui; gli altri servi della casa erano scappati a gambe levate» affermò Delia, orgogliosa.

«L'hai visto tagliarsi le vene?» raggelò Aurelio.

«L'ho aiutato io» sorrise fiera la donna.

Dei dell'Olimpo, gemette Aurelio, ma chi gli era capitata in casa: una Porzia rediviva?

«Quindi lo spettacolo della morte non ti impressiona troppo» considerò stupito.

«Non la temo» ribatté lei con una certa alterigia.

«Didio Barbato ti insegnò anche a giocare a *latrunculi*, svelandotene i segreti, non è vero?»

La ragazza assentì controvoglia e Aurelio le mostrò la pedina caduta dalle vesti di Glauco. «L'hai mai vista?» chiese.

«È una normalissima *mandra* di legno. I pezzi di Barbato erano di osso» fece lei con una palpabile sfumatura di nostalgia nella voce.

«E, dimmi, come mai un padrone così amorevole non ti concesse la libertà per testamento?»

«L'aveva fatto, ma suo nipote strappò la lettera di manomissione» rivelò la ragazza con una smorfia di disprezzo.

«È un'accusa grave. Perché avrebbe commesso una simile ingiustizia?» chiese Aurelio, temendo già la risposta.

«Evidentemente preferiva che rimanessi schiava» spiegò Delia, senza addentrarsi in particolari.

Quanti anni doveva avere, all'epoca dei fatti? si domandò Aurelio. Venti al massimo, pochi per opporsi alla brutalità di un padrone lubrico e disonesto. E Zoe aveva parlato, a proposito dell'amante di Nicomede, di una donna che aveva vissuto una esperienza sconvolgente...

«Hai tentato molte volte di fuggire?»

«Non abbastanza, visto che ho ancora questo!» replicò Delia, sarcastica, toccandosi il collare.

«Perché ti sei diretta verso lo stanzino di Glauco, poco prima che venisse ammazzato? Non negare, ti hanno vista.»

«Chi, la faccia di frittella?» ghignò Delia in un tono così maligno che Aurelio dovette sforzarsi di star serio. «Andiamo, senatore, sai bene che Tuccia direbbe qualunque cosa per mettermi in cattiva luce!»

«Non è l'unica ad accusarti. Spiegami cosa hai fatto quel giorno e non ti accadrà nulla di male.»

«E se ti dicessi che stavo cercando ancora di scappare? Al mercato c'era una gran confusione, un mucchio di gente, e quel Sofrone dalla frusta facile non pareva poi tanto furbo, così ho pensato che avrei potuto mescolarmi a un gruppo di compratori e defilarmi in sordina.»

Aurelio si concesse un istante di riflessione: in effetti, il sorvegliante gli aveva confessato di averci messo un bel po' a ritrovare la ragazza...

«Come mai, allora, sei tornata indietro?» domandò, incerto se credere o no alle parole della schiava.

«Gli ingressi erano sorvegliati: le guardie, prima di fare uscire qualcuno, si accertavano che non portasse addosso il collare.»

«E Modesto? Hai un alibi per il giorno della sua morte?» chiese Aurelio, non troppo convinto.

«Stavo passeggiando per la città, quando è morto. Da sola, non c'era nessuno a tenermi compagnia.»

«Era l'unico servo con cui avevi fatto amicizia.»

«Apprezzavo la sua musica» alzò le spalle la ragazza.

«Mi hanno detto che sai danzare, mi piacerebbe vederti.»

«Ballo molto male!» fece Delia, brusca.

Il patrizio sospirò: con quella testarda non sarebbe venuto a capo di niente.

«Perché ce l'hai tanto con me?» le chiese, in preda allo scoraggiamento. «Se non fossi io il tuo padrone, sarebbe qualcun altro, magari più sgradevole. Poteva capitarti un destino peggiore che finire schiava di Publio Aurelio Stazio!»

La ragazza abbassò gli occhi e si chiuse in un silenzio eloquente.

«Aiutami a scoprire chi ha ucciso Modesto» la pregò Aurelio, mettendole le mani sulle spalle.

«Non toccarmi!» scattò lei, gli occhi brucianti di collera mal repressa.

Aurelio restò di sasso: aveva inteso venirle incontro con un gesto amichevole e gli parve ingiusto sentirsi attribuire delle intenzioni recondite. A un tratto si sentì ridicolo: lui, un patrizio romano, un senatore davanti a cui tutti, anche i potenti, si inchinavano con rispetto, farsi trattare in quel modo da una schiava... In un attimo tutta la sua pazienza e i suoi buoni propositi svanirono come neve al sole.

«Come osi darmi degli ordini?» gridò, afferrandola brutalmente per le braccia.

«Io non ti appartengo!» scandì bene Delia, il respiro affannato dall'ira.

Aurelio la sentì divincolarsi per allentare la stretta, le mani tese dallo sforzo, il viso rabbioso, gli occhi duri che sprizzavano livore, e improvvisamente si rese conto che non solo desiderava quella donna ma che, per legge e consuetudine, aveva su lei tutti i diritti. Allora la tenne con più forza, schiacciandosela addosso.

«Sei la mia schiava» le ricordò. «Posso fare di te ciò che voglio, a mia discrezione!»

«Fallo pure, allora, ma sappi che dopo mi ucciderò» rispose freddamente Delia.

«Numi Immortali, pensi forse di essere la matrona Lucrezia?» inveì Aurelio, fuori di sé. Agli albori della storia, la moglie di Collatino si era data la morte per aver subìto violenza dal figlio del re Tarquinio: dal suo sacrificio erano nati la repubblica, il consolato e la gloria di Roma. Lucrezia, però, era una matrona, non una schiava; e poi da quei tempi lontani molte cose erano cambiate nell'Urbe.

In quel momento, Delia lo guardò fisso nel profondo degli occhi e il patrizio, sconcertato, comprese che non stava affatto scherzando.

«Vattene!» disse acido, avvertendo all'improvviso un senso di fastidio per quella presenza ostile. «Esci di qui!»

La schiava restò immobile.

«Castore, porta via questa sciocca!» gridò incollerito.

«Come desideri, *domine*» si affrettò a obbedire il liberto, comparendo immediatamente.

«E manda Nefer a farmi un massaggio; ho i nervi a pezzi!» ingiunse brusco, sbattendo la porta.

Poco dopo, la bella egizia bussava leggermente al cubicolo del padrone con la spugna e l'olio muschiato. Nessuno si accorse che dietro una colonna del peristilio la schiava Delia piangeva in silenzio.

XVII

Ottavo giorno prima delle Idi di febbraio

La mattina seguente, il patrizio misurava la stanza a larghi passi, rievocando il tempestoso colloquio con Delia. La reazione della ragazza era stata decisamente esagerata: qualunque altra donna a Roma – libera o schiava, nobile o plebea – nelle stesse circostanze se la sarebbe cavata defilandosi abilmente con una battuta di spirito. Delia invece, incapace di porgere un elegante rifiuto, condito magari da qualche moina, era arrivata al punto di minacciare addirittura il suicidio. Ridicolo, si disse Aurelio: ma dove aveva vissuto quella ragazza? Anche ammettendo che avesse dovuto subire l'attenzione sgradita del nipote di Barbato, possibile che fosse arrivata a ventott'anni senza apprendere nulla dell'arte della seduzione, un'arte che ormai era diffusa a tal punto da fare di Ovidio l'autore più letto dell'Urbe?

La durezza della risposta della schiava era stata tale da mettere in testa al patrizio pensieri foschi: come si sarebbe comportata una donna tanto virtuosa, se Glauco, libertino com'era, avesse tentato di metterle le mani addosso? Non si sarebbe forse difesa in qualunque modo, con le unghie, coi denti, magari con un coltello affilato?

«Mi ucciderò» aveva minacciato la sera prima, e non era cosa da prendere alla leggera, detta da una ragazza capace di aprir le vene a un suicida. E se allo sfortunato copista avesse detto invece: "Ti ucciderò", mantenendo poi la parola?

Il patrizio si accinse a soppesare l'idea. Fino a quel momento il sospetto che l'assassino potesse essere una donna non lo aveva ancora sfiorato: una serie di delitti sanguinosi e ripetuti evoca sempre una mano virile, una volontà di potenza repressa e capace di trovare il suo appagamento solo nel terrore e nel sangue. Eppure recidere l'arteria del collo con una lama affilata non era poi così difficile, lo aveva detto anche il medico, e dopotutto non aveva visto lui stesso, al circo, certe raffinatissime matrone gridare a squarciagola: «*Iugula!*», cioè "Sgozzalo!", davanti a un gladiatore ferito, beandosi poi alla vista del macello? Nicomede poteva esser stato colpito a tradimento e per tagliare la gola a un uomo legato come Glauco, o spossato dal coito come Modesto, non occorreva forza fisica, ma solo coraggio e sangue freddo, doti che Delia possedeva in abbondanza.

I delitti, in effetti, parevano seguire un disegno preciso: dei giovani di bell'aspetto, dai modi urbani e suadenti, venivano sgozzati subito dopo un rapporto sessuale. Tuttavia, come far rientrare in quello schema l'uccisione di Lupo, che giovane non era affatto e difficilmente, come ex gladiatore, avrebbe potuto vantare un'educazione sopraffina? Se almeno si fosse saputo qualcosa di più sulla sua personalità e sulle circostanze stesse dell'omicidio... ma nell'ambiente brutale e violento della Suburra nessuno raccontava i fatti propri agli sconosciuti. Al mosaico dei delitti mancava quindi un tassello fondamentale.

«Castore!» chiamò a voce tonante.

«Eccomi, padrone!» accorse pronto il liberto.

«Non possiamo procedere oltre senza avere qualche nuova informazione sull'omicidio di Lupo» disse il senatore. «Ci occorre una spia alle caldaie: non hai detto che Sarpedone sta cercando un altro fuochista?»

«Non guardare me, *domine*; preferirei salire di nuovo sul patibolo di Alessandria!» affermò Castore, terrorizzato, rievocando l'episodio in cui Aurelio lo aveva tratto in salvo dalla vendetta dei sacerdoti di Amon-Ra.

«Infatti non pensavo a te» lo tranquillizzò il patrizio.

«Non vorrai obbligare uno dei nostri ragazzi a lavorare in quei bagni, eh?» fece Castore in tono indignato. «La condanna al remo, in confronto, è una villeggiatura; peggio delle terme di Sarpedone ci sono solo le miniere di zolfo!»

Aurelio assentì: il segretario aveva ragione, era impossibile chiedere a qualcuno degli schiavi di sacrificarsi in quel modo.

«Ho deciso. Andrò io» disse risoluto.

«Tu?» La risata di Castore echeggiò in tutta la vasta dimora, fino agli angoli più reconditi della cucina; risuonò nei peristili, nelle esedre, nei cubicoli; fu udita persino nell'orto dove il bravo Scapola stava ritoccando con le forbici il suo ennesimo capolavoro.

«Cosa ci trovi di tanto comico?» domandò Aurelio, con fare risentito.

Il liberto ci mise un pezzo a rispondere, squassato com'era dalle risa. Alla fine, le lacrime agli occhi per il troppo sghignazzare, riuscì a ribattere: «Il nobile, raffinato, schizzinoso senatore Publio Aurelio Stazio alle caldaie! Tu, con tutte le tue fisime, la tua fobia per lo sporco, il tuo palato sopraffino, le tue narici sensibili, la pelle tanto delicata che solo la mano di una schiava da ventimila sesterzi può sfiorare; tu col tuo orgoglio, la tua arroganza di patrizio romano, a buttar legna nella fornace di Sarpedone, mentre l'aguzzino ti accarezza le spalle con la sferza!»

«Pensi che non sia in grado di fare il lavoro di uno schiavo?» protestò Aurelio, piccato.

«Certo che no, padrone. Tu sei bravissimo nel tuo mestiere, quello di aristocratico, di magistrato, di filosofo, di soldato magari. Vieni da una stirpe di generali, consoli e latifondisti; di padroni, insomma. Non metto in dubbio che tu sappia fare molte cose, ma di sicuro non lo schiavo fuochista.»

«Lo vedremo!» esclamò Aurelio con decisione. «Vai da Sarpedone e digli che sei disposto ad affittargli per qualche tempo un servo che vuoi punire di una mancanza.»

«Non durerai un paio d'ore!» lo schernì Castore, esilarato. «Scapperai a gambe levate davanti al primo pidocchio, per non parlare delle pulci, delle cimici e delle blatte!»

«Un aureo!» fece Aurelio, inveterato scommettitore. «Un aureo che resisto per tutte le *nundinae*!

«Mi sembra di rubarti i soldi, padrone, ma se proprio vuoi...» accettò Castore, sputando sulla mano per siglare l'accordo. «Spero solo che gli inservienti dell'arena mi prestino una barella, quando dovrò venirti a prendere.»

Aurelio lo fulminò con lo sguardo.

«Ehi, ma stai parlando sul serio?» indagò il liberto, smettendo improvvisamente di ridere. «Guarda che ti cacci in un guaio grosso, e non dirmi poi che non ti avevo avvertito!»

«Ho giurato di trovare l'assassino di Modesto, a qualunque costo» gli rammentò il patrizio. «Credevi che stessi scherzando?»

«No, ahimè» deplorò Castore. «Voi romani prendete terribilmente sul serio la vostra parola d'onore. Be', se è questo che vuoi, che i Numi ti assistano. Mi dispiace, però: in fondo eri un buon padrone.»

XVIII

Quarto giorno prima delle Idi di febbraio

«Ti dona!» esclamò il greco, finendo di sistemare ad Aurelio un collare che recava la scritta: "Catturami – Appartengo a Castore, liberto di Publio Aurelio Stazio". «Ho detto a tutti che andrai per qualche giorno sui colli Albani, per meditare sugli scritti degli epicurei. Sei proprio deciso a tenere Paride all'oscuro dei tuoi progetti?»

«Morirebbe di paura, se lo sapesse!» scherzò Aurelio. «Tu, piuttosto, bada a non approfittare della mia assenza per derubarmi come al solito. Per fortuna, le chiavi dell'*arca* le ho affidate a Paride.»

«Un gesto offensivo, *domine*, quello di negarmi l'accesso alla cassaforte... ma fammi vedere se come schiavo sei convincente» disse Castore, grande esperto in travestimenti, passando al vaglio tutti i particolari. «Per le unghie troppo pulite non c'è problema, con la fuliggine si sporcheranno subito; le mani invece sono un disastro, si vede benissimo che non hai lavorato un giorno in vita tua, e ci vorrà un po' perché ti vengano i calli; il mantello di lana puoi tenerlo, tanto ti verrà rubato subito; con le scarpe invece non ci siamo proprio.»

Il greco uscì di fretta, per tornare a ruota con un paio di sandali mezzo sfondati.

«Ma sono aperti, e fuori piove!» protestò Aurelio.

«E allora? Credi forse che un fuochista della Suburra porti i *calcei* senatoriali con la lunetta d'avorio? Ora, l'ultimo tocco...» aggiunse Castore con aria astuta. «Questo lo tengo io!» disse, sfilandogli dall'indice l'anello di rubino col sigillo degli Aurelii. Il patrizio tremò: quel sigillo equivaleva in tutto e per tutto alla sua firma, valida su qualunque documento. «Sei pronto, senatore? Allora andiamo!»

Aurelio rivolse un'ultima, fuggevole occhiata alla sua bella *domus*, al Larario dell'atrio, ai libri, alle statue, al pavimento caldo. Poi uscì nella notte senza voltarsi indietro.

«No, così non va» lo redarguì il greco. «Gira più curvo, tieni gli occhi bassi; dimentica di essere un signore, se vuoi che qualcuno caschi nella trappola: via quello sguardo fiero, quell'espressione altezzosa, quella smorfia sprezzante. Sei lo schiavo Publio, adesso, non scordartelo!»

I due scesero svelti il Vicus Patricius, in direzione della Suburra, procedendo fianco a fianco.

«Un po' di contegno, Publio, camminami dietro, come si addice a un servo rispettoso!» lo rimproverò il liberto, che stava prendendo gusto alla commedia.

Giunti nella valle che separava il Viminale dalle Carinae, presero a inoltrarsi nei vicoli del quartiere più povero di Roma, stradine tanto anguste che la luce faticava a penetrare dall'intrico di travi, soppalchi e balconi sospesi in aria tra un'*insula* e l'altra.

«Il bagno di Sarpedone è laggiù» disse Castore, indicando una costruzione altissima dall'aspetto fatiscente. «Che Hermes ti protegga!»

«*Vale!*» lo salutò Aurelio. Poi, senza esitare, entrò nella tana del lupo.

La sera dopo, il patrizio giaceva stremato su un giaciglio nella cantina di Sarpedone, le ossa rotte, le mani coperte di vesciche sanguinanti, la schiena che bruciava per i colpi della sferza.

«Ti ho portato un po' di zuppa» disse Afrodisia. La sguattera era proprio come Castore l'aveva descritta, molto gentile e molto bruttina.

«Su, mangia!» lo sollecitò, porgendogli una ciotola in cui galleggiavano residui di verdure guaste. «Se non ti nutri, starai peggio!»

Aurelio provò a inghiottire una cucchiaiata della brodaglia, soffocando il disgusto.

«Non devi rispondere in quel modo al padrone, o ti batterà ogni giorno» lo consigliava intanto la donna, scaldandosi con la tazza le mani raggrinzite dai geloni. «Lo so, non era colpa tua se la caldaia stava per spegnersi; è stato Zosimo a dimenticare la legna, ma Zosimo non c'era e il padrone aveva voglia di picchiare qualcuno. Coraggio, Publio, ti abituerai...» mormorò, finendo di sorbire la zuppa che Aurelio non era riuscito a mandar giù. Poi prese a passargli sulle piaghe uno straccio imbevuto di acqua e aceto. «Perché non urli? Ti sentiresti meglio» domandò Afrodisia, senza ricevere risposta. «Adesso devo andare; ci vedremo quando il padrone sarà fuori» promise, fuggendo via in tutta fretta.

Il patrizio cercò di rannicchiarsi sotto il mantello, per contrastare l'umidità. Lo scantinato non era troppo freddo, perché la caldaia, che rimaneva accesa quattro ore al giorno, si trovava a due sole pareti di distanza. L'acqua della piscina sovrastante, tuttavia, penetrava dalle infiltrazioni lungo i muri decrepiti, e ristagnava sul pavimento di terra battuta, inzuppandolo per intero, compreso l'angolo dove, steso sul pagliericcio, si era buttato esausto il senatore.

Come si poteva vivere in quelle condizioni, soffocando tutto il giorno al calore terribile della fornace, per poi marcire di notte su un materasso brulicante di insetti? si chiese Aurelio. Pochi anni sarebbero stati sufficienti a imputridire le ossa. La gente invecchiava presto, nell'ipocausto delle terme, considerò il patrizio, rammentando i suoi compagni di lavoro: quanti anni poteva avere Afrodisia, trenta, quaranta o assai meno? Zosimo invece era molto giovane, sarebbe passato un po' di tempo prima che avvertisse gli effetti di quel lavoro massacrante. Per Nerio le cose stavano diversamente: era un liberto, e avrebbe potuto andarsene quando voleva, ma restava alla fornace per riscattare una schiava di Sarpedone, Carmiana, che aspettava un figlio da lui. Incredibilmente, il bravo operaio era riuscito, asse dopo asse, a mettere insieme i soldi per comprarla, e ormai gli mancava soltanto il contratto di vendita: tra pochi giorni l'avrebbe affrancata, per farne sua moglie.

Aurelio sospirò, ripromettendosi di portare l'indomani il discorso su Lupo: non si era azzardato a far subito troppe domande, per guadagnarsi prima la fiducia dei compagni.

Se ne stava così a occhi chiusi, troppo stanco anche per le braccia di Morfeo, quando captò un fruscio proveniente dalla porta: qualcuno, credendolo addormentato, avanzava furtivo verso di lui, intenzionato a sfilargli il mantello. Si girò con uno scatto fulmineo e afferrò l'intruso con ambedue le mani.

«Per tutti i Numi, ma sei tu, Zosimo!» esclamò, mentre lo schiavo si dibatteva per liberarsi dalla stretta.

«Pietà!» gemette il giovane.

Il patrizio mollò incautamente la presa, e mal gliene incolse. Il calcio sferrato dall'infido servo lo raggiunse mentre si stava voltando.

Aurelio non ci vide più. Furente, afferrò il fuochista per il collo, poi, tenendolo ben fermo contro il muro, gli appioppò una serie di sonori ceffoni. Menar le mani, evidentemente, era l'unico modo di essere lasciati in pace in quell'ambiente sordido e violento.

Lo schiavo si contorse urlando, finché il patrizio non decise che la dose di botte era sufficiente per togliergli la voglia di impadronirsi della roba sua.

Quando lo lasciò andare, Zosimo corse via con una sorda imprecazione.

"Fine del primo giorno" pensò Aurelio, addormentandosi di colpo.

XIX

Idi di febbraio

Il patrizio era a torso nudo, le gambe ricoperte solo da uno straccio bisunto legato sui fianchi. Il sudore, trattenuto sulla fronte da una fascia sudicia, gli intrideva i capelli, scorreva a rivoli lungo il petto e l'inguine, colava bruciante sulla schiena lacerata dalla frusta.

La porta si spalancò e Nerio comparve sulla soglia dello scantinato.

«Vado dal mio patrono, a farmi redigere l'atto di vendita di Carmiana.»

«Starai via molto?» chiese Aurelio, cessando per un attimo di buttare legna nella caldaia.

«Abita fuori città, ma due giorni dovrebbero essere sufficienti per raggiungerlo.»

«Giunone ti protegga!» gli augurò Aurelio, sollevando un'altra fascina.

«Ascolta, Publio» esitò un attimo il liberto. «Carmiana dovrebbe sgravarsi alla fine del mese, ma se succedesse qualcosa prima... non ho nessun altro a cui affidarla.»

«Veglierò su di lei» gli promise Aurelio. In quel momento Sarpedone comparve sulla soglia.

«Si lavora, qui, o ci si perde in chiacchiere? Cosa aspetti a partire, tu, che la vacca scodelli il vitellino?» Nerio uscì immediatamente, non senza aver rivolto al nuovo amico uno sguardo preoccupato.

Rimasto solo con Aurelio, Sarpedone chiuse la porta, scese lentamente la scala di legno e si fermò davanti al patrizio che continuava a gettare a tutto spiano legna e carbone nel forno. Lo afferrò per un braccio, girandolo bruscamente verso di lui, e lo colpì con forza sulla bocca, più volte, fermandosi soltanto quando vide le labbra sanguinare. Poi, finalmente soddisfatto, scoppiò in una sonora risata. Aurelio sentì la vampa dell'ira montargli alla testa e strinse i pugni nel tentativo di dominarsi: per molto meno avrebbe potuto mandare Sarpedone nelle miniere di sale.

Dunque Zosimo aveva fatto la spia, pensò il patrizio ripulendosi sommariamente la ferita, e si chiese per l'ennesima volta se valesse la pena di recitare quella scomoda farsa. Vivendo gomito a gomito con gli addetti alle caldaie, tuttavia, era arrivato a conoscere alcuni particolari su Lupo che mai sarebbero stati confidati a un magistrato. Il fuochista era un ex gladiatore, col corpo segnato da numerose ferite da taglio. Di nemici ne aveva a iosa, perché il suo comportamento violento e brutale gli attirava le antipatie generali; di amici pochissimi, e tutti accaniti giocatori di dadi. La sera in cui era stato ucciso, infatti, aveva ricevuto la visita di un tal Cossuzio, con cui si era ubriacato e aveva perso agli astragali. Quel sedicente amico si era allontanato dalla sua stanza poco prima che venisse scoperto il delitto, e non se ne era più trovata traccia, ma Nerio e Carmiana erano stati in grado di descriverlo come un uomo alto, biondo e piuttosto corpulento.

«Publio, sfaticato, vai a procurare altra legna!» urlò Sarpedone, aprendo la botola della caldaia. «Tu, Zosimo, prendi il posto di quel lavativo!» ingiunse poi all'aiutante spione, che si affrettò a obbedire osservando il labbro spaccato di Aurelio con un sorriso di maligna soddisfazione.

Era quasi sera quando la voce sguaiata dell'ostessa richiamò Sarpedone e Zosimo alla taverna: «Ehi voi, non si fa una partita a dadi, stasera? Le tavole per il gioco sono già pronte!». La donna, che con la sua presenza procace costituiva la maggior attrattiva della taverna Elefante Giallo, aspettava in mezzo alla strada con le mani sui fianchi e i capelli in disordine. Il marito Turone, proprietario della taverna, l'aveva incaricata di attirare più clienti possibile. Infatti, sebbene il gioco d'azzardo fosse proibito, le pene colpivano solo i giocatori e non vi erano norme contro i tenutari delle bische clandestine.

«Arriviamo, arriviamo!» risposero i due uscendo in fretta. Aurelio, finalmente in pace, finì di spalare l'ultima cenere dalla fornace ormai fredda e si deterse il sudore dagli occhi. Non era la fatica a tormentarlo di più, e nemmeno le botte di Sarpedone, bensì la sporcizia incredibile: il fuochista non permetteva agli schiavi di accedere al suo bagno, né lasciava loro abbastanza tempo libero perché potessero recarsi altrove per le abluzioni quotidiane. Afrodisia e Carmiana, di servizio nella sala superiore, riuscivano in qualche modo a lavarsi nella piscina, ma gli uomini erano costretti a ripulirsi alla meglio a una gelida fontana, per rientrare subito dopo nel sozzo bugigattolo.

Il patrizio si passò le mani tra i capelli maleodoranti e sorrise nel pensare a quanto sarebbe stato sconvolto il sofisticato Azel nel vederli in quello stato. Anche le mani, piagate dai tagli e dalle vesciche, erano luride: la fuliggine gli aveva annerito la pelle, e la poca acqua che poteva attingere alla fonte del crocicchio non era sufficiente per togliere dalle unghie – quelle unghie che la bellissima Nefer limava con tanta delicatezza – la riga scura che le bordava in profondità.

«Sei qui, Publio?» chiese Afrodisia, entrando. «Finalmente ho un momento tutto per me: Carmiana si stanca molto, nelle sue condizioni, e devo fare anche il suo lavoro.»

«Raccontami quello che sai di Lupo, per favore. Tu sei quella che lo conosceva meglio» la esortò il patrizio.

«Preferisco fingere che non sia mai esistito. Giacere con lui mi ripugnava: era un uomo crudele» disse la serva.

«Peggio di Sarpedone?» si stupì Aurelio.

«Non lo so: dipende da come Sarpedone si comporterà con Carmiana.»

«Di che cosa hai paura?»

«Sarpedone odia Nerio, ma non può negargli Carmiana, perché ha firmato un contratto; temo quindi che trovi il modo di rivalersi sul bambino: per fortuna, il parto non è prossimo.»

« Altrimenti?» chiese Aurelio, corrugando la fronte.

«Se il bimbo nascesse adesso, sarebbe schiavo di Sarpedone e lui avrebbe il diritto di esporlo... Per questo cerco di risparmiarle la fatica e l'ho mandata a riposare all'asciutto.»

«Sei buona, Afrodisia» constatò il patrizio, ammirato.

«Lo sanno tutti. Nessuno, invece, mi ha mai detto che sono bella. E chi mai potrebbe?» fece la donna con un sorriso amaro.

Aurelio tacque, imbarazzato: protestare una menzogna in quel momento non sarebbe servito a niente. Afrodisia... perché mai le avevano appiccicato quel nome ispirato alla Dea dell'amore, che addosso a lei suonava come una presa in giro? La schiava preparò del pane nero e una ciotola di brodo freddo: del resto, non c'era un focolare per riscaldarlo. I due scesero nello scantinato e accesero una lucerna.

«Sei un uomo strano, Publio, così differente dagli altri schiavi. Sai un sacco di cose, ma a volte mi sembra che tu non conosca quelle più ovvie, come quando mi hai chiesto se Lupo era peggio di Sarpedone» disse Afrodisia, accoccolandosi in terra per mangiare.

«Perché?» si stupì il patrizio.

«Ero la sua *verna*, una schiava nata in casa. Aveva comprato mia madre per quattro soldi; era brutta come me, povera donna. Prima di morire, lei mi disse che Lupo... non ne era certa, ma credeva che lui...»

Aurelio si sentì agghiacciare: possibile che quell'uomo avesse approfittato per anni della sua stessa figlia? Sì, concluse, era probabile: anche nelle case per bene, i giovani liberi non si davano forse al buon tempo con le serve, fingendo di ignorare che avrebbero potuto essere le loro sorelle?

«Mi picchiava, mi insultava, non mi permise nemmeno di tenere i bambini. Il primo era nato vivo, sai? Ma non resistette alla prima notte all'addiaccio... Lo trovai la mattina dopo, stecchito, nell'immondezzaio dove Lupo l'aveva fatto gettare. Il secondo nacque morto, e forse è stato meglio così.»

Il patrizio scosse la testa, avvilito: troppi drammi, troppe sofferenze, dietro il teatro di marmo dove i grandi di Roma recitavano la loro parte di padroni del mondo.

«Non ho mai parlato di queste cose con nessuno, Publio, ma so che non le racconterai in giro. Anche coperto di stracci, tu non sembri uno di noi. I tuoi capelli, per esempio... neri, corti, ben tagliati... e quando sei arrivato, avevi anche le guance glabre di uno che si rade tutti i giorni. Il tuo padrone è stato buono con te; devi avergliela fatta grossa perché ti mandasse qui, ma presto verrà a riprenderti, vedrai...»

Aurelio chinò la testa: si sentiva vile nell'ingannare così Afrodisia e indegno di ricevere le sue confidenze.

«Sulle tue mani non ci sono calli, né durezze... sono mani da signore» continuò lei, afferrandole. «Guarda le mie, invece, sono ruvide, screpolate, sporche... e pensare che mi piacerebbe tanto curarle! Sai, a volte mi abbandono alla fantasia e immagino di essere la serva di una famiglia ricca, di vivere in una bella casa in mezzo a mosaici e a colonne dipinte, e dormire in un cubicolo lindo, senza pulci nel materasso. Ah, lavorerei come una matta per tenere tutto a posto! E il padrone, un giorno, passando, si accorgerebbe di me e mi direbbe: "Sei molto brava, Afrodisia!".»

Ascoltando i sogni della sguattera, Aurelio sentì un nodo alla gola. Quella povera donna non agognava né la libertà, né la ricchezza; incapace di concepire un destino fortunato, aspirava soltanto a una servitù meno bestiale.

«Forse un giorno qualcuno ti comprerà» tentò in qualche modo di consolarla.

«E chi mai? Nelle case eleganti vogliono ancelle di bell'aspetto. Una come me sfigurerebbe davanti agli ospiti.»

«Basta con questa storia! Se tu fossi ben vestita e ben pettinata...» tentò di protestare il patrizio.

«La faccia non me la posso cambiare, Publio!» fece Afrodisia, brusca, e proprio in quell'istante una voce concitata chiamò dalla botola: «Presto, correte, Carmiana ha le doglie!».

Era stato difficile, ma ce l'avevano fatta. Aurelio sorrise felice, contemplando la madre che giaceva sul pagliericcio col piccolo accanto: in tutta la sua vita, tanto varia e avventurosa, quella era la prima volta che aiutava un bambino a venire al mondo.

«Lo chiamerò Publio, come te» disse Carmiana, accarezzando la testolina del neonato, e Aurelio distolse gli occhi per un istante. Un altro bambino, vent'anni prima, aveva portato lo stesso nome: nascere in una casa ricca, assistito da medici e levatrici, non era stato sufficiente a salvarlo.

«Bene, bene: ecco un altro piccolo schiavo per padron Sarpedone!» esclamò il fuochista spalancando la porta. Numi del Cielo, tremò il patrizio, si era dimenticato di quella bestia immonda!

«Lasciaglielo, padrone. Nerio lavorerà per riscattarli tutti e due!» lo supplicò Afrodisia, attaccandoglisi alla tunica.

«Non se ne parla neppure; quel liberto spocchioso ha bisogno di una lezione: il contratto mi costringe a dargli la scrofa, eh? Il porcellino però spetta a me, e ne faccio quello che voglio» disse chinandosi minaccioso sul giaciglio dove era stesa Carmiana con il piccolo.

«Non esporlo, ti prego: Nerio ti pagherà!»

«Nemmeno cento sesterzi valgono questa soddisfazione!» ribatté il fuochista, strappandole il fagotto di stracci in cui era avvolto il piccino. «Ha fatto intervenire un patrono per poterti comprare, e io ho dovuto star buono e zitto, ma avrà una bella sorpresa al suo ritorno!» concluse, infilando la porta col bimbo in braccio.

Carmiana urlò a perdifiato quando lo vide avviarsi in direzione del letamaio, e Afrodisia dovette trattenerla con tutte le sue forze, mentre si dibatteva impazzita dal dolore. Aurelio calmò le due donne con un gesto, uscì in silenzio e prese a seguire Sarpedone nella notte.

L'uomo percorse per intero la Via Suburrana, poi si avviò di buon passo verso le pendici dell'Esquilino. Non c'erano luci di nessun genere in quella parte della città e anche le costruzioni, a poco a poco, si facevano rare, lasciando il posto ai terreni incolti che i grandi ricchi trasformavano in luoghi ameni per passeggiarvi con gli amici e le belle matrone. Come adesso sembrava lontano quel mondo, il suo mondo, al senatore Publio Aurelio Stazio...

A un tratto, il patrizio scrutò nell'oscurità, ansioso: distratto dalle sue riflessioni, aveva perso Sarpedone! Si aggirò attorno per qualche istante, incerto sul da farsi. Aveva pensato di assalire il fuochista al letamaio, prima che abbandonasse il bimbo, ma ora decise che se lo avesse individuato, gli sarebbe saltato addosso subito, senza perdere tempo: le probabilità di farselo sfuggire erano troppo grandi per usare prudenza.

"Eccolo" si disse, scorgendolo finalmente nell'ombra, e tutti i muscoli gli si tesero, pronti a scattare, come quelli di un rapace notturno in procinto di avventarsi sulla preda. Un balzo e gli fu sopra: la mano rigida fendette l'aria, piombando di taglio sul collo, e Sarpedone stramazzò al suolo. Aurelio frugò concitato tra le vesti sudicie, cercando il fagotto piangente, e sentì un lungo brivido quando si accorse che non c'era più: nei pochi istanti in cui l'aveva perso di vista, il fuochista aveva fatto in tempo a liberarsi del bambino!

Il bruto si stava rialzando, adesso, e si preparava ad attaccare. Fu la collera, non la ragione, a muovere il patrizio, e a nulla valsero i lunghi anni in cui, meditando i saggi, si era sforzato di acquistare il dominio sulle emozioni: i suoi pugni chiusi colpirono ciecamente l'avversario, massacrandogli il volto fino a ridurlo un grumo di sangue. Sarpedone urlò a perdifiato quando Aurelio, facendo leva sul gomito, gli spezzò le ossa con due colpi secchi; nell'attimo in cui sentì le dita stringerglisi al collo, il fuochista invocò Efesto e i Numi degli Inferi che stavano per accoglierlo.

Aurelio non si curò di sapere se l'aveva ucciso; corse verso il letamaio più veloce che poteva, nella speranza di arrivare prima del freddo, della brina, dei topi. Nel buio della notte, cercò a tentoni in mezzo ai cumuli di immondizia, sfiorando un paio di corpicini già freddi: poche ore erano bastate al gelo per spegnere ogni soffio di vita in quei figli sfortunati di qualche misera prostituta, o forse di una matrona troppo impegnata per allevare un altro rampollo.

Dopo una lunga ricerca infruttuosa, il patrizio sedette in terra sconsolato, le mani sulla testa. Era stato tutto inutile... No, si disse a un tratto, udendo un gemito provenire da un punto oscuro alla sua sinistra. Balzò in piedi, in direzione del vagito: il bimbo di Carmiana era lì, sopra un cumulo di rifiuti, ancora in vita!

XX

Sedicesimo giorno prima delle Calende di marzo

«Castore! Svegliati, maledetto dormiglione!» disse il senatore, piombando nel cubicolo del suo segretario, simile a un topo alle prese con un gatto.

Dal giaciglio si levò un gridolino e Tuccia corse via spaventata, simile a un topo alle prese con un gatto.

«Al ladro!» urlò Castore con quanto fiato aveva in gola, vedendo comparire uno sconosciuto dall'aspetto assai poco rassicurante.

«Taci, babbeo; sono io, Aurelio!»

«Le *nundinae* sono appena all'inizio, quindi mi devi un aureo!» ricordò il greco, svegliandosi del tutto. «Ehi, ma cos'è questo rumore?»

Erano vent'anni che nella *domus* sul Viminale non si udiva il vagito di un neonato: il segretario guardò stupefatto il visetto grinzoso del bimbo, esclamando: «Sacra Artemide, come hai fatto a scodellarlo tanto in fretta?».

«Presto, bisogna scaldarlo, prima che muoia assiderato!»

Un istante dopo, in tutta la casa ferveva un'attività frenetica: le ancelle cullavano a turno il bambino, si adoperavano per sfamarlo con latte di capra, cantavano in coro la ninnananna, gli passavano con cura l'asciugatoio sulla pelle per detergerla dal sangue del parto e dalle sozzure dell'immondezzaio.

Fu solo quando vide il piccolo al sicuro nelle mani premurose delle donne che Aurelio uscì dalla penombra, mostrandosi alla luce della torcia.

«Per Plutone e tutti i Numi del Tartaro, come ti sei ridotto!» esclamò Castore, in preda allo stupore.

Aurelio prese la lucerna, raggiunse un grande specchio di rame e guardò incredulo dentro il metallo levigato: la superficie rossastra gli rimandava il volto di un derelitto, barba lunghi, capelli sporchi, tagli profondi sulle labbra, occhi spiritati da folle. "Sono a casa", fu il suo unico pensiero mentre si buttava sul giaciglio più vicino.

Dormì per il resto della notte, e tutta la mattina dopo. Poi passò un'ora buona nel *sudatorium*, godendo del vapore bollente che si alzava dalle pietre arroventate su cui i servi gettavano in continuazione mestoli di acqua sfrigolante. Infine giacque a lungo nella piscina calda, mentre i *balneatores* lo cospargevano più volte di sabbia e gliela grattavano via con lo strigile, assieme alla sporcizia e alla fuliggine accumulata nell'inferno della caldaia.

Aurelio, lustro e riposato, prese infine posto sul triclinio imbottito, la schiena sorretta da una montagna di cuscini tiepidi, e attese che gli venisse servita la cena.

«Ostriche del Lucrino» consigliò il provetto *archimagirus* Ortensio, facendo avanzare gli schiavi triclinari con un vassoio colmo di frutti di mare. «Sono arrivate al galoppo, direttamente dalla Campania! Poi abbiamo braciole ostiensi all'aneto, fegato d'oca ingrassata coi fichi, ventresca arrosto e bulbi fritti in salsa di vino.»

Il patrizio si guardò intorno, frastornato, masticando lentamente la prima, grossa ostrica, per gustarne meglio il sapore. Lì, nel suo salone affrescato con gli amori di Venere e Marte, al riparo della calda coperta e davanti a un ottimo piatto di molluschi, il tetro covo di Sarpedone gli appariva solo un incubo lontano. Bastò il luccichio del coltello, con cui Terenzio stava affettando cerimoniosamente l'arrosto, a riportarlo subito alla cruda realtà: il gioco non era finito, l'assassino correva ancora libero per le strade dell'Urbe, indisturbato, pronto a colpire di nuovo...

La notte seguente, nessuno riuscì a chiudere occhio: il piccolo Publio strillò fino al mattino, e non valsero a calmarlo né il poppatoio di ceramica pieno di latte di capra, né i tintinnanti sonagli d'avorio che le ancelle gli agitavano attorno.

«Buon segno, significa che è vitale. Però ha bisogno della madre» sentenziò il medico Ipparco, dopo una visita accurata all'infante.

Era quasi sera quando Aurelio adagiò il bimbo ormai stremato su un cuscino di piume di cigno e lo pose in fondo a una cesta di vimini, insieme al succhiotto, ai sonagli, e a molti panni di lana morbida e fasce di candido lino. Aggiunse il pezzo di stoffa sdrucita in cui era avvolto alla nascita e infine nascose sotto il guanciale un sacchetto con mille sesterzi e una *bulla* d'oro, di quelle che solo gli *ingenui*, i figli nati liberi, potevano indossare.

Poi si rimise la vecchia tunica, il mantello sbiadito, i sandali aperti e, così conciato, chiamò i lettighieri: portava ancora al collo la catena da schiavo. I nubiani si avviarono di buon passo verso la Suburra col loro strano carico: una ricca portantina dai vetri chiusi che celava al suo interno un neonato e un improbabile servo col collare.

Nascosto dietro un muro, Aurelio spiava la casa di Sarpedone. I bagni stavano chiudendo e gli ultimi clienti ritardatari uscivano proprio in quel momento: servi carichi di acciacchi, anziani privi di sostegno, schiavi effeminati già avanti con gli anni, abituati nel fiore della gioventù a godere di una facile prosperità e incapaci ora di rassegnarsi a un'esistenza grama. E in mezzo a quella folla male in arnese, anche uno sciancato, a cui mancavano due dita della mano destra...

Scapola! Aurelio fremette: un punto di contatto tra il delitto di Lupo e gli altri tre. Finalmente! si disse, preparandosi a uscire allo scoperto. In quell'istante, la porta del bugigattolo di Sarpedone si spalancò e, in compagnia di Zosimo, apparve la vigorosa ostessa della *caupona*. Entrambi sorreggevano un enorme involto bendato da cui spuntavano due rigide aste di legno. L'ammasso di fasce farfugliava all'indirizzo di Zosimo degli insulti storpiati e blesi, picchiandolo sulla testa con la stecca che gli immobilizzava il braccio destro. Nel suo nascondiglio, Aurelio si scoprì a sorridere impietosamente, gustando compiaciuto il risultato del suo violento dibattito con Sarpedone sul tema dell'infanzia abbandonata.

Lo strano terzetto scomparve presto in direzione della taverna, ma intanto Scapola aveva avuto il tempo di allontanarsi, e quando il patrizio si azzardò a rimettere il naso fuori dal rifugio, non ne trovò più traccia. Percorse allora in fretta i pochi piedi che lo separavano dai bagni e bussò pian piano all'ingresso del seminterrato.

«Numi, sei tu!» esclamò Afrodisia, coprendosi la bocca per lo spavento. «Non dovevi venire; Sarpedone ti ha messo alle calcagna mezza Suburra, giurando di marchiarti a fuoco con le sue stesse mani, quando ti troverà. Gli hai rotto le braccia, fatto saltare cinque denti, e l'hai quasi soffocato!»

«Ringrazi gli Dei di essere ancora vivo» ribatté Aurelio.

«Non star lì sulla soglia, potrebbero riconoscerti» lo tirò dentro la sguattera, richiudendo subito la porta.

«Ho visto un uomo uscire dal bagno, uno zoppo a cui mancano due dita. Lo conosci?» chiese il patrizio mentre scendeva la scala buia, fino in fondo alla cantina.

«Oggi si è servito da noi, ma non mi pare di averlo mai notato prima» spiegò la donna, certa ormai che quello strano schiavo dalle mille domande si fosse fatto assegnare alle caldaie per uno scopo ben preciso.

«Che ne è di Carmiana?»

«Nerio l'ha riscattata; vivono non lontano da qui, in due stanzette a piano terra, affacciate su un piccolo cortile. Non riescono a rassegnarsi alla perdita del bambino. L'hanno cercato per ore alla discarica, inutilmente: con questo freddo i cani sono affamati» disse rabbrividendo.

«Sono venuto a salutarti, Afrodisia. Io ho finito, qui; me ne vado, per sempre.»

La donna assentì, sforzandosi di non apparire triste.

«Come te la caverai con Sarpedone?» chiese il patrizio, con fare assorto.

La serva alzò le spalle senza rispondere, avvicinò la lucerna per guardare l'amico un'ultima volta, e non volle chiedersi il perché dei capelli odorosi di muschio, del viso perfettamente rasato, del labbro già in via di guarigione. «Sì, sembri proprio un signore...» mormorò, quasi parlando a se stessa. «Non andartene subito, ti prego; gli altri resteranno all'osteria fino a tardi. Facciamo un gioco!» disse nervosa, con gli occhi che le brillavano dall'eccitazione. «Io fingo di essere l'ancella di un uomo importante. Tu sei il padrone, stai passeggiando nella tua casa, quando mi vedi e dici: "C'è della polvere, qui; pensaci tu, Afrodisia, le altre schiave sono così sciatte!".»

Aurelio strinse le labbra, turbato: nel recitare la sua folle commedia, la poveretta stava andando troppo vicino al vero.

Alla sguattera non era però sfuggita la sua espressione imbarazzata: «Scusami, mi sono lasciata andare di nuovo alle mie stupide fantasie. È che non avevo mai conosciuto uno come te, così educato e...».

"Così pulito" anticipò mentalmente il senatore, un attimo prima che Afrodisia finisse la frase.

«Senti, se spengo la lampada e tu non mi vedi, puoi far finta che io sia bella, vero? Una donna graziosa, elegante; la cameriera di una matrona, magari» disse lei, soffiando in fretta sul lucignolo. «Ecco, riesci a immaginartelo? Questa non è una catapecchia, ma una stanza ricchissima, con archi e colonne di marmo; ci sono statue attorno, mobili di ebano e tende di bisso alle porte.»

«E un tavolino di legno di rosa, con sopra un treppiede d'argento per la lucerna» sussurrò Aurelio, che aveva preso a descrivere minutamente la sua stanza. «C'è un largo seggio imbottito di cuscini, un mosaico di porfido sul pavimento e un candelabro di bronzo con le lampade a forma di maschera. Una lamina di alabastro chiude la finestra e il soffitto è decorato a stucco...»

«Numi, come sei bravo a inventarti queste cose; sembra quasi che tu ci sia sempre vissuto in mezzo» mormorò Afrodisia, incantata.

«Tu indossi una veste di mussola sottile e hai i capelli raccolti in una rete d'argento» continuò il patrizio, trascinato suo malgrado in quella assurda finzione.

«Tu, invece, esci adesso dal bagno e la tua pelle è liscia e lucida d'olio» proseguì lei, sfiorandogli la guancia con la mano callosa.

Aurelio avvertì il tocco delle dita ruvide e si impose di sentirle più levigate di quelle, ammorbidite dal latte d'asina, di una ricca matrona.

«Nella stanza c'è un'alcova di legno di terebinto, una trapunta di lana ricamata, e dappertutto caldi guanciali di seta» terminò il patrizio, mentre si lasciava cadere, abbracciato alla donna, sul giaciglio di sterpi. «E tu sei bella, amica mia, sei bella...»

Aurelio chiuse la porta senza far rumore, per non svegliare la sguattera.

Rapido, corse verso la piazza, dove i nubiani facevano buona guardia alla lettiga: protetto dai vetri chiusi, il bambino dormiva tranquillo nella sua culla. Prese la cesta e, tenendola sottobraccio, si avviò verso la strada che gli aveva indicato Afrodisia.

Le finestre della piccola casa sul cortile erano chiuse, ma dalle assi sbrecciate delle imposte trapelava una luce. Mise la cesta davanti alla porta, bussò e corse dietro il muro. Carmiana aprì e scrutò nell'ombra: nel cortile non c'era nessuno. Fu solo l'istante dopo, abbassando gli occhi, che vide la cesta col bambino.

«Nerio, Nerio, un prodigio!» urlò con quanto fiato aveva in gola, mentre levava la culla in alto, verso il cielo. «Gli Dei benigni ci hanno restituito Publio!»

XXI

Quattordicesimo giorno prima delle Calende di marzo

«Scapola un assassino, ma ti sembra possibile?» scosse la testa Castore, titubante.

«È l'unico che si possa correlare con tutte le vittime» insistette Aurelio.

«E il sedicente Cossuzio, con cui Lupo si era ubriacato prima di venir ucciso?»

«La descrizione che me ne hanno fatto non corrisponde a nessuno di nostra conoscenza. Questo, però, significa poco: la gente cambia in fretta.»

«Biondo e corpulento, hai detto. Vediamo, chi potrebbe essere? Terenzio, no di certo. Forse Marcello Veranio, il tutore del giovane Druso: in fondo, non è detto che sia sempre stato flaccido e pelato. Prova a immaginartelo qualche tempo addietro, con un bel po' di capelli in più e qualche libbra in meno...»

«Difficile che si sia trasformato a tal punto in meno di due anni!» obiettò Aurelio.

«Comunque, quando oggi ti farà visita, chiedigli se è solito giocare a dadi...»

«Oggi? Ma se sono appena tornato!» brontolò il senatore, che non ardeva dalla voglia di incontrare il collezionista.

«È venuto a cercarti due volte, durante la tua assenza, ed è occorso tutto il nostro zelo per tenerlo lontano dalla biblioteca. Ora, se vuoi scusarmi, *domine*...» si sottrasse il greco, visibilmente frettoloso.

«Un attimo, per Giove; non mi hai detto dove è finito il giardiniere!»

«Sarà come al solito al vivaio di Fulvia Arionilla: spesso si trattiene là anche a dormire.»

«Vallo a prendere subito e mettilo sottochiave!» ordinò il senatore a un Castore piuttosto distratto, che occhieggiava verso Tuccia, facendole segno di portar pazienza.

«Proprio adesso, *domine*?»

«Certo, vuoi forse aspettare che prenda il volo?» tuonò il patrizio, spingendo fuori di forza il riluttante alessandrino.

Poco dopo arrivavano Druso e i Marcelli. Quei tre, notò Aurelio, avevano la tendenza a presentarsi sempre in gruppo serrato, simili non tanto a un drappello di esploratori al fronte, quanto piuttosto a un branco sparuto di oche sull'aia, all'ora del pastone.

«C'era neve sui colli Albani?» lo salutò cordialmente Marcello Veranio.

Aurelio si mantenne sul vago, passando subito a parlare del poeta che aveva assunto per dettare al copista Paconio.

«Fedro, eh? Ho letto qualcosa di suo, roba di lupi e agnelli, sul modello di Esopo» ricordò l'aspirante editore. «Non è una cattiva idea, quella di pubblicare le sue favole. Quel genere di poesiole piace al grosso pubblico e, se riuscissimo a metter l'accento sul fervorino moralistico del finale, potremmo proporlo nelle scuole: sai bene che coi testi scolastici si fanno affari d'oro!»

«Che ne dici di invitare qualche amico a una *recitatio*?» consigliò il senatore.

Veranio si schermì, timoroso dei costi: una lettura pubblica implicava l'uso di una vasta sala, rinfreschi e bibite servite da personale qualificato, e magari qualche celebre autore disposto a tessere lodi entusiastiche del nuovo volume dietro adeguato compenso... Era il senatore Publio Aurelio Stazio, così brillante e mondano, la persona giusta per organizzare un ricevimento del genere, disse il collezionista. E per coprire le spese, naturalmente.

Marcellina ascoltava, visibilmente annoiata. Doveva esser stata redarguita a dovere, perché sedeva composta nel tablino, bene attenta a non mostrare le gambe. Ligio ai suoi doveri di ospite, il patrizio tentò di dare alla conversazione un taglio più leggero, ma ogniqualvolta si rivolgeva alla ragazza per metterla a suo agio, veniva fulminato dallo sguardo del giovane Druso Saturnino, incapace di nascondere il disappunto. Fu solo quando il senatore propose Fillide con la sua cetra, che Marcellina sorse a nuova vita.

«Sì, ti prego, chiama la citareda e anche quello schiavo tanto bravo col flauto!»

Pallido come un cadavere, Veranio alzò di scatto la testa dal rotolo di Fedro che stava esaminando.

«In questo momento non è in casa» mentì il patrizio, colto da un'improvvisa ispirazione.

«Ma credevo che fosse morto!» si stupì Druso. «Così almeno ha detto Scapola, il vecchio servo di mio padre, quando l'ho incontrato.»

«Morto?» ripeté Marcellina, voltandosi con uno sguardo interrogativo verso il fratello, quasi si aspettasse una pronta smentita.

«L'hanno ucciso. Preferivo non turbarvi con questa brutta notizia» chiarì Aurelio, mentre scrutava in tralice l'espressione del bibliofilo nella speranza di scorgervi qualche segno rivelatore; ma questi, per nulla interessato all'argomento, era già sprofondato di nuovo nel rotolo.

«Se desiderate trattenervi a cena, farò accompagnare Marcellina in lettiga» propose il patrizio, deciso ad abbreviare le pene della ragazza. «Potrebbe passare dal Clivius Cuprius a vedere le botteghe dei profumieri. Sempre che tu sia d'accordo» chiese dubbioso al bibliofilo.

«Oh, Marcello permettimelo, te ne prego!» esclamò felice la ragazza.

«Con quello che costano le ancelle, ho abituato Marcellina a girare sola per l'Urbe fin da piccola. Mia sorella gode di molta libertà, rispetto alle altre ragazze di buona famiglia» affermò Veranio.

«Fin troppa: bisognerebbe pensare un po' anche alla sua reputazione» commentò il fidanzato, scuro in volto, accingendosi controvoglia a scortarla.

«Cena per tre, Castore» lo prevenne Aurelio.

«Uomini soli?» si informò il liberto.

«Sì, vai ad arruolare le danzatrici di Gades» ribatté il patrizio a voce tonante, così da farsi ben udire dal giovane Druso Saturnino.

Le famose ballerine iberiche, che si contorcevano voluttuose al suono delle nacchere, erano considerate estremamente lascive, ma il prezzo esorbitante delle loro esibizioni dava a pochi l'opportunità di assistervi. Difficilmente il giovanotto si sarebbe fatto sfuggire una simile occasione: Druso, infatti, fece subito marcia indietro.

«Manda in mensa le schiave più attraenti, così avremo modo di scoprire se davvero Marcello freme esclusivamente davanti ai codici...» sussurrò il senatore a Castore, non appena la ragazza fu uscita.

Veranio era di nuovo sparito in biblioteca. Aurelio non se ne adontò: ne avrebbe approfittato per scambiare due chiacchiere a tu per tu col giovane Saturnino.

«Puoi parlare liberamente, adesso. Perché sei così certo che tuo padre sia stato ucciso?» gli chiese senza mezzi termini, andando subito al sodo.

«Era un uomo vigoroso, e sebbene avesse passato la cinquantina mostrava ancora l'energia di un ventenne. Poi, tutto a un tratto, si è sentito male... per quel che ne so, non c'è morbo allo stomaco che porti tanto rapidamente alla morte, a meno di non ipotizzare gli effetti di un veleno!»

«Sospetti di qualcuno?» domandò Aurelio, immaginando già la risposta.

Il giovane replicò stizzito: «*Cui prodest?* "A chi giova?" Chi si sta mangiando la mia eredità? Chi mi vieta di emanciparmi indossando la toga virile? Chi rimanda continuamente il mio matrimonio con Marcellina? Sono ormai cresciuto, ma Veranio preferisce fingere di non accorgersene, forse perché ha paura che gli chieda di presentare i conti. Così mi tocca dipendere da lui e andare in giro vestito da buffone!» concluse, toccandosi la *bulla* infantile con un gesto di intolleranza.

«Hai qualche prova della colpevolezza di tuo cognato?» chiese il patrizio in tono cauto.

«Se l'avessi, non sarei qui a mormorare le mie accuse sottovoce, ma le urlerei nel Foro, davanti al consesso dei cittadini! Devi aiutarmi, Aurelio, sei la mia unica speranza: come magistrato, puoi chiedere che sia aperta immediatamente un'inchiesta ufficiale.»

«Abbiamo in mano troppo poco...» tergiversò il patrizio.

«Allora fammi avere un'udienza da Claudio; non ti sarà difficile ottenerla, lo conosci da anni» insinuò Druso, memore della dedica in calce alla *Storia degli Etruschi*.

«Proprio perché sono suo amico, non gli chiedo mai favori: né per me, né per altri!» lo raggelò bruscamente il senatore.

«Se non mi aiuterai, arriverò a Cesare da solo!» minacciò il giovane, livido di rabbia.

In quel momento la conversazione venne interrotta da Veranio, che tornava giubilante con in mano una copia della *Chorographia* di Pomponio Mela: «Come hai ottenuto questo prodigio, Aurelio? L'autore ha appena terminato di scriverlo, me lo farò ricopiare subito!».

Il senatore bofonchiò qualche scusa: durante l'ultima visita, il collezionista gli aveva estorto sei volumi rari, scordandosi naturalmente di restituirli.

«In cambio ti pubblicherò Fedro!» lo supplicò il bibliofilo, accarezzando il magnifico papiro con lo stesso gesto sensuale che altri avrebbero riservato all'epidermide levigata di una donna.

«Affare concluso. Ti va una partita con gli astragali, prima di mangiare?» suggerì il senatore. Molti romani, infatti, tiravano coi bossoli persino sulla mensa apparecchiata.

«Ai *latrunculi*, se proprio vuoi. I dadi non mi divertono affatto, vincere è soltanto questione di fortuna» declinò l'invito il collezionista, rendendo sempre più problematica una sua eventuale identificazione col misterioso conoscente del fuochista Lupo.

Poco dopo, sdraiati sui triclini imbottiti, i tre si godevano lo spettacolo delle danzatrici. O meglio, i due, perché Marcello, dal canto suo, sollevava lo sguardo solo di tanto in tanto, assorbito com'era nell'esame minuzioso di una vecchia pergamena. Tutt'altro interesse, invece, dimostrava il ragazzino. Aurelio osservò a lungo i suoi sforzi di fingere indifferenza, mentre mangiava con gli occhi le bellissime danzatrici che gli volteggiavano intorno con movenze provocanti. Quella era la prima esibizione del genere a cui assisteva Saturnino, meditò il senatore, ma si capiva bene che non sarebbe stata l'ultima. Quando poi le ancelle entrarono con i catini di acqua profumata per sciacquare le dita ai commensali, al patrizio non sfuggì lo sguardo d'intesa che corse, per la frazione di un istante, tra il giovane e Tuccia: il segno di un'alleanza, di un'antica complicità, forse...

«Ehi, tu, ragazza, vieni un po' qui!» disse Marcello in quel momento, attirando verso di sé la splendida massaggiatrice egizia che gli offriva l'aquiminale e la salvietta. La fanciulla alzò il capo e la reticella d'oro che le tratteneva la chioma brillò vivida alla luce delle torce.

"Ci siamo" pensò il patrizio. "Nefer ha fatto colpo!"

«Vieni dall'Egitto, vero? Guarda un po' se riconosci questa carta: papiro saitico?» proseguì il bibliofilo, mostrandole il rotolo.

Aurelio alzò gli occhi al cielo. Possibile che quel fanatico fosse tanto preso dalla sua mania da non avvertire alcuna esigenza fisica, né freddo, né fame, né stimoli erotici? Fissò Marcello Veranio, di nuovo immerso nel volume, e corrugò la fronte: diffidava di coloro che credevano di poter vivere soltanto per le soddisfazioni dello spirito, relegando quelle del corpo in secondo piano, come se una delle due componenti potesse essere scissa dall'altra senza pericolosi squilibri. I sentimenti, le emozioni, i bisogni affettivi e sessuali non potevano essere soppressi, ma soltanto disciplinati e sottoposti a un ferreo controllo, affinché non prendessero il sopravvento sulla ragione: a questo, appunto, serviva l'esercizio della filosofia. Chi si fosse provato a cancellarli del tutto, li avrebbe visti riemergere, tanto distorti e irrefrenabili nella loro nuova, sconosciuta intensità, da abbattere facilmente le fragili barriere del diritto e della morale.

Non appena gli ospiti furono usciti, Aurelio fece ritorno al vestibolo munito di una torcia potente, e si inginocchiò a osservare il pavimento. Aveva dato ordine che la soglia di casa venisse cosparsa di segatura, come si faceva di solito per ripulirla a fondo, assicurandosi poi che i due la sorpassassero ben distanti l'uno dall'altro, in modo da non confondere eventuali impronte. Adesso, chino sul mosaico, scrutava le orme degli stivali che i Marcelli avevano calzato nell'atrio, dopo essersene liberati durante la cena per sostituirli con delle morbide *crepidae* di stoffa.

«Si è mai visto un senatore accucciarsi in una posizione più indecorosa?» lo redarguì Castore, sbucando dall'ombra. «Se non ti sbrighi a rimetterti in piedi, non riuscirò a resistere alla voglia di mollarti un calcio!»

«Vieni ad aiutarmi, invece di fare lo spiritoso: sto esaminando le tracce lasciate dalle suole.»

«Che idea scaltra, *domine*, solo a te poteva venire» si complimentò il servo con sottile ironia. «Peccato, però, che queste impronte siano del tutto lisce. D'altronde, non sempre capita la fortuna di trovarsi faccia a faccia con delle impronte decorate da un bel riccioletto...»

«Dove le hai viste?» chiese il patrizio, mentre Castore si interrompeva, in attesa della mancia.

«A pochi passi dal nostro muro di cinta c'è un cantiere, dove i muratori hanno scaricato della sabbia» proseguì, non appena intascate le monete. «Ho piazzato i nubiani lì davanti, in modo che Marcellina fosse costretta a calpestare la rena per entrare in lettiga.»

«E le tracce lasciate dalle sue scarpe...»

«Mostravano un ricciolo chiarissimo, come quello che tu ti ostini a cercare qui, inutilmente, in mezzo alla segatura!» terminò Castore, trionfante.

XXII

Tredicesimo giorno prima delle Calende di marzo

Dopo l'iniziale entusiasmo per la scoperta del segretario, Aurelio si era reso conto che quell'indizio valeva ben poco, dato che di scarpe con quel marchio dovevano essercene molte in giro ed era impossibile attribuire a Marcellina la responsabilità delle orme rinvenute da Castore. Per il momento, dunque, il patrizio aveva deciso di seguire un'altra pista, investigando più a fondo sulla strana malattia dell'editore Saturnino: scettico nei confronti di profezie e vaticini, intendeva verificare, con un sistema piuttosto ingegnoso, la fantastica storia di Scapola riguardo ai tre uccelli annunciatori di morte che erano comparsi sul fico dell'orto.

Fu così che il giorno seguente, all'ora sesta, il patrizio partì per la copisteria con un sacchetto di becchime, qualche brandello di carne cruda e una buona dose di sacra pazienza. Poco dopo, faceva il suo ingresso nella vecchia bottega libraria dell'Argiletum, salutando gli imbianchini al lavoro.

Il cortiletto sul retro era ingombro di assi e mattoni, e accanto alla siepe di recinzione c'era il fico ancora spoglio, sotto il quale Aurelio sparse il mangime, appendendo poi ai rami qualche pezzo di carne come esca. Infine si accomodò in terra, avvolto in un caldo mantello di pelliccia, e attese pazientemente.

Il merlo arrivò subito, e poco dopo il pettirosso. Fiducioso, il senatore si mise ad aspettare la civetta. Forse il volatile alloggiava davvero nei dintorni, anche se la presenza, in pieno giorno e al centro dell'Urbe, di un uccello annunciatore di lutti era alquanto improbabile: gli abitanti del quartiere l'avrebbero scacciato immediatamente, timorosi di subirne gli influssi malevoli... Aurelio desiderava appunto escludere questa eventualità, prima di attribuire quel fenomeno inusitato al maligno proposito di terrorizzare apposta il povero editore. La terza ipotesi – quella dell'auspicio funesto – non era neppure stata presa in considerazione dal patrizio, che da buon epicureo diffidava di prodigi divini, eventi miracolosi e interventi soprannaturali di ogni genere.

Accovacciato nel cortile in posizione piuttosto scomoda, Aurelio batteva dunque i denti, scrutando il cielo nella speranza di veder comparire il rapace: se la civetta si fosse lasciata attrarre dall'esca, anche la sua straordinaria apparizione prima della morte di Saturnino avrebbe potuto considerarsi del tutto fortuita.

Per ingannare la noia, il patrizio rifletteva sui singolari personaggi che alloggiavano nel tetro cenacolo della Via Flaminia: da una parte Druso, impaziente di ammogliarsi e rivendicare la sua eredità; dall'altra Veranio, per nulla intenzionato ad affrettare le cose. In mezzo ai due, una ragazza bella, ingenua forse, ma piena di entusiasmo, che pareva del tutto indifferente all'una o all'altra soluzione. Sullo sfondo, un padre morto in maniera abbastanza misteriosa, e sei schiavi pieni di foschi segreti, senza contare il portiere Arsace, che col suo aspetto funereo contribuiva a gettare un'ombra inquietante sull'intera vicenda. Proprio nel tentativo di vederci più chiaro, il patrizio aveva commissionato a Paride un'indagine approfondita sul patrimonio del defunto editore, per appurare quanta parte di esso rimaneva intatta e quanta invece era già stata tradotta da Veranio in papiri antichi e codici rari.

Mentre Aurelio si baloccava in questi pensieri, la luce aveva cominciato a calare: l'appostamento durava già da tre ore, senza risultati apprezzabili, e all'imbrunire il patrizio si arrese, constatando che la trappola non aveva funzionato. La civetta, ammesso che esistesse, non usava uscire di giorno nemmeno per sfamarsi; dunque, se quel famoso pomeriggio si era fatta vedere sul fico, qualcuno a conoscenza della profezia doveva avercela messa apposta.

I muratori se ne erano andati da un pezzo, quando Aurelio si decise a metter fine all'inutile attesa, riguadagnando la strada.

«*Ave, domine*» lo salutò una voce argentina.

«*Ave, kyria* Domizia!» si inchinò sorridendo il senatore.

«Volevo ringraziarti, *domine*: coi tuoi soldi ho comprato una stoffa magnifica e adesso mi sto cucendo un vestito» esclamò la ragazza con gli occhi che le brillavano. «Te lo faccio vedere, finché la nonna è fuori» propose accattivante, e Aurelio la seguì sulla scala di legno che correva lungo il muro esterno dell'*insula*.

L'appartamento, fortunatamente, si affacciava al secondo pianerottolo. Per un istante il senatore aveva temuto di doversi arrampicare su quel precario e traballante sostegno fino al sesto e ultimo piano, quello sotto i tetti, dove d'inverno entrava la pioggia e d'estate si moriva dal caldo. Davanti alla porta di casa, Domizia esitò un attimo, timorosa. «Sei un uomo per bene, vero? Voglio dire, tu non penseresti mai a...»

Il patrizio, che ci stava appunto pensando, e parecchio, negò risolutamente.

La stoffa, di un bel colore giallo acceso, stava distesa sull'unico giaciglio che nonna e nipote erano costrette a condividere, non essendoci nella stanzina abbastanza posto per un altro letto. Un tavolo e due sgabelli sbilenchi completavano il misero arredamento.

«La veste è molto graziosa, ma adesso ti occorre una collana» disse Aurelio, aprendo di nuovo la borsa: quella ragazza, pensava, carina com'era, avrebbe fatto meglio a darsi alla vita galante, invece di cercare uno sposo povero quanto lei, che avrebbe lasciato sfiorire anzitempo la sua grazia nelle fatiche quotidiane e nelle continue gravidanze; ma Domizia sembrava preferire la prospettiva di una vecchiaia precoce, in mezzo a un nugolo di bambini urlanti, alla vita comoda ma solitaria delle ricche cortigiane.

«Hai notizie del giovane padrone della copisteria?» chiese infatti al patrizio, gli occhi bassi per non rivelare troppo l'interesse che la animava.

«Sta bene» la informò Aurelio, laconico.

E così, Domizia mirava a Druso Saturnino: probabilmente si conoscevano fin da piccoli, da molto prima che lui si fidanzasse con Marcellina. Il ragazzino non era certo così sprovveduto come voleva far credere, meditò Aurelio, rammentando l'insistenza con cui accusava il cognato, la reiterata richiesta di parlare con Cesare e lo sguardo d'intesa che aveva scambiato con Tuccia. Adesso c'era da mettere in conto anche la visibile curiosità della bella vicina di casa. Tutti questi indizi facevano sospettare che Druso covasse qualcosa di preciso, malgrado lo sforzo di celare i suoi piani dietro un'aria falsamente ingenua, da bambino con la *bulla* al collo...

«Vuoi mangiare? Ho un po' di focaccia alle erbe» propose Domizia. Il patrizio si affrettò a declinare l'invito, timoroso dei rimbrotti della severissima nonna. Sul punto di andarsene, fece per rimettere piede sul traliccio di legno del pianerottolo, quando lo sguardo gli cadde sulla tenda scolorita che nascondeva, a mo' di ripostiglio, una nicchia scavata nel muro della stanza. Il patrizio sbarrò gli occhi, incredulo: la cortina si stava muovendo, senza essere toccata da nessuno!

Domizia rise nel vedere la sua faccia stupefatta: «Ah, non aver paura, è solo un uccello» rivelò, spalancando la tenda dietro la quale, ben nascosta sotto un cappuccio nero, comparve una grossa civetta.

«Non dire in giro che la teniamo in casa, mi raccomando: i vicini sono superstiziosi. Ci serve per dare la caccia ai topi. Nell'*insula* ce ne sono un mucchio, ma noi, grazie a questa brava bestia, non ne vediamo mai uno! Però dobbiamo liberarla solo di notte, all'insaputa di tutti...»

Se il rapace esisteva sul serio, allora forse si era trattato davvero di una tragica coincidenza, ragionò Aurelio, ma subito si corresse: secondo Scapola, c'era ancora luce quando Saturnino aveva visto l'uccello. Preso da un dubbio repentino, chiese alla ragazza: «È possibile che, circa due mesi fa, la tua civetta fosse fuori anche in pieno giorno?».

«Due mesi fa?» fece dubbiosa Domizia. «Non lo so, mi era stata chiesta in prestito da un'amica per liberare un cortile infestato dai ratti.»

«A chi l'hai data?» rizzò le orecchie Aurelio.

«A Tuccia, la schiava dei Saturnini» rispose la ragazza con un sorriso.

«Voglio chiedere a Scapola qualcosa in più su quella disgraziata profezia. Inoltre deve spiegarmi cosa ci faceva nei bagni di Sarpedone e decidersi a tirar fuori le scarpe che lasciano l'orma col ricciolo. Mandamelo subito!» comandò il patrizio.

«Difficile a farsi, *domine*» obiettò Castore.

«Non l'hai messo al sicuro, come ti avevo ordinato?»

«Prima avrei dovuto trovarlo, padrone. Purtroppo, al vivaio di Fulvia Arionilla non c'era.»

«Numi del Tartaro, non dirmi che ci è scappato! Adesso ha un'intera metropoli per nascondersi, e noi non possiamo certo frugarne ogni angolo!» brontolò Aurelio, indispettito. «Vammi a prelevare Ipparco, allora, e fa' presto!» ingiunse poi, come se la presenza del medico fosse tanto urgente da indurre Febo Apollo a fermare il carro del sole.

«Sei malato?» chiese il liberto, speranzoso: qualche giorno col padrone confinato a letto avrebbe dato un po' di respiro a tutti i servi della *domus*.

«Sto benissimo, però mi serve immediatamente un'informazione. Se Ipparco fa delle storie, ricordagli i vasi di fichi che mi ruba, credendo che sia tanto scemo da non accorgermene!»

«Come desideri, *domine*» assentì il greco: avrebbe consigliato al medico di prescrivere al senatore una tisana calmante, altro che meditazioni epicuree...

Nel peristilio il greco incrociò Paride che arrivava di corsa, chiamato a gran voce dal padrone. «Non contrariarlo, è di pessimo umore» lo avvertì il segretario, e i due si scambiarono un cenno d'intesa.

«Cosa hai saputo del patrimonio dei Saturnini?» domandò subito il patrizio all'intendente.

«Rimane poca cosa, *domine*» rispose Paride. «L'impresa era fortemente in passivo, e ora Marcello sta arrabattandosi per pagare i creditori e rimettere in piedi l'azienda: se gli riesce di realizzare l'idea dei libri a poco prezzo, forse ce la farà a tornare a galla!»

«Vuoi dire che non guadagna nulla dalla tutela di Druso?»

«Guadagnarci? Ci rimette del suo! Però tiene molto alla sorella e vuole vederla ben sistemata. Per questo intende aspettare tempi migliori, prima di dare ai due giovani il permesso di sposarsi.»

«Allora la cosa cambia aspetto; avevo ragione a dubitare di Druso!» annuì Aurelio. «Mi occorrerebbe la conferma del medico, però...»

«Sta arrivando, *domine*.»

«Non andartene, Paride; ho un altro incarico per te» disse Aurelio, esitando un attimo prima di proseguire.

Troppo facile, pensava intanto, troppo facile per un uomo come lui realizzare un sogno, e magari sentirsi anche buono e generoso. Infine si decise: «Va' ai bagni della Suburra e compra una schiava chiamata Afrodisia. Il suo padrone si trova a corto di soldi, quindi te la cederà per poco: contratta pure un po', ma non farne una questione di prezzo».

L'amministratore storse la bocca, contrariato: un'altra bella donna capricciosa da tenere a bada, pensava con fastidio. Nuove invidie, ripicche, dispetti...

«Prima di portarla a casa, passa dalle terme e falle fare il trattamento completo. Poi trovale dei vestiti eleganti e incaricala di un lavoretto leggero, qualcosa come lucidare gli argenti. Quel che è importante, è che tu me la tenga lontana; per il momento non voglio avere a che fare con lei, capito?»

Appena congedatosi Paride, Ipparco fece il suo ingresso nell'atrio, reggendo tra le braccia il cofanetto degli strumenti chirurgici.

«Dov'è il moribondo?» chiese trafelato.

«Nessuno sta male. Devo solo rivolgerti qualche domanda, tutto qui.»

«Ma Castore ha detto...» protestò Ipparco, mentre Aurelio faceva un gesto vago, come a significare che non si doveva mai dare troppo credito alle parole del segretario.

Dopo avere ascoltato il racconto di Aurelio, il medico si soffermò qualche istante a riflettere. I sintomi che gli aveva descritto il senatore erano alquanto vaghi e per fare una diagnosi esatta avrebbe dovuto esaminare a fondo il paziente, ma ahimè, questo era defunto da più di due mesi...

«Sei proprio sicuro che la malattia sia intervenuta all'improvviso?» chiese.

«Così mi hanno detto: proprio per questo si sospetta un avvelenamento, forse mediante un pezzo di formaggio all'aglio» spiegò Aurelio, battendo il piede con impazienza. «Allora, che ne pensi?»

«Senatore Stazio!» sbottò il medico, esasperato. «D'accordo che le mie parcelle sono salate e tu paghi senza fiatare, ma questo non ti autorizza a eccedere con le pretese! Mi fai trascinare qui dall'ambulatorio, d'urgenza, costringendomi ad abbandonare i miei malati; e per cosa, poi? Non ho il formaggio, non ho il malato, non ho neppure il cadavere: come vuoi, per tutti i Numi, che possa dirti di cosa è morto quel disgraziato?»

«Data la tua fama, credevo che fossi ugualmente in grado di fornirmi qualche possibile spiegazione... Vuol dire che proverò a chiederlo a Basilio di Alicarnasso» lo blandì il patrizio, toccando la corda della reputazione professionale, alla quale Ipparco era sensibilissimo. Udendo il nome del rivale, infatti, il medico divenne molto più disponibile.

«Potrebbe anche trattarsi di veleno,» ammise, un po' rabbonito «però non mi sembra probabile, soprattutto se si considera che quando Saturnino si è sentito male la prima volta, non aveva ancora assaggiato il formaggio all'aglio.»

«Su questo punto i famigli si sono trovati tutti d'accordo.»

«L'editore era per caso dimagrito in misura significativa negli ultimi tempi? Perché, se così fosse, potrebbe aver contratto una malattia – rara, per fortuna – che conduce alla morte in modo analogo, ma in tempi assai più lunghi di quelli che mi hai riferito. Magari il poveretto, il quale, a quanto mi dici, riponeva scarsa fiducia nei medici, soffriva da tempo, ma cercava di tener celati i suoi disturbi per non ammettere di aver bisogno di cure: il morbo a cui sto pensando si sviluppa con lentezza e non rivela subito i suoi effetti letali. Forse Saturnino si è sforzato di lottare da solo contro la malattia, e per un po' ce l'ha fatta; ma quando gli sono apparsi i tre volatili del vaticinio, ha smesso di difendersi e si è rassegnato all'inevitabilità della morte.»

«In questo caso, comunque, la presenza degli uccelli sul ramo ne avrebbe affrettato la fine, pur senza provocarla direttamente...» considerò Aurelio.

«Quando lo spirito si arrende, il corpo non resiste a lungo» confermò Ipparco.

«Grazie per essere venuto; spero di non aver interferito troppo con le tue attività» si scusò il patrizio.

«Per nulla: avevo solo una ventina di pazienti, di cui uno con una brutta fistola e un altro con tre ossa rotte. C'erano anche un paio di partorienti, ma a questo punto i bambini saranno già svezzati!» rispose sarcastico il medico, intascando la cospicua parcella.

XXIII

Dodicesimo giorno prima delle Calende di marzo

«Mi hai fatto chiamare, *domine*?» disse Tuccia, entrando nella stanza di Aurelio col viso illuminato da un sorriso di trionfo: finalmente il momento era arrivato...

«Ce ne hai messo di tempo a venire!» brontolò il patrizio, senza neppure notare che la donna aveva indossato la sua veste migliore e si era accuratamente imbellettata. «Io e te dobbiamo fare un discorsetto in privato.»

«È tanto che lo aspetto, *domine*» cinguettò la schiava, equivocando le parole del senatore.

«Tu sostieni di esser stata in rapporti, diciamo affettuosi, col tuo defunto padrone, Saturnino. Suppongo che la relazione durasse da molto tempo» la prese alla larga Aurelio.

Gli occhi pudicamente abbassati equivalsero a un sì.

«Saturnino stava invecchiando e non godeva più di buona salute, però riluttava ad ammetterlo: era contrariato per quella che considerava una debolezza, e oltre tutto detestava i medici. Scommetto che, quando si sentiva male, si rivolgeva a te, di nascosto. D'altra parte, era ovvio che nel momento del bisogno chiedesse aiuto a una donna affezionata» affermò il senatore, caustico, mentre Tuccia assentiva con un sorriso dolciastro.

«Ma tu eri ancora giovane, e presto lui sarebbe morto» disse Aurelio, cambiando improvvisamente tono. «Un bel guaio: anche se ti avesse affrancato per testamento – e tu, a ragione, ne dubitavi – saresti decaduta al rango di una liberta qualsiasi, senza più quei piccoli privilegi, quelle meschine impunità alle quali ti eri ormai assuefatta. Niente di meglio, allora, che puntare ogni speranza sul futuro *dominus*, un ragazzo bello e sano. Se fossi riuscita a sostituire al maturo editore il figlio adolescente, non soltanto avresti mantenuto le tue posizioni, ma le avresti anche rafforzate: il giovanissimo Druso era ben più influenzabile di un uomo di mezza età. Saturnino ti aveva certo confidato la profezia.»

La schiava impallidì, cominciando ad agitarsi. Il colloquio privato col padrone non stava prendendo esattamente la piega che aveva sperato.

«Non sapevo nulla del vaticinio, lo giuro!»

«Se le cose stanno così, perché hai chiesto in prestito la civetta a Domizia?»

«I topi...» balbettò l'ancella, vedendosi scoperta.

«Non ci sono topi nelle copisterie: se non si spargesse veleno a piene mani, i manoscritti sarebbero divorati in un battibaleno» la smentì freddamente il senatore, mentre l'ancella deglutiva imbarazzata.

«Suppongo che tu ti sia portata a letto il ragazzino subito prima di affrettare la fine di suo padre. Ma poi, ahimè, Druso venne messo sotto tutela, e per di più fidanzato a una gran bella ragazza. Che sfortuna, vero? Certo, rimaneva il tutore, e sono sicuro che tu abbia cercato di abbindolare anche lui, però ti è andata male: Marcello non nutre troppo interesse per le donne, giusto?»

A Tuccia tremavano le labbra, come se fosse sul punto di scoppiare a piangere.

«Allora, cos'hai da dire?» la incalzò Aurelio, brusco.

«Da dire? Quando sono venuta qui, credevo che tu, che io...» balbettò la schiava. Poi la tensione, troppo a lungo trattenuta, le esplose in un grido: «Perché non ti piaccio? La mia pelle è bianca come il latte, ma tu preferisci quella brutta selvaggia scura, che non ti guarda neppure! Io ti avrei servito, obbedito, amato!».

«Come amavi il tuo vecchio padrone?» rise il patrizio. «Mi dispiace, io godo di ottima salute e ci vuol altro che una civetta per farmi fuori.»

«Non mi vuoi, non mi hai mai voluta» sibilò Tuccia, manifestando tutto il suo rancore. «Quell'asta era una buona occasione per me, ero piaciuta a parecchi; tu invece mi hai comprata soltanto per assecondare i tuoi servi, e adesso mi costringi a vivere in una casa dove non conterò mai niente, con un idiota di amministratore che arrossisce solo a rivolgergli la parola, un segretario impostore, pronto ad approfittare di me senza dar nulla in cambio, e un'egizia intrigante che mi squadra con occhi di fiele!»

Davanti a quello sfogo violento, il patrizio contemplò Tuccia con occhi nuovi. Per la prima volta quella donna melensa e noiosa riusciva a catturare il suo interesse, usando l'astio represso come arma involontaria... La schiava si interruppe all'improvviso, colta dal dubbio di star sbagliando tutto: non poteva parlare così al padrone, doveva mostrarsi umile e remissiva.

«Ho cercato in ogni modo di farmi notare, ma tu non mi vedi neppure. Forse non sono abbastanza bella per te, nobile senatore?» chiese ammiccante, sgranando gli occhi da cui era riuscita a spremere il cenno di una lacrima.

«No, infatti» ribatté lui, gelido. «E tanto vale che tu lo sappia: non entrerai nel mio giaciglio, Tuccia. La tua ipocrisia mi infastidisce, la tua leziosità mi irrita, la tua adulazione mi offende. Accontentati dei miei schiavi, loro sapranno di certo apprezzarti!»

Lo sguardo carico di odio dell'ancella fissò per un attimo il pugnale che Aurelio teneva sul tavolino, accanto al letto. Il patrizio colse all'istante il movimento rapido delle pupille e la smorfia rabbiosa della donna, ma non si mosse di un pollice.

«Non lo farai» disse tranquillo. «Te ne manca il coraggio, e poi sai che non ti conviene.»

«Vendimi, allora!» gridò Tuccia in un estremo sussulto di orgoglio. «Non voglio vivere nella tua casa!»

«Se ne parlerà quando questa storia sarà finita, sempre che tu non mi stia nascondendo qualcosa di grave» promise Aurelio.

La schiava arretrò verso la porta, terrea in volto: «Credi di essere molto furbo, vero? Invece ti stai facendo menare per il naso da quella cagna di Delia. È stata lei a uccidere Glauco e Modesto, lo sappiamo tutti: non ammazzò forse il suo padrone, anni fa? È una strega, *domine,* capace di lanciare terribili incantesimi. Lo ha fatto anche con te, ne sono sicura! Ruba la roba degli altri, per usarla nei suoi malefici, ed entra di nascosto nella biblioteca, quando crede che nessuno la veda: fa' guardare nel suo cubicolo, se non ci credi!» berciò velenosa, e uscì in fretta, singhiozzando.

XXIV

Undicesimo giorno prima delle Calende di marzo

La mattina seguente, Aurelio allontanò con una scusa i servi dal loro quartiere, per ispezionare il cubicolo di Delia senza farne parola con alcuno. Frugò dappertutto, finché non gli riuscì di trovare, in fondo alla piccola cassapanca dove la ragazza riponeva le vesti, uno dei numerosi rotoli del grande compendio di Posidonio, il secondo tra quelli dedicati allo studio dell'oceano. Quella malalingua di Tuccia aveva quindi detto il vero, pensò il patrizio, deluso. Strano, tuttavia, che Delia avesse rubato proprio un libro che le sarebbe stato molto difficile vendere separatamente dagli altri... Aurelio ci pensò un attimo, poi decise di tenere la cosa per sé, per vedere se la ragazza avesse tentato di sottrarre anche gli altri volumi dell'opera. Rimise il rotolo nella cassa e chiamò Castore.

«Dunque, ti sei convinto che l'editore sia morto di malattia» commentava poco dopo il greco. «Il giovane Druso è però sicuro del contrario e va dicendo in giro che ricorrerà a Cesare in persona!»

Aurelio fece un gesto annoiato.

«È ancora un ragazzino; crede di essere un uomo solo perché è andato a letto con un'ancella.»

«Tuccia, eh? Comunque la storia della civetta mi inquieta un po'. Mi chiedo se tenterà di sbarazzarsi anche di me» gemette il liberto, preoccupato.

«Notizie di Scapola?»

«Sembra svanito nel nulla. Eppure Fulvia Arionilla dovrebbe saperne qualcosa...»

«Non si è fatta ancora viva, malgrado la gran fretta che aveva di comprare Terenzio... Ehi, ma la mia villa sul Gianicolo non ha il giardino completamente inselvatichito? È ora che faccia visita a un vivaio gestito da una rispettabile matrona!»

«Mettiti elegante, *domine*; le vecchie signore dell'Urbe sono sensibili alle apparenze!» consigliò il liberto con un sorriso astuto.

Quando uscì dalla porta di casa, Aurelio era infatti in gran tenuta: tunica col laticlavio, *calcei* curiali, sigillo al dito, mantello di lana ricamata. Sperando di impressionare la matrona, il patrizio aveva deciso di rinunciare alla calda dalmatica dalle maniche lunghe per l'abito di rappresentanza, e adesso batteva i denti, col braccio nudo che gli usciva dalle falde della scomodissima toga.

La signora abitava di fronte all'Aventino, sulla riva destra del Tevere, non lontano da quelli che erano stati, un secolo prima, gli orti di Damasippo, il mediatore di immobili a cui si rivolgeva Cicerone per i suoi acquisti. La casa, grande ma non lussuosa, era a mezza strada tra i primissimi condomini sorti in quel quartiere ancora poco abitato e le vaste dimore dei ricchi, pronti a disputarsi a prezzi folli i terreni edificabili per adibirli a parchi privati: di certo la vedova aveva ereditato quella proprietà dal defunto marito, e presto l'avrebbe vista crescere di valore, a meno che l'eccessiva vicinanza del fiume, che straripava quasi ogni anno, non avesse spaventato gli eventuali compratori. D'altra parte, era proprio il Tevere, con le sue acque limacciose, a garantire la sopravvivenza del piccolo vivaio, le cui rendite non potevano certo coprire il costosissimo allacciamento all'acquedotto pubblico...

"Niente male!" pensò Aurelio osservando dalla lettiga le piante rustiche del giardino: oleandri, mirti, pungitopi, laurocerasi, e naturalmente tutti quei nuovi sempreverdi per cui i romani andavano pazzi. Sul fondo dell'orto, ben riparate dal gelo, erano allineate in bella vista le piante esotiche provenienti dalle varie contrade che Roma era andata via via conquistando: i papiri, i ciliegi, le rose di Persepoli, i pruni persici dai dolcissimi frutti.

«Chiama la padrona, Pupillo» ordinò al servo coi capelli rossi, non appena sceso dalla portantina.

«*Domina, domina!*» fece quello, angustiato. La dimora di Arionilla era modesta, e per nulla attrezzata a ricevere senza preavviso un così alto personaggio.

La signora tardava. Desiderosa di presentarsi al suo meglio, era corsa senza dubbio ad agghindarsi per giustificare con una presenza più giovanile la propria infatuazione per Terenzio: il triclinario, con la sua ineccepibile distinzione, era proprio il tipo capace di circuire una donna attempata per mettere le mani su una futura eredità, rifletteva il patrizio, passeggiando nervoso su e giù nel viale, tra quegli alberini nani che andavano a ruba da quando era in voga tenere un boschetto in miniatura nel peristilio.

«Il senatore Stazio?» si annunciò una voce armoniosa.

Aurelio rimase interdetto. La donna apparsa davanti a lui poteva avere sui trentacinque anni, pochi per essere la vedova di un uomo morto a più di settanta, e oltre tutto era molto graziosa: la bassa statura, la vita sottile, il collo esilissimo le davano l'aria di leggiadra fragilità delle longilinee statuette di vetro soffiato in cui gli egizi usavano conservare i loro unguenti preziosi.

Prima Marcellina, poi Arionilla: era la seconda volta che si lasciava ingannare da un'illazione riguardo all'età, considerò Aurelio tra sé e sé, divertito.

«Qualcosa non va, senatore?» chiese la matrona, piegando lievemente la testa da un lato.

«È che mi aspettavo una persona molto diversa» confessò Aurelio.

Chissà perché, aveva sempre immaginato la vedova come una signora ben piantata, con la voce chioccia e una gran testa di capelli ricci. La chioma di Fulvia Arionilla, liscia e lucidissima, era invece raccolta in un elegante nodo alla nuca, da cui scendeva una ciocca tanto lunga che Aurelio sospettò trattarsi di uno di quei posticci indiani in vendita sotto i Portici di Filippo, presso il tempio di Ercole Musagete.

«Deluso?» sorrise la donna.

«Ammirato» rispose il patrizio, sincero.

«Accomodati, il tablino è da questa parte» gli fece strada lei, camminando con tanta leggerezza da sfiorare appena il pavimento.

«Ho aspettato a lungo la tua visita. Pupillo non ti ha detto di venire da me?» chiese il senatore.

«Certo, ma ho preferito ignorare la tua richiesta. Non sono donna a cui piaccia essere convocata» rispose Fulvia Arionilla, addolcendo con l'ironia una frase che avrebbe potuto suonare aspra.

Aurelio annuì, incassando il colpo: ecco finalmente una femmina capace di mettere a posto l'insolenza maschile con l'arma del sorriso.

«E quindi hai aspettato che fossi io a venirti a cercare.»

«Com'è giusto: una matrona per bene non si reca da sola a casa di un uomo notoriamente libertino!» scherzò lei, ordinando a Pupillo di versare all'ospite del liquore caldo.

«Per l'acquisto di Terenzio, purtroppo, dovrai aspettare: è coinvolto in un caso alquanto spinoso» spiegò il senatore, narrandole la fine misteriosa dei suoi schiavi. «... Sicché, mio malgrado, mi vedo costretto a rimandare la transazione a quando questa storia sarà chiarita.»

«Quei poveretti sono stati uccisi proprio come uno dei miei servi» rifletté lei, turbata.

«Già, Nicomede. Cosa ne sai?» domandò Aurelio.

«Non molto. Aveva vissuto con Pupillo, alla greca, ma ultimamente si era stancato di lui.»

«Sai almeno se qualcuno, tra i tuoi famigli, ha avuto la possibilità materiale di commettere l'omicidio?»

«Non ne ho idea. Erano tutti fuori, a quell'ora.»

Sì, rifletté Aurelio: l'assassino colpiva sempre verso sera, quando l'intera Roma, ricca o povera, libera o schiava, tornava a casa dalle terme, dopo il bagno quotidiano...

«Dimmi di Scapola; lo stiamo cercando dappertutto.»

«Saturnino me lo prestò quando impiantai il vivaio, perché disponevo soltanto di due servi, oltre a Pupillo e Nicomede. In passato c'era stato anche Terenzio, coi compiti di amministratore.»

«E di amico» aggiunse Aurelio, pronunciando la parola in modo che non sembrasse troppo carica di sottintesi.

«Un amico prezioso, infatti. Mio marito lo comprò in Grecia, durante un viaggio d'affari.»

«L'avrà pagato un patrimonio: di camerieri così competenti nella gestione di una grande casa, non se ne trovano molti» osservò il patrizio, chiedendosi come un mercante di cuoio, non certo ricchissimo, avesse potuto permettersi uno schiavo di quel valore.

«Quanto a Scapola, Saturnino lo teneva con sé soltanto perché in passato gli aveva salvato la vita, rimettendoci la gamba, quindi era ben lieto di affittarmelo. Sono sempre stata contenta di lui e quando il tuo segretario è venuto a propormelo, ho accettato subito.»

Di conseguenza, quel malfidato di Castore conosceva Arionilla – ribollì Aurelio – e l'aveva fatto mettere in ghingheri apposta, sapendo benissimo che non si trattava affatto di una vecchia signora!

«Non so dove sia adesso: l'ultimo pomeriggio se ne è andato all'ora settima, promettendomi di tornare l'indomani, ma da allora non l'ho più visto» affermò la donna senza aggiungere altro, per far capire che considerava chiusa la conversazione.

Aurelio esitò, riluttante a congedarsi. Trovava Fulvia molto attraente e sperava in un invito a cena, ben sapendo che i piaceri del cibo e del vino ne evocano facilmente altri, più intimi. La titubanza del patrizio non sfuggì alla matrona che, da donna avveduta, si era già accorta da un pezzo dell'interesse suscitato nell'ospite. Tuttavia l'invito non venne.

«Mi raccomando la transazione su Terenzio!» gli ricordò invece sulla soglia.

«Sei davvero decisa a ricomprarlo? Potrebbe costarti molto» la avvertì il senatore, volutamente ambiguo.

«Ho i mezzi per pagarlo» rispose lei, brusca.

«Temo di no: chiedo quindicimila sesterzi» esagerò Publio Aurelio.

Fulvia fremette indispettita, ma fu lesta a dominare il disappunto sotto un sorriso di circostanza: «È un prezzo esoso, senatore. Sai perfettamente che non li vale».

«Accontentati, allora: Terenzio ha la stoffa per dirigere la mensa di una grande *domus*, ma tu conduci vita ritirata e non hai alcun bisogno di un triclinario simile. Posso cedertene un altro per molto meno, e darti Scapola in sovrappiù» propose il patrizio, ostentando un ingenuo candore.

«Voglio lui!» insistette Fulvia Arionilla.

«Per motivi molto personali, immagino» insinuò il senatore con fare mellifluo.

«Abbastanza perché tu non debba occupartene!» lo investì la vedova, arrossendo.

«Il prezzo è quello che ti ho detto. *Vale!*» allargò le braccia il patrizio, prendendo la porta.

«Aspetta!» gli ingiunse Fulvia, e Aurelio si fermò speranzoso, pronto a tornare sui propri passi.

La donna lo raggiunse sulla soglia, facendoglisi abbastanza vicina da sfiorarlo col bordo della tunica.

«Confido che tu e io sapremo trovare il modo di accordarci» mormorò suadente, chiudendosi la porta alle spalle con un'occhiata carica di promesse.

XXV

Decimo giorno prima delle Calende di marzo

«Paride, hai passato all'esame tutte le calzature dei servi, una per una?»

«Sì, *domine*, per la terza volta consecutiva» spiegò paziente l'amministratore. «Ci sono una cinquantina di paia di *calcei* che portano il timbro di Settimio; in alcune delle scarpe vecchie è impressa una "A", in altre una croce o una linea, ma la maggior parte non reca alcun contrassegno.»

Aurelio sospirò, licenziando con un cenno l'intendente.

Il bravo Paride non si mosse. «Ho bisogno di parlarti, padrone. Si tratta di cosa grave» disse, rispettoso ma deciso. «In questa casa non si vive più: i servi si guardano l'un l'altro con sospetto, e diffidano dei minimi gesti. Ieri Timone è stato lì lì per saltare addosso a Ortensio, che avanzava verso di lui con in mano il coltello dell'arrosto; Fillide ha paura a rimanere da sola, e si è trasferita con la branda nel cubicolo di un'altra ancella; Ganimede litiga ogni giorno con Agatone, accusandolo di volergli tagliare la gola per sostituirlo nei favori di Azel; persino Fabello, incapace di far male a una mosca, dorme con uno stocco appuntito sotto il cuscino!»

«La morte di Modesto ha sconvolto tutti, e nessuno si sente più al sicuro» riconobbe Aurelio. «Io stesso, a volte, mi sorprendo a spiare voi servi, chiedendomi chi sia il colpevole. Invece dovremmo sentirci uniti e solidali.»

«Proprio questo sto cercando di spiegarti, *domine*. Noi stiamo sforzandoci di superare questo brutto momento senza mettere in causa la buona armonia della casa, però non vi riusciremo mai, se c'è chi fa di tutto per seminare zizzania.»

Il patrizio alzò il sopracciglio, anche se temeva di conoscere già il seguito.

«Da parecchio tempo i domestici mi denunciavano la sparizione di vari oggetti, e ieri Nefer è corsa da me, disperata, perché non trovava più la collana di perle di cui le hai fatto dono. L'abbiamo rinvenuta nel cubicolo di Delia insieme a un libro che ti appartiene» disse Paride, consegnando ad Aurelio il rotolo di Posidonio.

Dunque, Delia non si limitava a sottrarre i libri, ma arrivava a commettere veri e propri furti...

«Non si può andare avanti in questo modo, padrone. Quella selvaggia ne combina di tutti i colori, e gli altri famigli non sopportano più che la faccia sempre franca. Anche tra i servi più tolleranti comincia ad avvertirsi un malcontento che, in un'atmosfera tanto tesa, trova facile terreno per prosperare. Come capo della tua servitù, insisto: devi correre ai ripari!»

«Cosa intendi dire, Paride?» corrugò la fronte Aurelio.

«So che è contrario ai tuoi principi, *domine*, ma sei assolutamente obbligato a punirla, o il resto della servitù smetterà di aver fiducia in te.»

Aurelio strinse le labbra, turbato: l'umiliazione della pena, il morso della sferza su quelle spalle altere, la bella bocca che si apriva per gemere e urlare...

«In questa casa non si battono gli schiavi, Paride. Sai bene che abbiamo sempre evitato di usare mezzi del genere: la sferza pende inattiva dal muro da tanto di quel tempo che le corregge di cuoio si stanno ormai sbriciolando. Io voglio vivere in mezzo a servi fedeli, non a nemici rancorosi pronti a tradirmi per vendetta!»

«Sono proprio i tuoi schiavi a domandartelo, *domine*. Nessuno, qui, aveva mai assunto un atteggiamento simile a quello di Delia: non parla, non fa amicizia con nessuno.»

Il senatore fece per minimizzare, ma l'intendente lo precedette, raccogliendo tutto il suo coraggio per dire finalmente quello che da tanto tempo gli bruciava in bocca.

«Vuoi sapere qual è la verità, padrone? Se Delia ha osato impadronirsi di quella roba, è perché sa che tu la proteggi!»

«Ma io non ho mai...» cercò di negare Aurelio.

«Oh, sì, *domine,* ammettilo! Copri le sue mancanze, menti per risparmiarle un castigo, ti lasci trattare da lei da pari a pari... immagina un po' cosa possono pensarne gli altri!»

Il patrizio tacque, riflettendo. Suo malgrado, doveva riconoscere che c'era qualcosa di vero in quello che affermava l'intendente.

«Sei il padrone e la tua volontà è legge, d'accordo. Ma i tuoi servi ti hanno sempre amato, perché nei loro confronti ti dimostravi giusto. Sei il *paterfamilias* e non puoi consentire che una, chiamiamola pure simpatia personale, interferisca coi tuoi doveri. Mi hai sempre dato mano libera con la servitù, *domine.* Ora io credo che Delia debba subire una punizione esemplare, per mostrare a tutti che in questa casa non si usano due pesi e due misure. E deve essere chiaro che l'ordine viene da te» sottolineò l'intendente. «Posso procedere?»

Il patrizio annuì con gravità, senza pronunciar parola. Mentre l'amministratore si ritirava con un inchino, stupito in cuor suo di aver osato rivolgersi in quel modo al *dominus,* Aurelio si prese la testa tra le mani, in preda a una forte inquietudine: era dunque arrivato al punto di non conoscere più le sue debolezze? Aveva preso le difese di Delia, l'aveva lasciata fare, fingendo di non sapere che il suo contegno costituiva un insulto per gli altri servi, un'aperta irrisione allo sforzo comune di collaborare e vivere in pace. Credeva di conoscere cosa l'aveva indotto a coprirla: circondato com'era da tanti adulatori servili, i liberi più degli schiavi, aveva ammirato il coraggio di quella donna, la sua fierezza, la sua ostinata indipendenza. Non era stata l'attrazione che provava per lei a spingerlo verso un atteggiamento troppo indulgente, tentò di convincersi. Poi, tuttavia, ripensò a Delia mentre si dibatteva tra le sue braccia, alla pressione calda del corpo di lei, alla frustata di desiderio che aveva avvertito davanti alla ritrosia della schiava... e dovette ricredersi.

Il saggio, si ripeté come se recitasse una lezione, non deve mai lasciarsi soggiogare dalle passioni: il desiderio va dominato come il dolore, fino al raggiungimento del superiore distacco di chi ha imparato a non dipendere dagli umani bisogni. Il *sapiens* è l'unico uomo veramente libero, perché non è schiavo nemmeno di se stesso: gode dei piaceri, ma non gli sono indispensabili; ama la vita, ma la morte non lo spaventa. A un tratto, gli parve che il volto di Epicuro, rigido sull'erma di marmo, lo fissasse con uno sguardo di muto rimprovero, come per avvertirlo che la via verso la saggezza era ancora decisamente, sconsolatamente lunga.

XXVI

Nono giorno prima delle Calende di marzo

«Non stai facendo molti progressi, padrone» valutò impietoso Castore. «In un'inchiesta dove il campo non è limitato che a tre o quattro sospetti, i tuoi metodi hanno ben poche probabilità di funzionare.»

«Eppure» ribatté Aurelio «sono certo che anche stavolta per identificare l'assassino dovremo prima scoprirne il movente. A chi giovano questi delitti? Sta qui il punto che non abbiamo ancora chiarito, perché non sappiamo di preciso cosa avevano in comune le vittime.»

«Lupo, Nicomede, Glauco, Modesto...» rifletté il greco. «Vediamo. Non erano tutti schiavi, dato che Lupo aveva ottenuto la manomissione da giovane, grazie alle vittorie nel circo. Un rozzo gladiatore, dunque, mentre gli altri erano tutti ragazzi bene educati. A *latrunculi* giocavano Glauco e Modesto, ma non Nicomede e Lupo. Tre di loro erano snelli e coi capelli ricci e chiari; Lupo, invece, era corpulento e aveva la chioma scura, lunga e ispida. In quanto all'età, Glauco contava già ventiquattro anni, Modesto e Nicomede solo diciannove.»

«Lupo, però, quasi sessanta: no, non ci siamo!» replicò il senatore, poco convinto. «Non si erano mai visti insieme, non erano coetanei, non facevano lo stesso lavoro. In breve, non esiste tra i quattro alcun collegamento, a parte forse l'irreperibile Scapola, il quale, d'altra parte, avrebbe potuto trovarsi in quei bagni per puro caso!»

«Forse il giardiniere non era l'unico a conoscerli tutti. Abbiamo scoperto troppo poco di Terenzio, per esempio, sicché non possiamo escludere un suo passato legame col fuochista della Suburra. Dovresti domandare qualche lume alla bella Arionilla...» insinuò il greco.

«Da quando ti interessi alle vecchie signore, Castore?» celiò il patrizio, mentre il liberto sogghignava.

«*Domine*, questo è un vero rompicapo. Nessuno degli uccisi può esser messo in rapporto con tutti gli altri.»

«Qualcosa mi dice che con la logica non andremo molto lontano; dovremmo far uso della psicologia, invece, calarci nei panni dell'assassino per capire come sceglie le sue vittime.»

«L'unica caratteristica in comune tra di loro è il sesso: erano tutti maschi» puntualizzò Castore.

«Come i due terzi della popolazione dell'Urbe» eccepì Publio Aurelio.

«Gli omicidi potrebbero avere una matrice omosessuale, padrone: con l'eccezione di Lupo, gli altri erano giovani poco virili, con qualcosa di femmineo nel comportamento» osservò il segretario.

«Tu parli di un bruto pervertito, pronto a sgozzare tutti i ragazzi che non gli cedono. Perché non una donna, allora?» obiettò il senatore.

«È impensabile, *domine*. Difficilmente, infatti, una femmina riceve dei rifiuti, a meno che non sia proprio orrenda. La maggior parte degli uomini non guarda tanto per il sottile, come invece un patrizio schizzinoso di mia conoscenza» mise in chiaro il greco.

«L'unico omosessuale coinvolto in questa storia è Pupillo, ma in effetti potrebbero essercene degli altri. Che ne sappiamo, per esempio, della vita privata di Marcello Veranio?» si chiese Aurelio.

«Poco o niente» convenne Castore. «Sempre che ce l'abbia, una vita privata: giurerei che va a letto solo coi libri!»

«Già, i libri» rifletté il senatore, pensoso. «Peccato che non sia riuscito a trovare una sola copia di quel libello di Sotade che il collezionista ha negato di possedere. Nella biblioteca di Augusto non c'era, e nemmeno in quella di Asinio Pollione. Mi sarebbe piaciuto leggerlo.»

«Se ti areni nella filologia, padrone, l'assassino farà in tempo a sterminarci tutti!» lo riportò in argomento Castore.»

«Hai provato a seguire Arsace? Quel vecchio ha un'aria sospetta, forse per via della statura o del cranio calvo.»

«Già fatto, *domine*. Il suo orizzonte è alquanto limitato: casa, mercato, terme. Da solo, esce nei giorni delle *nundinae*.»

«Come passa la sua serata di libertà?» volle sapere Aurelio.

Il greco nicchiò, confuso: «Non lo so... L'ho perso di vista per un attimo e si è dileguato».

Il patrizio sollevò le sopracciglia, incredulo. Nessuno era mai sfuggito prima a un pedinamento di Castore.

«I parti hanno fama di essere terribilmente astuti, padrone. Non a caso, sono gli unici a tener testa a Roma...» si giustificò il segretario. «Ehi, ora che ci penso: ma non cadevano le *nundinae* anche la sera che l'hai visto al postribolo? Ecco risolto il mistero!»

«Salvo il piccolo particolare che là dentro nessuno lo conosce» interloquì il patrizio. «Consideriamo Marcellina, piuttosto: le orme corrispondono alle sue scarpe.»

«Bisognerebbe far seguire anche lei, ma ci servirebbe una donna che non abbia mai visto. Sto pensando alla sguattera di Sarpedone, *domine*... E già che siamo in argomento, vorrei tanto sapere come ti è venuto in mente di comprarla: in mezzo a tutte le nostre bellezze, stona come un cavolo tra le rose!»

«Prova a mangiare una rosa, quando hai fame!» lo rimbeccò Aurelio, senza aggiungere spiegazioni.

«Be', veramente anche Paride è un po' perplesso; l'ho sentito darti del degenerato, l'altro giorno... ma già, come ci si può fidare dell'intendente? Va dicendo persino che hai dato ordine di picchiare Delia.»

Aurelio tacque.

«Non mi dirai che è vero?» si sdegnò il liberto, guardando per la prima volta l'uomo con cui viveva da quindici anni come se fosse un perfetto estraneo. «Per gli Dei dell'Olimpo! Di tutti i luridi prevaricatori di questo mondo, di tutti gli spregevoli vigliacchi, di tutti i meschini prepotenti, tu sei il più...»

«Basta così, Castore!» tentò di intimargli il patrizio.

Ma il liberto ignorò l'ordine e proseguì imperterrito: «Oh, fai frustare anche me, padrone, tanto non riuscirai a impedirmi di dire quel che penso! Non ti ha voluto nel suo letto, e vuoi fargliela pagare, eh? Che gran figlio di puttana sei!».

Aurelio fu tentato di chiedere al vecchio amico di ascoltare le sue ragioni, ma l'insulto, peraltro meritatissimo, alla sua augusta genitrice e il palese disprezzo del greco lo raggelarono: come si permetteva, quel servo arrogante, di parlare così a lui, il senatore Publio Aurelio Stazio?

«Sono forse tenuto a renderti conto delle mie decisioni?» ribatté quindi freddamente.

«Certo che no; la tua volontà è legge, *padrone*!» esclamò Castore, sottolineando pesantemente l'ultima parola.

"Che vada al Tartaro!" imprecò il patrizio tra sé e sé, mentre il segretario usciva sbattendo la porta.

All'imbrunire, un centinaio di famigli erano riuniti nell'atrio di servizio della *domus*, in viva attesa di un avvenimento eccitante e inusitato.

«È vera la notizia?» ghignò uno schiavo. «Delia stasera subirà la sferza!»

«Era ora!» fu il commento di Fillide. «Quella strega se lo meritava da un pezzo!»

L'espressione più appagata, la gioia più intensa, traspariva però dal volto trionfante di Tuccia: la cagna, gongolava, aveva morso una volta di troppo.

«Così vedremo come è fatta» pregustò il corpulento Sansone. «Non si degna di mostrarsi a nessuno, quella!»

«Scommetterei invece che il padrone l'ha vista bene...» insinuò malevola Iberina.

Aurelio, chiuso nella sua stanza, spiò Delia trascinata a forza verso una colonna, tra il ridacchiare dei servi.

«*Domine*» sentì Paride che lo chiamava, e nell'affacciarsi al peristilio incrociò un Castore fosco, che lo guardò come se avesse a che fare con un insetto particolarmente immondo.

«Posso ritirarmi o il padrone mi comanda di assistere?» chiese il liberto, gelido, e mentre si avviava verso il suo cubicolo il patrizio lo sentì bofonchiare tra i denti: «Sporco aguzzino di un romano!».

Aurelio fu lì lì per seguirlo, invece si risolse a fare il suo ingresso nell'atrio, mentre due ali di servi si aprivano al suo passaggio. Un cubicolario premuroso portò lo scranno davanti alla colonna e il patrizio si guardò attorno, sconcertato. Riconobbe segni di una lascivia viziosa negli sguardi dei maschi che scrutavano la schiena nuda di Delia, e percepì il brillio maligno con cui le donne guatavano soddisfatte la loro compagna umiliata. Possibile che, al pari del turpe Zosimo delle caldaie, i suoi servi fossero felici se uno di loro veniva battuto? Forse, allora, la pretesa armonia della casa non era altro che una facciata dipinta, una falsa prospettiva dietro a cui si celavano invidie, rancori profondi, odi tanto consolidati che per sanarli non erano bastati sgarbi e delazioni, ma era occorsa una lama insanguinata.

Chi, tra coloro che si protestavano amici di Modesto, poteva avere impugnato il coltello? Polidoro, Timone, Iberina, o il riservatissimo e misterioso Terenzio? Oppure il mite Fabello, l'effeminato Azel, il goloso Ortensio, il possente Sansone, la bella Nefer?

«Paride!» ingiunse brusco, additando la sferza.

«Io?» balbettò scolorando il delicato intendente, che era solito svenire alla vista di una sola goccia di sangue.

«E chi altrimenti? Non sei tu il capo della servitù?» ribatté tagliente Aurelio, prendendosi una piccola vendetta sull'intransigenza del puntiglioso amministratore.

Pallidissimo, Paride sfiorò il manico della frusta, ritraendosi come se bruciasse. L'intendente non avrebbe fatto troppo male alla ragazza, predisse Aurelio mentre entrava nella biblioteca lasciando la porta spalancata, e almeno a Delia sarebbe stata risparmiata l'umiliazione della sua presenza.

Chino sul testo di Posidonio che Paride gli aveva riconsegnato, sentì la sferza calare e attese un grido di dolore che non venne. Di nuovo lo staffile sibilò nell'aria e di nuovo fu solo il mormorio deluso degli astanti a sottolineare il colpo. In quel momento, lo sguardo gli cadde sul cartellino del rotolo e il patrizio sussultò: il volume non era lo stesso che aveva trovato nascosto nel cubicolo giorni prima, bensì quello immediatamente successivo! Corse alla teca, e trovò il libro al suo posto: la ragazza l'aveva letto e poi restituito, dunque non era affatto una ladra e qualcuno, forse, aveva voluto accusarla apposta, in modo deliberato.

«Fermo!» gridò, precipitandosi nell'atrio degli schiavi in tempo per afferrare la mano esitante di Paride prima che potesse abbattersi ancora. «Andate via tutti!»

L'intendente vacillò, si mise le mani sullo stomaco e sparì correndo verso le latrine. In silenzio, i servi si ritirarono a uno a uno, delusi: niente urli, niente pianti, che fustigazione era mai quella, così poco divertente?

Rimasto solo con la schiava, il patrizio si accostò alla colonna e con un colpo di stilo recise i legami che le tenevano avvinte le braccia. Dovette raccogliere un bel po' di coraggio prima di alzare gli occhi su di lei, e quando lo fece non scorse sul viso della ragazza alcuna espressione, solo un'impenetrabile maschera di indifferenza.

«Vado a prenderti un balsamo» deglutì imbarazzato, e si diresse alla farmacia, tornandone poco dopo con un olio lenitivo che prese a cospargere lentamente sulle ferite. Le dita sfiorarono i segni scarlatti e la mano gli fremette al contatto con la pelle ambrata. Da Delia non venne parola.

«Credo di aver commesso un errore» disse il patrizio. «Non sei stata tu, vero, a rubare la collana di Nefer?»

«È un po' tardi per chiedermelo, senatore» rispose lei in tono freddo. Poi, raccolti i brandelli della tunica strappata, si allontanò a testa alta nel corridoio, con un incedere regale.

XXVII

Settimo giorno prima delle Calende di marzo

Aurelio aveva rimandato a lungo quell'incontro, ma ora era giunto il momento di affrontarlo una volta per tutte.

Afrodisia era china sul tavolo del magazzino. I capelli, accorciati da Azel e ammorbiditi ogni giorno con impacchi di semi di lino e olio di cardamomo, stavano diventando meno opachi: quando fossero ricresciuti, avrebbe potuto pettinarli in una crocchia sulla nuca, trattenuti da una reticella di filo d'argento o da una spilla di giada. Il patrizio vide che se li sfiorava ogni tanto, felice di trovarli lindi e soffici.

La donna cantava sottovoce. Sparsi davanti a lei, c'erano i pezzi di un prezioso servizio di argenteria: coppe, boccali, pissidi intagliate. Con uno straccio umido, Afrodisia strofinava di buona lena la superficie di un calice coperto da una patina brunastra, e si fermava ogni istante a osservare il lavoro già fatto, che non pareva mai soddisfarla appieno. Poi riprendeva con rinnovato vigore a pulire il metallo, fino a renderlo ancora più lucido.

«Sei molto brava» disse Aurelio alle sue spalle.

La serva si fermò, col batticuore: aveva già vissuto quella scena, tante volte, nella sua fantasia. Si volse lentamente, incerta sulle gambe, e senza nemmeno azzardarsi a levar lo sguardo sul padrone, sprofondò in un inchino: «*Domine...*» mormorò emozionata.

Solo allora alzò gli occhi e trasalì alla vista dell'orgoglioso patrizio che si ergeva su di lei. Ebbe un gesto istintivo, quasi l'accenno di un moto di affetto, ma si trattenne, conscia all'improvviso dell'abisso che li separava.

«Che c'è, Afrodisia?» chiese lui, pacato.

«Niente» rispose la donna con voce alterata. «Assomigli a una persona che conoscevo.»

«Un mio parente, forse.»

L'ancella scosse la testa: «Uno schiavo».

«Fammelo conoscere; un sosia può essermi utile.»

«Non so dove sia andato.»

«Allora non importa» replicò il patrizio con fare noncurante. «Ho un lavoro per te: voglio che per qualche giorno tu segua una donna senza farti notare, riferendo poi al mio segretario ogni sua mossa. Pensi di esserne capace?»

Afrodisia annuì, muta, e Aurelio fece per andarsene.

«Padrone!» lo richiamò la serva, vincendo la paura.

«Sì?»

«Quello schiavo che ti dicevo... avrei sempre voluto ringraziarlo!» disse lei in un soffio, e ricominciò con forza a strofinare gli argenti.

Al Foro, grandi e piccoli ammiravano i fiocchi che volteggiavano nell'aria prima di andare a dileguarsi sulle lastre umide del selciato.

«La neve a Roma, e quasi in marzo, poi!» si stupì un uomo, gli occhi spalancati per la sorpresa.

«È un prodigio degli Dei!» esclamò una donna, ammirando affascinata il cielo.

«Macché prodigio!» brontolò un passante. «Qui, se non la smette di venir giù questa roba dal cielo, straripa il Tevere! Pensate forse che i nostri governanti se ne preoccupino? Abitano sulla cima dei colli, loro, mica in riva al fiume!» concluse accigliato, osservando il livello dell'acqua che saliva di ora in ora.

Aurelio, la testa ben riparata dall'ampio cappuccio, attraversò il Foro, si diresse alla statua di Vertumno, nel Vicus Tuscus, ed entrò nella bottega dei Sosii: era certo di trovarvi Marcello Veranio, che vi passava in pratica ogni mattina.

Il negozio era incredibilmente pieno, quel giorno, come se l'intera Roma avesse tutto a un tratto sentito l'esigenza di dedicarsi alla lettura. In effetti, la nevicata induceva parecchi quiriti a cercare rifugio al coperto e, siccome le basiliche quel giorno erano chiuse, non restavano che i *thermopolia* e le librerie; così, molti curiosi si accalcavano tra le teche, svolgendo distrattamente qualche rotolo e chiedendo ai venditori notizie di volumi introvabili, pronti a evitare l'onere dell'acquisto lamentando un difetto nella rasatura degli orli, una piega di troppo nella carta o una macchiolina impercettibile sulla custodia.

Aurelio si fece largo tra la folla, puntando dritto al fondo del laboratorio, dove Marcello Veranio era chino su uno dei nuovi codici alessandrini con le pagine incollate sul bordo: testi che dovevano essere sfogliati, anziché srotolati come al solito.

Il collezionista stava esaminando puntiglioso la qualità dell'inchiostro, lo spessore della pergamena, le imperfezioni nelle cancellature.

«*Ave*, Marcello Veranio!» lo salutò Aurelio. «Hai trovato qualcosa?»

«Nulla di interessante, purtroppo» deplorò Marcello. «D'inverno la navigazione è interrotta, e con questo tempo i papiri dell'Oriente non arrivano nemmeno via terra. Bisognerà aspettare il ritorno della bella stagione per godere di qualche stimolante sorpresa.»

«Ho visto che i lavori della nuova copisteria sono quasi terminati. Suppongo che riaprirete presto.»

«Sì, anzi, volevo chiederti se non possiamo tenere lì la lettura di Fedro, anziché in casa tua o in qualche sala pubblica: servirebbe al lancio del negozio.»

«Perché no? Avevo pensato all'Athenaeum di Augusto, ma l'idea di una *recitatio* per inaugurare la nuova bottega mi sembra buona.»

«E io ti farò lo sconto sull'affitto!» esclamò il bibliofilo, spingendo al massimo la sua generosità. «Naturalmente, al rinfresco dovrai pensarci tu. Affida tutto quanto a Terenzio; ha già organizzato qualcosa del genere per Saturnino.»

«È un ottimo triclinario, infatti» concordò il patrizio.

«Puoi dirlo! E dimostra anche una bella cultura. In fondo, è un vero peccato che sia caduto in servitù.»

Aurelio drizzò le orecchie: «Perché, non è sempre stato uno schiavo?».

«Come, non lo sai?» si meravigliò Marcello. «Era un greco libero, di ottima famiglia: si chiamava Filippo, prima del processo. Fu Italico, quando lo comprò, a cambiargli nome, in onore del famoso commediografo per cui nutriva una grande passione.»

«Di che crimine era accusato?» chiese Aurelio, avvertendo un brivido alla schiena.

«Omicidio, naturalmente» terminò Veranio, serafico.

«Castore!» invocò il patrizio, non appena rientrato.

«Sono qui, *domine*. Stai forse cercando la frusta? Ti occorre lo staffile, lo scudiscio, oppure oggi preferisci la sferza?» rispose sarcastico il greco.

«Falla finita, e vieni a sentire la novità!» tentò di rabbonirlo Aurelio, deciso a far pace col suo riottoso segretario.

«Allora l'assassino a cui alludeva quel biglietto sarebbe Terenzio» commentava poco dopo il liberto.

«Sì» confermò il patrizio. «Giovanissimo, Terenzio ammazzò per vendetta il potente ateniese che gli aveva sedotto la moglie. Non aveva alcuna prova dell'adulterio, ma la sua arringa commosse a tal punto i giudici, che costoro gli commutarono la pena di morte nella servitù perpetua.»

«Scommetto che all'ateniese venne tagliata la gola!»

«Lo strangolò a mani nude, ma non cambia molto. L'aveva atteso per due giorni davanti a casa sua e lo colpì a sangue freddo, con chiara premeditazione.»

Castore tremò: «Pensare che dormo proprio nel cubicolo attiguo al suo... mi stupisco di essere ancora tutto intero!».

«Questa scoperta getta una luce nuova su tutta la faccenda: abbiamo finalmente un uomo geloso, non ci resta che trovare la donna contesa. Per di più, non credo che dovremo andare a cercarla lontano: magari la vedova Arionilla se la faceva con Nicomede in barba al suo caro Terenzio; e poi, se ben ricordo, nello stesso periodo in cui Fulvia sposava l'importatore Italico, la figlia di Norbano scappava con un mercante... potrebbe trattarsi della stessa persona!»

«L'età non corrisponde, *domine*. Per quanto ricca di fascino, Arionilla deve aver passato i trentacinque anni, mentre Norbana era molto più giovane. Comunque, per andare sul sicuro chiederemo a Scapola, adesso che lo abbiamo ritrovato.»

«Non me l'avevi detto!» si stupì il patrizio. «Dov'è adesso?»

«Alla caserma dei *vigiles nocturni* di Trastevere. È stato arrestato la sera stessa della sua scomparsa, ma solo oggi è riuscito a farci pervenire un messaggio.»

«Andiamoci, presto!» scattò Aurelio, chiamando a raccolta i nubiani.

I portatori scesero agevolmente il Vicus Patricius, all'Argiletum cominciarono le difficoltà, al Foro di Augusto erano quasi fermi, e all'imbocco del Vicus Iugarius la lettiga si arrestò definitivamente al centro di un ingorgo, dietro una fila interminabile di carretti trainati a mano.

«Niente da fare, *domine*; di qui non si passa!»

«Torniamo indietro e proviamo da un'altra parte» propose Aurelio, innervosito.

«Indietro, eh? E come pensi di fare?» domandò Castore, additando la coda che si era formata alle spalle della lettiga.

«Per tutti i Numi, che traffico impossibile! Per fortuna, fin dai tempi di Giulio Cesare le autorità hanno avuto il buon senso di vietare il transito diurno ai carri trainati dal bestiame, oppure oggi Roma sarebbe impraticabile» si lamentò Aurelio.

«Non ci rimane che andare a piedi» consigliò il liberto.

Il senatore acconsentì, pur non trovando l'idea entusiasmante. Dalla fretta si era buttato sulle spalle il primo mantello che aveva trovato, una *paenula* corta e senza maniche, e non aveva nemmeno provveduto a cambiarsi le *solae* da casa aperte sul davanti.

Infatti, non appena uscito dalla portantina piombò nel torrente d'acqua sporca che fluiva dai bordi del marciapiede verso i tombini delle fogne; quando giunse al Foro Olitorio aveva i piedi fradici e i polpacci schizzati di fango, senza contare che le ginocchia scoperte, livide dal freddo, apparivano ormai di un porpora acceso, come se si fosse prosternato a lungo sul tufo per impetrare grazia da un Dio particolarmente duro d'orecchi.

Castore, invece, abituato a camminare sempre a piedi, era meglio attrezzato e procedeva svelto negli stivali di cuoio, osservando con gioia maligna le difficoltà del padrone. Un servo rispettoso si sarebbe certamente offerto di far cambio, pensò Aurelio, mentre malediceva il dannato amor proprio che gli impediva di ordinare al liberto uno scambio immediato di calzature.

I due imboccarono il ponte Emilio e lo sorpassarono di corsa, sbucando sulla Via Tiberina. La caserma del quartiere era poco lontano, sull'Aurelia vecchia. Scapola, evidentemente, era stato arrestato poco dopo essere uscito dalla casa di Fulvia Arionilla, situata proprio in quel quartiere periferico che di notte dava asilo a vagabondi e malviventi.

Colto nell'atto di danneggiare gravemente il patrimonio pubblico – questa era l'accusa – il giardiniere non aveva ottenuto licenza di contattare un patrocinatore e solo per caso, attraverso un mendicante rilasciato quella mattina, era riuscito a far pervenire alla *domus* di Publio Aurelio l'urgente richiesta di aiuto.

«Eccola, *domine*!» esclamò Castore, additando la sede della settima coorte dei vigili, dove l'imperatore aveva allocato il corpo di sorveglianza a cui spettava tener d'occhio, ancor prima dei malfattori, i focolai di incendio, i quali causavano all'Urbe più danni dei barbari al confine.

Aurelio entrò nella sede del distaccamento col piglio sicuro e l'arroganza di un patrizio abituato a non aspettare in alcuna circostanza i comodi altrui.

«In fila!» gridò la guardia, ricacciandolo indietro, e solo allora il senatore si accorse delle decine e decine di postulanti che lo precedevano.

«Sono un alto magistrato!» tuonò.

«E io sono Claudio Cesare in persona!» lo schernì l'agente, osservandone sprezzante i calzari infangati.

«Il signore che mi accompagna è in effetti Publio Aurelio Stazio, senatore di Roma» cercò di intercedere Castore.

«Sì, sì, mettiti in coda, senatore dei miei stivali, e non preoccuparti di far tardi in Curia!» lo liquidò il vigile.

«Permetti, *domine*?» disse il segretario, sfilando la borsa del padrone da sotto la tunica.

Due monete transitarono di mano in mano, mentre Aurelio passava in testa alla lunga fila.

Poco dopo, i due si trovarono alla presenza del comandante Ceciliano, uomo prudente che badò bene, prima di cacciar fuori l'importuno, di accertarsi della sua identità. Roma, infatti, era piena di spie governative che usavano mescolarsi alla plebe per prendere in castagna i modesti funzionari come lui, senza contare il nuovo vezzo diffuso tra i potenti di andare in giro travestiti da poveracci: non si diceva forse che persino l'imperatrice Valeria Messalina lasciasse a volte il Palatino per frequentare la feccia dei bassifondi?

L'anello di rubini col sigillo degli Aurelii, all'indice del patrizio, fu sufficiente a convincerlo.

«Disgraziato, trattare così un nobile senatore, amico del nostro amato principe! La pagherai cara!» inveì Ceciliano, convocando la guardia che aveva fatto attendere e sbeffeggiato il potente magistrato.

Il meschino, accortosi in ritardo della topica, si sentì morir di paura: un uomo onesto, pensava, rischia la vita tutti i giorni per spegnere fiamme, domare incendi, arrestare accaniti delinquenti, poi basta che pesti i piedi a un pezzo grosso e il giorno dopo si trova trasferito in un avamposto sperduto della Sardinia.

«Ha fatto solo il suo dovere» lo difese Aurelio.

«Allora per questa volta lasceremo correre» borbottò il comandante, desideroso di compiacere il patrizio in tutto e per tutto. «Porta qui quello Scapola, presto!» ordinò al vigile, che si affrettò a obbedire con un sospiro di sollievo.

«Di che cosa si tratta, precisamente?» chiese il patrizio.

«Danni alla cosa pubblica e insulti a un membro del distaccamento: il tuo schiavo è stato scoperto completamente ubriaco mentre recideva, munito di un paio di affilatissime cesoie, alcuni cespugli del parco che circonda l'edificio della Naumachia di Augusto. Fermato dal vigile Mummio Vero, rispondeva con frasi irriguardose nei confronti della moglie, della madre e della sorella di detto tutore dell'ordine, aggiungendo considerazioni offensive sulle abitudini sessuali della guardia stessa» spiegò Ceciliano.

«Non si potrebbe sistemare tutto con una multa?»

«Per quanto riguarda il danno, certamente; il resto dipende dal vigile offeso: se insiste nel volere un processo...»

Aurelio annuì, un po' teso. Privati del dibattito politico dall'avvento di un onnipotente imperatore, i litigiosissimi quiriti si sfogavano nell'arena giudiziaria, piombando in tribunale per il minimo screzio: chi denunciava il vicino di casa per aver fatto colare l'acqua dei fiori sul davanzale, chi questionava per anni a proposito di una striscia di terreno larga appena sei piedi, chi accusava un collega di malversazione dopo aver trovato nelle casse un ammanco di soli dieci sesterzi. Il numero dei processi era tale che non si riusciva più a dirimerli tutti. Due basiliche erano già adibite a corti di giustizia e nell'Urbe, ormai, c'erano quasi più avvocati che artigiani e commercianti messi assieme.

«Posso conferire col vigile? Forse acconsentirà a ritirare la denuncia» propose il patrizio, conciliante.

«È in servizio, lo troverai al piano di sotto.»

Mummio aveva l'aria di uno che prendeva molto sul serio il suo mestiere. Inappuntabile nella tunica sormontata da una leggera corazza di cuoio, squadrò Aurelio con aria sospettosa: eccone un altro, pensava, convinto che coi soldi e gli appoggi in alto loco si possa ottenere di tutto! Gli avrebbe dato lui una bella lezione...

«Non se ne parla neanche!» escluse drastico, appena il senatore ebbe proposto l'accomodamento.

«Numi dell'Olimpo, il mio topiario ha solo tagliato qualche rametto qua e là!» cercò di minimizzare Aurelio.

«È una questione di principio» si irrigidì il vigile.

«Senti, mi rendo conto che voi siete solo in settemila in una città che conta un milione e mezzo di abitanti, e lavorate sodo; ma con tutti i cadaveri che restituisce il Tevere ogni mattina, ti sembra il caso di essere così intransigente per il vaneggiamento di un giardiniere un po' brillo?»

«Se si comincia a non rispettare l'autorità costituita nella persona di un semplice vigile notturno, è facile poi passare all'edile, al pretore, al console, e infine a Cesare in persona» obiettò Mummio, certo del suo buon diritto.

«Però io ho per le mani quattro morti sgozzati!» sbottò il patrizio, perdendo la pazienza. «Sto dando la caccia a un brutale assassino, e tu mi sbatti ai ferri il principale testimone solo perché si è permesso di dubitare della castità di tua madre e di tua sorella?»

«Un assassino?» aguzzò le orecchie Mummio: era il sogno della sua vita, quello di investigare su un delitto. Aveva sperato, entrando nel corpo, di avere a che fare con qualche caso misterioso e risolverlo grazie al suo acume, assicurando il colpevole alla giustizia. Invece, da anni e anni non vedeva che *insulae* in fiamme e risse di ubriachi.

Aurelio, notando il suo interesse, gli espose in dettaglio la situazione.

«Come mai non avete ancora trovato quel Cossuzio?» aggrottò la fronte il vigile, riflettendo sul giocatore di dadi che era stato visto uscire dalla stamberga di Lupo.

«È un bel po' che lo cerchiamo, ma sembra svanito nel nulla» ammise il patrizio.

«Perché siete dei dilettanti: qui serve un vero professionista!» dichiarò, gli occhi che brillavano dall'eccitazione.

Pochi istanti più tardi, Scapola usciva di prigione, mentre Mummio, arruolato nell'inchiesta, dava ordine ai suoi uomini di battere la Suburra palmo a palmo.

XXVIII

Quinto giorno prima delle Calende di marzo

Un paio di giorni più tardi, Aurelio era piuttosto inquieto: il sospirato interrogatorio di Scapola non aveva sortito gli effetti sperati. Il giardiniere giurava di non saper nulla di Lupo e degli altri, e di essersi recato ai bagni di Sarpedone soltanto perché le modeste terme di cui si serviva di solito erano chiuse per ammodernamenti. La sera dell'arresto, uscendo dal vivaio di Fulvia, si era fermato in una *popina*, bevendo forse qualche bicchiere di troppo.

Così, alla vista del bel lauro ancora intonso nel parco pubblico, gli era venuto in mente di elargire alla cittadinanza un saggio della sua migliore *ars topiaria*. Si era appena messo di buona lena per trasformare l'arbusto informe in un leone rampante, quando il vigile era intervenuto a fermarlo, senza alcun rispetto per il suo sforzo creativo. Colpito sul vivo, Scapola aveva ecceduto un po' nel protestare, ed era finito in ceppi.

Aurelio tendeva a credergli, soprattutto in considerazione della sua gamba storpia: difficilmente uno zoppo avrebbe potuto entrare nel bugigattolo dei copisti abbastanza silenziosamente perché Paconio non udisse nulla...

«Dove nascondi gli stivali col marchio che cerchiamo? Sono sicuro che le impronte nell'orto le hai lasciate tu. Difatti, erano di profondità diversa, come succede quando ci si appoggia su una gamba sola» lo redarguì il patrizio, severo.

Il giardiniere negò con ostinazione: «Di scarpe ne ho soltanto un altro paio, oltre a quello che mi hai comprato. Chiedilo ai miei compagni!».

Sempre più depresso, Aurelio dovette infine arrendersi: se Scapola diceva il vero, era necessario ricominciare tutto daccapo. Sarebbe ripartito da Terenzio, che a quel punto era il principale indiziato. Interrogarlo di nuovo non avrebbe portato alcun vantaggio; il triclinario non era tipo da lasciarsi suggestionare, né da cedere facilmente alla paura. Conoscendone però il punto debole – la gelosia – forse adesso sarebbe stato in grado di aprire una falla nella sua tetragona indifferenza, una crepa nella quale incunearsi per costringerlo a rivelare i suoi segreti...

Mentre si aggirava per i corridoi della *domus* dietro a tali riflessioni, Aurelio scorse dallo spiraglio della porta il vecchio Paconio che scriveva alacremente sotto dettatura. Il lettore rimaneva invisibile, occultato dall'uscio, e non poteva trattarsi del solito Fedro, perché la voce vibrante che scandiva i versi erotici di Properzio possedeva un timbro inequivocabilmente femminile.

Incuriosito, il senatore sbirciò nella stanza, per scoprire con sua grande meraviglia una Delia inedita, in atteggiamento sereno e aggraziato.

«... *Quod si pretendens animo vestita cubaris*... "Se tu, testarda, giacerai vestita..."» recitava la schiava, molto compresa nella parte.

«... *Scissa veste, meas experiere manus*... "Strappata la veste, sentirai su di te le mie mani"» terminò Aurelio, sbucando da dietro lo stipite.

La ragazza si girò di scatto, lo vide e arrossì fino alla punta dei capelli. Subito dopo, assunta di nuovo la sua espressione corrucciata, si levò in piedi, fece un rapido inchino e scomparve precipitosamente nell'atrio. Dunque era vero, pensò il patrizio: Delia e Paconio erano amici, o addirittura complici. Forse il vecchio aveva visto proprio lei entrare nel ripostiglio, quel giorno, e magari le aveva anche passato il coltello...

«Perdonami, *domine*, se ho fatto perdere tempo alla tua schiava. Fedro è occupatissimo a organizzare la sua *recitatio*, e per un po' non avrà il tempo di dettarmi.»

«Non importa, vai avanti lo stesso, copiando direttamente dal testo. Ci metterai un po' di più, ma non abbiamo alcuna fretta» replicò Aurelio, porgendogli il rotolo che Delia aveva abbandonato sul tavolo.

La mano dello scriba ebbe un leggero tremito, intingendo il calamo nell'inchiostro, poi si fermò sul foglio, incerta.

«Prosegui!» ordinò Aurelio, perplesso: perché mai il copista esitava? Paconio alzò lo sguardo, fissando come al solito un punto lontano alle spalle dell'interlocutore.

Preso da un dubbio, il patrizio esaminò la pagina vergata dallo scriba: la calligrafia era elegantissima, perfetta quasi, ma c'erano quegli spilli a segnare i margini della pagina... per quale motivo, dunque, un copista così abile aveva assoluto bisogno di un lettore per andare avanti?

Aurelio corrugò la fronte. Quello che stava sospettando era alquanto improbabile, comunque l'avrebbe appurato subito. Improvvisò un distico, inventato di sana pianta, e lo dettò allo scriba mettendogli nel contempo sotto gli occhi il testo giusto.

Il vecchio, fiducioso, già si accingeva a riportare sul papiro il verso spurio, quando il patrizio gli prese delicatamente il calamo dalle dita.

«Aspetta» disse sottovoce, facendogli passare una mano davanti agli occhi, che si mossero appena. Allora sfiorò la testa canuta in una specie di ruvida carezza.

«Sei cieco, Paconio, non è così?»

Le ciglia dello scrivano si imperlarono di lacrime.

«Non del tutto, *domine*. Distinguo le luci e le ombre.»

«E questo spiega perché non hai riconosciuto l'assassino.»

«Dovevo tener nascosta la mia condizione, *domine*: chi, di grazia, avrebbe comprato un copista con gli occhi ormai spenti? Sarei finito a mendicare su una strada, mentre sapevo ancora scrivere alla perfezione: ho fatto questo lavoro per tanti anni che non ho bisogno di vederci, per andare perfettamente diritto sulla pagina! Nel resto me la cavo ancora, cammino bene e non inciampo quasi mai.»

«Perché non l'hai detto? Ti avrei fatto visitare.»

«Avevo paura di essere venduto di nuovo» confessò lo scriba. «Quando mi interrogasti sulla morte di Glauco, quasi sprofondai dalla vergogna, perché sapevo che era impossibile credermi allorché sostenevo di non aver visto niente.»

«Nemmeno un'ombra?» chiese Aurelio, attento.

«No, padrone: udii solo quel leggero fruscio.»

L'assassino quindi colpiva di spalle, con la mano destra, ragionò Aurelio, non di fronte, o Paconio ne avrebbe scorto la sagoma scura contro la luce che veniva dalla feritoia.

«Delia conosceva la tua menomazione, vero?»

«Sì, come pure Glauco. Ma non punirla, padrone, ha taciuto per proteggermi. Adesso, però, non vorrai più che continui il mio testo.»

«Te la senti? In caso contrario, non fartene scrupolo: puoi vivere ugualmente nella mia casa, rispettato come meriti.»

«Questo lavoro è tutta la mia vita, *domine.*»

«Allora procedi. Quello che stai facendo è il più bel Properzio che si sia mai visto a Roma!» disse Aurelio, battendogli la mano sulla spalla. «Ti cercherò Delia, continuerà a leggere per te» promise, mentre pensava ammirato che nemmeno per scrollarsi di dosso il sospetto di un omicidio la ragazza aveva tradito il segreto del vecchio amico.

Ma dov'era adesso la schiava, scappata via come se avesse avuto Cerbero alle calcagna?

La trovò nella lavanderia, in cima a una scala a pioli, intenta a selezionare gli indumenti sporchi dalle ceste di vimini impilate l'una sull'altra a ridosso del muro. Per essere più libera nei movimenti teneva la tunica sollevata, arrotolata attorno alla vita, e con le mani divideva rapidamente gli asciugatoi dai teli e dalle tende.

Non appena lo vide entrare, Delia si calò la veste a coprire le gambe.

«Riprendi pure la dettatura. D'ora in poi, questo sarà il tuo lavoro» le disse Aurelio. «Non immaginavo che Paconio fosse cieco» aggiunse poi, a voce bassa.

«Ci sono molte cose che non conosci, Publio Aurelio Stazio» rispose Delia, aspra, scendendo dalla scala.

Il senatore trasalì. Era andato da lei intenzionato a lodare la sua lealtà verso lo scriba, sentendosi in colpa per averle attribuito moventi sordidi mentre stava solo cercando di proteggere un amico. Per un breve momento, era stato addirittura tentato di scusarsi e offrirle una specie di tregua dalle reciproche ostilità. Quella schiava insolente, invece, si metteva a fargli la predica!

«Ah sì, e quali?» chiese piccato.

«Te stesso, prima di tutto.»

Aurelio strinse le labbra, risentito, e intanto guardava i canestri pieni di indumenti sporchi, chiedendosi quanto ci avrebbe messo la ragazza a far sparire da una veste arrossata le tracce del sangue di Modesto.

«Ti sei mai domandato, per esempio, perché metti tanto accanimento nel cercare l'assassino del tuo cameriere? Oh, gli eri affezionato, non ne dubito, però non è questo il vero motivo... Il fatto è che l'omicida ti ha ferito nell'orgoglio, uccidendo un tuo schiavo. Saresti ugualmente sdegnato se appiccassero fuoco alla casa o rubassero una statua della tua famosa collezione. Non tolleri che qualcuno ti sfidi, metta le mani su qualcosa che ti appartiene, colpisca tra le mura stesse della *domus* dei tuoi avi: questo, non la morte di quel poveretto, è l'affronto che il grande e potente senatore Stazio non può sopportare!» gli gettò in faccia l'ancella.

«È falso!» si infiammò Aurelio, indignato. «La vita, ai miei occhi, non ha prezzo. Modesto era un essere umano!»

«Di tua proprietà» sottolineò impietosamente Delia.

«Io rispetto gli schiavi» protestò il patrizio, e aggiunse seccamente: «Ho rispettato anche te, se ben ricordi».

«Oh, molte grazie, nobile senatore!» ironizzò Delia. «Ma non è di me che ti sei dato pensiero; ciò che desidero io non ti interessa affatto, è te stesso che vuoi mettere alla prova. Hai bisogno di saggiare la tua *atarassia* di epicureo, dimostrando che sai dominarti e rimanere imperturbabile in ogni circostanza; tuttavia, quella che fingi di possedere è una virtù rara, nell'esercizio della quale non mi pare proprio che tu abbia raggiunto risultati apprezzabili!»

Aurelio, infatti, sentì il sangue montargli alla testa e andò in escandescenze: «Come ti azzardi a darmi lezioni di filosofia, tu, una serva scorbutica che tutti preferiscono tenere alla larga?» la rimbeccò, furibondo.

Delia non fu da meno: «Serva? Sono più libera di te, anche col collare addosso. Me ne infischio della tua arroganza di romano abituato a comprare, corrompere, imporre la sua volontà con le lusinghe del potere e del denaro. Ti stupirà sapere che esistono cose che non sono in vendita: io, per esempio!».

«E chi credi che ti comprerebbe?» ribatté Aurelio in tono esasperato.

«Cosa ti dicevo? Sei schiavo della collera, incapace di controllare i tuoi impulsi!» lo schernì lei, sprezzante.

Il patrizio la fissò, torvo in viso, incerto se baciarla o strangolarla all'istante. La scelta fu rapida.

«Hai visto giusto. Anzi, penso che rinuncerò del tutto a contrastare i miei istinti animaleschi, a cominciare da adesso!» esclamò, stringendosela addosso. Delia si lasciò andare all'improvviso, come se lo sforzo di difendersi avesse esaurito del tutto le sue energie.

«Lo *ius osculi* è previsto dalla legge» spiegò ironicamente il senatore. «Secondo l'antica tradizione del *mos maiorum*, il *paterfamilias* ha il diritto di baciare sulla bocca tutte le donne di casa, per controllare che non abbiano bevuto vino!» aggiunse. E la baciò.

Quando si staccò dalle sue labbra, le scorse sul viso un'ombra di malcelato compiacimento. Allora il senatore la liberò dalla stretta e uscì, dicendo: «Ricordati di rimettere a posto i volumi della mia biblioteca, quando li prendi a prestito!».

In piedi nel peristilio, Aurelio e Castore si scambiarono un'occhiata di intesa.

«Sei pronto?» chiese il patrizio al segretario, col quale aveva concertato una piccola commedia a uso esclusivo dell'impassibile Terenzio.

Il triclinario era nella sala grande e stava insegnando ai servi più giovani a presentare elegantemente le portate, proprio come aveva fatto con Modesto il pomeriggio della sua morte.

«Non così, Polidoro, tieni dritte le spalle e non chinarti troppo, o farai rovesciare il bucchero. Tu, Timone, dovrai tagliarti i capelli; sono troppo ricci, i commensali potrebbero ritrovarsene qualcuno nel piatto!»

La voce era calma, e infinita la pazienza con cui il triclinario correggeva le goffaggini dei nuovi camerieri. Aurelio si soffermò a osservarlo, notando solo allora come si trovasse a suo agio in mezzo ai giovinetti: Terenzio – anzi, Filippo – era ateniese, pensava, e tra i greci i rapporti tra adolescenti e uomini maturi non solo erano ammessi, ma addirittura auspicati. Forse aveva avuto torto ad abbandonare troppo in fretta la pista di un delitto a sfondo omosessuale.

C'erano state altre serie di omicidi sanguinosi, nell'Urbe, rifletté Aurelio. Le vittime, però, fino a quel momento erano sempre state femmine: donne di malaffare, in genere, o comunque facilmente accessibili a chi fosse intenzionato ad avvicinarle. Stavolta, invece, gli uccisi erano tutti giovani, attraenti e schiavi. C'era poi tanta differenza tra una donna e un servo, agli occhi di un romano di vecchio stampo, educato al *mos maiorum*? Coloro che ne erano permeati consideravano ambedue oggetti erotici privi della possibilità di scegliere, creature inferiori da sottomettere al proprio volere: non a caso, la parola *virtus* aveva la stessa radice di virilità, e molti tra gli illustri quiriti additati come esempi di rettitudine, Bruto il tirannicida in testa, avevano rivolto indifferentemente le loro attenzioni ad ambo i sessi...

Eppure, si disse Aurelio, qualcosa non quadrava in quel ragionamento. I greci come Terenzio apprezzavano gli effeminati imberbi, e nessun amore efebico aveva mai resistito alla crescita dei primi peli sulle gote del giovinetto di turno. Nicomede, Glauco e Modesto, al contrario, avevano passato tutti l'età della prima adolescenza, senza contare che Lupo aveva quasi raggiunto le soglie della vecchiaia, ed era piuttosto difficile immaginare un ateniese raffinato perdere la testa per un brutale ex gladiatore... Eppoi, almeno a sentir Pupillo, Terenzio aveva mostrato di gradire assai di più le grazie della bella Arionilla che quella degli *amasii*, e quella tresca appassionata testimoniava, se non l'innocenza del triclinario, almeno il suo buon gusto. La pista degli efebi poteva dunque aspettare: avrebbe puntato sulla vedova, decise il senatore, dando il via al piano concordato.

Prese posto presso la porta aperta del triclinio e fece segno a Castore di cominciare la recita.

«È qui che intendi riceverla, *domine*?» chiese il liberto, con la voce abbastanza alta da essere chiaramente udita nella stanza accanto.

«No, mi occorre un posto più tranquillo, più riservato. Fulvia Arionilla tiene molto al suo buon nome» rispose il patrizio, mentre Castore spiava la reazione di Terenzio.

«Adesso cosa facciamo?» domandò il segretario, quando si furono allontanati: il flemmatico cameriere, infatti, non aveva battuto ciglio.

«Questo era solo il prologo, proseguirai la commedia stanotte, assieme a Paride. Presto passeremo alla rappresentazione vera e propria, ma per andare in scena devo scritturare a sua insaputa la primadonna... Preparami la lettiga, vado da Fulvia Arionilla!»

«D'accordo» disse Castore, allontanandosi nel giardino. Il grido del padrone lo raggiunse accanto alla vasca di marmo.

«Fermo, non ti muovere!» gli ingiunse Aurelio, correndo accanto al liberto che si era irrigidito al centro dell'aiuola con un piede a mezz'aria.

Senza proferir parola, gli indicò le impronte col ricciolo che aveva lasciato sulla sabbia.

«Numi del Tartaro!» esclamò esterrefatto il segretario. «Sta a vedere adesso che Glauco l'ho ammazzato io!»

«Dammi le scarpe, presto!» ordinò il senatore, e i due si chinarono a osservare accuratamente i *calcei* nuovi di Settimio, col marchio bene in evidenza in mezzo alla suola. Aurelio indossò la scarpa e premette sulla sabbia: soltanto una metà della grande "S", là dove pesava il corpo, veniva impressa nel terreno; l'altra, in corrispondenza della concavità del piede, non lasciava segni di sorta.

«Per Hermes, il famoso ricciolo non era che la parte superiore della "S" di Settimio! Sfido io che ci fossero tante orme in casa nostra: gli schiavi che usano questi stivali sono almeno una cinquantina!» scoppiò a ridere Castore.

«E migliaia i clienti che si servono da Settimio in tutta Roma. Eccoci dunque privati dell'indizio più importante...» gemette Aurelio, sconsolato.

«Non perderti d'animo, padrone» lo incoraggiò il greco. «Abbiamo sempre Terenzio: vedrai che il piano funzionerà!»

Quella sera, all'ora undicesima, la grande *domus* stava preparandosi al sonno.

Il padrone si era chiuso nello studio appena finita la cena, intenzionato a leggere alla luce delle candele profumate, finché la cera disciolta non avesse fatto cadere due o tre dei chiodi infissi sul cilindro per segnare le ore della notte. Alcuni servi indugiavano ancora sotto le torce appese al muro del peristilio, in attesa di raggiungere i loro appartamenti.

Le schiave erano già coricate: i cubicoli del loro quartiere non ospitavano che la cassapanca per le vesti e un paio di lettucci di legno muniti di caldi materassi di lana, sui quali le ragazze più giovani, distese languidamente sotto le coltri, si scambiavano le confidenze segrete che l'indomani avrebbero ritrovato graffite sul muro di cinta, offerte da mani pettegole agli occhi indiscreti dei passanti.

Terenzio si era ritirato da poco nel cubicolo attiguo a quello di Castore. Stanco per la lunga giornata di lavoro, stava spegnendo con un soffio lo stoppino della lucerna, quando gli parve di sentire il suo nome in mezzo al brusio sommesso che proveniva dalla stanza attigua. Rizzatosi silenziosamente in piedi, appoggiò l'orecchio al muro. Non si era sbagliato: Castore e Paride, i liberti di fiducia del padrone, stavano discutendo a voce bassissima di un argomento che lo riguardava molto da vicino.

«E così, Castore, sembra che il nuovo triclinario ci lascerà presto...»

«Parla piano, Paride. Lui dorme proprio qui accanto...»

«Stai tranquillo, ha già spento il lume. Ma è certo che quella Arionilla troverà i soldi per comprarlo?»

«Il padrone non vuole denaro: Fulvia gli piace, e siccome non trova altro mezzo per farla sua...»

«Non mi dire!»

«Insomma, quel mascalzone le ha proposto uno scambio: la donna gli si concede, e in cambio lui le lascia Terenzio.»

«Che odioso ricatto; la povera Fulvia non avrà di certo accettato!»

«Sì, invece. Sembra che sia disposta a qualunque cosa per lui. Il senatore le ha dato appuntamento tra due giorni, al calar del sole, nella sua villa al Gianicolo.»

«Chissà cosa farebbe Terenzio, se venisse a saperlo!»

«Pensi davvero che gli converrebbe protestare? Arionilla intende affrancarlo, e non sarebbe il primo schiavo che deve la sua libertà a una padrona innamorata...»

«Be', in fondo può dirsi fortunato!»

Terenzio levò l'orecchio dalla parete, e strinse i pugni: l'avrebbe impedito, a qualunque costo.

XXIX

Quarto giorno prima delle Calende di marzo

«Pensi che un uomo accorto come il nostro triclinario cadrà in una trappola così ingenua?» chiese l'indomani mattina il segretario al senatore.

«Se abbiamo toccato il tasto giusto, ce ne accorgeremo presto, vedrai. Terenzio ostenta troppo autocontrollo per non nascondere qualche intima debolezza.»

«In effetti, appena sveglio ha chiesto all'amministratore alcune ore di libertà, con la scusa di visitare un amico febbricitante. È chiaro che intendeva parlare con Fulvia. Paride, naturalmente, gli ha negato il permesso, adducendo come pretesto l'impegno a organizzare il ricevimento: potrà allontanarsi soltanto al tramonto, non appena finita la *recitatio*.»

«Ottimo, Castore!» si rallegrò Aurelio.

«Sta' attento, padrone, quello è un tipo che non scherza. Ha già ammazzato un uomo, se non quattro o cinque!» lo ammonì il liberto.

«*Domine, domine,* alla porta ci sono i vigili!» li interruppe Paride, allarmatissimo, chiedendosi cosa avesse potuto combinare quello stravagante del padrone perché i tutori dell'ordine venissero a cercarlo fino a casa.

«*Ave,* senatore Stazio!» esordì Mummio, irrigidendo il braccio nel saluto di prammatica.

«*Ave*» gli restituì il gesto Publio Aurelio, con assai meno solennità.

«Sono qui per farti rapporto. L'indagine procede alacremente e cominciamo a raccogliere i primi frutti: lo dico sempre, io, che un buon vigile deve usare sì il cervello, ma prima di tutto i piedi» disse, additando i suoi, che anche all'interno delle *caligae* si rivelavano inequivocabilmente piatti.

«Ebbene?» lo sollecitò Aurelio, interessato.

«Nel passato non ho trovato traccia di alcun delitto insoluto che presentasse delle analogie con quelli che mi hai descritto. Ci sono stati altri casi di sgozzamento, sì, ma le vittime erano tutte di sesso femminile.»

Dunque l'assassino aveva iniziato a colpire da poco, rifletté il patrizio: cosa poteva averne scatenato la furia omicida?

«E poi c'è un'altra cosa» fece il vigile con gli occhi che gli brillavano di inequivocabile soddisfazione. «Ieri notte abbiamo arrestato un tal Cossuzio, mentre giocava d'azzardo nella taverna di Turone con un paio di dadi truccati!»

«Magnifico!» esultò Aurelio: finalmente avrebbe saputo chi si nascondeva dietro quel nome fittizio!

«È in caserma, adesso, con due loschi figuri che gli fungevano da secondi.»

«Vengo subito!» scattò Aurelio, e poco dopo la lettiga prendeva la via di Trastevere.

Nell'atrio della caserma, l'ostessa dell'Elefante Giallo protestava a voce tonante, le mani incrociate sul petto in atteggiamento combattivo: «Lo voglio al Mamertino, quel farabutto; è la seconda volta che Turone lo pesca a barare!».

Mummio la sorpassò senza ascoltarla e fece strada ad Aurelio nel sotterraneo. Il carcere era sovraffollato, trenta o quaranta persone in un'unica grande spelonca, tutti in attesa di giudizio: una massa di ladruncoli, ruffiani, malversatori, ubriachi che levarono il capo, ansiosi, all'ingresso del patrizio nella cantina, ciascuno temendo di essere quello che il potente magistrato era venuto a cercare.

«Eccolo!» disse Mummio, additando un omone biondiccio che sedeva contro la parete, le gambe abbracciate dai bicipiti possenti.

Aurelio non riuscì ad aprir bocca, tanto ci rimase male. Convinto com'era che il misterioso giocatore di dadi fosse associabile a qualcuno dei sospetti, aveva sperato di esser giunto finalmente alla resa dei conti; invece il gigante che giaceva raggomitolato nella spelonca gli era assolutamente sconosciuto: Cossuzio, quindi, esisteva davvero e nessuno degli uomini implicati negli altri delitti aveva assunto una falsa identità.

«E là ci sono i suoi complici. In piedi, cani!» comandò il vigile, facendo schioccare il frustino.

Non appena i due obbedirono all'ordine e si alzarono, Aurelio riconobbe Zosimo e Nerio.

«Sei tu quello che era col fuochista Lupo la sera in cui venne ucciso?» domandò Mummio al colosso, che protestò vibratamente, mentre il patrizio osservava la scena da dietro una colonna.

«Lupo? Mai visto in vita mia!» negò infatti Cossuzio.

«Inutile, *domine*. Questi delinquenti si coprono l'un l'altro, ben sapendo che nella Suburra chi parla rischia di fare un tuffo nel Tevere» affermò il vigile.

«Porta su gli altri due, e tienili separati, Mummio. Io mi prendo quello!» disse Aurelio additando Zosimo, che venne subito trascinato per i capelli in una cella vuota.

Prima di entrare nella segreta, il senatore attese che gli altri risalissero. Poi, chiusasi la porta alle spalle, fece luce con la fiaccola verso l'angolo in cui il giovane fuochista strisciava per terra, contro il muro, quasi a cercare nella durezza della roccia un pertugio in cui nascondersi.

Lo schiavo strinse le palpebre, accecato dalla torcia, scrutando nella penombra il suo carceriere.

«Dunque, Zosimo, sentiamo cosa sai dell'assassinio del tuo vecchio padrone.»

Il prigioniero, che aveva dichiarato di chiamarsi Gaio, trasalì, stupito dell'efficienza dei vigili.

«Niente, nobile signore, assolutamente niente: sono solo un povero servo!»

«Già, un servo. Cossuzio e Nerio invece sono liberti e per legge non possono essere sottoposti a tortura; quindi, dato che sei l'unico schiavo che abbiamo per le mani, non ci rimane che prendercela con te. Faticheremo poco a inventarci un capo d'accusa: ti hanno trovato addosso mille sesterzi, certamente rubati» annunciò Aurelio, apparendo alla luce della fiaccola.

Zosimo spalancò gli occhi: il magistrato somigliava come una goccia d'acqua a un uomo che tempo prima aveva fatto picchiare a sangue. Aurelio lo fissò gelido e, ancora prima che aprisse bocca, lo schiavo capì che non aveva scampo.

«No, no, non c'è bisogno che mi torturiate, vi dico tutto! È stato Cossuzio ad ammazzarlo!» dichiarò, confidando nell'indulgenza dei giudici verso un teste tanto pronto a collaborare. «Lo vidi uscire in strada con le mani e le braccia coperte di sangue.»

Come fidarsi di quella delazione così affrettata? Zosimo avrebbe dichiarato qualunque cosa, pur di evitare il carnefice, pensò il patrizio sollevando lo schiavo tremante per le falde della tunica.

«Io non c'entro, magistrato, e ho molti amici disposti a confermartelo.»

«Imbroglioni al par tuo, pronti a mentire per pochi assi!»

«L'assassino è Cossuzio, ti dico» insistette Zosimo. «Io e i miei compagni abbiamo passato la sera giocando a dadi sul marciapiede di fronte allo stabilimento, e siamo sicuri che nessun altro è entrato o uscito dalla stanza del fuochista!»

«Quelle mani insanguinate, le hai viste proprio bene? Bada, sai cosa accade a uno schiavo che testimonia il falso!»

«In verità era molto buio» finì con l'ammettere il prigioniero. «Dimmi però cosa ti serve che dichiari, e lo giurerò subito davanti a tutti!»

Aurelio contemplò il volto viscido dello sciagurato, col desiderio impellente di prenderlo a schiaffi. Cedere a quella meschina tentazione non sarebbe stato consono ai dettami della morale epicurea, ma certo gli avrebbe dato una bella soddisfazione... Così, levò il pungo serrato verso lo schiavo. Zosimo prese a urlare, le braccia alzate a far da schermo al viso. Inutile sporcarsi le mani, decise il patrizio, Zosimo ne avrebbe prese abbastanza dalle guardie, e ancor di più da Sarpedone, quando, e se, gli fosse stato restituito.

Poco dopo, Aurelio era al piano di sopra, dove Cossuzio, affidato a un Mummio impaziente e sbrigativo, insisteva nel protestare la sua innocenza, malgrado il trattamento a dir poco indelicato a cui veniva sottoposto dal vigile. In effetti, il biondo vantava un alibi di ferro per due dei delitti: a fungere da testimoni erano i vigili stessi, che avevano avuto occasione di trattenerlo in caserma per gioco illegale. Aurelio lo lasciò nelle mani del rigido tutore dell'ordine, e si diresse da solo nella stanza in cui era stato rinchiuso Nerio.

Non appena lo vide entrare, il liberto lo supplicò disperato: «Ascoltami, ti prego, nobile senatore!» disse buttandosi in ginocchio. «Ti giuro che non sono a conoscenza di cosa abbia combinato Cossuzio. Dalla mia casa erano spariti mille sesterzi, e sospettavo che fosse stato Zosimo a rubarli, per questo l'ho seguito all'Elefante Giallo. I *vigiles* li hanno recuperati, ma non vogliono restituirmeli. Non credono che un poveretto come me possa avere una cifra simile.»

«Ti credo io» lo rassicurò il patrizio, e Nerio sobbalzò nell'udirne la voce. Con lentezza, alzò lo sguardo sull'uomo che incombeva davanti a lui, terribile nella sua potenza.

«Sei Publio, vero?» mormorò, timoroso di riconoscerlo.

«Sono Publio Aurelio Stazio, il magistrato che conduce l'inchiesta sulla morte di Lupo» dichiarò in tono così freddo il patrizio, che Nerio non fu più così sicuro di essere nel giusto. «Il tuo compare sostiene di aver visto Cossuzio uscire dalla stanza del fuochista con le mani sporche di sangue, la sera del delitto. Lo confermi?»

Il liberto esitò. Zosimo aveva un alibi; lui, al contrario, quella sera era solo, perché Carmiana era andata ad assistere Afrodisia, prossima al secondo parto: e se avesse detto la verità, sarebbe rimasto l'unico sospettabile dell'omicidio. Bastava invece ribadire le parole del fuochista per mettersi in salvo.

«Sì» balbettò, soffocando gli scrupoli. Gli ripugnava far condannare un uomo per la sua menzogna, ma Carmiana e il bambino avevano bisogno di lui. Cosa ne sarebbe stato di loro, se non fosse più tornato a casa?

«Giuralo sulla testa del piccolo Publio!» gli ingiunse bruscamente Aurelio.

«Come sai che...» protestò Nerio, ma subito si interruppe sbalordito. «Numi del Cielo, sei tu che me l'hai riportato, non può essere altrimenti!» gridò, con la voce rotta dall'emozione.

Allora non gli importò di sapere se davanti a lui c'era un misero servo o un onnipotente senatore: l'uomo che gli aveva restituito il figlio aveva diritto alla verità.

«Ho mentito» disse deciso. «Quando Cossuzio uscì dalla stanza di Lupo, il fuochista era ancora vivo. Io stesso lo sentii inveire contro gli Dei maligni, che lo avevano fatto perdere ai dadi.»

Aurelio annuì, cupo: non restava ormai che un'unica, terribile spiegazione.

«Vai pure, non ho più bisogno di te» disse, evitando con uno strano ritegno lo sguardo del liberto: come giustificarsi davanti a lui per aver mangiato il suo pane, accettato la sua confidenza, finto di condividere la sua misera vita, quando nella realtà lo aspettavano una bella casa, legioni di servi, forzieri zeppi di aurei?

«Hai salvato mio figlio, hai picchiato Sarpedone, hai comprato Afrodisia. Di sicuro devi avere qualche buona ragione per negarlo, ma io so che eri tu! Gli Dei ti benedicano e tengano sotto la loro celeste protezione te e il bambino che porta il tuo nome!» esclamò Nerio, abbracciandogli le ginocchia.

Allora, neanche Aurelio riuscì più a soffocare la commozione. Chinandosi sul liberto prostrato, lo risollevò in piedi e gli aprì le braccia. I due si batterono reciprocamente sulle spalle, ridendo.

«L'hai conciato per bene, quell'animale!» si complimentava Nerio. «Ne avrà per mesi.»

«E Publio è proprio un bel bambino!» esclamò il patrizio, felice di aver trovato finalmente un vero amico. «Portalo nella mia *domus* sul Viminale, qualche volta: le mie schiave non vedono l'ora di coccolarlo!»

La mia *domus*, le mie schiave... Nerio, già in procinto di gratificare Aurelio dell'ennesima pacca sulla schiena, si irrigidì all'improvviso: era un grande di Roma, l'uomo che stava trattando da pari a pari.

«Verrò, se me lo permetterai, nobile signore» rispose deferente, e Aurelio, con una punta di amarezza, capì che da quel momento Nerio sarebbe stato per lui un fedele protetto, magari un cliente molto affezionato... ma un amico, mai più.

Concluso il colloquio con Nerio, il patrizio tornò da Mummio e Ceciliano, che lo attendevano in compagnia dell'ostessa.

«Lasciate andare il liberto e ridategli il denaro che avete trovato addosso a Zosimo» stabilì. «Per quanto riguarda il delitto, nessuno di quei tre è colpevole: il caso di Lupo verrà chiuso come commesso da mano ignota.»

«Un momento!» intervenne l'energica l'ostessa. «Non vorrai rilasciare quel baro di Cossuzio!»

«Sarà accusato di gioco d'azzardo, mentre Zosimo dovrà rispondere di furto» le rispose il senatore.

«E i miei soldi?» protestò la donna.

«Confiscati. Ringrazia l'Olimpo che a Roma la legge punisce solo i giocatori, e non i tenutari della bisca, come sarebbe giusto!» la redarguì Mummio, severo.

«Una bella fregatura! Ma stia attento a non farsi più vedere nella mia taverna, quel mascalzone, o lo faccio fuori! Parola di Norbana!»

«Come hai detto?» esclamò il patrizio, incredulo. «Non sarai la figlia di Norbano, quella che fuggì assieme al mercante frigio?»

«Mercante frigio un corno! Turone mi ha incastrato ben bene: credevo di scappare in Bitinia con un ricco orientale, invece la fuga d'amore è finita a due passi da casa, e mi sono trovata con un marito vecchio e avvinazzato. Tutta colpa di quell'impostore di Glauco: Turone lo pagava perché mi raccontasse un sacco di frottole sulle sue pretese ricchezze, e io ci sono cascata come una povera scema! Possiede persino un elefante, mi diceva, e infatti mi sono ritrovata a far l'ostessa in quella *caupona* puzzolente!»

«Hai più visto Glauco da allora?»

«Una volta, davanti ai bagni, e gli sono corsa dietro con un coltello da macellaio. Se l'avessi raggiunto, gli avrei tagliato la gola, a quel disgraziato!» sbottò la donna.

Il patrizio scattò, mettendosi davanti a lei con aria minacciosa: «Dov'eri il terzo giorno prima delle Idi di gennaio? Forse al mercato degli schiavi?».

«Certamente, nobile senatore!» ribatté la donna, sarcastica. «Stavo appunto comprandomi un'ancella, due o tre ornatrici e il flabellifero per farmi aria con un ventaglio di penne di pavone!» e accompagnò le sue parole con un gesto osceno. «Dove vuoi che fossi se non in quel buco dell'Elefante Giallo, come tutte le sere, a servire vino annacquato ai clienti ubriachi e a levarmi di dosso le loro manacce? Me li sogno gli schiavi, adesso: fossi rimasta nella casa di mio padre!» rimpianse la donna, con una smorfia di disgusto.

Ci sarebbero state decine di avventori a confermare la presenza dell'ostessa, sospirò Aurelio: così, anche la fantomatica Norbana era ormai fuori causa.

Poco dopo, il patrizio abbandonava la caserma, non senza aver raccomandato il bravo Mummio per una promozione. Infatti, grazie al lavoro scrupoloso del vigile aveva imparato molte cose, anche se non esattamente quelle che avrebbe desiderato.

Adesso sapeva chi aveva ucciso Lupo.

XXX

Terzo giorno prima delle Calende di marzo

In casa fervevano i preparativi per la lettura pubblica del giorno dopo. I *codicilli* con gli inviti erano già stati recapitati manualmente dagli schiavi a tutti i personaggi di una certa importanza, retori, grammatici, studiosi e frequentatori abituali delle biblioteche. Il più elegante, vergato da Paconio nella sua migliore calligrafia, aveva raggiunto persino il Palatino.

«Padrone, padrone...» tentarono di bloccarlo i liberti.

Il patrizio attraversò il peristilio ignorando ogni appello, e corse a chiudersi nello studio, con l'ordine categorico di non essere disturbato. Poi suonò il campanello per convocare a colloquio Afrodisia.

Era quasi buio quando la serva fece il suo ingresso, e la saletta era rischiarata soltanto da una piccola lucerna appesa alla parete, di fianco al busto di Epicuro. La donna scivolò dentro silenziosa; dopo essersi inchinata docilmente al padrone, rimase in piedi, in attesa di ordini.

«Facciamo un gioco, Afrodisia» disse Aurelio, spegnendo il lucignolo della lampada. «Dimentica questa stanza rivestita di marmo, e immagina al suo posto un misero scantinato. Poi fingi di parlare a un umile schiavo, anziché al senatore Stazio.»

La ragazza chiuse gli occhi, tremando. Aveva voglia di piangere, ma non ci riusciva.

«Sei con Publio, adesso» continuò l'uomo. «Ti fidi di lui, come te ne fidavi quando gli rivelasti i tuoi segreti.»

La schiava assentì, tacendo immobile: il sogno era finito. Numi, com'era stato bello vivere tra tutte quelle cose stupende. Gli affreschi ai muri con gli amori degli Dei, proprio come nei templi; il giardino spoglio, che a primavera sarebbe fiorito attorno alla vasca di marmo e alla piccola statua di Cupido; i mobili intarsiati di legni odorosi; i mosaici tanto preziosi che a malapena lei osava calpestarli; le stoffe morbide, le teche zeppe di meraviglie, i gioielli, l'acqua corrente, i vestiti immacolati, le toghe candide; e ogni giorno, a mensa, il pane fragrante, appena sfornato.

«Publio ti sta ascoltando» disse Aurelio «e tu gli racconti di quella notte orribile, quando stavi per partorire e già sapevi che il tuo padrone avrebbe esposto il bambino, come aveva già fatto col primo.»

Gli occhi di Afrodisia si riempirono di lacrime.

«Cominciano le doglie, e Lupo è di là, nei fumi del vino: il suo amico, venuto come ogni sera a bere e giocare, si è appena allontanato» proseguì il senatore con voce sommessa. «Il dolore ti attanaglia le viscere, ma tu non vuoi dare alla luce una creatura destinata a morire. In cucina c'è il coltello, e lui adesso russa sul tavolo, con la gola scoperta. Devi far presto, tuo figlio sta per nascere: sali dalla scala interna, colpisci, e il sangue sgorga come una fontana, inzuppandoti la tunica. Butti via il coltello, ti precipiti giù nello scantinato e cominci a urlare. Carmiana ti trova stremata sul giaciglio, e cerca di aiutarti, ma non c'è nulla da fare: il bimbo nasce morto, mentre il tuo sangue si mescola con quello dell'uomo che hai ucciso.»

La schiava parlò con lentezza, cercando di dominare l'affanno che la attanagliava: «Non è servito a salvare il bambino, ma lo rifarei ugualmente. Non ne potevo più delle botte di Lupo, dei suoi tormenti, della sua lascivia schifosa. La pace è durata poco, tutto è ricominciato con Sarpedone; ma poi, per un prodigio dei Celesti, proprio quando pensavo che non avrei conosciuto in vita mia che violenza e miseria, ci sono stati questi giorni in casa tua: ogni notte mi svegliavo di soprassalto, chiedendomi se non stessi sognando; ogni mattina mi stupivo di trovarmi ancora qui e non nella cantina della Suburra. Con le mie dita raggrinzite lucidavo i tuoi anelli, incantata, e li provavo di nascosto, col timore di essere scoperta. Mi piaceva soprattutto quello con le mani di corallo allacciate insieme sulla piastra d'oro: anche a me qualcuno aveva teso una mano, sollevandomi dal Tartaro fino all'Olimpo. Voglio che tu sappia quanto sono stata felice, qui, ogni istante, e adesso non mi importa se mi aspetta il patibolo, perché anch'io, finalmente, ho vissuto qualcosa di bello».

«Il patibolo? E perché mai? Lo schiavo Publio è l'unico a conoscere la verità, ma nessuno sa dove sia finito... Questa è casa tua: qui sei al sicuro, nessuno può raggiungerti» disse Aurelio, pacato, e riaccese lo stoppino della lucerna.

Gli occhi dipinti di Epicuro parvero brillare per un istante, e al chiarore della fiamma i fantasmi scomparvero. Nello studio, adesso, c'erano di nuovo un potente senatore romano e la sua schiava.

Afrodisia vide Aurelio girarle le spalle, quelle stesse che aveva curato con l'aceto rubato alla taverna quando sanguinavano per i colpi di frusta. Allorché si voltò di nuovo, il patrizio aveva in mano lo scrigno.

«Un ricordo di Publio» le disse, infilandole al dito l'anello con le mani di corallo. Poi sedette alla scrivania, e finse di immergersi nella lettura.

La donna arretrò verso la porta, senza voltarsi.

«Afrodisia!» la richiamò il padrone. «C'è un velo di polvere sul tavolo. Pensa tu a rassettarlo, d'ora in poi» ordinò, tenendo la testa china sul papiro, ma lei si avvide che stava sorridendo.

«Sì, padrone!» rispose con gli occhi umidi, restituendogli il sorriso.

XXXI

Vigilia delle Calende di marzo

La grande bottega libraria era stata attrezzata ad auditorium, con tanto di bacheca in cui esporre in bella vista il programma della serata.

«Non verrà nessuno!» gemeva Fedro in tono lamentoso, le mani nei capelli.

«Su, non preoccuparti tanto!» lo confortò Aurelio, paziente. Il giovane Druso, seduto in un angolo, appariva piuttosto stizzito: su quella famosa *recitatio* non l'avevano nemmeno consultato, e pensare che il vero editore era lui, non certo il tronfio Marcello.

«Abbiamo messo troppi sgabelli» borbottava intanto Veranio, tirando il patrizio per la tunica. «Con le panche e le *cathedrae* delle prime due file, ci saranno almeno cento posti a sedere, e sai bene come queste *recitationes* siano ormai così inflazionate che vi partecipa sempre meno gente: avremmo dovuto usare una sala più piccola, per riempirla tutta.»

Marcellina intervenne, ottimista: «Ma no, sarà un successo memorabile, vedrai!».

La ragazza era particolarmente attraente, quella sera, con la bella stola di lana verde prestatale da un'ancella di Aurelio, e gli stivaletti marroni del solito Settimio, che riforniva tutta la famiglia a prezzo di costo.

«Sono emozionata, senatore!» disse con un sorriso.

Compiaciuto, il patrizio notò un gradevole tocco di civetteria sul viso della fanciulla: l'aspettativa le accendeva lo sguardo, solitamente un po' spento, che brillava ora di vivo interesse. Era la festa, naturalmente, non la prospettiva della lettura a eccitare la ragazza, ma il fratello collezionista, incapace di comprenderlo, cercava inutilmente di coinvolgerla a parlare del libro. Dopo qualche commento di circostanza, infatti, Marcellina chiese il permesso di raggiungere i domestici, occupati a riempire i bracieri con delle pigne odorose di resina. Veranio avrebbe dovuto rassegnarsi, pensò Aurelio: sua sorella non sarebbe mai diventata una intellettuale.

Il patrizio si guardò attorno e la sua attenzione venne attirata da Terenzio, impegnatissimo a dirigere il folto drappello dei camerieri. Il triclinario, come sempre inappuntabile, appariva totalmente assorbito dal suo lavoro, come se non lo sfiorasse altro pensiero che riempire i crateri e disporre le *mappae* sul tavolo. Cadrà nel trabocchetto? si chiese Aurelio osservandolo in tralice, senza ancora riuscire a credere che quell'uomo, all'apparenza tanto sereno, avesse sulla coscienza almeno un omicidio, se non addirittura un'intera serie. Per il momento, tuttavia, Terenzio pareva preoccupato solo a contare i nappi, le coppe d'argento e i buccheri di ceramica: durante i rinfreschi bisognava tener gli occhi bene aperti, perché c'era sempre qualche furbone che dopo aver bevuto dalla tazza, anziché restituirla, se la faceva sparire sotto la tunica.

«Sei pronto, Fedro?» chiese il senatore, affacciato alla porta del retrobottega dove il poeta si esercitava nei vocalizzi, sciacquandosi più volte la gola col collutorio di Ipparco: per tre giorni non aveva mangiato che porri, al fine di rendere particolarmente vellutato il timbro della voce, ma adesso che la lettura stava per cominciare, temeva che l'emozione gli giocasse un cattivo scherzo, rendendolo afono sul più bello.

Paconio era seduto su una *cathedra* in prima fila, onore inusitato per uno schiavo. Fedro stesso lo aveva voluto lì, perché era stato proprio lo scriba cieco a vergare di sua mano la prima copia del nuovo libro. Aurelio, dal canto suo, aveva acconsentito volentieri, deliziato all'idea che qualche pezzo grosso sarebbe stato costretto ad accontentarsi di un misero scranno per far posto al vecchio servo.

«Eccoli, eccoli!» gridò Timone, scrutando dalla porta.

Gli invitati cominciavano a giungere, e molti più del previsto, tanto da far sospettare che i quiriti fossero stati colti all'improvviso da un'incontenibile passione per la favola in versi. A meno che, naturalmente, non fosse merito della notizia che a preparare il rinfresco sarebbe stato il miglior cuoco dell'Urbe, l'*archimagirus* del senatore Stazio in persona, quell'Ortensio i cui manicaretti facevano venire l'acquolina in bocca ai più incontentabili buongustai della città.

In breve la sala fu piena, ma la gente continuava a entrare, adattandosi a prender posto contro il muro, o addirittura per terra. Tra i volti rigorosamente glabri dei quiriti, Aurelio intravide una lunga barba da filosofo: dunque, anche i campioni di scacchi si interessavano di poesia, meditò Aurelio, sorpreso di riconoscere Giulio Cano tra gli spettatori.

Ecco però che, proprio quando il nervosissimo Fedro stava per fare il suo ingresso plateale, dal pubblico venne un mormorio sbalordito e la folla arretrò con rispetto per lasciar passare un piccolo corteo. Una bimbetta dai riccioli nerissimi, trattenuti in una lunga coda di cavallo, avanzava circondata da due pedagoghi e da un piccolo gruppo di ancelle elegantemente abbigliate.

«Numi dell'Olimpo, la figlia dell'imperatore!» deglutì Fedro, sentendosi svenire.

«*Ave,* Ottavia Claudia!» sorrise il patrizio, alzando verso la bimba il braccio teso nel saluto di prammatica. «È un grande onore averti tra noi.»

«Cesare si scusa, senatore Stazio, se i suoi impegni di governo non gli hanno permesso di intervenire. Fedro è un liberto della sua famiglia, e si augura che la sua nuova opera sia accolta molto favorevolmente» annunciò uno dei due pedagoghi. «La piccola Ottavia, però, ha voluto partecipare di persona alla serata; io stesso le ho letto qualche favola del nostro autore e adesso non vede l'ora di sentirle tutte!»

Il pubblico era ammutolito: davanti alla figlia di Tiberio Claudio Cesare nemmeno Marcello osava aprir bocca.

«Benvenuta nella mia bottega libraria, nobile Ottavia!» disse una voce sicura, calcando bene il tono su quel *mia,* e il giovane Druso Saturnino si fece avanti per porgere alla minuscola ma augusta ospite lo scranno centrale, proprio di fronte al lettore. Poi, dopo averle sistemato sullo sgabello i piedini che non arrivavano a toccare il suolo, il ragazzo sedette disinvolto al suo fianco, da buon padrone di casa. Aurelio prese posto dall'altro lato e la lettura ebbe inizio.

Un interminabile applauso segnò la fine della *recitatio* di maggiore successo dell'anno. Ottavia, che si era divertita moltissimo, volle che le presentassero l'autore e gli disse graziosamente: «Le poesie sono tutte belle, mio ottimo Fedro, specialmente *La volpe e l'uva*!».

Fedro, commosso, le consegnò con la mano che gli tremava la prima copia del libro, vergata da Paconio.

«Che belle lettere, sembrano disegni...» osservò la piccola Ottavia, dirigendosi verso l'anziano copista. «Le hai fatte tu? Purtroppo non so ancora leggere!»

Paconio non credeva alle sue orecchie, quando sentì la voce infantile congratularsi con lui: avrebbe riso, da ragazzo, se gli avessero predetto che dopo una lunga vita monotona, senza alcun riconoscimento per il suo accuratissimo lavoro, avrebbe ricevuto a settant'anni, già vecchio e cieco, i complimenti dalla figlia di un imperatore!

L'illustre bambina gli fu sottratta in fretta da Druso che, gonfio di orgoglio, si ingegnava a intrattenerla con mille scherzi gentili e gli squisiti dolcetti di Ortensio. Veranio, più prosaico, era invece occupatissimo a raccogliere le ordinazioni che fioccavano a centinaia, mentre, dopo il doveroso omaggio alla principessa, Marcellina aveva pensato bene di ritirarsi a dare man forte ai triclinari, timorosa di far brutta figura, lei così poco versata nella poesia, se avesse espresso dei giudizi davanti a tutti.

«Ti interessi alle favole, Cano?» chiese Aurelio, scorgendo il filosofo che si aggirava guardingo tra gli spettatori.

«No, a dire il vero. Però qui si è data convegno mezza Roma e sono certo che da qualche parte dev'esserci anche lui.»

«Chi?» fece il patrizio, soprappensiero.

«Il mio avversario, naturalmente, quel dannato Mago di cui non riesco a sapere nulla!» esclamò il maestro, ansioso, spiando in giro l'eventuale presenza del misterioso sfidante. Il senatore, tuttavia, non mancò di notare come lo sguardo del filosofo indugiasse più volentieri sulle piacevoli fattezze di Timone che su quelle, serie e compunte, dei possibili concorrenti al gioco dei *latrunculi*.

«Ah, Publio Aurelio, vorrei tante feste come questa...» sospirò Verania Marcellina, attaccandoglisi confidenzialmente al braccio.

«Vieni, cara, non vedi che il senatore è occupato?» la sequestrò il fratello con grande sollievo del patrizio, che quella sera aveva ben altro a cui pensare.

Il rinfresco, infatti, volgeva al termine e, una volta scortata alla porta la regale Ottavia, Aurelio si soffermò sulla soglia a guardare il cielo: il timido sole invernale si stava avviando al tramonto. Era tempo di prepararsi, pensò, scrutando con la coda dell'occhio il tavolo di servizio. Terenzio, forte del permesso di Paride, se ne era già andato.

Rapido, il senatore si avvolse nel mantello, chiamò i nubiani e fece loro segno di avviarsi in tutta fretta alla volta di Trastevere.

Il parco della villa del Gianicolo era selvaggio e incolto. Il precedente proprietario, un affarista di ottime speranze, aveva avuto il torto di interferire coi progetti di Valeria Messalina e del suo potentissimo alleato, il ministro Narciso. Ridotto in breve sul lastrico, era stato costretto a cedere a prezzo stracciato tutte le sue proprietà, che erano andate a rimpinguare l'immenso patrimonio del liberto imperiale, e ora campava vendendo lupini tostati in una bancarella davanti all'anfiteatro di Statilio Tauro.

Aurelio era riuscito ad approfittare dell'occasione senza mettersi in cattiva luce presso il ministro, sfruttando una vecchia idea di Castore. Conoscendo la proverbiale superstizione di Narciso, infatti, aveva sparso false voci circa alcuni fantasmi di condannati sepolti senza la moneta per farsi traghettare sullo Stige da Caronte, i quali avrebbero infestato la villa. Grazie al timore degli spettri, il prezzo si era ulteriormente abbassato, e Narciso aveva ceduto volentieri l'immobile al patrizio, sorpreso poi di non ravvisargli sul volto i segni devastanti delle notti insonni e tormentate dagli incubi.

Dunque, quella ricca dimora suburbana era entrata a far parte delle proprietà di Aurelio, ma il restauro dell'edificio non era ancora terminato: edera e rampicanti invadevano i viali, e parecchi animali selvatici si erano installati nel boschetto incolto, felici di trovare un posto decente in quell'Urbe che piegava il disordine lussureggiante della natura alle forme asettiche e geometriche dell'*ars topiaria*.

Al senatore, in realtà, la villa piaceva così, e ne usava soltanto alcune stanze, per trovarvi rifugio da solo, o al massimo in compagnia di qualche matrona il cui marito avrebbe potuto risentirsi di incontri meno segreti. «*Nisi caste, saltim caute*» affermava uno dei più saggi motti latini: "Se non vuoi comportarti castamente, fallo almeno con discrezione!". Il luogo, infatti, lontano com'era da tutte le arterie di grande traffico, era adattissimo ai convegni galanti con donne attente al loro buon nome, e per la stessa ragione si poteva prestare ottimamente a fungere da trappola per eventuali amanti gelosi.

Aurelio entrò con baldanza, certo del fatto suo.

La donna lo aspettava in un piccolo tablino affrescato di rosso, dove schiavi invisibili avevano fin dal giorno prima messo ad ardere parecchi bracieri, mescolando ai tizzoni i petali disseccati delle profumatissime rose che il senatore si faceva spedire dalla lontana Armenia.

«*Ave*, Fulvia Arionilla!» la salutò il patrizio, chiedendosi se Terenzio, partito prima di lui, non se ne stesse già nascosto nell'ombra, pronto a colpire.

«*Ave*, senatore!» disse Fulvia, senza ostentare la stessa brillante sicurezza di quando lo aveva ricevuto in casa sua: adesso si trovava in territorio nemico, e accettando di penetrarvi si era messa totalmente nelle mani di Aurelio. A meno che, naturalmente, non avesse avuto modo di comunicare col suo amante. Impossibile, escluse il patrizio: Paride aveva sorvegliato Terenzio giorno e notte, per essere certo che non potesse inviare messaggi di sorta.

«Avrei giurato che un uomo come te non dovesse ricorrere al ricatto per avere una donna» lo apostrofò gelida la bella matrona.

Aurelio gradì la lode e incassò l'offesa senza fiatare: doveva prender tempo, in attesa che Terenzio arrivasse.

«Tu ottieni sempre quello che vuoi, vero?» aggiunse in tono maligno.

«Quasi sempre» la corresse il patrizio, e intanto si domandava se il triclinario si sarebbe mai deciso a saltar fuori. Che il piano, nonostante tutto, fosse fallito? Forse il cameriere aspettava, per sferrare l'attacco, il momento più propizio, quando la sua attenzione, assorbita dalle grazie della bella vedova, sarebbe stata ridotta al minimo...

Aurelio si decise ad avvicinarsi a Fulvia e, con gesto esperto, sciolse il nodo che le tratteneva i capelli odorosi. La chioma liscia e lucida cadde sulle spalle di colpo, come un fiume d'acqua scura che rompa improvvisamente la diga. Il patrizio vi passò le dita in mezzo, assaporandone la levigata morbidezza, mentre con la coda dell'occhio sbirciava il grande specchio che aveva fatto piazzare davanti all'unico accesso alla stanza: di Terenzio, nemmeno l'ombra.

A mano a mano che il tempo passava, Aurelio cominciò a sperare che l'amico febbricitante del triclinario esistesse davvero, e Terenzio non si facesse vedere ancora per un bel pezzo. Il mantello di Fulvia era a terra, adesso, e il collo sottile emergeva dalla tunica con una curva elegante su cui il patrizio posò le labbra, irritato di dover continuamente controllare lo specchio rivelatore: che stupida idea era stata, la sua, di sprecare quella magnifica occasione per tendere una trappola a un assassino! Dal canto suo, Fulvia, lungi dal sottrarsi con sdegno, pareva far buon viso a cattiva sorte, e si lasciava accarezzare senza opporre alcuna resistenza.

Ormai Terenzio non sarebbe più venuto, si convinse Aurelio, e condusse la donna verso il divano, dando un'ultima, fuggevole occhiata allo specchio.

Fu allora che lo scorse, dietro la porta: non riconobbe il viso, celato nell'ombra del corridoio, ma solo il bagliore della lama che riverberava alla minuscola fiamma del lucignolo. Posò con circospezione la donna sul lettuccio e finse di chinarsi su di lei.

Quando l'assalitore gli arrivò alle spalle, Aurelio era pronto. Si girò di scatto e afferrò con la destra il polso che reggeva l'arma, spingendolo lontano, mentre calava di taglio l'altra mano alla base del collo, nel colpo che gli aveva insegnato, tanti anni prima, un vecchio orientale.

Terenzio non era però goffo come Sarpedone e fece in tempo a scattare all'indietro: la giovinezza passata nei ginnasi gli aveva lasciato un'agilità che i tanti anni forzatamente sedentari non erano riusciti a cancellare del tutto. Mentre Aurelio lo privava del coltello con una rapida torsione del braccio, il triclinario sfuggì infatti alla sua presa e gli si parò innanzi minaccioso, a mani nude.

Fulvia, intanto, urlava senza posa, cercando di rivestirsi alla bell'e meglio. Incredibile come le donne, nei momenti più critici, siano sempre alla ricerca di uno straccio per ricoprirsi, si sorprese a pensare Aurelio, mentre il suo avversario gli si gettava addosso.

«Credevo che la tua specialità fosse lo strangolamento, Filippo di Atene!» lo irrise il patrizio, balzando al centro della stanza, fuori dalla portata dei suoi colpi.

«Ti ammazzerò, come quell'altro!» sibilò lo schiavo.

«E Glauco e Nicomede e Modesto!» specificò Aurelio. Terenzio non gli avrebbe dato troppo filo da torcere, si diceva: accecato dalla gelosia, era privo del suo proverbiale autocontrollo, e non ce l'avrebbe mai fatta contro un rivale ancora perfettamente padrone di se stesso. Proprio su questo il patrizio aveva fatto conto, nel cercare di portarlo all'esasperazione!

«Perché hai sgozzato i tre servi? Forse la nostra bella Fulvia aveva dato appuntamento anche a loro?» chiese, ben sapendo di mentire: quella donna non si sarebbe mai concessa a un ragazzetto sprovveduto come Modesto, o a uno schiavo furbastro come Glauco.

«Non so nulla di quei delitti; è te che voglio uccidere, senatore!»

«Andiamo, sai benissimo che Fulvia ha accettato di incontrarmi solo per poterti ricomprare!» replicò Aurelio, sperando in cuor suo che non si trattasse dell'intera verità.

«Avresti approfittato dell'affetto che mi portava per piegarla alle tue lubriche voglie!» ruggì Terenzio, indignato.

«Per fortuna, sei arrivato in tempo!» gli fece osservare il patrizio, cercando di ridurre alle giuste dimensioni la tragica vicenda. «Ragioniamo da persone civili; in fondo non è successo niente.»

«Stavi per violentarla!» inveì il triclinario, e Aurelio non lo contraddisse, pur giudicando il termine del tutto eccessivo.

Alla fine, facendosi forte della collera cieca che ottundeva i riflessi dell'avversario, il patrizio riuscì ad aver ragione di lui, e lo immobilizzò con le spalle a terra.

«E adesso, Filippo di Atene, mi dirai perché hai ammazzato Glauco e gli altri!» intimò, torcendogli il braccio.

«Non è stato lui!» gridò Fulvia. «Ti giuro che era con me, la notte in cui fu ucciso Nicomede: non si è mosso un istante dal mio letto!»

«Anche il pomeriggio in cui morì Modesto?» chiese il senatore, dubbioso.

«Sì. Veniva ogni giorno, fin da quando era ancora vivo mio marito!» confessò lei, disperata. «Morto Italico, tentai di ricomprarlo, ma l'editore non volle cedermelo. Poi ci fu l'asta e tu battesti Pupillo: non potevo alzare il prezzo, avevo già offerto tutto ciò che possedevo per vivere finalmente al suo fianco!»

«È uno schiavo» obiettò Aurelio con una smorfia.

«L'avrei liberato, prima di sposarlo! E poi non è affatto di discendenza servile: viene da una famiglia antichissima, e i suoi antenati ricoprivano cariche pubbliche nell'Ellade quando i tuoi non erano che un pugno di banditi arruolati da Romolo!» affermò Fulvia, certa che quella perfida precisazione avrebbe ferito l'orgogliosa superbia del patrizio romano.

«E Glauco? Per quel delitto Terenzio non ha nessun alibi!» ragionò il senatore che, tra un colpo di scena e l'altro, stava già facendo i suoi conti. Arionilla non avrebbe mentito per coprire un feroce assassino; il suo amore per il triclinario, per quanto appassionato, non poteva esser tale da superare uno scrupolo del genere.

«Inutile, è finita, Fulvia» esclamò platealmente Terenzio. «Abbiamo perduto ogni cosa, i nostri sogni, la speranza di non separarci mai più.»

«Non è vero!» protestò lei, decisa. «Se ti condannano, seguirò la tua sorte!»

«Non ascoltarla, senatore. La volevi? Ecco, adesso è tua. Proteggila da tutti, anche da se stessa, mentre io salirò sulla croce!» disse l'uomo con tragica enfasi.

«Basta con queste sciocchezze!» sbottò Aurelio, alzando gli occhi al cielo davanti a quella scena di pessimo teatro. «E adesso, se avete finito coi drammi di amore e morte, vorrei fare il punto della situazione. Dunque, tu affermi di non aver ucciso nessuno» chiese, liberando Terenzio dalla morsa delle braccia.

«Tanto tempo fa, ad Atene...»

«D'accordo, quella è acqua passata» tagliò corto il patrizio. «Ma per gli altri omicidi ho solo la parola della tua amante, e non è molto.

«Pupillo deve avermi visto entrare da Fulvia, la sera della morte di Modesto. E Scapola mi era accanto, al momento dell'omicidio di Glauco» si giustificò il servo.

Mentre i due si abbracciavano piangendo, il patrizio rifletteva. Se Fulvia e Terenzio erano veramente innocenti, allora restavano ben poche possibilità: un altro uomo divorato dalla gelosia come il fosco triclinario, o un crudele depravato. Oppure, e Aurelio stentava ancora a crederci, una donna decisa a tutto per salvare la sua pudicizia. Non certo una cittadina, però: se una romana insidiata da uno schiavo avesse reagito uccidendolo, il tribunale le avrebbe fatto erigere una statua, anziché comminarle una condanna. E poi, secondo la prostituta Zoe, la donna amata da Nicomede non era affatto libera. Una serva, quindi, magari Tuccia, ma come immaginarsi la bionda opportunista nell'atto di difendere a colpi di pugnale quella virtù che era tanto lesta a sacrificare in cambio di esigui vantaggi?

Rimaneva un nome, il più ostico da pronunciare, proprio perché chi lo portava si confaceva alla perfezione a quel ruolo: Delia. Solo quando i due amanti si voltarono a guardarlo, capì di averla nominata a voce alta.

XXXII

Calende di marzo

Il mattino dopo, Castore seguì Delia nell'atrio di servizio, aspettando il momento buono per parlarle a tu per tu. La ragazza aveva bisogno di una mano, pensava il liberto, non doveva esser lasciata sola a combattere quell'impari lotta contro un avversario tanto più forte di lei.

«Fantastico, cara, fantastico...» le sussurrò, arrivandole furtivamente alle spalle. «Lo stai cuocendo a puntino: gli hai fatto venire i rimorsi di coscienza con quella storia della fustigazione e ti sei permessa, tu, una schiava, di sbattere la porta in faccia a un uomo abituato a vedersi cadere ai piedi le più belle matrone dell'Urbe!»

La ragazza corrugò la fronte, sconcertata: quell'alessandrino vedeva le cose da uno strano punto di vista.

«Adesso è il momento buono per dargli il colpo di grazia» continuò il liberto. «Nessuno lo conosce come me, e ti garantisco che è pronto. Se lanci bene i tuoi dadi, puoi ottenere tutto ciò che vuoi: denaro, privilegi, anche la libertà a cui tieni tanto. Non tirar troppo la corda, però, o rischi di esagerare. Ascolta il tuo amico Castore, la prossima volta cadigli tra le braccia!»

Delia si lasciò sfuggire un mezzo sorriso e scosse la testa.

«Numi dell'Olimpo, ma dove vuoi arrivare?» protestò il greco. «Non troveresti mai un padrone migliore!»

«Io non voglio padroni» cercò di spiegare la ragazza.

«E perché mai? Guarda me; da schiavo stavo benissimo, godevo degli stessi benefici che ho adesso con molte meno responsabilità... d'altra parte, dopo tanti anni di amicizia, non me la sono sentita di negare ad Aurelio la soddisfazione di affrancarmi!»

«Niente da fare» lo zittì la ragazza. «Comunque, grazie dei consigli.»

Che mula, sospirò Castore: pensare che, con qualche astuta manovra, avrebbe potuto raggirare il padrone a suo piacimento! Così, visto che la ragazza non aveva alcuna intenzione di collaborare, avrebbe dovuto pensarci lui... fino a trovare la soluzione giusta per il bene di tutti.

«Delia comincia a diventarmi simpatica, *domine*» disse poco dopo ad Aurelio. «E sono assolutamente convinto che non abbia nulla a che fare coi delitti.»

«Può darsi» concesse il senatore. «Eppure, deve esserci una donna dietro tutta questa storia. Non necessariamente nel ruolo del colpevole, intendiamoci; come fattore scatenante, piuttosto, capace di mettere in moto la follia dell'assassino.»

«A proposito, hai notato le attenzioni che Marcellina rivolgeva a Timone, durante la *recitatio*? Gli ha persino accarezzato i capelli.»

«Che sono chiari e quasi crespi, come quelli di Glauco, di Modesto e anche di Nicomede!» esclamò il patrizio. «Ed ecco un altro punto di contatto tra le vittime. Ora che abbiamo escluso Lupo, ne troveremo parecchi: a pensarci bene, le tre vittime si somigliavano abbastanza.»

«Credo di sapere cosa stai pensando: che la sorella di Veranio sia attratta da un tipo particolare di uomo...» ipotizzò il greco.

«Sì. Forse è più spregiudicata di quanto supponiamo, oppure è tanto ingenua da non accorgersi del suo atteggiamento provocante. E qualcuno che le è vicino si sente in dovere di proteggerla» ipotizzò il patrizio.

«Non verrai a dirmi che Marcello Veranio ha eliminato tre persone per difendere il buon nome della famiglia!»

«No, nessun romano si sognerebbe di ammazzare il seduttore della sorella; semmai lo trascinerebbe in tribunale, cercando di estorcergli un bel po' di quattrini a titolo di riparazione. Non siamo più ai tempi di Virginia, quando i padri pugnalavano le figlie per salvaguardarne l'onore; oggi un buon quirite deve saper sopportare le corna con signorile indifferenza.»

«Se lo dici tu» gli credette sulla parola Castore, ricordando come il suo disinvolto padrone, durante il disastroso matrimonio con Flaminia, avesse fatto dei tradimenti della moglie il pettegolezzo favorito dei salotti.

«Questo, però, vale solo per un uomo maturo, già dotato di una sufficiente dose di cinismo» volle puntualizzare Aurelio. «Con ogni probabilità, un giovanissimo reagirebbe in maniera più istintiva.»

«Stai pensando a Druso? In effetti, il ragazzo possiede una buona dose di orgoglio e anche di aggressività, come dimostrano le sue accuse contro Marcello e l'insistenza con cui chiede di sposarsi al più presto. Scommetto anzi che si è già preso qualche anticipo!»

«Non credo» negò Aurelio. «Altro è giacere con una schiava arrendevole, altro è avere a che fare con una libera cittadina, maggiore di età e difesa da un parente affezionato. Inoltre, il futuro sposo presenta caratteristiche molto diverse da quelle delle nostre vittime: capelli lisci, statura modesta, carattere tutt'altro che dolce e mite... e poi, a dire il vero, mi sembra che nemmeno lui tenga in gran conto le aspettative della fidanzata. Alla *recitatio* di Fedro, infatti, pareva preoccupato unicamente di far divertire la figlia dell'imperatore. Chissà se è un adolescente timido, o non piuttosto un precoce arrivista che mira a conquistarsi il favore dei potenti...»

«E se Druso ci avesse provato inutilmente, con Verania Marcellina, per scoprire poi che la ragazza si dava al buon tempo con altri?»

«Sarebbe stata un'offesa mortale all'amor proprio di quel ragazzino... Bene, forse abbiamo individuato un possibile movente!» esclamò Aurelio.

«Non ti resta che esporti agli approcci della fanciulla e aspettare che Druso venga a tagliarti la gola» consigliò caustico il liberto.

«Io? Non mi ci vedo in quel ruolo; tu sei molto più adatto!» lo canzonò il padrone.

«Non posso fare un torto simile a Druso, dopo il precedente di Tuccia» si sottrasse abilmente il segretario.

«Tuccia è una schiava, e una schiava non può rifiutarsi.»

«Qualcuna lo fa, mi pare» osservò Castore, rigirando il coltello nella piaga. Aurelio tacque, sforzandosi per l'ennesima volta di allontanare dalla mente i sospetti che lo tormentavano. Una donna capace di resistere a un padrone onnipotente avrebbe esitato a lavare nel sangue l'insulto di un semplice servo? Troppi erano i particolari che gli facevano dubitare dell'ancella: non aveva alibi per nessuno degli omicidi; per di più, lavorando alla lavanderia, avrebbe avuto modo di far scomparire dai vestiti le tracce del sangue di Modesto; infine era l'unica che Paconio si sarebbe rifiutato di denunciare, e sapeva anche giocare ai *latrunculi*.

«Perché mai deve entrarci una donna, padrone? La tesi dell'omosessuale non ti convince?»

«Per le mani abbiamo solo Pupillo... no, adesso che ci penso, c'è anche Giulio Cano: non ho visto circolare una sola femmina nella sua casa. Il campione ama circondarsi di bei camerieri, va al mercato ad ammirare gli schiavetti siriani e il suo migliore allievo è un noto effeminato» disse Aurelio, risoluto a percorrere tutte le strade possibili. «Devo tener d'occhio anche lui, oltre a Druso e a Marcellina. Intanto, tu raddoppia la sorveglianza su Arsace: sono certo che il vecchio nasconde qualcosa!»

XXXIII

Sesto giorno prima delle None di marzo

L'indomani, il senatore dormì fino a tardi. Appena sveglio, allungò automaticamente la mano verso il tavolino, per cercarvi l'anello col sigillo. Non riuscendo a trovarlo, si buttò giù dal letto, svegliandosi del tutto: di certo il rubino era caduto in terra durante la notte, pensò, chinandosi a guardare sul pavimento. La ricerca venne bruscamente interrotta dall'eco di una discussione concitata che si stava svolgendo nell'atrio.

«Che succede?» chiese a Castore, dopo essersi affacciato al peristilio.

«Ti dico che non è qui!» urlava Paride. «Escludo che qualcuno di questa casa frequenti gente del tuo stampo!»

«Me l'ha detto lui che abitava nel Vicus Patricius» protestò una voce femminile, e Publio Aurelio riconobbe il timbro squillante di Zoe.

Il patrizio si ritirò dietro la cortina, indugiando a osservare Paride che tentava di spingere la donna fuori dalla porta. I capelli sciolti conferivano alla *lupa* l'aspetto di una temibile Gorgone, e nella lotta la toga brunita da prostituta le era scivolata di dosso, esponendo abbondanti nudità alla vista e al contatto del castissimo amministratore. Se a ciò si aggiunge che Zoe aveva perso nella colluttazione uno dei suoi altissimi zoccoli e con l'altro cercava di calciare furiosamente le caviglie dell'avversario, si può ben immaginare come lo spettacolo fosse degno del miglior teatro di pantomima.

«Paride, un po' di contegno!» lo redarguì Castore, cogliendo al volo quell'occasione insperata per canzonare il timido rivale. Aurelio stava divertendosi così tanto, che si decise a scostare la tenda solo quando realizzò che l'intendente era sul punto di soccombere.

«Senatore, questa donna...» cominciò Paride.

«Eccolo, è lui!» gridò la *lupa*, trionfante.

L'intendente, colto alla sprovvista, squadrò Aurelio con evidente riprovazione. Il padrone non era più lo stesso, meditava sconsolato: una volta, nessuna donna gli pareva abbastanza elegante; adesso, invece, se la faceva con sguattere da quattro soldi e baldracche da lupanare.

«Per Ercole, sei davvero senatore?» esclamò Zoe con un fischio. «E che casetta ti ritrovi; qua dentro ci sta per intero il Foro di Augusto! Di', me lo offri un goccetto?»

Il patrizio la fece accomodare nel tablino e batté le mani per chiamare Fillide, che comparve subito con un'anfora colma di vino dolce.

«Ehi, lo sai quanto ti frutterebbe quella ragazza in un bordello di lusso?» dette di gomito Zoe, osservando la bella schiava con occhi da intenditrice. «Se vuoi, ne parlo alla mezzana.»

«Non è in vendita» tagliò corto Aurelio. «Come mai sei qui, hai forse notizie del vecchio calvo?»

«Ieri si aggirava nel vicolo, però non è venuto da noi, è sparito invece nella porta accanto all'ingresso del postribolo: l'avrei giurato che non era un cliente!»

Aurelio rammentò l'usciolo attiguo a quello del lupanare. Arsace, quindi, poteva benissimo essere uscito da lì, quando lui lo aveva scorto sui gradini.

«Brava! Ben fatto!» la ringraziò, allungandole venti sesterzi, e aggiunse: «Non andartene subito, ho bisogno di una consulenza». Nessuno, infatti, gli pareva più adatto di una prostituta per fornire lumi su un delitto a sfondo sessuale. «Nel tuo mestiere ne avrai viste di cotte e di crude, e ti sarà certamente capitato di incontrare uomini che traggono piacere da qualche gioco violento. Come fai a sapere quando cessa la finzione e comincia il pericolo?»

Una meretrice disimpara precocemente ad arrossire, ma alle parole del patrizio Zoe avvertì, dopo tempo immemorabile, una vampata al viso: non aveva sospettato di intenzioni omicide proprio quel gran signore, il giorno che era venuto a cercarla al bordello?

«Be', alcuni clienti devono essere trattati male, per eccitarsi. Ad altri invece piace picchiare, ma la lenona non lo permette: per tali servizi bisogna rivolgersi a case specializzate» cominciò a spiegare, e intanto si chiedeva a che categoria appartenesse quello strano magistrato che, chiuso con lei in una bella stanza accogliente, l'aveva pagata soltanto per rivolgerle qualche domanda. «In questi casi, comunque, la *lupa* deve soprattutto fingere di aver paura, perché è quello che stimola di più un uomo del genere...»

Sui corpi delle vittime, rifletté Aurelio, non erano stati trovati segni di violenza, a parte la gola squarciata. L'assassino, dunque, non traeva alcun piacere dal seminare terrore, né dall'infliggere lente torture.

«Poi ci sono quelli che godono nel vedere la donna spassarsela con un altro» continuava Zoe con indubbia autorevolezza. L'ipotesi di un guardone non era ancora stata presa in esame, ragionò il senatore: sulla tunica di Modesto erano state trovate tracce di sperma, ma nulla stava a indicare che appartenesse a lui. Forse l'omicida ammazzava giovani inermi per poi appagarsi in solitudine, contemplando il suo efferato lavoro da macellaio.

«Una volta, uno squilibrato mi puntò il coltello alla gola: non riusciva a combinare niente, e dava la colpa a me...» raccontò Zoe. Perché allora non un impotente, roso dall'invidia per la prestanza degli altri maschi? congetturò Aurelio, e il pensiero gli corse al torpido Marcello.

Inutile, si disse a un tratto. Il maniaco, sempre che l'assassino fosse veramente tale, poteva essere uno qualunque degli uomini che circolavano indisturbati per la città: normali all'apparenza, ma soggetti a periodiche e imprevedibili crisi di follia. Solo trovando la molla che metteva in moto il bisogno impellente di uccidere, l'avrebbe stanato.

«Paride, accompagna la signora» comandò, dopo aver fornito alla meretrice un supplemento di mancia.

«Quale signora? Ah, capisco...» fece l'intendente, storcendo la bocca in modo vistoso, per manifestare appieno la sua disapprovazione.

«Poi mandami Castore e i nubiani; forse è la volta buona che riesco a incastrare Arsace» proseguì il senatore, imperterrito.

Rientrato nella sua stanza, riprendeva la ricerca dell'anello, trovandolo, poco dopo, sotto il letto.

XXXIV

Quinto giorno prima delle None di marzo

«Avevi ragione, *domine*» gli comunicò Castore, tornato dalla missione. «Arsace è arrivato nel Vicolo Corto all'ora undicesima e si è subito intrufolato nell'edificio attiguo al lupanare. Approfittando di una rissa che si era scatenata davanti al postribolo, ho fatto irruzione nel locale coi nubiani... e indovina cosa abbiamo trovato?»

«Non tenermi sulle spine!» balzò in piedi il patrizio.

«Un circolo, una confraternita segreta. Erano in otto, là dentro» riferì il fido segretario.

Una setta clandestina, di quelle che a Roma crescevano ogni giorno come funghi, pensò il senatore: riti osceni, cerimonie di sangue, assassinii rituali... oppure si trattava di una congiura per sostituire Claudio con un imperatore fantoccio, ligio ai voleri dell'oligarchia repubblicana che tramava ancora nell'ombra per riconquistare i privilegi perduti?

«Ci sono vittime?» chiese Aurelio, corrucciato. Se si trattava di un complotto, i rivoltosi avrebbero preso di certo molti ostaggi; nel caso di fanatici religiosi, poi, poteva essere accaduto anche di peggio...

«Quali vittime? Non capisco» sbarrò gli occhi il liberto.

«Numi, ma che razza di posto era quello, vuoi deciderti a spiegarmelo?»

«Un circolo di *latrunculi*, padrone, e vi si stavano disputando ben quattro partite!»

Il patrizio ripiombò sul seggio, affranto. Per un attimo si era illuso di aver condotto a termine la sua ricerca nel modo più indolore possibile, attribuendo quella serie di efferati omicidi a una congrega sanguinaria lontanissima dal suo mondo e dalla sua gente.

«Perché tanto deluso, *domine*? Non cercavi un giocatore di *latrunculi*? Adesso ce l'hai, te l'abbiamo portato a domicilio!» disse Castore, facendo segno ai lettighieri nubiani di introdurre Arsace.

«Lasciaci soli» comandò Aurelio, apprestandosi a subire le prevedibili rimostranze del cadaverico portiere. «Be', che aspetti?» chiese brusco al greco, vedendo che non accennava a muoversi.

«Il rimborso spese, *domine*: i nubiani non potevano certo rimanere tante ore al bordello senza consumare...»

Il patrizio aprì la borsa sbuffando, dopodiché rivolse la sua attenzione al mesto servo dei Marcelli.

«Dunque, tu giochi ai *latrunculi*, e per farlo hai bisogno di recarti di soppiatto in un posto segretissimo» cominciò, squadrandolo con aria severa nell'intento di incutergli timore.

Il vecchio non parve troppo impressionato: se ne stava dritto in piedi, altissimo, tenendosi chiuso il manto nero con le dita ossute che andavano assottigliandosi in artigli adunchi come quelli di un avvoltoio.

«Non ho fatto nulla di male» rispose con una voce talmente lugubre che parve uscire dalle cupe caverne dell'Oltretomba.

Aurelio dette un'occhiata alle scacchiere sequestrate da Castore durante l'incursione: i pezzi, vecchi e consunti, erano tutti di legno grezzo, senza solchi di sorta.

«Dove ti trovavi il giorno che il tuo padrone e sua sorella si recarono al mercato degli schiavi?»

«Passai l'intera giornata a fare il bucato e a rammendare il mantello della *kyria*. Me ne ricordo, perché il padrone tornò irritatissimo: ce l'aveva con l'assassino, che aveva ucciso il copista prima che fosse perfezionata la vendita.»

Tipico di quell'avaraccio di Marcello, chiosò il senatore tra sé e sé. «Che hai fatto, invece, la vigilia delle Calende di febbraio?» domandò poi, citando il giorno in cui lo sfortunato Modesto era uscito di casa fischiettando allegramente, per non farvi più ritorno.

«Si trattava della vigilia delle *nundinae*, quindi avrò accompagnato il padroncino dal maestro di greco» rispose pazientemente il vecchio. «No, adesso ricordo: la lezione fu rimandata, così ebbi il mio pomeriggio di riposo e andai come al solito a giocare.»

Quindi anche Druso era libero, quel giorno, dedusse il patrizio. «E quando morì Nicomede?»

Arsace aggrottò le sopracciglia: «Parli del servo della vedova che venne trovato con la gola tagliata? Ero in un podere fuori dall'Urbe, a visitare la madre del padrone, malata di febbri: sono nove anni che la *domina* vive sola, fin da quando Veranio portò la sorella ad abitare con lui in città. Le proprietà di famiglia rendevano molto poco, così Marcello decise di vendere tutti gli altri schiavi, e da allora, quando la vecchia signora ha bisogno di assistenza, me ne occupo io.»

Forse il vecchio era davvero pulito, pensò Aurelio, mormorando qualche blanda giustificazione per il trattamento indelicato a cui era stato sottoposto. Eppure, se le cose stavano così, come mai tanto mistero, tante circospezioni nel raggiungere un misero scantinato per giocare a scacchi?

«Ai soprusi ci ho fatto l'abitudine, *domine*» sembrò leggergli nel pensiero il giocatore. «Fui preso prigioniero due decenni or sono, e da allora ne ho passate di tutti i colori. I germani li tollerate, perché sono selvaggi e vi consentono di giustificarne la conquista con la scusa di incivilirli; ma da noi esistevano grandi imperi prima ancora che fosse fondata l'Urbe. Non siete mai riusciti a batterci, siamo il vostro cruccio, la vostra spina nel fianco; la potenza di Roma si ferma ai nostri confini. Così, ogni volta che catturate qualcuno di noi, gliela fate pagare cara.»

Publio Aurelio annuì. Tutti i condottieri romani, Cesare e Marcantonio in testa, avevano sperato di emulare Alessandro, estendendo il dominio dell'Urbe sulle terre sterminate dell'antico impero persiano. Il tributo di sangue pagato a quei continui tentativi era stato altissimo e molti generali avevano visto infrangersi sugli altopiani dell'Oriente i loro sogni di gloria, quando non le loro stesse vite, come il famoso Crasso, la cui testa mozzata era servita a re Orode da arredo teatrale per una scena delle *Baccanti* di Euripide...

«In Partia appartenevo a una famiglia abbiente; le nostre carovane partivano in continuazione per la terra della seta, dove, nel migliore dei casi, giungevano dopo quattro anni di viaggio. Che festa, quando una spedizione faceva ritorno! Ero ricco e potente, ma la guerra mise fine a tutto...»

Il patrizio assentì, comprensivo: non amava la guerra, sebbene, come tutti i suoi pari, fosse stato a lungo soldato. Avrebbe indossato di nuovo elmo e corazza, se Roma glielo avesse chiesto, ma sperava invece in un trattato di pace che gli consentisse di conoscere i saggi del favoloso paese da cui venivano le rose, gli scacchi e lo studio degli astri...

«Magi!» esclamò, colpito da un'intuizione improvvisa. «Così si chiamavano gli astronomi caldei: il misterioso "Mago" sei tu!»

«Sì» ammise Arsace. «Non volevo che si sapesse, perché Giulio Cano non avrebbe mai accettato di incontrarsi con uno straniero. Per me, invece, questa partita era molto importante. Quando fui tratto in prigionia, non volli rassegnarmi: passavo ore e ore a elaborare complicatissimi piani di fuga che non sarei mai riuscito ad attuare. Poi, col tempo, trasferii i miei progetti sulla scacchiera, e la mia libertà divenne quella delle pedine destinate ad arrivare alla meta senza farsi catturare. Fin da piccolo, ero molto abile in questo genere di rompicapi, e i *latrunculi* romani mi erano ben noti. Cominciai a studiare nuove tattiche, sfruttando i trucchi appresi in patria. Il gioco divenne un'ossessione, una ragione di vita: un giorno avrei umiliato davanti alla scacchiera quella stessa Roma che mi aveva sconfitto sul campo di battaglia. Quel giorno doveva essere domani, invece...»

«Non vorrai rinunciare alla sfida!»

«Perderei di certo. Quell'irruzione, quel sopruso, mi ha fatto capire di essere soltanto un vecchio schiavo testardo. Cano è un grande filosofo, e mi coprirà di ridicolo.»

«Non è detto» obiettò Aurelio, il quale, conoscendo la spocchia del campione romano, aveva subito sposato la causa di Arsace.

«Immagino già le risate di quel ricco fannullone, quando vedrà la mia scacchiera sbrecciata!» aggiunse il parto. «Ne possedevo una migliore, ma poi persi un pezzo e decisi di usare l'altra per sfidare il mio avversario.»

Aurelio si fece attento. Con gesti lenti, estrasse da un piccolo stipo la pedina rotolata ai piedi di Glauco e la mostrò allo schiavo.

«Osservala con attenzione: potrebbe essere quella che hai perduto?» chiese col fiato sospeso.

«Sì, è identica: una *mandra* antiquata, con tre bande rosse, come quelle che ho spedito a Cano. Però non posso giurare che sia la mia; ne circolano molte altre, di questo tipo!»

«Ascolta, Arsace: rammenti quando ti sei accorto esattamente della sparizione?»

«Non di preciso, *domine*; saranno un paio di mesi, o anche meno. Avevo la brutta abitudine di portarmi i pezzi in una piega del manto, e forse uno mi è caduto per strada.»

Un paio di mesi; poco prima che il copista venisse ucciso, quindi: quella nuova pista pareva portare dritto nella casa dei Marcelli. D'altra parte, lo stesso Cano aveva avuto accesso alle *mandrae* di Arsace, per non parlare dei suoi discepoli. E forse la pedina non era che l'ennesimo, vago indizio, utile solo a confondere le acque, come l'orma col ricciolo.

«Posso andare adesso?» chiese Arsace.

«Aspetta!» lo trattenne Aurelio. «Giulio si batterà nel primo turno sul suo prezioso tavolo intarsiato, vero? Bene, per il secondo giro, quando sarai tu a scegliere il campo, gli daremo qualcosa di meglio!» disse, uscendo.

Poco dopo, il patrizio riemergeva dalla sala delle sue collezioni di antichità, reggendo tra le mani un involto di seta greggia. Svolse il drappo e sul tavolo apparve la più bella scacchiera che mai si fosse vista nell'Urbe.

«Apparteneva a Mitridate, il sovrano del Ponto. Lucullo la portò a Roma col bottino di guerra, e io la comprai nell'asta in cui gli ultimi eredi liquidavano i beni del generale.»

«Oro e lapislazzuli, le pietre sacre dell'Oriente...» mormorò Arsace, accarezzando delicatamente i pezzi.

«Gioca con questa: ti porterà fortuna!»

«Avrei paura di rovinarla» esitava lo schiavo, mentre gli occhi infossati gli brillavano di desiderio.

«Tenere un oggetto simile rinchiuso in una teca equivale ad approvare la castità di una bella donna» sorrise il patrizio, consegnandogli senza esitazione la scacchiera reale.

XXXV

Quarto giorno prima delle None di marzo

La mattina seguente, Aurelio e Castore discutevano i risultati del pedinamento di Marcellina da parte di Afrodisia.

«Dunque, se ho ben capito, la sorella di Veranio si reca alle terme tutti i giorni e quasi sempre da sola, circostanza piuttosto insolita per una fanciulla di buona famiglia...» osservò il patrizio.

«La casa di Veranio non ha ipocausto e da qualche parte Marcellina deve pur andare a lavarsi, d'inverno. Frequenta di solito dei bagni femminili, molto economici.»

«Che altro ha scoperto Afrodisia?»

«La ragazza parla spesso con le altre clienti, soprattutto ancelle, in mezzo alle quali si sente più a suo agio. Ora, secondo queste amiche, Marcellina è tutt'altro che digiuna di esperienze sessuali...»

«Potrebbe semplicemente essere una vanteria, per non apparire da meno delle schiave, che hanno spesso rapporti assai precoci.»

«Oppure si è data davvero al buon tempo con parecchi giovani di nostra conoscenza: Glauco, Nicomede e Modesto, per esempio. Peccato che siano tutti morti e non possano confermarcelo. A ogni modo, c'è un altro particolare interessante: come supponevi, il legittimo fidanzato non gode dei favori della ragazza, che lo considera poco più di un bambino, e ha sempre rintuzzato energicamente i suoi approcci...»

«La nostra ipotesi, quindi, non era campata in aria. Druso è un giovane eccitabile, vissuto per anni all'ombra di un padre che non si dava nemmeno la pena di nascondergli la sua relazione con Tuccia. Non per nulla, appena ne ha avuto occasione, si è affrettato a prenderne il posto. Di conseguenza... Ehi, ma cosa sta succedendo?»

Dall'atrio di servizio, infatti, provenivano urla, scoppi di risa, acclamazioni. Uscito nel peristilio, Aurelio si trovò circondato dai domestici che si issavano sulle spalle Arsace, decisi a portarlo in trionfo.

«Giulio Cano è in ginocchio, Roma ha un nuovo campione!» annunciò Paride, che aveva assistito all'incontro.

I due si erano battuti all'ultimo sangue. Durante la prima mano, disputata al tavolo del filosofo, il maestro aveva vinto, annullando tutte le difese del Mago tra i frizzi dei discepoli. Al secondo turno, toccava al parto scegliere la scacchiera, e nel tablino affollatissimo si era diffuso un mormorio di sorpresa quando il vecchio aveva tratto dalla borsa sdrucita il favoloso tesoro di Mitridate. Il nobile Giulio si era subito trovato in difficoltà, perdendo per pochi punti. Più appassionante ancora era stato lo scontro di spareggio: dopo pochi istanti dall'inizio del gioco, Arsace aveva inchiodato alle caselle i *bellatores* dell'avversario con una serie di attacchi geniali, culminati in una mossa astutissima che nessuno conosceva. A Cano non era restato che abbassare la testa, allorché il vincitore si era rivelato per un umile parto, schiavo della potenza di Roma.

«Oggi l'Urbe padrona del mondo onora un suo prigioniero, anche se soltanto al tavolo da gioco!» dichiarò il vecchio ai servi. «Ma adesso lasciate che ringrazi il senatore.»

«Vieni a brindare alla vittoria!» gli fece strada Aurelio verso lo studio.

«Il lapislazzuli mi è stato propizio, *domine*» disse Arsace, porgendogli la scacchiera.

Il patrizio contemplò la decorazione finissima dei *bellatores* di Mitridate, un capolavoro di intaglio in cui le vene della filigrana d'oro rilucevano sul lapis scurissimo come minuscoli occhi maligni. «Non me la sento di mettere di nuovo sotto chiave una simile opera d'arte. Pezzi come questi meritano di essere toccati soltanto dalle dita di un grande campione: tienili tu!» disse.

«*Domine*, per ripagartela non mi basterebbero vent'anni di lavoro...» si schermì il vecchio.

«Giusto il tempo che ti è stato necessario per preparare la partita» gli fece notare Aurelio. «Con questa puoi comprarti la libertà e vivere decentemente il resto dei tuoi giorni.»

«Non potrei mai venderla!» replicò Arsace, grato. «Permettimi di ricambiare nell'unico modo che mi è possibile, facendoti parte della mossa con cui ho battuto Cano. È il famoso "colpo del serpente", che i saggi della mia gente si tramandano di padre in figlio. Devi promettermi, però, che lo userai una volta sola, contro l'unico avversario che riterrai degno di te.»

«Te lo giuro sul grande Rampsinito, a cui fu concesso di uscire dagli Inferi per aver vinto una partita a dadi!» dichiarò Aurelio ridendo, e i due si chinarono sulle caselle colorate.

Poche ore più tardi, seguendo le indicazioni di Afrodisia, il patrizio ispezionò tre bagni diversi, trovando infine Marcellina in un modesto stabilimento del Vicus Cuprius dove si recavano soprattutto bottegaie, serve e cucitrici.

Il piccolo complesso offriva anche una piscina per gli uomini, cosicché vi potevano accedere le famiglie al completo; l'atmosfera era quella cordiale delle terme di quartiere, dove più o meno ci si conosce tutti; l'arrivo di un patrizio in lettiga con tanto di ancella e *balneatores* al seguito fece quindi scalpore: dai sussurri dei frequentatori abituali si poteva già prevedere che quell'evento inusitato sarebbe stato oggetto di commenti pettegoli per settimane e settimane.

I servi, elegantissimi nel chitone greco, altri non erano se non Timone e Polidoro, promossi a bagnini per la loro prestanza. Aurelio si era fatto accompagnare apposta da loro, meditando di lasciarli soli con Marcellina, nella speranza che, libera dall'etichetta, la ragazza svelasse finalmente la sua vera natura.

A tenerla d'occhio ci avrebbe pensato Nefer: da donna esperta e perspicace, l'ancella era in grado di decifrare abilmente i piccoli ma importantissimi segnali dell'universo femminile, e cogliere così mille particolari invisibili allo sguardo superficiale di un maschio.

Come previsto, la sorella di Veranio accettò volentieri in prestito massaggiatrice e *balneatores*, mentre il senatore si defilava accampando un impegno improvviso.

Poco dopo, Aurelio percorreva di buon passo la strada per il

Foro, diretto alla basilica Emilia. Giunto alla Via Sacra, il suo sguardo fu attratto da un paio di orecchini che faceva bella mostra di sé nella teca di una delle numerose botteghe degli orafi. Desideroso di farsi perdonare il brutto scherzo giocato ad Arionilla, il patrizio stava proprio per acquistarli quando udì alle sue spalle un coro di voci lamentose, mescolate al frastuono di decine di carretti tirati a braccia sull'acciottolato.

Fece appena in tempo a saltare sul marciapiede, prima di essere investito dalla marea umana che avanzava lungo la via.

Il Tevere, come tutti temevano, aveva superato il livello di guardia, allagando i primi piani delle case sulla riva, e ora la massa dei senzatetto si riversava nelle strade e nelle piazze, trascinandosi dietro le poche masserizie salvate dall'alluvione. Molti nel disastro avevano già perso tutto; altri, costretti a lasciare in gran fretta le dimore al pianterreno delle *insulae,* al loro ritorno le avrebbero trovate distrutte, o saccheggiate dagli sciacalli.

«Senatore Stazio!» gli si avvinghiò uno di quei disperati. «Sono tuo cliente da dieci anni, ho moglie e tre figli, non puoi lasciarmi in mezzo alla strada! Di certo nella tua proprietà c'è uno stanzino vuoto dove possiamo sistemarci per qualche giorno, in attesa che l'acqua cali.»

Il patrizio, sebbene poco entusiasta di veder circolare degli estranei in casa sua, non se la sentì di dir di no a quel disgraziato. Per fortuna, l'anno precedente aveva avuto l'accortezza di far soprelevare il quartiere dei servi, così adesso disponeva di alcuni cubicoli d'emergenza. Cinque persone in più, pensò, non avrebbero fatto una gran differenza.

Fu quindi con animo generoso e disponibile che entrò nelle *fauces* della sua elegante *domus* patrizia, alla testa dei poveri alluvionati. Immediatamente, però, fece un passo indietro, restando interdetto. L'atrio era ingombro di sacchi, involti, coperte, stoviglie e suppellettili di ogni genere; non un solo pollice del bel mosaico che circondava l'*impluvium* era libero dall'intrico di fagotti fra i quali si aggirava una folla di donne scarmigliate e bambini piangenti. Il senatore rimase immobile dietro una colonna a contemplare quello spettacolo sconcertante, finché non scorse Paride che tentava di raggiungerlo arrancando in mezzo alla massa dei derelitti.

«Per tutti i Numi! Che ci fa qui tutta questa gente?»

«Sono i tuoi *clientes* che vivevano presso il fiume, padrone: hanno perso la casa e sono corsi a chiederti aiuto» spiegò l'amministratore, costernato.

«Dei dell'Olimpo, non possiamo ospitarli tutti!» gemette il senatore, sgomento, mentre con la coda dell'occhio vedeva il suo amato tavolino di onice rovinare a terra, urtato da un energumeno, e la preziosa pisside corinzia del larario oscillare pericolosamente sotto il tiro incrociato dei bimbi che ne avevano fatto un bersaglio per il tiro con le noci.

Castore intervenne, tossicchiando discretamente: «Permetti un suggerimento, *domine*? La tua residenza sul Gianicolo è abbastanza vasta da offrire ricettacolo a questi sciagurati; se tu rinunciassi per qualche tempo a ricevervi le signore che temono per la loro reputazione, il problema sarebbe efficacemente risolto».

«Vada per il Gianicolo» sospirò Aurelio, rassegnato: avrebbe dovuto restaurarla sul serio, la villa in questione, quando quella moltitudine se ne fosse andata.

L'amministratore assunse il comando delle operazioni. In breve, sotto la sua guida autorevole, la folla scalpitante venne censita, divisa in gruppi e inviata a destinazione. Due ore più tardi, nell'atrio devastato rimanevano solo una decina di persone, ma in compenso erano spariti tutti i cuscini di lana, e persino alcuni piatti di ceramica destinati a contenere le offerte sacre sull'altare dei Lari. Paride si affannava a sgomberare gli ultimi ritardatari, porgendo loro pacchi e pacchetti, e spingendoli fuori con fermezza.

«Attento!» gli gridò un bambinetto, mentre dalle mani troppo cariche dell'intendente sfuggiva una vecchia scatola. Troppo tardi: un nugolo di pedine si sparse sul pavimento, con grande disperazione del legittimo proprietario.

«I miei *latrunculi*, adesso come faccio a ritrovarli tutti?» si lamentava il bambino, sconfortato.

«Comprane degli altri» intervenne Aurelio, allungandogli una moneta.

«I miei non li fanno più!» protestò lui vivacemente. «Vedi, ci sono tre righe rosse, mentre quelli che vendono adesso hanno tutto l'orlo dipinto!»

«Dove li hai presi?» volle sapere il senatore, improvvisamente all'erta, mentre si inginocchiava sul pavimento per cercare le pedine, simili in tutto e per tutto a quelle di Glauco.

«Mio zio li ebbe dal suo patrono molti anni fa.»

«E sai per caso di chi era cliente tuo zio?» domandò il patrizio, attento.

«Giulio Cano!» dichiarò fiero l'imberbe giocatore.

Nel frattempo Paride aveva sguinzagliato un esercito di sguatteri muniti di spugne, cenere e segatura, per tirare di nuovo a lucido l'atrio. I danni erano cospicui; soltanto il tavolino di onice, troppo pesante per essere rimosso, appariva miracolosamente intatto.

«Abbiamo salvato il tappeto orientale riavvolgendolo in tutta fretta, ma cuscini e tendaggi sono da buttare» dichiarò tristemente Paride, il quale teneva al decoro della *domus* più del padrone.

«Nelle nostre casse ci sono tessuti in abbondanza e non mi dispiacerà vedermi attorno qualcosa di nuovo» lo consolò Aurelio. «Sostituisci tutto e non pensarci più. Nefer ha fatto ritorno dalle terme, piuttosto?»

«È barricata nel suo cubicolo, *domine*; te la mando subito.»

Qualche istante dopo, sdraiato sul triclinio elucubratorio della biblioteca, il patrizio ascoltava il rapporto della sua schiava di fiducia.

«Marcellina si è dimostrata una donna amabile e per nulla complicata» riferì l'egizia in tono sicuro. «È stata felicissima di farsi massaggiare, dato che non può permettersi la palestra e nemmeno la parrucchiera: infatti ha i capelli schiariti irregolarmente, come chi se li tinge da solo.»

«Ottimo, Nefer, sei davvero una buona osservatrice!» la lodò il padrone.

«Di corpo è ben fatta,» proseguì l'ancella «ma tende a una leggera pinguedine. Le piace farsi bella, anche con poco denaro a disposizione; le gambe sono lisce e senza peli, le unghie di mani e piedi limate con cura, le labbra ben dipinte. Gongola visibilmente alla vista di creme, belletti e gioielli, tanto che ho dovuto promettere che le forerò le orecchie per metterci dei pendenti.»

«Si è spogliata davanti ai servi?» chiese Aurelio, andando al punto: i *balneatores* avevano avuto ordine di allontanarsi dalla sala dei massaggi solo se sollecitati a farlo.

«Senza alcun problema, e dire che Timone e Polidoro se la mangiavano con gli occhi! D'altra parte, le stesse matrone che vanno in escandescenze nel mostrare la caviglia a un cittadino si denudano tranquillamente davanti ai domestici.»

Nulla di strano, soppesò il senatore: abituati fin dall'infanzia alla presenza massiccia e silenziosa degli schiavi, i quiriti li consideravano oggetti di arredamento, più che uomini veri e propri. Quegli "strumenti", tuttavia, possedevano occhi per vedere, menti per pensare e corpi che reagivano allo stesso modo di quelli dei liberi. Era facile, quindi, che qualche famiglio intraprendente – uno come Glauco, per esempio – scambiasse la condotta avventata di una *domina* per un segno di incoraggiamento; improbabile però che andasse oltre, se non dietro esplicito invito, perché una sola parola della padrona sarebbe bastata a spedirlo nelle miniere di sale.

Questo era appunto il problema che tormentava il patrizio: i cittadini come Veranio, Druso, Marcellina, o la stessa Fulvia, disponevano di fior di leggi per guardarsi dalle intemperanze di uno schiavo; un servo, invece, non avrebbe avuto dalla sua che un buon coltello affilato...

«Qual è la tua opinione su Delia?» chiese a un tratto.

Nefer storse la bocca: «A quella non importa nulla del suo aspetto. Ha sempre i capelli spettinati, si mangia le unghie e non usa alcun belletto. Cammina senza un minimo di grazia, e quella sua carnagione opaca, color delle uova d'anitra, è un vero disastro».

Aurelio ci rimase male. Era così che gli altri vedevano la pelle ambrata di Delia, gli occhi grandi privi di bistro e quegli scatti felini che attiravano tanto il suo sguardo?

«Passa tutto il tempo libero a leggere nel suo cubicolo e non vuole nessuno attorno. Timone ha tentato qualche approccio e ci ha guadagnato un bel graffio sulla guancia» aggiunse l'ancella.

«Nessuna preferenza, nessuna inclinazione per qualcuno?» insistette il patrizio.

«Giurerei che una propensione ce l'ha, ma non per uno schiavo» dichiarò bruscamente l'egizia, e Aurelio preferì soprassedere davanti al cipiglio burrascoso della bella massaggiatrice.

Licenziata Nefer, il patrizio convocò il segretario.

«Ho lavorato come un mulo, padrone, ma ne valeva la pena!

Puoi escludere definitivamente Terenzio dalla lista dei sospetti: Scapola è sicuro di non averlo mai perduto d'occhio al mercato. Di certo Arionilla non mentiva, giurando che era a letto con lei mentre venivano commessi gli altri delitti!»

Aurelio fissò il liberto con sguardo inquisitore: come faceva Castore a conoscere le esatte parole di Fulvia?

«Ti sembro tipo da lasciarti solo ad affrontare un pericoloso delinquente?» confessò infine il levantino. «Alla villa c'ero anch'io, pronto a ogni evenienza col gladio sguainato.»

«Non sei la mia balia, Castore» sbottò Aurelio, indispettito.

«Ho abbordato anche uno dei servi di Cano» continuò il greco per rabbonirlo. «Avevi ragione, il filosofo ha i suoi favoriti e non fa nulla per nasconderlo; inoltre non si sa dove fosse il pomeriggio della morte di Modesto. Quindi abbiamo un nuovo sospetto, senza contare Marcello, Marcellina e Druso.»

«Dimentichi Delia e Tuccia» precisò il patrizio.

«Elimina anche quest'ultima, *domine*. Due ancelle spergiurano di averla notata ai bagni, quella sera. E poi ce la vedi, Tuccia, a scannare qualcuno? È più facile che metta del veleno nella zuppa, piuttosto!»

«Veranio?» si informò il senatore, rimuginando.

«Ho rivoltato la sua vita da capo a fondo, senza trovare niente: non frequenta cortigiane, non va al bordello e quando fa la posta a qualche signora, è soltanto per strapparle un manoscritto raro.»

«E se il collezionista usasse la sorella come specchietto per le allodole per abbordare bei ragazzi?» sospettò Aurelio. «Le vittime erano uomini piacenti, e tu stesso mi hai detto che Glauco attirava molto gli omosessuali. Di Nicomede sappiamo già e, per quanto riguarda Modesto, sebbene non avesse queste inclinazioni, era spesso fatto oggetto di proposte indiscrete...»

Castore nicchiava, poco convinto.

«Rifletteci un po'» insistette il senatore. «Veranio manda in avanscoperta Marcellina, che con le sue grazie attira il prescelto; questo le strappa un appuntamento e accorre speranzoso, credendo di avere a che fare con la fanciulla, invece al momento buono si trova davanti il fratello: se ci sta, bene; altrimenti, zac!»

«Fandonie! Non avrebbe bisogno di una simile macchinazione per comprarsi i favori di qualche schiavo!»

«Nemmeno Cano, se è per questo» specificò Aurelio.

«Comunque, da quanto mi risulta, il nostro collezionista di manoscritti non dedica ai maschi un'attenzione maggiore che alle femmine.»

«Forse stiamo sbagliando tutto, Castore. Diamo per scontato che questi delitti giovino a qualcuno, tendiamo cioè ad attribuire all'assassino dei moventi ragionevoli, come se avessimo a che vedere con un uomo normale. Invece quello che cerchiamo è un folle, un maniaco che segue una logica tutta sua, e per smascherarlo dovremmo riuscire a pensare con la sua testa. La presenza di quella pedina, per esempio, potrebbe significare qualcosa per una mente distorta: una minaccia, magari, un avvertimento, oppure la firma di un vendicatore.»

«A meno che non si tratti di una semplice coincidenza, *domine*. In effetti, un pazzo omicida può nascondersi dietro apparenze normalissime: pensa che stamattina, mentre Azel mi accorciava la barba, ho provato un brivido di paura vedendolo avvicinarsi al mio collo con la *novacula* affilata. E se fosse lui? mi sono detto e d'istinto sono schizzato via dallo sgabello, rovesciando il catino d'acqua. Così ho rinunciato a ritoccarmi il mento e, se non scopriamo presto il colpevole, finirò col somigliare a un caprone.»

«Un rasoio, perché non ci ho pensato prima?» si chiese Aurelio, eccitato. «L'arma che ha ucciso gli schiavi doveva essere proprio una *novacula,* o addirittura un bisturi: difficilmente un coltello avrebbe potuto cagionare ferite nette come quelle!»

«Vediamo allora chi ne fa uso» riprese Castore. «Marcello tiene il pizzetto, ma sono pronto a scommettere che se lo regola da solo con le forbici, per risparmiare. Druso attende ancora di vestire la toga virile per sacrificare la prima lanugine sull'altare degli Dei. Cano, da buon filosofo, non si rade. Paconio ha una lunga barba candida, come quel senatore che i galli di Brenno scambiarono per una statua: questi quattro, dunque, sono fuori causa. Terenzio è sempre così perfettamente glabro, da far credere che si rada due volte al giorno, tuttavia ha un buon alibi, quindi occorre cercare altrove. Rimarrebbe il vecchio Arsace, che possiede guance lisce come un uovo.»

«Al pari di un milione di abitanti di questa città: sai bene che da secoli i romani portano il viso scoperto, a eccezione dei filosofi e di qualche eccentrico» puntualizzò Aurelio, fissando eloquentemente la barbetta del suo segretario, per il momento ancora curatissima. «Inoltre, nessuno tiene un rasoio in casa: radersi il viso da soli è praticamente impossibile, quindi vanno tutti dal tonsore...»

«L'omicida, tuttavia, potrebbe vivere in una *domus* col barbiere privato» ipotizzò Castore, facendosi improvvisamente serio. «Nell'Urbe ci sono quasi duemila residenze di questo tipo, e ognuna di esse ospita centinaia di persone. Purtroppo nessuna di loro è coinvolta nei nostri omicidi, quindi c'è un'unica grande dimora che può essere presa in considerazione, quella di Giulio Cano.»

«No, invece ce n'è un'altra» ribatté Aurelio, fosco. «La nostra.»

Castore lo fissò pensieroso: «Padrone, e se il pazzo fosse veramente uno di noi?».

In quel momento fece la sua comparsa un Paride particolarmente contrito: «Perdonami, *domine*, ma con tutta quella confusione ho dimenticato di dirti che era stato qui il curatore della biblioteca di Asinio Pollione. Voleva sapere se ti era piaciuto il volume che hai preso a prestito recentemente».

«Strano, sono mesi che non prendo un libro nuovo!»

«In effetti, padrone, ho avuto la netta impressione che quel funzionario avesse imbastito una scusa per aver modo di incontrare la schiava che mandi a ritirare i rotoli. Ha chiesto di lei, infatti.»

«Delia, naturalmente!» sbottò Aurelio. La ragazza, quindi, non paga di sottrargli i libri dagli scaffali, se li faceva anche prestare a suo nome dalla biblioteca pubblica!

«Sì, *domine*: il curatore era stupito di non averla più vista dalla vigilia delle Calende di febbraio.»

«È il giorno in cui è scomparso Modesto! E la biblioteca apre proprio nel pomeriggio!» esclamò il patrizio: ecco, dunque, dove si trovava Delia, il giorno del delitto. Di certo aveva taciuto per essere in grado di continuare il suo imbroglio. Aurelio si sentì improvvisamente più allegro; l'irritazione per il nuovo sotterfugio della schiava era svanita all'istante, spazzata via dal sollievo di poter finalmente cancellare la ragazza dalla lista dei sospetti.

«Chiamami Azel!» comandò a Paride, reprimendo a stento un sorriso.

Poco dopo apparve l'azzimato tonsore siro-fenicio, in preda a un visibile nervosismo: «Non potresti mandare il giovane Agatone a servizio da qualche altra parte, *domine*? Ganimede è gelosissimo e mi fa continue scenate.»

Aurelio sospirò: non soltanto il barbiere, ma molti austeri quiriti sceglievano ormai come amanti degli insopportabili ragazzetti viziati, preferendoli alle stesse donne, le quali, ottenuta una sostanziale emancipazione, si erano fatte piene di pretese. I rudi romani, abituati ad affermare la loro virilità su uno stuolo di femmine obbedienti e remissive, non sempre erano in grado di tener testa a queste matrone di stampo completamente nuovo, e trovavano più facile e soddisfacente la frequentazione di qualche mite servitorello orientale.

«Vedrò se posso accontentarti» concesse il patrizio. «Intanto ordina a Delia di lavare i tuoi strumenti.»

Adesso che era sicuro dell'innocenza della ragazza, Aurelio giudicava venuto il momento di fare finalmente i conti con lei, appurando anzitutto se fosse un'autentica stoica, o non usasse invece quella rigida facciata solo per prendere in giro gli uomini che la circondavano: primo fra tutti, il suo poco riverito padrone.

La schiava era china sulla bacinella, col rasoio in mano, e stava strofinandolo con una pezzuola. Aurelio entrò silenzioso, chiuse la porta e si portò alle sue spalle. Vide le dita di lei chiudersi saldamente sull'impugnatura quando le cinse la vita, attirandola a sé, e si chiese quanto poteva rischiare: se avesse esposto la gola, sarebbe stato abbastanza svelto da sottrarsi alla lama?

Delia, fronte corrugata, muscoli irrigiditi, dita serrate sull'arma, prese un lungo respiro e si voltò. Stretto alla donna, il patrizio udì il cuore che gli batteva all'impazzata nell'attesa esasperante del colpo.

La schiava aprì la mano, e il rasoio cadde a terra. Aurelio avvertì la tensione allentarsi di colpo e si lasciò sfuggire un sospiro di sollievo. Si inginocchiò e raccolse la lama: «Perché non l'hai usata?» chiese.

«La tua vita non mi appartiene, come la mia non appartiene a te» rispose Delia, la fronte imperlata di sudore.

«Però sei stata tentata di farlo» affermò il patrizio.

«Sì» ammise lei.

Aurelio abbassò gli occhi. Sapeva che non era stata la paura di uccidere, né il timore della condanna, a farla desistere dal suo proposito, ma solo l'intima convinzione di commettere un'azione ingiusta: lecito è disporre solo di ciò che si possiede; della propria vita, quindi, non di quella altrui. Com'erano simili, lui e quella donna, nell'aspirazione mai appagata di raggiungere il distacco dei saggi dalle debolezze umane! Le strade che avevano scelto per camminare verso quella meta inarrivabile erano diverse: lei l'impervio cammino degli stoici, lui quello più mite degli epicurei, che riconoscevano nella felicità lo scopo ultimo dell'esistenza... Ambedue, tuttavia, erano soli con se stessi davanti a qualunque scelta, privi di una tavola di leggi a cui far riferimento, e senza alcun Dio generoso che scendesse dal cielo a dir loro, una volta per tutte, cos'era il bene e cosa il male.

«Perdonami» disse, e quella parola suonò stonata sulla bocca orgogliosa del patrizio. Delia meritava il suo rispetto e aveva diritto a vivere come meglio credeva. Non l'avrebbe molestata mai più, giurò, e fece per andarsene.

«Aspetta!» lo richiamò lei. «Tu sei un giocatore, vero? Solo un giocatore inveterato si sarebbe fatto tanto vicino a quel rasoio. Ti propongo una partita.»

«Che posta offri?» domandò Aurelio, ostentando un'indifferenza che era lungi dal provare.

«Sono una schiava, non ho che me stessa da mettere in palio» rispose l'ancella con voce atona.

«Scegli il gioco» accettò il patrizio, nascondendo la sua emozione.

«I *latrunculi*, naturalmente» disse lei, scostandosi una ciocca dalla fronte sudata. «Se vinco, mi darai la libertà.»

Per Aurelio, quella fu la partita più lunga e difficile che avesse mai ingaggiato. Delia si impegnava con astuzia, calcolo, accanimento. Giocava bene, meglio di lui, e già dalle prime mosse il patrizio capì di non poterla spuntare. A mano a mano che il tempo passava e il suo svantaggio diventava più netto, l'uomo sentì crescere dentro di sé la tentazione di ricorrere alla mossa che aveva fatto del Mago il campione di Roma. Sarebbe stato scorretto e meschino, pensava spiando le belle labbra della donna, strette nello sforzo della concentrazione, ma lui la voleva, e non l'avrebbe mai avuta altrimenti. Spedendo al Tartaro i suoi scrupoli, fece la mossa decisiva.

Nello sguardo di Delia brillò un guizzo d'astuzia mentre faceva avanzare lentamente una *mandra*, fissando l'antagonista con uno strano sorriso. Aurelio stentava a credere ai suoi occhi: la ragazza aveva parato con prontezza il "colpo del serpente", quasi l'avesse previsto fin dall'inizio. La partita era persa, ormai.

Inspiegabilmente, invece, da quel momento il gioco di Delia divenne più confuso, meno vivace, come se la donna avesse esaurito tutte le sue risorse in quella brillante difesa. La fronte aggrottata per l'ansia, stentava a tenere l'attenzione desta e i nervi saldi: forse il pensiero stesso di quella libertà troppo a lungo agognata le ottundeva i riflessi, rendendoli deboli e tardi.

Sopraffatta dal panico, l'ancella cominciò a commettere errori su errori, fino all'inevitabile sconfitta.

«Ho perso. Il Fato ha deciso per me» disse infine, rassegnata.

Il patrizio si sentì un verme: Delia aveva lottato per ottenere ciò che più ambiva al mondo, mentre lui si era abbassato a vincere slealmente soltanto per soddisfare un capriccio.

«Non vale, ho barato» confessò in un sussulto di onestà. La schiava lo fissò, stupita, poi arretrò lentamente e uscì senza una parola.

Aurelio si sentì all'improvviso stanco e svuotato: il gioco con Delia era finito, per sempre. Adesso occorreva pensare all'assassino.

«Portatemi Terenzio» comandò, allontanando la scacchiera con un gesto insofferente.

In attesa che il padrone decidesse la sua sorte, il triclinario era rimasto consegnato nel proprio cubicolo, senza alcuna speranza di cavarsela dopo aver assalito, coltello in pugno, un magistrato romano.

Non era la prima volta che rivolgeva un'arma contro un importante personaggio: ad Atene, però, aveva agito per orgoglio, freddamente, raggiungendo il suo scopo. Nella villa sul Gianicolo, invece, il suo unico pensiero era rivolto a Fulvia, disposta per amor suo a vendersi a un ricattatore. Era corso laggiù per impedirlo, e c'era riuscito, ma per quanto ancora? Adesso che lo aspettava la tortura, forse il capestro, lei non avrebbe avuto più nessuno a difenderla.

Entrò nello studio a testa alta. Squadrando senza alcuna umiltà il patrizio seduto al tavolo, gli sembrò di vedere se stesso ad Atene, tanto tempo prima: la stessa arroganza imperiosa, la stessa intima convinzione di aver diritto di prendere tutto ciò che desiderava. Dieci anni di schiavitù lo avevano cambiato profondamente, e ora era felice di non somigliare più all'uomo che teneva nelle mani il suo destino. Non gli avrebbe dato la soddisfazione di implorarlo, né di chiedergli grazia: Aurelio era padrone della sua vita, non della sua dignità.

«La sentenza, suppongo» disse gelido, quando il senatore gli consegnò il papiro arrotolato. Un *paterfamilias* non aveva bisogno di alcun tribunale per giudicare e condannare un suo schiavo. Aurelio annuì.

«È la morte?» chiese Terenzio in tono indifferente.

«Leggi.»

Con calma innaturale, lo schiavo Terenzio, già Filippo di Atene, svolse il rotolo:

Publio Aurelio Stazio a Fulvia Arionilla, *salutem dicit*.

So che intendi risposarti. Gradisci, come regalo di nozze, il latore della presente.

Accludo l'atto di donazione.

Terenzio rimase immobile, con la testa che gli girava.

«*Domine*» lo chiamò sottovoce: il padrone che avrebbe potuto mandarlo a morte, lo restituiva a Fulvia... e lui aveva tentato di ucciderlo!

«Sì?» fece il patrizio senza guardarlo.

«Io so da chi stava andando Nicomede, quella sera» mormorò lo schiavo. «Non volevo dirtelo, ma adesso te lo devo. Si era confidato con me e mi aveva chiesto consiglio, perché la sua situazione era molto simile alla mia: amava una donna libera.»

«Verania Marcellina» concluse il senatore, senza mostrare meraviglia.

«Lo sapevi di già?» si stupì il triclinario.

«Non ne ero certo. Comunque, grazie.»

«È Filippo di Atene a ringraziarti, *kyrie*» ribatté Terenzio, compunto, e uscì producendosi nel suo migliore inchino.

XXXVI

None di marzo

Era ancora mattina presto, quando Castore irruppe nella stanza del padrone: «Svegliati, *domine.* Timone ha ricevuto un biglietto da una donna sconosciuta che gli dà appuntamento per il tardo pomeriggio di domani al tempio di Giunone Regina sull'Aventino!».

Aurelio buttò via la coperta, schizzò dal letto e si sciacquò sommariamente il viso con l'acqua della bacinella. Poco dopo, percorreva il tablino a larghi passi, al colmo dell'eccitazione. Il tempio, infatti, si trovava presso la Via di Porta Trigemina, proprio a ridosso delle Mura Serviane: anche Modesto era stato attirato in un recinto sacro, per essere poi ucciso sugli spalti.

«Pensi che la missiva sia veramente di Marcellina?» chiese Castore. «Eppure la *lupa* ti disse chiaramente che la donna amata da Nicomede non era libera...»

«Forse intendeva alludere alla sua condizione di fidanzata» replicò Aurelio. «È lei, ne sono sicuro: ha passato un mucchio di tempo con Timone alla *recitatio,* poi l'ha rivisto alle terme, e il nostro giovane cameriere ha tutti i tratti caratteristici delle altre vittime. Comunque, domani avremo modo di accertarcene. Organizziamoci per la cattura, Timone fungerà da esca!»

Il senatore, però, non aveva fatto i conti con la pavidità del cameriere, di indole tutt'altro che eroica.

«Nemmeno per sogno!» escluse questi, drastico. «Non ho nessuna intenzione di far la fine di Modesto!»

«Saremo a pochi passi da te, pronti a intervenire» cercò di convincerlo Aurelio, ma né la promessa di lauti premi, né la minaccia di ritorsioni severe, riuscirono a far recedere il domestico dalla sua decisione.

«Pusillanime!» lo apostrofò Castore con una severa smorfia di disprezzo. «Rinunci all'opportunità di vendicare il tuo amico.»

«Ascoltami bene, mio prode e impavido segretario» ribatté Timone. «Modesto è morto e io non posso più tirarlo fuori dall'Erebo, quindi non reciterò la parte del lombrico sulla lenza. Se avessi voluto rischiare la pelle avrei fatto il gladiatore, non il cameriere. Sull'Aventino vacci tu, visto che hai tanto fegato!»

«In effetti, non possiamo mancare questa occasione, Castore: qualcuno deve pur presentarsi!» lo incalzò Aurelio, pronto a raccogliere il suggerimento.

«È un vero peccato che io porti la barba, *domine*; non potrei passare per Timone nemmeno se volessi» mise le mani avanti l'oculato liberto.

«D'accordo, vorrà dire che toccherà a me, come al solito» si risolse Aurelio, brontolando.

«Ti sembrerà indelicato ricordartelo, padrone, ma hai compiuto quarantadue anni, più del doppio di quelli del nostro giovanotto. Sebbene tu faccia di tutto per tenerti in forma, qualcuno potrebbe notare la differenza» obiettò sensatamente il greco.

«A quell'ora sarà quasi buio e con questo freddo tutti girano a testa bassa, col cucullo ben calato sulla fronte. Marcellina cadrà nella rete, vedrai: quando si renderà conto di essere stata ingannata, l'avremo già nelle nostre mani...»

«Se non ti taglia prima la gola!»

«Il pericolo non è lei, ma l'uomo che probabilmente agisce alle sue spalle. Comunque, tu e i nubiani sarete appostati lì attorno, pronti a qualunque evenienza.»

«Intendi startene buono buono ad aspettare che qualcuno ti piombi addosso con un rasoio tagliente?» eccepì Castore, scuotendo vigorosamente il capo. «È un terribile azzardo, *domine*.»

«Ci penserà Sansone a coprirmi le spalle» disse Aurelio, indicando il possente schiavo che, acquistato anni prima come esperto massaggiatore, era stato precocemente declassato al rango di facchino a causa dei suoi modi poco garbati. Per non umiliarlo troppo, tuttavia, Aurelio lo usava a volte come guardia del corpo, un ruolo consono sia alla sua stazza che alle sue maniere.

«Conta su di me, padrone!» lo rassicurò il colosso, battendosi con orgoglio la mano sul petto.

«E mi raccomando: assoluto segreto con tutti su questa spedizione» ordinò Aurelio. «Non è ancora escluso che il colpevole si trovi proprio qui, in mezzo a noi...»

L'agguerrito drappello si mise in marcia con largo anticipo, per preparare adeguatamente l'imboscata. Il tempio era proprio in cima al colle, a poca distanza dall'Armilustrium dove nel mese di ottobre si officiava l'annuale sacrificio al Dio Marte. Dal dirupo si scorgevano, in basso oltre le mura, la Via di Porta Trigemina e il Tevere: era improbabile che un eventuale aggressore riuscisse a scappare da quella parte, ma Aurelio vi dispose per prudenza un paio di nubiani, occultati all'interno della larga feritoia che era servita in passato come bocca per le balestre. Castore andò a piazzarsi con gli altri lettighieri nel boschetto che circondava il sacello, mentre Sansone, nascosto nel folto di un cespuglio, sorvegliava il sentiero di accesso al vicolo.

All'ora nona, il patrizio sedette in mezzo al recinto sacro, la testa china e il cappuccio ben calato sul viso. L'assassino, ne era quasi certo, aveva spiato tutti gli incontri di Marcellina con le vittime, prima di ucciderle: era quindi necessario tacitare subito la ragazza e allontanarsi con lei verso le mura, per indurre l'attentatore a uscire allo scoperto. Allora i suoi uomini avrebbero chiuso il cerchio, senza lasciare al colpevole via di scampo.

Immobile sullo spiazzo, timoroso di farsi riconoscere se appena avesse alzato il capo, Aurelio fremeva. Dovevano essere passati pochi istanti da quando era arrivato, ma la tensione gli faceva sembrare l'attesa interminabile.

All'improvviso sentì un tocco sulla spalla. "Adesso!" si disse, pronto a scattare.

Il gesto rapido col quale intendeva afferrare la donna si fermò a mezz'aria: davanti a lui, Castore lo fissava con un ghigno sarcastico.

«Siamo qui da un'ora e mezzo, padrone, e non si è visto nessuno» esclamò, mentre i portatori arrivavano di corsa, soffiandosi sulle mani.

«Nulla di fatto, si torna a casa» sospirò il patrizio, non poco deluso.

«Ma dov'è finito Sansone, non è con voi?» chiese Castore, guardandosi attorno, preoccupato.

«Numi!» gridò Aurelio, e prese a correre verso il punto in cui aveva lasciato di guardia il gigante.

Trovarono lo schiavo ai piedi dell'arbusto sempreverde, il corpo immenso raggomitolato come quello di un bambino e il mantello reciso di netto all'altezza del collo. Furono in dieci a urlare all'unisono.

«Povero me, la mia testa...» gemette il colosso, risvegliato dalle grida. Poi si rimise in piedi, controllò di essere tutto intero e prese a tastarsi il grosso bernoccolo sulla nuca.

Aurelio, rassicurato, si affrettò a ispezionare la base del cespuglio: non c'era nessuna pedina di *latrunculi* sul prato, ma in compenso nella terra bagnata spiccava una serie di orme diverse, tutte marchiate con la solita "S" monca di Settimio. Le più grandi appartenevano senza dubbio a Sansone; le altre, di dimensioni appena minori, erano da ascriversi sicuramente all'assassino.

Mentre il senatore esaminava il terreno, Castore gli si chinò accanto.

«Hai ragione, sono impronte maschili» ammise. «Nessuna donna, nemmeno Marcellina che pure ha una statura considerevole, possiede un piede tanto largo.»

Aurelio si era già alzato, e inveiva contro Sansone: «Tu sei quello che avrebbe dovuto proteggermi, eh? Bella guardia del corpo, quel delinquente poteva arrivarmi addosso e scannarmi in tutta tranquillità!» ringhiò, minacciando il facchino di destinarlo alla caldaia di Sarpedone.

«Se non sei morto, è perché l'assalitore ti ha riconosciuto in tempo» intervenne Castore. «Ringrazia i Numi di dimostrare tutti i tuoi quarant'anni.»

«Ed eccoci di nuovo al punto di prima!» grugnì seccato il patrizio.

Ma non era del tutto vero. Al loro ritorno, Paride li informò che Veranio era appena venuto a prendere Marcellina per accompagnarla a casa. La ragazza, infatti, aveva passato l'intero pomeriggio nella *domus* del Viminale, a farsi forare le orecchie da Nefer. Dunque, non soltanto era impossibile che si fosse recata sull'Aventino, ma sorgevano anche parecchi dubbi sul fatto che fosse l'autrice del messaggio recapitato a Timone.

Così, Aurelio cancellò l'ultima donna dalla lista dei possibili colpevoli. Adesso rimanevano solo tre nomi: Cano, Druso e Marcello.

XXXVII

Ottavo giorno prima delle Idi di marzo

Quando Aurelio si presentò alla porta del campione di scacchi, rimase stupito di non sentire il chiasso festoso che ne animava solitamente il salotto.

Il maestro era indisposto, gli disse il portiere, e non riceveva nessuno. Immediatamente, però, la voce del padrone lo smentì: «Chi è, uno dei miei discepoli?» chiese con ansia.

«Publio Aurelio Stazio» annunciò lo schiavo, introducendo il senatore nel tablino dove Giulio Cano, disteso su una montagna di cuscini, giaceva avvilito davanti al famoso tavolo da gioco.

«Sei solo?» gli chiese meravigliato il senatore.

«Puoi ben vederlo! Basta poco perché gli ammiratori si dileguino: una partita perduta, un rifiuto del Palatino, e attorno a te si fa il vuoto... Vattene, Publio Aurelio; non ti conviene farti vedere qui, mentre sono in disgrazia.»

Il patrizio sorrise, prendendo posto su uno scranno: «Magnifico, finalmente potremo scambiare quattro chiacchiere senza tutta quella masnada di imbecilli».

«Ah, proprio il discorso degno di un aristocratico che non vuole confondersi con gli adulatori. Prima o poi, però, anche tu dovrai far la corte a qualcuno, Aurelio.»

«Certo: alle belle signore!» celiò il patrizio.

«Ti invidio, nobile Stazio; tu non hai bisogno di nessuno. Guarda invece come sono ridotto io: sto barando, lo vedi? Fingo di star troppo male per ricevere visite, così risparmio lo smacco di aspettarle invano. Quel dannato Mago mi ha tolto il sonno e la pace. Era uno schiavo, sai, e l'ha dichiarato chiaro e tondo davanti a tutti, non appena vinta la partita di spareggio. Immagina la faccia di Vibenna!»

«Non avevo notato che Vibenna avesse anche una faccia, oltre alle parti posteriori» scherzò il patrizio, e a Cano quel commento malevolo sul vecchio discepolo parve far piacere.

«D'accordo, un servo ti ha battuto, ma perché la cosa ti brucia tanto? Sei uno stoico e hai sempre sostenuto che gli schiavi sono uomini come gli altri.»

«Ahimè, senatore, sono anche un cittadino romano abituato a vincere: l'Urbe non ha mai messo in conto il trauma della sconfitta.»

«Già: Eraclea, Canne, Teutoburgo... ogni volta che le legioni le hanno prese, pareva che dovesse precipitare l'Olimpo!»

I romani, in effetti, tutto sapevano fare fuorché perdere. Secoli prima, sgominati dagli elefanti dell'Epiro, erano stati lì lì per cedere al panico, e di fronte ad Annibale solo i falsi vaticini dei sacerdoti li avevano salvati dalla disperazione. Lo stesso Augusto non si era mai dato pace per la batosta patita a opera del barbaro Arminio, tanto che sul letto di morte invocava ancora le perdute legioni di Varo.

«Non giocherò mai più» dichiarò il filosofo, cupo.

«Sarebbe una stupidaggine. Pirro cantò vittoria troppo presto, e Cartagine alla fine venne distrutta. Anche le aquile che Varo perse a Teutoburgo, alla lunga sono state recuperate» gli fece osservare il patrizio.

«*Domine*, il medico ti ha preparato la tisana» annunciò in quel momento Aristide, il favorito in carica, facendo strada a un ometto magro e barbuto in cui Aurelio riconobbe subito Basilio di Alicarnasso, il più temibile concorrente di Ipparco sulla piazza di Roma.

«Bevila subito, o finirai per rovinarti la salute!» consigliò il luminare, scrutando con occhio esperto le palpebre del paziente. «Sono uno specialista nelle malattie della digestione e ti assicuro che questi crampi non passeranno finché non sarai più calmo.»

Anche Saturnino, rammentò Aurelio, aveva avvertito dei crampi allo stomaco, prima di morire.

«Magari il mio amico editore ti avesse consultato!» esclamò dunque il patrizio, con fare contrito.

«Vuoi dire Saturnino dell'Argiletum? Veramente l'ha fatto, ma in gran segreto, perché aveva sempre avuto il vezzo di parlar male dei medici.»

Aurelio balzò in piedi: «Allora tu sai qualcosa della sua strana malattia!».

«Rara, non strana. Non credo di tradire la sua fiducia, adesso che è morto, confidandoti che già quando lo visitai la prima volta non c'era più niente da fare. Fui costretto a dirgli che per il morbo da cui era affetto non esisteva terapia, ed era soltanto questione di tempo...»

Di conseguenza, Saturnino sapeva, rifletté il patrizio, pensoso: non c'era nessun veleno, nessuna mano criminale dietro la morte dell'editore; il bravo Ipparco aveva azzeccato in pieno quella difficile diagnosi a distanza.

«Star calmo, dice bene Basilio! La sconfitta mi ha buttato a terra, e la notizia che Claudio non intende concedere la pensione ai miei protetti ha fatto il resto!» lamentava in quel momento Giulio Cano. «Il Mago se la starà ridendo alle mie spalle, adesso!»

Il senatore era già sulle spine e non gli andava di perdere altro tempo a commiserare il filosofo. «Senti, Giulio: tempo fa, tu donasti a un tuo cliente una scacchiera di *latrunculi* con tre righe rosse sul bordo.»

«Li ricordo» ammise Cano. «Sono anni che non ne fabbricano più.»

«Ne circola ancora qualcuno?»

«Non credo; li intagliava un artigiano che è morto da tempo. La pedina che mi inviò il Mago, tuttavia, era proprio di quel tipo. Perché ti interessa?»

«Dov'eri ieri pomeriggio?» chiese il patrizio di getto.

«Qui con Aristide, naturalmente» rispose Cano, stupito. Aurelio alzò le sopracciglia: l'amasio di Giulio avrebbe obbedito supinamente a qualunque ordine del padrone.

«E la vigilia delle Idi di febbraio?»

«Cos'è questo, Stazio, un interrogatorio?» si inalberò il filosofo. «Non sono tenuto a risponderti, a meno che tu non venga per ordine del Senato.»

«Non ho alcuna procura, Cano, ma se rifiuti di collaborare aprirò un'inchiesta sulla morte misteriosa di alcuni servi. Erano tutti giovani e belli come il tuo efebo, e per di più giocavano a *latrunculi*: c'è di che pensar male, non trovi? Ora, mi hai detto poco fa che la tua posizione al Palatino non è più così solida, e il grazioso Aristide ti sarà anche fedelissimo ma è solo uno schiavo passabile di arresto e tortura. Non credo che la sua pelle delicata resisterebbe a lungo alla sferza; pertanto, se sei davvero estraneo alla faccenda, ti conviene rispondermi senza accampare storie!»

«Come vuoi, comunque presto lo sapranno tutti. Quel giorno ero da Narciso, a Palazzo, per sostenere le richieste dei miei *clientes*. Quel villano arrogante mi ha lasciato attendere tre ore nell'anticamera.»

Il ministro dell'imperatore in persona... un alibi di ferro, fu costretto ad ammettere Aurelio: via dunque anche Giulio Cano!

«Non ti dico cosa mi è costato umiliarmi a quel modo! Io, cittadino romano di buona famiglia, ridotto a pregare un ex schiavo borioso che ancora porta sulla guancia lo schiaffo dell'affrancamento! Come se non fosse abbastanza, non sono riuscito a ottenere niente, così clienti e discepoli sono svaniti, lasciandomi solo. Non ho più nemmeno uno straccio di compagno con cui giocare ai *latrunculi*» gemette il filosofo, al colmo dello sconforto.

«Padrone, una visita per te» annunciò in quel momento il portiere.

«Che nome ha dato?» chiese Cano, speranzoso.

«Nessuno, *domine*, però mi ha detto di consegnarti questa pedina come presentazione» disse lo schiavo, mostrando una *mandra* il cui bordo portava bene in evidenza le tre fatidiche strisce rosse.

Il maestro sorrise, mentre Arsace faceva il suo ingresso nell'elegante tablino, avvolto come sempre nel suo brutto mantello pieno di toppe.

«Ho saputo che ti annoi. Se vuoi fare una partita, il Mago è a tua disposizione» affermò il vecchio, traendo dalle pieghe del mantello la scacchiera di Mitridate.

Gli occhi di Giulio Cano si illuminarono di colpo e il maestro gettò via le coperte, impadronendosi felice delle pedine.

Qualche ora più tardi, il senatore sedeva nel tablino davanti al giovane Druso.

«Non si aprirà alcuna inchiesta» spiegò per l'ennesima volta, giocherellando impaziente con un calamo appuntito. «Tuo padre non è stato ucciso: era malato, probabilmente da lungo tempo.»

«L'avrei saputo!» protestò il ragazzo.

«È quel che penso anch'io» fece Aurelio, restio a credere che il ragazzo fosse davvero all'oscuro della faccenda.

«Vedo bene che non hai alcuna intenzione di aiutarmi; dovrò chiedere udienza a Messalina attraverso la piccola Ottavia: anziché darmi una mano, tu vuoi convincermi che Marcello Veranio non sta affatto mangiandosi la mia eredità!» disse il giovane con aria stizzita.

«Secondo il mio amministratore, la situazione finanziaria della tua famiglia era critica già da prima che tuo padre morisse; per questo si affrettò a prometterti a Marcellina.»

«Menti! Veranio mi ha portato via casa, servi e bottega, e si permette di comandarmi come fossi un bambino!» esclamò Druso, livido in volto.

«E che altro sei?» replicò Aurelio, sprezzante. Il giovanotto, determinato ad aver tutto e subito, stava esagerando con le pretese: se tre semplici schiavi avessero interferito coi suoi piani, non ci avrebbe pensato due volte a liberarsi di loro... a diciassette anni, raramente ci si sofferma a riflettere su un gesto irrimediabile, prima di compierlo.

«Sono un uomo, e quel furfante di Marcello se ne accorgerà presto!» protestò Druso, inviperito, mentre negli occhi gli passava un lampo di astuzia velenosa.

«Attento a non sopravvalutarti» lo avvertì Aurelio. «Marcellina non è Tuccia, dovresti averlo già capito.»

«Cosa intendi dire?» chiese il giovane, impallidendo. Come poteva sapere, Stazio, che Marcellina aveva respinto fino a quel momento tutti i suoi tentativi di avvicinarla?

«Non dolertene troppo, forse è la tua fortuna: chi fa l'amore con lei, non ha vita lunga» commentò Aurelio, amaro.

Druso scolorò, visibilmente offeso: «Bada a quello che dici, Publio Aurelio! Stai parlando della futura moglie di un cittadino romano!».

«Tuo padre firmò il contratto per la dote un anno e mezzo fa. Da allora tre schiavi che frequentavano intimamente la tua fidanzata sono morti sgozzati, e uno di essi si stava certamente recando da lei, la sera in cui venne ucciso.»

«Ignoro dove tu voglia arrivare con queste assurde illazioni» illividì il giovane, sforzandosi di sorridere con sufficienza. «Non intenderai sostenere che Marcellina è una pluriomicida!»

«Non lei, ma qualcuno che le è molto vicino, qualcuno che non sopporta le sue avventurette.»

«Mio cognato?» domandò Druso, allibito. «So che è un imbroglione e un profittatore, ma non lo facevo un violento. D'altronde, è impossibile conoscere quel che la gente nasconde nel fondo dell'anima...»

«Infatti non è a lui che alludevo, ma a te, giovane Druso» precisò tranquillo il patrizio.

«Non puoi parlare sul serio, senatore: quando morì Nicomede, non avevo ancora sedici anni!» si difese aspramente il ragazzo.

«Oh, dunque sai di lui» sorrise Aurelio, fingendosi stupito. «E certamente anche di Glauco e di Modesto. Mi meraviglio che un giovane fiero al par tuo abbia sempre chiuso gli occhi davanti alle scappatelle della sua promessa sposa, tanto più che lei si guardava bene dal farti partecipare.»

«Basta!» tuonò il ragazzo, alzandosi in piedi.

«O forse non li hai chiusi affatto, giovane Druso?» proseguì Aurelio, beffardo. «Potevi rompere quel contratto in ogni momento, accusando Marcellina di adulterio, ma poi avresti dovuto far l'orgoglioso col borsellino vuoto. Invece ti bastava tener duro fino alle nozze, e dopo sarebbe stato facile mettere sotto il naso di tua moglie qualche servo avvenente e aspettare che la poverina abboccasse all'amo: se l'avessi colta in flagrante, il tribunale ti avrebbe concesso il diritto di trattenere la dote; tuttavia, per far questo, era necessario ritardare lo scandalo, in modo da poter apparire all'oscuro di tutto. Di sicuro sei già al corrente di quel furbone che aveva avuto la tua stessa idea, e si è visto negare il divorzio: i giudici hanno stabilito che sapeva bene a cosa andava incontro, sposando una donna di quel tipo! Allora, come hai risolto il problema di conciliare la tua prosapia con le esigenze della cassaforte, mio scaltrissimo Druso? Forse scannando a uno a uno gli amanti di Marcellina, perché nessuno venisse a conoscenza delle sue intemperanze?»

«Mi rifiuto di ascoltare più a lungo le tue accuse, Aurelio!» scattò il giovane, terreo in viso. «Sei cinico, perverso, degenerato, e credi che tutti siano fatti della tua pasta!» urlò precipitandosi fuori, il volto deformato dalla collera.

«Non hai un po' calcato la mano?» commentò perplesso Castore, che aveva ascoltato l'intera conversazione dalla stanza accanto. «In fondo è solo un ragazzo.»

«Nonché il nostro principale sospetto. Arsace mi disse di aver perduto una pedina del suo gioco poco prima della morte di Glauco, e di pezzi simili a Roma ce ne sono ben pochi: Druso Saturnino può averla presa dalla sua scacchiera.»

«E altrettanto Marcello!»

«Il ragazzo, però, sa far bene i suoi conti, molto più del cognato. Giurerei che era al corrente della malattia del padre, ma insiste a negarla nella speranza di far processare Veranio: in questo modo, infatti, Marcellina entrerebbe in possesso dell'intero patrimonio di famiglia.»

«Addirittura!» esclamò il greco.

«Non solo: se è il figlio di buona donna che penso, mi aspetto che tenti di ingravidare la fidanzata per sposarla in tutta fretta, prima che le sue avventure diventino di pubblico dominio e lui rischi di vedersi sfumare la dote.»

«Il discorsetto che gli hai fatto sarà certo servito a istigarlo... Non perdi mai il vizio di giocare con la vita degli altri, vero, padrone? E nemmeno con la tua, almeno a giudicare dalla scena del rasoio!»

«Che ne sai tu?» esclamò Aurelio, sdegnato.

«Mi trovavo dietro la tenda dello sgabuzzino, *domine*. Quando ti ho sentito dare quell'ordine ad Azel, ho dedotto che stavi per lanciarti nell'ennesimo colpo di testa e mi sono sentito in dovere di proteggerti.»

«Devi smetterla di spiarmi, Castore!» tuonò il patrizio, furibondo. «Possibile che ogni volta che mi trovo da solo con una donna, tu sia nascosto nelle immediate vicinanze? Ti proibisco, hai capito, ti proibisco nel modo più assoluto di occuparti ancora delle mie faccende private!»

«La vita di un patrizio romano è pubblica, *domine*: puoi celarti agli sguardi della folla, e forse anche a quelli del divino Cesare, ma non agli occhi dei tuoi servi» gli ricordò il segretario.

«Quindi sei al corrente di quanto hanno detto Delia e Druso» fece Aurelio, rassegnato. «Pensi che siano sinceri?»

«La schiava sì, padrone; ho le mie buone ragioni per affermarlo. Controllai il bucato, il giorno della morte di Modesto, e non vi rinvenni alcuna veste femminile sporca o bagnata: eppure l'assassino doveva essersi macchiato di sangue...» rivelò il liberto.

«Perché non me l'hai detto prima, razza di asino!» urlò il patrizio, in preda alla rabbia.

«Non sarebbe servito a convincerti, *domine*, hai la testa troppo dura» rispose il greco con l'aria di chi, dopo quindici anni fianco a fianco col padrone, la sa lunga sul suo conto. «Delia è fuori causa, credimi. Druso, invece, suscita anche in me parecchi dubbi.»

«Ipparco sostiene che Modesto aveva avuto un rapporto sessuale poco prima di morire. Conoscendo la mitezza del povero giovane, possiamo escludere che la donna non fosse consenziente, quindi è chiaro che Marcellina si dava da fare, e a qualcuno, fratello o fidanzato, non garbava. Tra i due, il più sospetto è Druso. Veranio, infatti, nutre parecchia indulgenza nei riguardi della sorella, e non mostra di esserne geloso.»

«Vi sbagliate, il giovane Saturnino non c'entra nulla coi delitti; è Veranio ad avere un ottimo motivo per uccidere!» disse all'improvviso una voce.

Due teste si voltarono insieme verso la cortina scostata, da cui fece capolino il largo viso di Tuccia, una volta tanto privo del solito sorriso melenso.

«Ah, brutta spia, stavi origliando!» sbottò Castore, indispettito. Aurelio lo zittì: l'ancella non era certo persona di cui fidarsi, ma a volte era proprio sfrondando le maldicenze più meschine che si arrivava a intravedere la verità...

Tuccia prese posto sulla *sella*, la schiena dritta e il volto atteggiato all'espressione risoluta di chi è deciso, costi quel che costi, a vuotare finalmente il sacco.

«La notte che Saturnino morì, Marcellina era in villa con noi, assieme al fratello» disse l'ancella. «Pioveva molto forte e io, andando a chiudere le finestre, sentii dei rumori sospetti nel cubicolo di Glauco. Bussai così alla sua porta, senza ottenere alcuna risposta.

Ero certa che ci fosse qualcuno con lui; infatti, poco dopo, mentre per puro caso mi ero soffermata in quel corridoio...»

«Cioè, te ne stavi appostata per scoprire chi usciva...» tradusse il segretario.

«... Venne fuori una donna, viso e corpo nascosti da una coperta» terminò la schiava.

«Poteva essere Delia» obiettò Aurelio.

«Se così fosse, sarei molto lieta di riferirtelo, *domine*» sibilò Tuccia. «Purtroppo, la donna che intravidi alla luce dei lampi aveva un'andatura del tutto diversa.»

«Sicché ti affrettasti ad avvertire il signorino» concluse Castore.

«No, Druso non sa niente di questa storia» mentì spudoratamente l'ancella, difendendo impavida il giovane che costituiva ormai la sua ultima speranza.

«Che c'entra Veranio in tutto questo?» volle sapere il patrizio.

«Poco più tardi» riprese Tuccia «Marcellina ebbe una crisi di nervi, e tutti la attribuirono alla morte dell'editore... io, invece, avendola vista nella stanza di Glauco, pensai subito che fosse stato l'incontro con lui ad averla tanto sconvolta. Fu il fratello a occuparsene.»

«Hai osservato la scena dal buco della serratura!» si disperò Castore. «Con te non si è al sicuro nemmeno chiusi nella latrina!»

«Ammetto di aver dato un'occhiata. I due erano strettamente avvinti e lei singhiozzava sulla spalla del fratello, che si adoperava invano a consolarla. Vi assicuro che c'era ben poco di fraterno nelle loro carezze: si comportavano come se fossero amanti di lunga data.»

«Scempiaggini!» sbraitò il liberto, indignato. «Non vorrai venirci a raccontare che Veranio è innamorato della sorella?»

«Bada, Tuccia!» la minacciò Aurelio. «Ti ho già sorpreso più volte a mentire, e sono ragionevolmente sicuro che sia stata tu a nascondere nel cubicolo di Delia la collana rubata. Se stavolta scoprirò che ti sei inventata tutto, farò in modo che tu finisca per sempre nel Vicolo Corto, in un lupanare di mia conoscenza, dove ti sarebbe molto difficile sedurre giovanotti di belle speranze!»

La schiava non si spaventò: «Ti ho riferito spontaneamente una mia impressione, *domine*, e non ero tenuta a farlo. So di aver qualcosa da farmi perdonare e spero che quanto ti ho detto serva a pareggiare il debito...».

«Sono maldicenze di una donna velenosa, padrone!» esclamò Castore quando la schiava fu uscita. «Tuccia sbriglia la fantasia per distogliere Druso dalla bella fidanzata e riportarlo trionfalmente nel suo giaciglio. In questa casa non è riuscita ad andar oltre il segretario – e trattandosi del sottoscritto non è poco – quindi spera di far ritorno al vecchio nido, dove gode di possibilità più ampie.»

«Non dare per scontato che menta: lei sa che stavolta non la farebbe franca.»

«L'accusa è troppo pesante, *domine*, non mi persuade affatto!»

Aurelio non replicò; pensava ad Afrodisia, alle violenze di Lupo, a tutti gli stupri commessi quotidianamente dai ragazzi perbene sulle ancelle *vernacolae*, nelle cui vene scorreva spesso lo stesso sangue del padrone.

«L'incesto è un reato gravissimo!» insistette ancora l'alessandrino.

«Tuttavia estremamente diffuso: Caligola si portò a letto tutte e tre le sorelle, Agrippina compresa, nell'intento di imitare Giove Olimpico.»

«Sì, e quando la povera Drusilla ci rimise la pelle, quel folle, sicuro che fosse immortale, ci restò malissimo vedendo che non resuscitava! Padrone, non puoi prendermi a esempio un pazzoide che ha nominato senatore il suo cavallo!»

«Pensi forse che un tizio capace di sgozzare tre uomini a sangue freddo dia prova di un grande equilibrio mentale?» replicò il patrizio. «Comunque, Caligola non è stato l'unico a dare il cattivo esempio: lo stesso Domizio Enobarbo, primo marito di Agrippina, se la faceva pubblicamente con la sorella Lepida, senza contare che, ai tempi di Livia, uno scandalo del genere scoppiò addirittura tra le Vergini Vestali.»

«Perché allora Tuccia non ha usato l'arma del ricatto per impedire che Marcello la vendesse?» chiese il liberto.

«Forse ci ha provato, e lui le ha riso in faccia: la parola di una schiava contro quella di un cittadino romano non vale granché. Supponi invece che l'ancella abbia ragione; pensa all'indifferenza di Veranio per le donne, ai suoi commenti sulla bellezza della sorella, a certi gesti fin troppo premurosi, a quegli sguardi tra il compiaciuto e il possessivo che le rivolge assai spesso.»

«Degli sguardi, bella prova!» sbottò il liberto. «Dovrai trovare qualcosa di più sostanzioso, padrone!»

«Il libello!» esclamò Aurelio, battendosi una mano sulla fronte. «L'opera sul matrimonio di Tolomeo e Arsinoe, che Marcello Veranio nega di possedere, è la storia di un incesto: quei due erano fratelli! In Egitto, l'unione tra consanguinei era usuale, ma Sotade non la pensava così, e attaccò le nozze proibite proprio in quel libro! E anche Sofocle, un altro degli autori preferiti di Veranio, tratta il tema dell'incesto!»

«Continuo a non crederci, padrone, Marcellina si ribellerebbe: non sarà un mostro di astuzia, ma è una ragazza di normali appetiti, che apprezza i begli uomini...»

«La mente di Marcellina non è matura come il corpo, e il fratello è il suo unico, vero sostegno. Si tratta di una ragazza sola, cresciuta lontano dalla madre, senza nutrici né schiave fidate a cui fare riferimento.»

«Ora che ci penso, Arsace ci ha riferito che i servi di casa erano stati venduti proprio quando la sorella venne a vivere a Roma» cominciò a insospettirsi Castore.

«Forse è stato in quel momento che l'affetto di Veranio si è trasformato in qualcosa di diverso. Eccolo quindi liberarsi dei domestici, e tenere con sé solo un vecchio schiavo che, tutto preso dalla sua passione per i *latrunculi*, non si impiccia minimamente degli affari altrui.»

«Veranio, in effetti, poteva scoprire con facilità il luogo degli appuntamenti di Marcellina. Inoltre, compra le scarpe dal buon Settimio e indossa sempre un mantello scuro sul quale delle macchie di sangue apparirebbero come innocue tracce di pioggia» ammise il liberto.

«Quando fu ucciso Glauco, c'era appunto un temporale, come pure il pomeriggio in cui morì Modesto» rammentò Aurelio. «E il nostro bibliofilo non ha un alibi per nessun delitto.»

«Nemmeno Druso Saturnino, se è per questo» obiettò il segretario.

«Chi dei due, allora?» interloquì Aurelio. «Prima avrei scommesso sul ragazzo, ma dopo quanto ci ha rivelato Tuccia sto cambiando idea.»

«Vediamo come possono essere andate le cose: Marcello vive per anni dividendo le proprie attenzioni tra i suoi preziosissimi codici e la sorella alla quale è morbosamente legato. Poi la bimba cresce e solo i Numi dell'Erebo sanno cosa accade tra le mura di quella casa! Pensi che l'abbia violentata?» chiese Castore, arrendendosi alla nuova teoria.

«Non credo: lei era ancora una bambina e il ricatto dell'amore sarebbe stato sufficiente per piegarla alle voglie del fratello.»

«Qualche anno dopo, Veranio è costretto dalle convenienze sociali a fidanzare Marcellina, così sceglie apposta un ragazzo giovanissimo, in modo da rimandare il più possibile il matrimonio. A un certo punto, però, lei si accorge che esistono altri maschi: uomini allegri, umili, remissivi, che non hanno su di lei il potere dell'onnipresente fratello» considerò il greco.

«Infatti sono schiavi, e la trattano con deferenza, mentre Veranio, pur volendole bene, la tiene in scarsa stima perché valuta soltanto gli interessi intellettuali. Marcellina, lungi dall'essere una studiosa, è una ragazza semplice, con tanta voglia di divertirsi...» continuò il senatore.

«... Così lei si diverte a modo suo, abbordando via via i domestici delle famiglie che le capita di frequentare. Marcellina è bella, disponibile e per di più libera: una combinazione di elementi tale da solleticare enormemente l'orgoglio di un servo» annuì il liberto.

«Glauco, furbo matricolato, medita di approfittarne per farsi riscattare; Nicomede, invece, se ne innamora perdutamente; e quando il nostro Modesto esce di casa per incontrarla, è felice come se Afrodite in persona gli avesse aperto le porte dell'Olimpo!» ricordò Aurelio. «Ma intanto Marcello Veranio, che ha iniziato la sorella ai giochi proibiti, diventa ossessivamente geloso, fino a eliminare ogni uomo che la avvicina...»

«No, padrone, l'ipotesi non regge» scosse la testa Castore. «Ammettiamo pure che la ragazza abbia taciuto sulla relazione incestuosa... non sarebbe però rimasta a guardare mentre il fratello le ammazzava a uno a uno i pretendenti! Inoltre, *domine*, tu stesso mi hai fatto notare quanto poco Veranio si preoccupi per la reputazione di Marcellina: di solito, le ragazze da marito non sono libere di andare alle terme senza scorta, né passano interi pomeriggi sole col fidanzato o con qualche senatore di pessima fama.»

«Un momento: ricordi quando supponemmo che Veranio potesse usare la sorella come specchietto delle allodole per procacciarsi gli amanti? E se invece la sua depravazione lo spingesse a gettarla tra le braccia di altri uomini, per poi osservarla mentre giace con loro? Quel giorno, a casa sua, finse di non accorgersi che stavo per baciarla...»

«Perché uccidere, allora?» osservò il greco, perplesso.

«Forse, agli occhi di Veranio, Marcellina è troppo importante per correre il rischio di perderla, mentre i suoi amanti possono essere sacrificati non appena hanno goduto di lei. Una forma perversa di punizione che colpisce gli uomini, sì, ma anche la sorella stessa, intrappolata in una prigione da cui non può uscire.»

«Marcellina, dunque, sarebbe sua complice?»

«Preferisco credere che non capisca appieno ciò che sta accadendo» auspicò il senatore.

«Il tutto è molto strano, ma verosimile» ammise Castore, quasi persuaso. «La mania omicida di Veranio sembra accrescersi col tempo: Nicomede è stato eliminato dopo aver frequentato a lungo la ragazza, Glauco ha fatto in tempo a vederla appena qualche volta, e per Modesto, infine, un solo incontro è stato fatale.»

«Numi, un solo incontro!» scattò Aurelio. «E Druso è partito di qui decisissimo a sedurre la fidanzata! Presto, dobbiamo rintracciarlo prima che sia troppo tardi!» gridò allarmato, precipitandosi fuori.

La porta della casa sulla Via Flaminia era chiusa. Picchiarono più volte, inutilmente. Forse Arsace era ancora impegnato ai *latrunculi* con Giulio Cano, oppure, sordo com'era, non sentiva bussare all'uscio. Dov'erano allora i ragazzi? Di certo avevano trovato rifugio da qualche parte, lontani dagli sguardi occhiuti di Marcello, però in quel quartiere non c'erano molti angoli segreti in cui una giovane coppia avrebbe potuto rintanarsi.

«I portici di Vipsania!» esclamò Aurelio a un tratto, rammentando che i muri sul retro del colonnato erano ricoperti dei distici graffiti dagli innamorati per immortalare i loro incontri.

Poco dopo, Aurelio e Castore percorrevano su e giù il portico, ispezionandone i recessi più nascosti, non senza importunare con la loro presenza un paio di convegni clandestini. Dei due ragazzi, però, non c'era traccia.

«Attento, *domine*» fece all'improvviso Castore con voce soffocata, spingendo il patrizio al riparo mentre gli indicava la grande mappa dell'impero. Davanti all'affresco si ergeva di spalle una figura corpulenta, intabarrata in un pastrano nero da cui spuntavano tre grossi *umbilici* di osso, di quelli in cui solitamente si avvolgevano i papiri.

«È lui, non c'è dubbio; chi altri porterebbe sottobraccio dei rotoli di quella mole? Per fortuna siamo arrivati in tempo, è evidente che non sa ancora nulla. Blocchiamolo subito, prima che possa trovare i ragazzi: se è folle come pensiamo, stavolta salterebbe direttamente alla gola di Druso senza nemmeno cercare di nascondersi!» disse Castore, uscendo allo scoperto.

Cauti, i due si diressero verso il maniaco, pronti a bloccarlo; invece non ce ne fu bisogno. Difatti il collezionista, riconosciutili, avanzò subito verso di loro, arrancando sotto il peso dei volumi.

«Salve, Marcello Veranio!» gli si parò innanzi Aurelio, bloccandogli il passo.

«Ah, senatore, meno male che ti ho incontrato. Dammi una mano, per favore, non ce la faccio più con questo carico!» disse il bibliofilo, allungando al patrizio il più ingombrante dei papiri.

Il rotolo si fermò a mezz'aria, in precario equilibrio, e nell'afferrarlo Aurelio si sentì agghiacciare.

«Fallo ancora!» intimò con voce sorda, rimettendo il plico in mano al collezionista. Marcello, stupito, gli tese di nuovo il volume con uno sguardo interrogativo.

«Numi Immortali, non mi ero mai accorto che fosse mancino!» gemette il patrizio, sentendosi mancare.

«Che idioti siamo stati: era Druso, allora!» esclamò Castore con gli occhi sbarrati. «E Marcellina è con lui!»

«Mia sorella!» gridò Veranio, stravolto, e lasciò cadere i rotoli cominciando a correre verso casa.

«Druso, apri, sappiamo che sei lì!» gridarono i tre all'unisono, mentre tentavano invano di abbattere il portone.

«Dal cortile, presto!» ordinò Aurelio, precipitandosi sul retro dell'edificio. Il rasoio, le scarpe di Settimio, gli scacchi di Arsace, la lezione di greco, il mantello, il temporale, i capelli crespi... era tutto tanto ovvio: come aveva potuto essere così stupido? In un battibaleno fu davanti al muro di cinta e lo superò con un balzo, montando sulle spalle di Castore, mentre il grassone tentava di seguirlo per la stessa via, torchiando brutalmente con la sua mole la schiena del povero levantino.

Aurelio atterrò agilmente nel cortile e si guardò attorno. La casa, già buia nel tardo pomeriggio invernale, appariva del tutto deserta: era l'imbrunire, rifletté turbato, il momento in cui l'assassino uccideva. Un assassino che aveva sempre avuto a disposizione l'arma del delitto, poteva accedere alle pedine dei *latrunculi* e doveva conoscere la cecità di Paconio per osare colpire in sua presenza.

Il patrizio avanzò nello spiazzo aperto su cui si aprivano le stanze dei servi, vuote da tempo, scrutandole a una a una: nei bugigattoli tetri giacevano ancora, abbandonati alla polvere, gli scheletri dei vecchi giacigli sfondati e i *tori* ammuffiti, ripieni di stoppie che perforavano le fodere in un'oscena parodia di stupro. Fu quasi per caso che scorse in mezzo ai panni avvoltolati su un vecchio pagliericcio una macchia più chiara, e stringendo gli occhi ravvisò il profilo stretto e allungato di un piede umano. Troppo tardi, si disse avvertendo un brivido di gelo, mentre con uno strappo deciso tirava a sé la coperta del cubile.

Il rasoio fendette l'aria, mentre il panno cadeva a terra scoprendo il corpo esanime.

Solo un istante prima, i sensi finissimi del patrizio avevano percepito il fruscio di una veste e l'ansimare lieve di un respiro; null'altro che un soffio, un alito smorzato e indistinto, sufficiente tuttavia per indurlo a scartare di colpo. La lama sibilò rabbiosa a un pelo dalla sua gola, sfiorando il lobo dell'orecchio, e nello stesso istante Veranio, affacciatosi alla porta del cubicolo, gridò, gettandosi in avanti: «Non farlo, Marcellina!».

La donna, però, furente per aver mancato Aurelio, già si avventava sul giovane privo di sensi che giaceva inerte sul letto. Veranio si lanciò verso la sorella per fermarla e la lama, spinta con la forza devastante della pazzia, lo colpì in pieno.

«Marcello!» urlò lei con un singhiozzo, e scagliò via l'arma, fissando con gli occhi sbarrati il sangue che pulsava dalla ferita aperta e scendeva fiottando lungo il torace lacerato.

«La colpa è mia» disse lui, levando le braccia insanguinate ad accarezzarle i capelli. «Ti amavo troppo, più di quanto era consentito: da quella sera all'imbrunire, quando, poco più che bambina, ti rifugiasti nelle mie braccia per paura della tempesta, e io dimenticai che eri mia sorella... Ma adesso tutto andrà a posto; senza di me sarai libera di guarire...»

«Volevo che morissi, per quello che mi avevi fatto!» gemette lei, disperata. «Ti odiavo, eppure non potevo fare a meno di amarti: eri tutto ciò che avevo, padre, fratello, sposo. Allora uccidevo loro, al posto tuo!»

«Ho chiuso gli occhi per non vedere la verità, Marcellina. Già al mercato degli schiavi, davanti al corpo del copista, cominciai a dubitare: ti avevo vista scomparire tutto a un tratto, agitata, e ritornare poco dopo, con uno sguardo vacuo e assente. Mi ricordai di quanto eri sconvolta quella sera, nella villa di Saturnino, e allora avevi avuto a che fare con Glauco. Cercai di allontanare da me i pensieri peggiori, ma nel contempo mi adoperai a confondere il senatore, per renderti immune da qualunque sospetto: nascosto nella ressa dei clienti, gli feci pervenire il messaggio che accusava Terenzio, ma non fu sufficiente a distoglierlo dalle indagini. Solo dopo l'uccisione del flautista, però, fui certo della tua colpevolezza: sapevo che il ragazzo aveva perso molto sangue, e la sera della sua morte avevo trovato il tuo mantello ad asciugare. È stato allora che ho scoperto cosa avevo fatto di te e sono inorridito... prima mi cullavo nell'illusione che tu fossi felice, che noi due bastassimo l'uno all'altro.

«Non ti dissi nulla, volevo proteggerti, più ancora di prima. Mi sarei liberato con qualche pretesto del contratto con Druso e ti avrei portata lontano, curandoti a tua insaputa. Saremmo rimasti insieme come ai vecchi tempi, quando ti portavo a cavalluccio sulle spalle, ma prima dovevo salvarti dall'accusa di omicidio... Quando mi raccontasti di aver incontrato il senatore alle terme, sospettai che fosse già sulle tue tracce. Allora pensai che se io avessi commesso un delitto esattamente uguale agli altri, in un momento in cui fossi stata contornata di gente insospettabile, nessuno avrebbe più dubitato di te. Feci pervenire un invito a Timone, proprio nel giorno in cui tu ti recavi a casa di Aurelio: ti avevo visto guardare quello schiavo e sapevo che sarebbe stato comunque il prossimo. Quando al suo posto si presentò il senatore, capii che era una trappola, ma a quel punto dovevo andare avanti lo stesso e decisi di ammazzare il gigante di guardia, così da creare la prova decisiva della tua innocenza. Lo colpii alle spalle, ma non ebbi animo di tagliargli la gola: sono tutto fuorché un violento, lo sai. Così mi limitai a recidere il cappuccio del mantello, per sottolineare la mia presenza.»

«Non morire, Marcello, cosa farò senza di te?» piangeva la ragazza.

«Senatore...» chiamò Veranio, sforzandosi di parlare mentre il sangue pulsava ormai con sempre minor forza dalla ferita. «Prendi la chiave dell'*arca*. Nella cassaforte troverai un documento firmato col mio sigillo: è la confessione in cui dichiaro di aver ucciso quegli uomini. Marcellina non deve pagare per i miei errori; la condurrai in campagna da nostra madre, alla quale l'ho strappata tanto tempo fa per averla tutta per me. Quando non ci sarò più, tornerà una donna come le altre. Dimmi che lo farai, ti prego...»

Il patrizio esitò. Aveva giurato di punire il colpevole di quegli efferati omicidi: ma chi era il vero colpevole?

«Aurelio...» rantolò Marcello con un filo di voce, senza riuscire a finire la frase. Il patrizio volse il viso per non turbare l'estremo abbraccio dei due fratelli. Un ultimo fiotto di sangue e l'uomo ristette immobile, gli occhi ancora aperti verso Marcellina accasciata sul corpo esanime.

«Druso è morto?» chiese freddamente Castore.

«No, è soltanto svenuto. Marcellina l'aveva stordito, e stava per sgozzarlo proprio quando sono arrivato. Anche in quel momento, era Veranio che colpiva in effigie: ogni volta, in un certo senso, era lui a uccidere. Quell'incesto così precoce, consumato quando non era che una bambina, aveva lasciato in Marcellina un segno indelebile. Veniva attratta dagli uomini che assomigliavano al fratello, non come appare ora, ma come gli si era presentato allora. Ricordi quando cercammo di immaginare come doveva essere stato Marcello Veranio dieci anni or sono? Magro, biondo, con una gran testa di capelli crespi, e un modo di fare dolce e suadente. Tra uomini simili, Marcellina sceglieva i suoi compagni di letto. Gli omicidi sono stati tutti commessi all'imbrunire, durante un temporale, come la prima volta che subì la violenza. Era il temporale a scatenare la sua follia quando, giustiziando i suoi amanti, la ragazza si vendicava ferocemente dell'unico uomo che amava troppo per uccidere.»

«E si preparava a far fuori anche Druso, dopo aver fatto l'amore con lui» osservò Castore, profondamente turbato. «Dunque, hai rischiato grosso quel giorno, a casa sua: se Veranio non fosse arrivato in tempo... Mentre correvi qui, però, tu avevi già capito che era stata lei. Come ci sei arrivato?»

«Quando ho visto che Veranio era mancino, mi è venuto in mente il rasoio. Marcellina era sempre perfettamente glabra, eppure non si depilava alle terme: è molto più facile radersi le gambe che la barba, e la ragazza lo faceva da sola, così come si tingeva i capelli in casa. E poi mi sono ricordato che, il giorno dell'asta, Arsace aveva dovuto rammendarle il mantello. In quella casa, di mantelli ce n'erano solo tre, quindi Marcellina, per recarsi al mercato, doveva aver preso in prestito quello in cui il servo teneva i suoi *latrunculi*: il banditore, infatti, ne aveva notato le pessime condizioni. Glauco era in catene, e a Marcellina bastava un solo istante: lui stesso, del resto, le aveva confidato che Paconio era cieco. La pedina deve essere scivolata dalle pieghe del pastrano di Arsace, cadendo addosso al copista.»

«Perché ammazzarlo proprio allora, in mezzo a tutta la gente?»

«Glauco doveva morire. Marcellina si preparava già a colpirlo nella villa di Saturnino, ma ne fu impedita da Tuccia: infatti ebbe quella crisi di nervi che il fratello tentò di consolare.»

«Non capisco» disse il liberto.

«Cominciò con Nicomede. Fino a quel momento i due fratelli si erano cullati nell'illusione che il loro legame proibito non arrecasse danno a nessuno. Marcello tentava anzi di giustificarsi, cercando nelle opere storiche e letterarie i precedenti della sua passione. Forse Marcellina aveva fatto amicizia col servo proprio perché era omosessuale, oppure all'inizio cercava davvero un rapporto diverso, con cui sostituire quello sconvolgente che la legava al fratello: Druso, col suo freddo egoismo, non poteva certo colmare un vuoto affettivo così grande. Per un po' tutto andò bene, finché, in una sera di tempesta, nella mente malata della donna scattò la pazzia. Lo uccise subito, non appena si separarono dall'abbraccio, e lo stesso avrebbe fatto con Glauco, se Tuccia non li avesse interrotti. Marcellina non poteva tollerare che lo schiavo continuasse a vivere, ma Glauco stava per essere venduto, e una volta al sicuro in una casa estranea non sarebbe più stato raggiungibile: il mercato era l'ultima possibilità.»

«Quindi adescò Modesto apposta per massacrarlo» rabbrividì il liberto.

«Non esattamente» lo corresse Aurelio. «Marcellina era una ragazza di normali appetiti e gli uomini la attraevano, ma quando si ripresentava la stessa situazione della sua drammatica esperienza, associava il sesso alla morte. Sentiva l'esigenza pressante di uccidere gli uomini con cui aveva avuto rapporti fisici; credo che fosse più forte di lei, che non potesse farne a meno. Non ha mai elaborato piani complessi per sfuggire alla giustizia, né si è coperta le spalle in alcun modo, salvo sottraendo i suoi stessi capelli al sacchettino di Nicomede. Ed è stato proprio questo a portarmi fuori strada: io cercavo un colpevole scaltro e razionale, capace di nascondere le tracce dei suoi misfatti, invece Marcellina era incredibilmente semplice.»

«Che ne facciamo di lei, adesso?» chiese il liberto. «Non era responsabile delle sue azioni...»

«Ho giurato che avrei punito l'assassino di Modesto.»

«*Verba volant*, padrone. E la confessione del vero colpevole è qui» affermò Castore, additando il testamento del collezionista.

«Un cane rabbioso non ha alcuna colpa del suo morso letale, tuttavia si abbatte» replicò il patrizio. «Marcello Veranio ha detto che sua sorella sarebbe guarita, ma possiamo davvero credergli?»

«Non lo so» rifletté cupo il servo.

In quel momento, Marcellina si mise a cantare: non più le allegre musiche dei banchetti, ma una nenia mesta, monocorde, forse la stessa con cui Veranio l'addormentava da piccola. L'assassina non pareva affatto consapevole che i due uomini stavano decidendo il suo destino. Morto il fratello che era stata la causa della sua follia, anche l'ultima luce della ragione era ormai scomparsa dagli occhi, fissi con sguardo attonito sul cadavere che giaceva ai suoi piedi. Tra il patrizio e il servo corse un freddo sguardo di intesa.

«Porterai la ragazza da sua madre: te la consegno» disse Aurelio, col volto impenetrabile.

Proprio in quell'istante Druso borbottò qualcosa, riprendendo faticosamente i sensi. «Che è successo?» chiese con gli occhi ancora velati.

«Hai perso una dote, e hai guadagnato la vita» rispose Aurelio, sprezzante, voltandogli le spalle.

XXXVIII

Quinto giorno prima delle Idi di marzo

Druso, il collo ormai spoglio dalla *bulla* dei bambini, sedeva accanto ad Aurelio, con addosso la candida toga virile indossata il giorno prima.

Quelli che si fronteggiavano non erano più un adolescente e un adulto, ma due uomini, entrambi maggiorenni ed emancipati: a Roma, dove la minore età cessava solo con la morte del membro più anziano del casato, c'era chi, a cinquant'anni suonati, doveva ancora rimettersi alla volontà di un padre onnipotente, e chi invece, giovanissimo ma orfano, godeva di pieni poteri sulla sua vita e sul suo patrimonio.

«Vorrei ricomprare Tuccia» disse il ragazzo, sforzandosi di dare alla richiesta il tono vissuto e vagamente noncurante che avrebbe usato Aurelio.

«Si può addivenire a un accordo» rispose il senatore, rifacendogli il verso con la stessa inflessione indolente, e intanto osservava curioso Druso Saturnino, tutto compreso nella sua parte di uomo maturo. Anche lui, rammentò, aveva indossato la toga virile a soli sedici anni. Ricordava la cerimonia al Tempio Capitolino, dove si era recato a deporre in offerta la prima barba; sua madre, in viaggio col quinto marito, era assente, ma si era ricordata di inviargli un biglietto di felicitazioni. Uscendo dal Campidoglio con la toga candida, il giovane patrizio era passato in trionfo tra due ali di schiavi festosi: era il *paterfamilias*, adesso, e tutta quella gente dipendeva da lui, dalle sue decisioni, dal suo volere; ogni suo desiderio sarebbe stato un ordine, ogni capriccio soddisfatto immediatamente. Anche gli errori, però, sarebbero stati soltanto suoi, e nessuno l'avrebbe sollevato da quel peso.

Per il ragazzo che gli stava davanti non sarebbe stato troppo diverso, si disse, sebbene avesse da amministrare, anziché latifondi sterminati, solo una piccola bottega libraria. Padrone dei suoi atti, poteva prendere qualunque provvedimento, e per prima cosa aveva stabilito di ricomprarsi la schiava che lo aveva iniziato alla virilità: Druso aveva fretta di crescere.

«Quali sono i tuoi progetti, adesso?» chiese il patrizio.

«Cercherò moglie» rispose il giovane, senza accennare a Marcellina.

Non le aveva mai voluto bene, considerò Aurelio: e pensare che con l'appoggio di un uomo capace di comprenderla e amarla, forse la ragazza non sarebbe arrivata a certi estremi...

«Ci saranno parecchie belle fanciulle su cui hai già messo gli occhi» commentò il senatore. «Accanto alla copisteria, abita una giovane molto carina che promette di diventare un'ottima sposa; per di più, ha un debole per te.»

«Ah, sì, Domizia» fece Druso in un tono vago, come se lo infastidisse soffermarsi su qualcosa che in ogni caso non avrebbe potuto permettersi. «Senatore, sarò chiaro: non voglio una moglie bella, la voglio ricca» precisò freddamente. «C'è una vedova, in quartiere, che ha ereditato qualcosa dal primo marito...»

Sì, il ragazzo diventava adulto in fretta, anche troppo, e una Tuccia vicino non gli avrebbe fatto gran danno; anzi, era proprio quel che ci voleva per incoraggiarne l'astuzia e il cinismo. La deliziosa Domizia poteva trovare di meglio di quel piccolo arrivista: ci avrebbe pensato lui ad assegnarle una ricca dote, il giorno stesso del matrimonio di Druso con la vedova.

«Domani ti manderò la tua schiava» promise, congedandolo.

Non appena Druso se ne fu andato, fece chiamare Tuccia.

«Mi chiedesti di venderti quando questa storia fosse finita. Il momento è venuto» le annunciò.

«Ero in collera, *domine*, e non parlavo sul serio: sto bene qui» si scusò l'ancella.

«È Druso Saturnino che ti chiede» precisò il senatore. La donna si illuminò: non tutto era perduto, allora.

«Domani stesso lascerai la mia casa e raggiungerai il tuo nuovo padrone. Cerca, se puoi, di non fargli dei brutti scherzi con le civette, o con quella polvere verde che maneggi con tanta disinvoltura. *Vale*» la salutò il patrizio, sbrigativo, mentre lei sprofondava felice in un inchino. Manipolare Druso sarebbe stato facile, già si vedeva fare il bello e il cattivo tempo nella nuova casa.

Si avviò silenziosamente alla porta, e quando fu sulla soglia mormorò con un filo di voce: «Padrone...».

«Sì?» chiese lui, distratto.

«Mi dispiace un po' per come sono andate le cose» ammiccò maliziosamente, e fu la prima volta che ad Aurelio il suo sorriso parve sincero.

"Auguri, giovane Druso, ne avrai bisogno" pensò il senatore, mentre la serva correva a prepararsi.

XXXIX

Vigilia delle Idi di marzo

«Devo darti una cattiva notizia, padrone» disse Castore, facendo ritorno due giorni dopo. «C'è stato un incidente: le montagne erano coperte di neve e si procedeva a fatica; nel punto più difficile del passo, il carro si è rovesciato, precipitando nel burrone.»

Aurelio strinse impercettibilmente le labbra, senza batter ciglio. «E Marcellina è morta» concluse.

«Sì, *domine.* La tragica fine del fratello l'aveva fatta impazzire del tutto. Lungo la strada è saltata alla gola di Timone con un pezzo di ferro arrugginito. L'abbiamo fermata appena in tempo.»

«Chi conduceva il carro?»

«Polidoro, *domine,* e Timone gli dava il cambio.»

«I migliori amici dello sventurato Modesto, dunque. Tu dov'eri, Castore?»

«Seguivo a cavallo, padrone.»

«Hai controllato i mozzi delle ruote, dopo l'incidente?»

«No, padrone, perché mai avrei dovuto farlo?»

Aurelio assentì, cupo. «Questa non serve più» disse, buttando in un angolo la confessione di Marcello. Poi si appoggiò sul tavolo, coprendosi la faccia con le mani.

«È tutto finito, *domine*» gli andò vicino Castore. «E non poi tanto male, in verità: oggi sono venuti Nerio e Carmiana, i tuoi nuovi clienti, a far vedere il bambino ad Afrodisia.»

«Roma, però, rimane piena di Lupi e di Sarpedoni...»

«Non puoi cambiare il mondo, padrone, e anche se potessi, non lo faresti: significherebbe perdere tutto quello che ami, la tua casa, i tuoi servi, le tue donne, il tuo orgoglio.»

«È vero» ammise Aurelio. «Irrido la *virtus* sbandierata dai miei concittadini, ma sono sempre un romano, nel bene e nel male.»

«E i romani sono i padroni del mondo» aggiunse il greco, sorridendo.

«Adesso, tuttavia, so anche cosa si prova a stare dall'altra parte.»

«No, *domine*, non lo sai; tu recitavi una commedia. Lo schiavo Publio sapeva che avrebbe potuto metter fine allo spettacolo in qualunque momento e ridiventare il potente senatore Stazio. Per gli altri non è così: nessuno di loro può cambiare il suo destino con un semplice atto di volontà» puntualizzò Castore. «Comunque ti dirò, a tua consolazione, che sei il romano meno insopportabile che abbia mai conosciuto... Ed ecco qui il mio aureo, la posta della scommessa.»

«Ma ho perso: sono rimasto soltanto pochi giorni!»

«No, padrone, hai vinto. Credi davvero che in caso contrario accetterei di separarmi da un aureo?» fece il segretario con un largo sorriso. «Oh, a proposito... mi devi cinquanta sesterzi per le spese del viaggio, e altri cinquanta per le mance» concluse, riprendendosi svelto la moneta.

«*Domine...*» entrò Paride in quel momento. «I servi ti chiedono il permesso di recarsi al tempio di Temi, patrona della giustizia, a sciogliere un voto.»

«Verrò anch'io; abbiamo tutti un gran bisogno di sentirci un po' più giusti» mormorò Aurelio.

«Circa il denaro che ti avevamo promesso, e che tu non vuoi accettare... la Dea potrebbe punirci, se lo tenessimo.»

«Paride, si tratta di tutti i vostri risparmi!» protestò Aurelio.

«*Domine, domine,* quando mai imparerai a fare i conti? Con i salari che paghi tu, quelli erano solo gli spiccioli» lo riprese benevolmente l'amministratore. «Abbiamo già deciso a chi destinare la somma. Vedi, noi ce ne stiamo a casa tua, al calduccio e ben pasciuti, mentre tanta gente, là fuori, soffre la fame e il freddo. Faremo un'elemosina: gli schiavi del senatore Stazio al piccolo Publio della Suburra.»

Aurelio approvò, sbigottito: che strano mondo era quello, in cui i servi beneficavano i liberi?

«Ho visto che intendi affrancare Delia, padrone» aggiunse Paride, circospetto. «È una decisione saggia, quella donna non può vivere qui, è troppo diversa dagli altri.»

«Liberare Delia? Non ci penso neppure!» lo smentì Aurelio, sorpreso.

«Ho qui la lettera di manomissione, firmata col tuo sigillo...» protestò Paride, facendosi piccolo piccolo.

Il senatore afferrò il foglio e lesse. A mano a mano che l'occhio scorreva sulle righe, il volto gli si tingeva di un verde bilioso, rammentando Castore appostato fuori dalla sua stanza, la mattina in cui non riusciva a trovare l'anello. Furibondo, fece a pezzi la pagina.

«Di' al segretario che se si azzarda a usare di nuovo il mio sigillo, finirà dritto nelle miniere di zolfo!» disse, sbattendo in mano all'intendente i brandelli del foglio.

«È arrivato anche l'invito al matrimonio di Fulvia Arionilla» pensò bene di cambiare argomento il prudente amministratore.

«Ci andrò senz'altro» decise il patrizio. Una cosa è un marito, un'altra un amante, pensava, e chissà che l'attraente matrona, coronato l'annoso sogno d'amore in una piatta convivenza coniugale, non si guardasse presto attorno in cerca di qualche distrazione. «Prepara un taglio di seta da inviarle in regalo, Paride, e poi... come si chiama quel servetto siriano di cui Ganimede è tanto geloso?»

«Agatone, *domine.*»

«Mandale in dono anche quello; Pupillo saprà apprezzarlo come merita» ordinò, divertito dalla faccia scandalizzata dell'intendente.

XL

Idi di marzo

Il patrizio e la schiava stavano in piedi, risoluti, l'uno di fronte all'altra.

«Ascoltami bene, Delia. Sei giovane e sola al mondo; qui hai un tetto, un lavoro e amici pronti a difenderti. Fuori, nell'immensa metropoli, non sei nulla: una donna senza nome, senza famiglia, senza un soldo, con uno smisurato orgoglio che tutti tenteranno di calpestare. Con un minimo di buona volontà, potresti vivere in pace sotto il mio tetto...»

La ragazza scosse la testa.

«Numi Immortali, perché? Molti liberi farebbero a gara per diventare miei servitori!»

«Non io.»

«Quando le mie ancelle scendono in strada, le matrone ne invidiano le vesti e i gioielli: ti sembrano infelici, quelle ragazze? Fanno un lavoro leggero e hanno il tempo per adornarsi, divertirsi e civettare...»

«... E qualcuna, se è proprio fortunata, può persino aver l'onore di condividere, a volte, il letto del padrone» aggiunse Delia con ironia.

«Che c'è di strano? Sono giovani, belle...»

«E schiave» concluse la donna.

«Tanti cosiddetti liberi sono schiavi della fame e del bisogno, e costretti a subire ben di peggio che i miei servi!»

«Tu, però, preferiresti toglierti la vita, piuttosto che cadere in prigionia; ma già, per te valgono regole diverse, sei un patrizio romano, tu» disse la ragazza, sarcastica.

«Dunque vorresti trovarti là fuori, sotto la pioggia, senza nemmeno un mantello per coprirti, preda del primo malintenzionato che passa per via...»

Delia tacque e il patrizio strinse i pugni, irato. Di scatto andò verso il piccolo tavolo, intinse il calamo nell'inchiostro e cominciò a scrivere nervosamente.

La ragazza non si mosse: guardava lontano, come al solito, verso un punto indefinito oltre la parete.

Aurelio posò lo stilo e sparse sullo scritto la polvere asciugante; poi sciolse un grumo di ceralacca sul foglio e premette sulla chiazza scarlatta il rubino che portava all'indice, imprimendo il sigillo sulla cera. Quindi arrotolò la pagina con gesti concitati ed estrasse dall'*arca* una borsa pesante.

Si avvicinò alla ragazza e chiese seccamente: «Per l'ultima volta, vuoi vivere nella mia casa?».

«No, vendimi pure» rispose lei, decisa.

«Come vuoi» disse Aurelio. Le mise in mano foglio e borsa, e levò il braccio: il suono secco del manrovescio echeggiò da tutti i muri della stanza.

La giovane si portò le dita alla guancia, reprimendo un'esclamazione di rabbia, e fissò il patrizio col sordo rancore di chi ha subìto un'ingiustizia immeritata.

«Sai che significa?» chiese Aurelio, asciutto.

La donna guardò incredula il papiro e la borsa tintinnante: un'antica tradizione voleva che il padrone...

«È lo schiaffo dell'affrancamento, liberta Delia» spiegò lui, levandole il collare. «Lì c'è la lettera di manomissione e del denaro: fattelo durare abbastanza per non finire in un bordello. Puoi andartene subito, se preferisci, oppure domattina presto, quando avrà finito di piovere.»

Delia guardò stordita il rotolo sigillato: la lettera di affrancamento, la libertà!

«Me ne andrò domattina» annunciò a voce bassa.

«Sparisci, non voglio più vederti!» disse il senatore, voltandole le spalle. Se ne stava così, chinato coi pugni sul tavolo in attesa che la donna uscisse, quando sentì il braccio di lei cingergli il petto e la mano morbida insinuarsi sotto la tunica a sfiorare la pelle nuda con una leggera carezza.

Allora la collera gli montò alla testa.

«Non ho nessun bisogno di essere ringraziato!» scandì in tono gelido.

«Nemmeno per la tua lealtà? Deve essere stato difficile ammettere che il "colpo del serpente" non era farina del tuo sacco!» lo sorprese Delia.

«Come sai che quella mossa si chiama così?» si informò Aurelio.

«Fu Barbato a elaborarne la tattica, dopo una fitta corrispondenza segreta col campione dei parti: non la insegnò a nessun altro dei suoi allievi.»

«Ma allora...»

«No, anch'io sarò franca con te, senatore: non ti ho lasciato vincere apposta» confessò Delia. «Cerca di capire: eri il padrone, non potevo obbedirti, cederti o permettere che mi dominassi, era una questione di principio! Ci tenevo troppo a diventare libera, e mi sforzai a tutti i costi di batterti; mentre giocavo, però, mi venne in mente che, se avessi perso, la barriera innalzata tra noi due sarebbe caduta: volevo vincere e perdere al tempo stesso, e questo conflitto abbassò la mia soglia di attenzione, così non riuscii a spuntarla. "È il Fato" mi dissi, ma a quel punto tu rifiutasti incredibilmente di riscuotere la posta...»

Aurelio ascoltava stupito, senza reagire.

«Ora che sono libera, però, ho il diritto di fare quello che voglio, e questo è esattamente quello che voglio da quando ho messo piede nella tua casa» disse Delia, sfiorandogli il collo con la bocca umida.

«Per tutti i Numi!» gridò Aurelio, stupefatto, poi si coprì il volto con le mani.

Il sorriso di Delia si spense all'istante, e la donna si staccò da lui, incamminandosi verso la porta, mentre serrava le labbra per soffocare la delusione: era stata stupida a non ascoltare Castore, quando l'avvertiva di non tirar troppo la corda. Adesso era troppo tardi; lui non la voleva più, rifiutava persino di guardarla.

In quel momento Aurelio la raggiunse con un balzo, senza riuscire a contenere l'irrefrenabile risata. Rideva ancora, quando la prese tra le braccia.

Appendice

UNA MOGLIE PER PUBLIO AURELIO STAZIO

Racconto

Roma, anno 799 ab Urbe condita
(anno 46 dopo Cristo, primavera)

«Aurelio, Aurelio, è successa una cosa orribile!» gridò Pomponia, precipitandosi nei bagni proprio nel momento in cui Azel affrontava, con l'affilatissima *novacula*, il punto critico vicino all'orecchio, là dove i capelli si uniscono alla barba. La mano del tonsore ebbe un tremito impercettibile, ma bastò perché una minuscola goccia di sangue arrossasse la guancia di Aurelio.

L'azzimato siro-fenicio si portò le mani alla testa, come se un'*insula* intera gli fosse crollata addosso: aveva ferito il padrone, lui, il miglior barbiere di Roma!

«Su, Azel, non è una tragedia. La maggior parte dei miei concittadini si fa tagliuzzare ogni giorno da ubriaconi che brandiscono il rasoio come un gladio nell'arena» lo consolò il senatore, licenziandolo con un gesto distratto per accingersi poi ad ascoltare l'amica, invero senza grande preoccupazione. Infatti, l'annosa frequentazione della brava signora lo aveva del tutto assuefatto alle emergenze, che a Pomponia si presentavano con scadenze pressoché quotidiane.

Quel giorno, tuttavia, la matrona pareva davvero sconvolta, tanto che Castore, il segretario di Aurelio, pensò bene di intervenire, portandole subito un cordiale.

«Una cosa terribile, mi dicevi?» chiese il senatore, distratto. Domitilla doveva averle soffiato un pettegolezzo, pensò, o forse qualche amica dispettosa aveva avuto l'ardire di copiarle l'acconciatura...

«Regilla, la piccola Regilla, figlia di Regillo Tetrico...» iniziò Pomponia. «Numi, come faccio a dirtelo?»

«È morta?» corrugò la fronte il patrizio.

«Peggio... cioè, volevo dire meglio; no, non meglio, no, ecco, né peggio né meglio... Oh, insomma, è stata violentata!»

Aurelio scolorò: episodi del genere ne capitavano parecchi, nella Suburra, ma qui si trattava di una fanciulla della migliore società dell'Urbe, non ancora ventenne, cresciuta in modo rigorosissimo e fidanzata da tempo col figlio di Emilio Gemino, il migliore amico del padre. Chi poteva avere fatto una cosa simile? E come c'era riuscito? Regilla non andava certo a passeggiare da sola nei quartieri malfamati...

«Stava recandosi con un'ancella alle terme femminili del Vicus Stablarius» proseguì la matrona. «Sai, quegli stabilimenti non sono proprio vicinissimi a casa sua – lei abita nel Vicus Aesculeti, dietro al Circo Flaminio – ma nemmeno troppo lontani per arrivarci a piedi...»

«È una strada poco trafficata, salvo nei giorni delle corse» rammentò il patrizio.

«Infatti a quell'ora non c'era nessuno in giro» assentì Pomponia. «A un tratto, le due ragazze hanno sentito dei passi dietro le spalle, come di qualcuno che corresse. Due uomini si sono avvicinati e, prendendole di sorpresa, hanno gettato loro un sacco in testa; poi le hanno trascinate nel boschetto del tempio di Venere Vincitrice, accanto al Teatro di Pompeo. Lì le hanno stuprate entrambe, picchiandole a sangue perché non chiamassero aiuto!»

Aurelio ascoltava, turbato: lo stupro... un'esperienza terribile per una donna, tale da lasciare tracce indelebili...

«Ma non è finita, anzi il brutto deve ancora venire!» singhiozzò l'amica. «Una ragazza percossa e violentata... tu penserai che la famiglia si sia affrettata a soccorrerla, consolarla, assisterla con affetto e calore...»

«Non è così?» si stupì il senatore.

Pomponia scosse la testa, costernata: «Il padre si è chiuso nel tablino, in preda alla vergogna, e lei vive da dieci giorni confinata nelle sue stanze, da cui non si azzarda a uscire. Per di più, il futuro suocero, Emilio Gemino, saputo quanto era successo, si è affrettato a rompere il fidanzamento».

«Che infamia!» si indignò Aurelio.

«Del tutto legale, però. Sai bene che, secondo il *mos maiorum*, una donna, anche se presa contro la sua volontà, viene sempre contaminata dal rapporto col maschio.»

«Queste sono superstizioni dei tempi di Tarquinio Collatino!»

esclamò il senatore. «Adesso siamo in pieno impero, e le matrone collezionano in media quattro o cinque mariti l'una, sposati in rapida successione, senza contare gli amanti, tra cui schiavi, liberti e persino gladiatori!»

«Tu ti riferisci a un mondo particolare, Aurelio, un'alta società fin troppo indulgente, dai costumi liberi e spregiudicati. Ma a Roma c'è ancora chi crede alla teoria della contaminazione perpetua, e la legge li appoggia: purtroppo, Emilio Gemino ha tutti i diritti di rifiutare le nozze; e, quel che è peggio, il padre stesso della ragazza approva il consuocero e si riferisce alla figlia come a una donna indegna... Aurelio, devi aiutarla!»

«Per Ercole, che posso fare io?» allargò le braccia il patrizio.

«Scopri chi è il violentatore, prima di tutto!» esclamò Pomponia, come se gli avesse chiesto la cosa più semplice di questo mondo.

«Se lo desideri, *domine*, farò un sopralluogo» si offrì Castore, sollecito. «Forse qualcuno ha visto e non parla...»

«D'accordo» ribatté Aurelio. «Tutto potrebbe esserci utile, in un caso di *stuprum*...»

«È un reato che comporta l'esilio e la confisca di metà dei beni» gli ricordò Pomponia.

«Tuttavia, difficilissimo da provare» osservò il senatore, senza nascondere il suo pessimismo.

«Parla con Regillo Tetrico; digli di non trattare quella poveretta come un'appestata! E prova a convincere Emilio Gemino, il padre di Caio, a tornare sui suoi passi...» consigliò la matrona.

«Mi piacerebbe saperne di più, sul fidanzato. Tu che mi sai dire?» chiese Aurelio.

«Caio Emilio Gemino, un giovanotto di vent'anni, dall'animo sensibile e delicato. Buono, obbediente, mite... persino troppo, se capisci quello che intendo. Non si opporrebbe mai al volere del padre, nemmeno se la legge glielo consentisse.»

«Uno smidollato, insomma!» sbottò il senatore, storcendo la bocca.

«Pare che l'accaduto l'abbia ridotto alla disperazione; lui è sinceramente affezionato a Regilla, ma tanta angoscia non sembra sufficiente a farlo reagire...»

«Voglio sapere tutto delle due famiglie: la storia dettagliata dei loro rapporti, la consistenza patrimoniale, le parentele» disse il senatore alla matrona. «Invece tu, Castore, batterai il quartiere palmo a palmo, cercando eventuali testimoni, mentre Pomponia si occuperà di indagare tra le serve di casa.»

«A proposito di serve, *domine*, ci stiamo dimenticando che le donne assalite sono state due: anche l'ancella ha subìto la stessa sorte della padrona» gli rammentò Castore.

«È vero» fece ammenda il senatore. «Siamo talmente abituati a considerare le schiave come donne a disposizione di tutti, da non pensare allo stupro di una serva come a un autentico crimine.»

«A dire il vero, le conseguenze per l'ancella saranno meno gravi; in fondo è stato soltanto un uomo in più ad approfittare di lei, oltre al padrone, ai maschi di casa, all'intendente e chissà quanti altri» fece Pomponia, amareggiata. «Di fatto, però, quella disgraziata ha sofferto le stesse pene di Regilla, senza che nessuno se ne preoccupi minimamente...»

Il senatore parve riflettere un istante.

«Se lo stupro è stato un atto di violenza casuale, come lo sfogo bestiale di due uomini in preda ai fumi del vino, non riusciremo mai a trovare i colpevoli. Ma ipotizziamo che l'assalto fosse mirato; che qualcuno, offeso da un rifiuto o da una sgarberia, ce l'avesse proprio con l'ancella... forse la stava seguendo e l'ha vista allontanarsi con la padrona. Quando le donne sono rimaste sole, ne ha approfittato per vendicarsi, prendendo in mezzo anche Regilla.»

«Ci sono parecchie bande di giovinastri, nell'Urbe, che si divertono ad aggredire le donne indifese. Stavolta, però, i violentatori erano due» osservò Castore.

«Due, troppo pochi, appunto: è questo che mi rende perplesso. I delinquenti di cui parli si aggirano in gruppi abbastanza folti, in modo da darsi man forte l'uno con l'altro» scosse la testa Aurelio. «Devo parlare con Regilla. Pensi che sia possibile, Pomponia?»

«Vedrò quanto posso fare» promise la matrona, rinfrancata dall'interessamento del suo vecchio amico.

Lei era rintanata in un angolo della stanza, con le mani in grembo. Lo sguardo, fisso e spento, ne appannava l'indubbia bellezza; i capelli chiari le spiovevano sulla fronte, come se non si fosse neppure curata di pettinarli, e sullo zigomo sinistro spiccava un livido blu, segno tangibile di quel che era accaduto. Le altre tracce della violenza, quelle peggiori, all'esterno rimanevano celate, invisibili.

«Che cosa vuoi da me, senatore?» chiese con una sfumatura di rassegnazione che non piacque per nulla ad Aurelio: la buona sorte aiuta gli audaci, non coloro che accettano supinamente di arrendersi...

«Raccontami tutto, nei minimi particolari. Sto cercando di trovare e punire il responsabile di questo scempio.»

«E a che mi servirà? Sono rovinata per sempre!»

«Non hai ancora vent'anni, Regilla, hai tutta la vita davanti» la contraddisse il senatore.

«Quale vita? Mio padre non vuole più vedermi e il mio fidanzato mi ha lasciata, come se quello che è successo fosse colpa mia!»

«Il mondo non è più quello di un tempo: troverai un altro marito...»

«Già, un plebeo magari, disposto a prendermi come merce avariata in cambio di una congrua dote. Mio padre, però, non intende assegnarmela: non gli servo più da oggetto di scambio per le sue mire ambiziose, quindi non vale la pena di investire su di me... E pensare che ero tanto contenta di sposare Caio Emilio...»

«Lui ti vuole bene?»

«Molto, e non gli importa di quello che mi è accaduto. Ma suo padre...» gemette la ragazza.

«Lo so: a termine di legge, ha diritto di annullare la promessa di nozze. Non devi pensare a questo, adesso; dimmi invece qualcosa che mi aiuti a identificare i tuoi aggressori.»

«Non ho visto niente. Di colpo, su di me è caduto il buio e mi sono sentita le braccia legate. Mi hanno portata via, facendomi camminare a calci, e mi sono trovata distesa nell'erba, con la testa chiusa in un sacco. E poi ho sentito male, tanto male...»

«Hai lottato, ti sei difesa?» domandò Aurelio, trattenendo il fiato: quel particolare sarebbe stato di primaria importanza, se si fosse arrivati a una causa in tribunale.

«Avevo troppa paura» confessò la ragazza. «Non pensavo alla mia reputazione, al mio onore di cittadina romana; sono stata zitta, sperando solo di uscirne viva.»

«Ti sei comportata nel modo migliore: se ti fossi opposta, avrebbero potuto ucciderti» approvò il patrizio, pur sapendo fin troppo bene che al processo la condotta di Regilla non sarebbe stata giudicata con altrettanta indulgenza.

«Tu la pensi così, ma gli altri... dicono tutti che se una ragazza si trova in certi guai, significa che, in un modo o nell'altro, è andata a cercarseli!»

«Non c'è nulla, assolutamente nulla, che tu possa dirmi per aiutarmi a individuare chi ti ha assalito? Un odore, un sapore, una sensazione tattile, una semplice impressione?»

«Prima di essere rovesciata nell'erba, ho avvertito uno strano sentore, come di menta. E lui era molto più alto di me: ricordo che non riuscivo a respirare con la faccia nel sacco, perché la sua spalla mi premeva sul naso... Non rammento nient'altro, mi dispiace.»

«Posso parlare con la tua ancella?»

«Balsamina? Fai pure, ma ti ripeto, è inutile, il mio destino è segnato. Sono come un'anfora preziosa che, una volta rotta, può essere aggiustata alla meglio, in qualche modo, ma mai potrà riacquistare il valore originario...» disse la giovane, chinando la testa.

«Se sei tu la prima a sentirti sminuita, anche gli altri lo crederanno!» la rimproverò Aurelio.

«Sparlano di me, dandosi di gomito, e si chiedono se, in fondo in fondo, non mi abbia fatto piacere» commentò Regilla con amarezza.

«E anche se così fosse? Non hai niente da rimproverarti, niente!» esclamò Aurelio, ma capiva che le sue parole erano destinate a cadere nel vuoto.

Rimase un attimo a guardarla, piccola, minuta, tremante, poi si voltò senza aggiungere altro.

«La tua padrona ha subìto un grave colpo e non rammenta granché. Forse tu sei in grado di dirmi di più» disse il senatore a Balsamina, l'ancella.

«Perché no? A una schiava certe cose fanno meno impressione: noi siamo avvezze fin da piccole alla violenza e allo stupro» ribatté con sarcasmo la ragazza, fissando il patrizio con aperto rancore. «Ti daresti tanto da fare, se la vittima fossi soltanto io?»

Aurelio tacque, colpito sul vivo.

«Oh, certo, io sono in grado di ricordare assai meglio della padroncina, e ciò non desta meraviglia: della mia sensibilità ho dovuto liberarmi anzitempo, fin dal primo giorno in cui il primo padrone mi ha ribaltata su un cubile» sibilò Balsamina. «E adesso, tu mi chiedi di aiutarti a trovare il delinquente che ha brutalizzato la povera Regilla. Dimmi prima una cosa, senatore: con quante delle tue schiave sei andato a letto? E ti sei mai chiesto se fossero d'accordo?»

Sulle prime Aurelio non replicò, ma quando riprese a parlare la sua voce era ferma: «Due donne, di diversa condizione giuridica e sociale, sono state rapite, battute, stuprate. Qualcuno ha fatto valere nei loro confronti la legge del più forte, quella per cui chi picchia ha sempre ragione. Sto cercando di trovare i colpevoli e di metterli davanti alle loro responsabilità. Te la senti di darmi una mano?».

L'ancella esitò qualche istante, sospesa tra rabbia e dolore, senza far nulla per nascondere la propria amarezza. Poi, lentamente, quasi a fatica, si risolse a sciogliere il nodo che le gravava dentro: «Il mio era grasso, molto grasso. Faceva schifo» disse, senza sollevare gli occhi. «Aveva le labbra gonfie, e una barba di almeno due giorni che mi ha lasciato dei graffi sul seno. Puzzava di marcio, doveva avere i denti guasti, l'ho sentito fin da sotto il sacco. Le mani erano callose, ruvide, con le unghie spezzate, come di chi fa lavori manuali pesanti. Era viscido e molliccio. Ci ha messo molto, non pareva neanche tanto entusiasta di quello che stava facendo...»

La ragazza era una testimone perfetta, giudicò il senatore con ammirazione: attenta, precisa, puntuale. Peccato che la sua parola di schiava valesse ben poco...

«Grazie. Spero di aver modo, prima o poi, di mostrarti la mia riconoscenza» disse Aurelio, e uscì senza tirar fuori la solita mancia, giudicandola vistosamente offensiva in una simile circostanza.

Poco dopo, si dirigeva alla casa degli Emilii, dove aveva appuntamento con lo sposo mancato.

Caio Emilio Gemino era un giovane di aspetto piacente, con lineamenti fini e regolari, e la bocca curva in un'espressione indecisa che ne mostrava subito il difetto di volontà.

«Dunque, permetterai che la tua promessa sposa paghi per una colpa altrui?» lo apostrofò il senatore, senza sforzarsi di celare il suo disprezzo.

«Non sono io che decido, è mio padre» ribatté cauto il ragazzo. «Voglio bene a Regilla e sono pronto a sposarla, ma lui...»

«Bravo!» lo schernì Aurelio. «Quando i grandi comandano, i mocciosi devono obbedire senza discutere!»

«Secondo la consuetudine, il compito di scegliermi la moglie spetta al *paterfamilias*» tentò blandamente di difendersi il giovane.

«Giusto! A chi interessa se ti sarà fedele, oppure ti riempirà di corna? Se resterà al tuo fianco nel bene e nel male, oppure deciderà di mollarti per il primo che passa? L'importante è che sia vergine e soprattutto fornita di dote!» sbottò il patrizio.

«Non posso farci niente. Mio padre sta già trattando con Serviano, per la sua secondogenita...»

«La conosco. Congratulazioni, Caio Emilio Gemino: forse avrai la soddisfazione di essere il primo, di certo non l'ultimo!» esclamò Aurelio, scoppiando in una risata cattiva, poi voltò le spalle al ragazzo, lasciandolo a piagnucolare sulla sua malasorte.

Seduto nel tablino della *domus* sul Viminale, il senatore ascoltava i rapporti di Castore e Pomponia.

«Dunque, mia cara, Regillo Tetrico ha subìto dei rovesci finanziari, recentemente...»

«Sì, e non lievi. Ormai non si può più considerare il possidente con larghi mezzi di qualche anno fa; è indebitato fino al collo» rivelò la matrona.

«Sua figlia, tuttavia, era fidanzata fin da bambina, con un contratto altrettanto rigido di quello di matrimonio» meditò Aurelio. «E ora si trova coinvolta in una causa per stupro.»

«No» lo smentì Pomponia. «Regillo Tetrico non ci pensa nemmeno ad affrontare un processo pubblico: preferisce confinare la figlia in campagna e dimenticarsi della sua esistenza. Non possiamo permetterglielo, Aurelio!»

«Parlerò con lui, nella speranza di persuaderlo ad assumere un atteggiamento diverso...»

«Sarà un'impresa ardua, amico mio. Tetrico non vuole sentir ragioni.»

«Posso sempre provarci: annuncia la mia visita, Castore; sarò a casa sua nel pomeriggio!»

«Se le cose stanno così, *domine*, temo che lui non accetterà di riceverti» considerò il segretario, perplesso.

«Pomponia ci ha detto che Regillo ha urgente bisogno di soldi? Bene, gli proporrò di vendermi Balsamina, dovessi pagarla a peso d'oro!»

Tetrico lo ascoltò a lungo, scuotendo la testa. Aveva ceduto volentieri la proprietà dell'ancella, ma quando il discorso era caduto sulla figlia, si era subito irrigidito.

«Non sarà stata colpa sua, ma il fatto rimane.»

«E ti sembra un buon motivo per trattarla come se avesse la lebbra?»

«È contaminata, ha perso per sempre il suo onore!»

«L'onore di un essere umano, uomo o donna che sia, risiede nel cuore e nell'animo, non certo in mezzo alle gambe!» ringhiò Aurelio, furente.

«Dici bene tu, che non hai figlie da maritare!» si giustificò l'altro. «Ma adesso chi troverei, io, disposto a farsi carico di Regilla, con una dote piuttosto esigua e la reputazione distrutta? Certo, ci sarebbero parecchi profittatori pronti a chiudere un occhio, pur di imparentarsi con una schiatta antica come la mia, però io non intendo mescolare il mio sangue con gente simile: ho altre due figlie, che sapranno darmi dei discendenti degni della nostra stirpe!»

«Mentre quella povera ragazza languirà lontana dai suoi cari, senza la speranza di farsi mai più una famiglia? Sei un retrogrado, Regillo Tetrico, ancorato a una mentalità becera e superata!» lo assalì il senatore.

«Non otterrai nulla offendendomi, Publio Aurelio Stazio. Ho già deciso.»

«Aspetta, possiamo trovarle un'altra sistemazione...»

«Ah sì, e chi credi che se la prenderebbe? Tu, forse?» lo irrise Tetrico.

Aurelio sentì il sangue montargli alla testa.

«Certo!» esclamò, e soltanto dopo si rese conto di ciò che aveva detto.

Tetrico rimase con la bocca spalancata: «Parli sul serio?» balbettò.

«Vedo che hai delle pretese, Regillo. Ti basta come genero un senatore i cui antenati risalgono ad Anco Marzio? Un patrimonio di milioni di sesterzi, terre in tutta la penisola, una flotta commerciale e centinaia di banchi di credito sparsi per l'impero sarebbero una garanzia sufficiente per concedermi la mano di tua figlia?

Se miri più in alto, puoi sempre provare col divo Claudio in persona. In caso contrario, scrivi il contratto di fidanzamento, firmalo, e io mi porterò a casa Regilla seduta stante!»

«O è uno scherzo, oppure sei pazzo, Publio Aurelio» fece l'altro, con la voce che gli tremava.

«Metti il sigillo!» tuonò il senatore, inviperito.

Un attimo dopo, si dirigeva col documento in mano verso il cubicolo di Regilla.

La giovane era distesa sul letto, con gli occhi coperti da una pezzuola umida. In piedi accanto a lei, Balsamina le faceva vento con un flabello di penne di pavone.

«Fai i bagagli, ragazza, ti ho comprata» disse bruscamente Aurelio alla schiava. «E prepara anche quelli della tua padrona; vi porto con me tutte e due!»

Regilla si levò dal giaciglio, togliendosi l'impacco dalle palpebre peste: «Sto troppo male, senatore...».

«Sciocchezze! Balsamina, mettile un po' di rossetto e vestila decentemente. Voglio che esca di qui a testa alta!»

«Ma io non...» tentò di protestare Regilla.

«Zitta! Mi devi obbedienza, sono tuo marito!» le ingiunse il patrizio.

Le due donne si guardarono incredule.

«O almeno lo sarò, non appena il Flamine di Giove avrà dato un'occhiata a questo!» specificò, mostrando il contratto firmato da Tetrico.

Regilla lesse il documento e ricadde sul letto, in preda a un capogiro.

Tornato a casa, il senatore si avviò verso i quartieri delle ancelle.

«Raduna le ragazze, Nefer!» comandò alla sua massaggiatrice egizia, poi spinse una poltroncina di giunco vicino all'*impluvium* dell'atrio di servizio e sedette comodo, incrociando le gambe.

«Eccoci, *domine*!» gridarono le schiave, arrivando da tutti gli angoli della casa in un turbinio di vesti colorate.

«Avete sentito la novità?» domandò il patrizio.

«Sì, padrone!» gridarono all'unisono una trentina di voci e da altrettanti visi trasparve una sorda, risoluta ostilità.

«A quanto pare, Regilla diventerà mia moglie, e quindi desidero che non venga disturbata, infastidita o presa in giro in alcuna maniera» proseguì il senatore.

«Come puoi pensare...» cominciò Nefer, che fungeva da portavoce del gruppo.

«Vi conosco, mie care» la interruppe il padrone. «Sono certo che tu, Fillide, hai già regolato il torchio da stiro in modo da rovinarle i vestiti; e tu, Iberina, stai provvedendo ad allentarle le maglie della collana, perché ne smarrisca le perle lungo la strada.»

«*Domine*...» tentò di protestare l'egizia.

«In quanto a te, Nefer, non azzardarti a farle male, quando la massaggerai. E tu, Gaia, evita di bruciarle i capelli, mentre glieli arricci. Potrei proseguire per un pezzo, ma credo di esser stato abbastanza chiaro; vero, ragazze?» esclamò il senatore, ma l'occhiata d'intesa che vide passare tra le ancelle tutto fece fuorché rassicurarlo.

«Forse non mi sono spiegato bene» riprese quindi Aurelio, in tono più deciso. «Regilla è una donna come voi, una donna umiliata, vilipesa, schernita... È stata battuta e violata, e la stessa cosa è accaduta alla sua serva.»

Le schiave tacevano, adesso, e qualcuna cominciava a mostrare un lieve rossore sul viso, come se si stesse vergognando di quello che aveva meditato di fare.

«Chi ha commesso questo crimine» proseguì il patrizio «era sicuro che una donna trattata in questo modo non avesse scampo, perché nessuno avrebbe osato aiutarla a rialzarsi e camminare di nuovo a testa alta. Mancare di rispetto a Regilla, o alla sua ancella, significherebbe dar ragione al violentatore e fargli ottenere il suo scopo.»

Le schiave si guardarono di nuovo, e questa volta tra loro corse un cenno di assenso.

«La serviremo fedelmente, padrone» si impegnò Nefer, a nome di tutte.

«D'accordo, ora potete andare» le congedò il senatore, e le schiave cominciarono a sciamare verso le loro stanze. Una, però, non si mosse. Aurelio alzò gli occhi e vide Balsamina, in piedi accanto a lui.

«Dopo aver sentito come la pensi, ho deciso di consegnarti una cosa, *domine*» disse, traendo dalla tunica un lembo di stoffa. «Tieni, l'ho strappato io stessa all'aggressore di Regilla. L'avevo tenuto per me, senza mostrarlo a nessuno, perché la legge se ne infischia dello stupro di una serva, mentre io speravo di risalire prima o poi al responsabile e farlo massacrare di botte da qualche amico della Suburra... Prendilo e usalo come meglio credi.»

«Un indizio, finalmente!» esclamò felice il senatore, afferrando il tessuto. «Aspetta, ho qualche domanda da farti» disse, richiamandola indietro. «Sai di qualcuno che ce l'avesse con te al punto da assalirti?»

«No, *domine*. Per una schiava è sempre meglio fingere di tener tutti in gran simpatia, sia vero o no.»

«Comprendo... Ancora una cosa, però: il percorso che tu e la padrona facevate per recarvi alle terme era sempre lo stesso, ogni volta?»

«Sì, certo.»

«E ci andavate sempre alla medesima ora?»

«Di solito sì, ma quel giorno eravamo in anticipo.»

«Come, come...» aguzzò le orecchie Aurelio.

«Il giovane Caio Emilio aveva fatto visita a Regilla, ma si era ritirato in fretta, perché suo zio lo stava aspettando, e prima di vederlo doveva passare da casa a prendere un plico da recapitargli. Avrebbe cercato di spicciarsi e far ritorno verso sera, disse alla padrona, così lei decise di andare subito ai bagni, in modo da essere di nuovo in casa quando fosse ripassato.»

Aurelio la ascoltava, pensoso: e se l'aggressione fosse stata mirata non alla schiava, ma a Regilla stessa?

«Caio tornò davvero?»

«Sì. Rimase ad aspettare per due ore buone, finché non ci vide rientrare nelle condizioni che sai. Era sconvolto, piangeva più di noi.»

"E bravo Caio, bell'appoggio per una ragazza nei guai!" pensò Aurelio. Poi ripose il tessuto nell'*arca* e licenziò l'ancella con un cenno del capo.

«Intendi dare le dimissioni, Castore? Hai sempre minacciato che ti saresti ritirato in Cilicia, se mi fossi risposato...»

«Be', finché quella donna non è ancora tua moglie...» tergiversò il liberto, accarezzandosi la barbetta a punta.

«Lo sarà tra una settimana.»

«Dunque, per il momento sono ancora al tuo servizio.»

«Allora trovami chi può avere indossato questo» disse Aurelio, mostrandogli il lembo di stoffa che aveva ricevuto da Balsamina.

«Un tessuto fine, di ottima qualità» valutò il segretario. «Roba da signori, che mal si accorda col bieco grassone che ti ha descritto la serva. Sei sicuro che dica la verità? Forse l'hanno corrotta, perché favorisse la cattura della padrona...»

«Non ho scelta, devo fidarmi.»

«*Domine*, è impossibile frugare nei guardaroba di tutta Roma» protestò l'alessandrino. «Dimmi da che parte cominciare!»

«Dalla casa dell'ex fidanzato di Regilla» ordinò il padrone.

«E per quale motivo, di grazia?» si stupì il liberto.

«È semplice, Castore, considera che l'unico a guadagnarci, in questa brutta storia, è proprio il giovane Caio Emilio, che ora si trova libero di sposare una ragazza ricca.»

«Non ce lo vedo, non ce lo vedo proprio» borbottò il greco, per nulla convinto.

«Neanch'io, però non si può mai sapere» concluse Aurelio, accomiatando il segretario.

Gli rimaneva un'ultima cosa da fare, la più difficile.

Né un gran nome, infatti, né un patrimonio immenso avrebbero mai convinto Regilla che il suo corpo poteva essere fonte di piacere, oltreché di dolore. Una donna violata stenta a riconciliarsi con la sua femminilità, prima ancora che con gli uomini; così, senza dubbio alcuno, ogni giorno che passava, Regilla si odiava un po' di più: quella spirale doveva essere spezzata, e Caio, goffo e insicuro com'era, non sarebbe mai stato in grado di farlo.

Il senatore si alzò e percorse il peristilio a grandi passi, sperando di aver preso la decisione giusta.

Lei non dormiva quando lui varcò la soglia della sua stanza: giaceva come al solito raggomitolata sul cubile, simile a un animale ferito.

«Così non va, Regilla; la moglie del senatore Stazio non si nasconde come una ladra.»

«Perché mi hai chiesta? Non mi conosci nemmeno... avrebbe dovuto farlo Caio!»

«Finché vive suo padre, non ha alcun potere.»

«Temo che non ci abbia nemmeno provato... ma ora non desidero più pensare a lui. Ti sono immensamente grata, senatore.»

«Publio» la corresse il patrizio.

«Ti prometto che cercherò di essere per te la migliore delle spose, obbedendoti in tutto e per tutto» gli giurò singhiozzando la ragazza.

«Comincia subito con l'asciugarti le lacrime: non vorrai farmi passare la prima notte di nozze con una donna che piange, vero?»

«Publio, noi... non siamo ancora sposati!» obiettò lei, stupita.

«È importante?» chiese il senatore.

«No, non a questo punto. Io, però... tu non puoi capire, non sai che cosa mi hanno fatto...»

«Non lo so, ma posso aiutarti a dimenticarlo» disse Aurelio, cominciando ad accarezzarle delicatamente il volto.

«Ho paura...» gemette Regilla, con voce flebile, coprendosi il viso con le mani.

«Se non la vinci adesso, non ci riuscirai mai più. Farò soltanto quello che vuoi...» cercò di rassicurarla il senatore, adagiandola sul giaciglio.

«Hai novità?» chiese il giorno dopo Publio Aurelio al suo fido segretario.

«Sì, *domine*, forse ho trovato il grassone.»

«Castore, sei impagabile!» esclamò il patrizio, balzando dal seggio.

«Eh, no, padrone: se fossi impagabile, i miei servizi non si potrebbero quantificare in sesterzi; invece io me ne aspetto una buona cinquantina per questo lavoretto!» lo corresse il segretario.

«È come se fossero già nella tua borsa!» promise Aurelio.

«Hai avuto una vera ispirazione nel mandarmi a casa degli Emilii, *domine*. Dato che ero lì, sotto le false quanto temute spoglie di un esattore imperiale, ne ho approfittato per cacciare il naso dappertutto e conoscere, a uno a uno, i componenti della servitù: la descrizione che ti ha rilasciato Balsamina corrisponde pienamente a un certo Lardo, uomo di fatica della *domus* e guardia del corpo del padrone. Inoltre, ti interesserà sapere che una verduraia del Vicus Stablarius ha notato lungo la strada due tizi sospetti, proprio pochi istanti prima che avvenisse l'aggressione: uno decisamente obeso e l'altro col naso aquilino.»

«Emilio Gemino, il padre di Caio, è molto alto e ha un rostro degno di un rapace!» ricordò Aurelio.

«Per di più, secondo il suo dolciario, è ghiottissimo di pasticche alla menta. E, come se non bastasse, a casa sua, tra gli indumenti ancora da lavare, grazie all'indolenza di una schiava scansafatiche... c'è un amitto con l'orlo strappato!»

«Non dirmi che la stoffa è identica a quella che ti ho dato!» esultò Aurelio. «Per Giove ottimo e massimo, sarebbe troppo bello per essere vero!»

Castore si aprì in un largo sorriso.

«Caio Emilio era dallo zio, quando le due donne sono state assalite» continuò il senatore. «Si sa dove fosse suo padre, in quel momento?»

«No, *domine*. Lui sostiene che si trovava a zonzo per la città, ma nessuno l'ha visto... e, guarda caso, a fargli da scorta c'era proprio il grassone!»

«Adesso capisco che cosa è successo! Quel porco di Emilio Gemino ha violentato la futura nuora con l'aiuto di un servo prezzolato, per avere la possibilità legale di rompere un contratto di fidanzamento che non gradiva più! Che lurida vigliaccata!»

«Non più di quella inflitta alla figlia di Seiano, stuprata prima dell'esecuzione capitale, perché la legge romana non permetteva di giustiziare una vergine» gli ricordò il segretario. «Comunque, Emilio Gemino è davvero uno sporco individuo. Sicuro com'era che nessuno si sarebbe messo a cercare un bruto nella buona società, non si è nemmeno preoccupato di far sparire gli indizi.»

«Indizi, tuttavia, che in tribunale varranno ben poco: altro è sapere che è colpevole, altro ottenerne la condanna» considerò Aurelio.

«Quel verme rischia dunque di farla franca?» si indignò Castore.

«Non è detto: si aspettava di trovarsi di fronte un padre in miseria, tanto prigioniero dei suoi pregiudizi da non azzardarsi nemmeno a denunciare apertamente la violenza subìta dalla figlia. Ora, invece, avrà a che fare con me, e io lo chiamerò a rispondere dello stupro della moglie di un senatore!»

«Già, un senatore ricco, potente e abbastanza testardo da mettere sul piatto della bilancia tutta la sua influenza e le sue risorse finanziarie per rovinarlo» terminò il liberto. «Con quali prove, però? La parola di Balsamina non sarà sufficiente, e neppure quella della verduraia.»

«Lo so bene, eppure... Dimmi, Castore: che cosa faresti, se fossi un accanito pescatore e scoprissi un ruscello pieno di trote proprio il giorno in cui hai lasciato a casa la lenza?» domandò il patrizio.

«Be', mi affretterei a fabbricarmene una coi mezzi a disposizione» rispose il segretario.

«Appunto, e il mezzo a nostra disposizione è Regilla. Dovremo convincerla che talvolta, nel perseguire il bene, è necessario dire qualche bugia...»

«Ottimo, padrone; noto con piacere che stai migliorando: hai fatto grandi progressi nel tenere sotto controllo la tua innata onestà di romano! Non vorrei essere nei panni di Emilio Gemino, durante i prossimi mesi...» pregustò Castore, con un lampo maligno nello sguardo. «Però mi resta una curiosità: tu, che cosa ci guadagni da tutta questa storia?»

Il patrizio stava per replicare, quando Pomponia si materializzò all'improvviso, piombando sulla scena in tutta la sua generosa irruenza.

«Ho saputo adesso che hai salvato quella poverina, chiedendola in sposa. Sei grande, Aurelio!» esclamò commossa la matrona, stampandogli sulla guancia un bacio umido di rossetto.

Il senatore guardò Castore con un sorriso, come per rispondere alla sua domanda.

«*Domine*, sei tutto matto» sospirò il segretario, sempre più perplesso.

In piedi davanti al tavolo di Emilio Gemino, il senatore Stazio finì di srotolare l'ultimo papiro.

«Dunque, c'è tutto: la denuncia per *stuprum;* la richiesta di esilio perpetuo e di confisca del patrimonio; la dichiarazione dei *vigiles* che hanno preso in custodia la tua veste, nonché l'identico brandello strappato da Balsamina; la deposizione dell'ortolana che ti ha visto nel vicolo, e che ieri si è nascosta tra i tuoi *clientes* per poterti meglio identificare. Infine, ecco le testimonianze di dieci passanti, cittadini romani da tre generazioni, che ti hanno notato nel Vicus Stablarius all'ora in cui è stato commesso il crimine.»

«Quanto li hai pagati, nobile senatore?» chiese sarcastico Emilio Gemino.

«Oh, parecchio, comunque me lo posso permettere» minimizzò Publio Aurelio Stazio. «I miei uomini stanno battendo tutta l'Urbe, alla ricerca di testimoni oculari; credo che ne troveranno un buon numero, tra i disoccupati della città. Voglio ricostruire le tue mosse istante dopo istante, Emilio Gemino, in modo da inchiodarti senza scampo, quando saremo davanti ai giudici!»

«Tetrico non affronterà mai un processo che lo coprirebbe di vergogna!»

«Tetrico no, ma io sì» ribatté il senatore.

«È il padre a detenere la *patria potestas* su Regilla; solo lui può farmi causa!»

«Nel matrimonio *cum manu*, la *patria potestas* passa al marito» precisò Aurelio con un sorriso serafico.

«Ma Regilla non è sposata!»

«Lo sarà tra pochi giorni, col sottoscritto. E io non ho alcuna paura di uno scandalo.»

«L'intera Roma ti riderebbe dietro, sapendo che qualcuno si è goduto tua moglie prima di te. Non te lo puoi permettere, senatore» sogghignò Gemino.

«Roma saprà soltanto una cosa: che non mi si offende impunemente. E nessuno avrà voglia di ridere, quando vedranno i sigilli imperiali apposti alle tue porte, i tuoi mobili venduti all'asta, i tuoi schiavi trascinati al mercato col cartellino al collo. In quanto a tuo figlio... non gli rimarrà molto da scialacquare dopo la causa, ma dicono che sia bravo in aritmetica, sicché potrei sempre assumerlo come dipendente in uno dei miei banchi...»

«Non hai prove sufficienti per farmi condannare!»

«Ho la prova più lampante, la deposizione della vittima. Regilla ti ha riconosciuto.»

«È impossibile!»

«Come puoi esserne tanto certo? Il sacco con cui le hai coperto la testa poteva avere un piccolo buco...»

«Mente! È la mia parola contro la sua, la parola di un *paterfamilias* contro quella di una donna!»

«Moglie di un senatore romano, però. Siamo in posizione di parità, non credi?»

«Se io, però, ti citassi per calunnia, potresti venire espulso dal Senato!»

«Le mie triremi continuerebbero a solcare il Mediterraneo, garantendomi un discreto reddito. E poi, senza la noia di tutte quelle sedute in Curia, troverei il tempo di dedicarmi finalmente allo studio della filosofia.»

«Stai mettendo tutto il peso della tua ricchezza e della tua altissima posizione sociale contro di me, Aurelio, senza farti scrupolo di usare la menzogna e l'inganno!»

«Che condotta riprovevole, la mia, vero? Quasi come imporre la brutalità di un maschio adulto a una ragazzina indifesa, ricorrendo all'umiliazione e al terrore» replicò il patrizio, gelido.

«Ma se Regilla non fosse tua moglie, tu non potresti andare fino in fondo...» meditò l'altro, scrutandolo con sguardo furbo. «Potrei appellarmi al vecchio contratto che ho siglato con Tetrico, facendo sposare Regilla a mio figlio...»

«Come, vuoi per nuora una donna usata?» finse di stupirsi il senatore. «Ah, scusa, dimenticavo che la faccenda resterebbe in famiglia!»

«Siamo seri, Publio Aurelio: sappiamo tutti che non hai alcuna voglia di riprendere moglie. Annulla il tuo contratto, e io proporrò a Tetrico di rinnovare quello di mio figlio.»

«Perché tu possa violentare liberamente Regilla, non appena vivrà sotto il tuo tetto?»

«Pensavo di assegnare ai due giovani un'altra casa...»

«Manda a chiamare Caio; sentiamo cosa ne pensa.»

«Non è qui, se ne è andato» disse Emilio, inquieto.

«Era ora!» commentò Aurelio. «Rassegnati: non credo che tornerà, gliel'hai fatta troppo grossa...»

«Mio figlio non sa niente!» esclamò Emilio, lasciandosi sfuggire un'involontaria ammissione.

«Mi premurerò di informarlo al più presto» ribatté il patrizio, senza nascondere il sarcasmo.

«No!» gemette il padre di Caio. «Per lui sarei come morto...»

«Gli darai l'emancipazione legale, con una casa e una rendita, e approverai le sue nozze con Regilla, rinunciando a qualunque pretesa di dote» dichiarò Aurelio, perentorio.

«Se farò come vuoi, ritirerai la denuncia?» chiese l'altro, rabbuiato.

«Vedremo. Intanto ti consiglio di non mettere piede fuori di casa, se non in compagnia di una buona scorta: un giorno o l'altro, i miei uomini ti potrebbero cogliere da solo, e allora...» minacciò il senatore, andandosene senza promettere nulla.

Quella stessa sera si presentarono al padrone tre schiavi, che trascinavano uno sconosciuto col viso nascosto da un ampio cappuccio. Gettato che l'ebbero ai piedi del senatore, il colosso a capo del gruppo lo inchiodò al pavimento, puntandogli uno stocco sul petto.

Tanta circospezione, a dire il vero, era un po' esagerata, dato che l'uomo col cappuccio, lungi dal tentare la fuga, tremava come una foglia ed era coperto di lividi dalla testa ai piedi. Sansone avrebbe dovuto andarci piano con le mani, pensò Aurelio, tanto più che si era già sfogato con Lardo, aspettandolo dietro una colonna per infilargli la testa nel sacco, prima di dargli una bella ripassata davanti a Balsamina...

«*Domine*, abbiamo preso questo intruso mentre cercava di scavalcare il muro dell'orto!»

«Ti aspettavo, Caio Emilio» disse il patrizio.

Stupito, il giovane si scoprì il viso e mormorò: «Volevo vederla ancora una volta...».

«Sbaglio, o stai parlando di mia moglie?» chiese Aurelio, ostentando un severo corruccio.

«Non l'hai sposata ancora!» protestò Caio.

«Be', più o meno...» si lasciò scappare il senatore, subito incenerito dallo sguardo di fuoco di Castore.

«Io la amo fin da quando ero bambino. Possono anche diseredarmi, ma non mi impediranno di fuggire con lei!»

«È lodevole che tu riferisca questi progetti al legittimo consorte della tua amata. Stai forse chiedendomi l'autorizzazione all'adulterio?»

«Lasciamela, senatore!» lo supplicò il ragazzo. «Le ho cantate chiare a mio padre, e ho intenzione di tener duro. In quanto a Serviano, sono appena passato a dirgli che cosa pensavo del matrimonio con la sua secondogenita...»

«E lui è rimasto buono buono ad ascoltare?» chiese incredulo il patrizio, che conosceva Serviano come uomo piuttosto irascibile.

«No! Mi ha picchiato a sangue, facendomi tenere dagli schiavi!»

confessò il giovane, e mostrò a tutti le ecchimosi con una nuova, dignitosa fierezza nella voce.

Aurelio sorrise compiaciuto: forse il ragazzino se la sarebbe cavata meglio del previsto...

«Caio Emilio, tu hai fatto questo?» gridò una voce ammirata in fondo al tablino. Nel vano della porta era apparsa Regilla, che ora contemplava il giovane eroe come il divo Giulio in trionfo dopo la conquista delle Gallie.

«Vieni con me, Regilla, vivremo insieme, esuli e poveri... Non possiedo più niente, ma in fondo che importa? È l'amore quello che conta...»

«Ti dispiacerebbe far decidere a lei? Sei un bel ragazzo, non lo nego, ma anche i miei latifondi posseggono il loro fascino!» disse il patrizio, cercando di star serio.

Regilla guardò il senatore, corrugando la fronte; poi si voltò verso Caio, poi di nuovo verso Aurelio.

«Fermati, cara, o finirà per girarti la testa» le consigliò il patrizio.

«Pensaci, sei ancora in tempo: il padrone ha già superato la quarantina, mentre Caio è giovane e forte» le sussurrava intanto Castore, tentando di scongiurare le deprecabili nozze che lo avrebbero costretto a emigrare in Cilicia.

La ragazza prese un lungo respiro, poi rispose compunta: «Ho dato la mia fede a Publio Aurelio, e non intendo tradirla. E poi, ormai, sarebbe troppo tardi».

«Non è vero!» la scongiurò il ragazzo.

«Oh, sì. Ieri notte...» cominciò Regilla.

Il segretario si morse le mani: se non fosse intervenuto tempestivamente...

«Numi dell'Olimpo, il terremoto!» urlò con quanto fiato aveva in gola, industriandosi a scuotere il più vigorosamente possibile lo scaffale alle sue spalle.

Mentre tutti si buttavano a terra, cercando riparo sotto i mobili, Aurelio bisbigliò a Regilla: «Bada, ragazza, se ti fai scappare ancora una parola su quella notte, non ti sposerò più nemmeno io...».

«Niente paura, si è trattato di un falso allarme!» risorse Castore, sbucando da sotto il tavolo.

«Meno male! Ora portate questo giovane ardimentoso nel cubicolo di punizione dei servi: non vorrei che nel suo impeto eroico combinasse qualche guaio» ordinò il senatore. Poi prese la mano della sua promessa sposa e la riaccompagnò al suo alloggio.

«Sei ancora innamorata di Caio?» le chiese sulla soglia della stanza.

«Come potrei? Sono tua moglie...» fece lei con palese imbarazzo.

«Non ancora: con l'accordo di entrambe le parti, il contratto di fidanzamento può essere rescisso in qualunque momento.»

«Ma tu e io abbiamo...» balbettò lei, confusa.

«È importante?» chiese Aurelio e, visto che la ragazza non rispondeva, proseguì: «Vorrà dire che mi sacrificherò io, restituendoti la libertà. Se ti interessa, Emilio Gemino sta stilando un nuovo documento, nel quale ti accetta come nuora senza un soldo di dote. Naturalmente, faremo in modo che tuo padre scucia ugualmente qualcosa, così che tu possa godere di una relativa indipendenza».

«Oh, Publio Aurelio, sei meraviglioso!» disse lei con le lacrime agli occhi.

«Niente ringraziamenti, ho già avuto il mio compenso» sorrise il senatore, facendola arrossire. «Se vuoi parlare con Caio, vai pure, puoi farlo da dietro la porta.»

«Non me la apri?» si meravigliò Regilla.

«Certo che no: sarebbe sconveniente per due fidanzati restare soli prima della cerimonia» finse di scandalizzarsi il senatore. «E poi, una volta ogni tanto, potresti anche aspettare la prima notte di nozze!»

«La nave per la Cilicia parte domani, padrone. Che faccio, mi imbarco?» li interruppe il segretario.

«Alla prossima occasione, Castore!» lo rassicurò Aurelio, guardando Regilla che correva verso il cubicolo di Caio.

GLOSSARI

Glossario dei termini greci e latini

ab Urbe condita dalla fondazione di Roma (lett.: "dalla città fondata"). La data tradizionale della nascita dell'Urbe è il 21 aprile del 753 avanti Cristo.
amasio amante di sesso maschile.
aquiminale bacinella per lavare le mani.
arca cassa, cassapanca, ma anche cassaforte.
arcarius (plurale: *arcarii*) servo addetto all'*arca*; quindi anche contabile, cassiere.
archimagirus capo cuoco.
armaria mobili con funzione di armadi, credenze, librerie.
ars topiaria arte di potare gli arbusti in forme diverse.
aulos (gr.) flauto a doppia canna.
ave (plurale: *avete*) saluto di incontro.
balneatores bagnini.
bellatores guerrieri, le pedine di maggior valore nel gioco dei *latrunculi* (*vedi*).
bulla pendente rotondo e cavo, contenente in genere degli amuleti, che gli *ingenui*, cioè i nati liberi, portavano dalla nascita al giorno in cui indossavano la toga virile.
calceus (plurale: *calcei*) calzare, scarpa, stivaletto.
caligae scarpe militari.
capsarius lo schiavo che accompagnava il padrone a scuola e gli portava i libri e l'occorrente per scrivere, nella *capsa*.
cathedra (plurale: *cathedrae*) sedia con schienale.
caupona taverna.
cedrium olio di cedro usato per migliorare la qualità dei papiri.
cervesia birra.

clientes "clienti", nel senso di protetti di un alto personaggio. I *clientes* erano usi rendere omaggio al patrono ogni mattina (*salutatio matutina*) in cambio della *sportula* (*vedi*).
codicillus (plurale: *codicilli*) biglietto di invito.
cosmeticae schiave addette alla toeletta.
crepidae sandali.
cucullus (plurale: *cuculli*) cappuccio.
cum manu la forma più antica di matrimonio tra i patrizi, a cui la donna aderiva con la frase: «*Ubi tu Gaius, ego Gaia*», cioè: "Dove tu sarai Gaio, io sarò Gaia". In tal modo, la sposa passava direttamente dalla tutela del padre a quella del marito. Il matrimonio *sine manu*, invece, lasciava la donna sotto la tutela della famiglia di origine.
dactyliotheca scrigno per anelli.
dominus (vocativo: *domine*; femminile: *domina*; plurale: *dominae*) signore, padrone.
domus grande casa unifamiliare situata al pianterreno, di cui rimangono numerosi esempi a Ercolano e a Pompei. Ne esistevano meno di duemila nell'intera Roma, dove, dato il costo proibitivo del terreno edificabile, erano invece molto comuni le *insulae*.
familia la famiglia romana, che comprendeva anche gli schiavi e i liberti.
fauces fauci, la strettoia di ingresso a una *domus*.
flabelliferus schiavo addetto a portare il ventaglio.
forica latrina pubblica.
fullones tintori o lavandai.
gens nell'antica Roma la *gens* era un gruppo di persone che condivideva lo stesso *nomen* gentilizio (il secondo dei tre che ogni patrizio aveva). I differenti "rami" di una *gens*, le *familiae*, portavano un diverso *cognomen*, in modo da poter essere distinte. Per esempio la *gens Cornelia* comprendeva sia i *Cornelii Scipiones*, sia i *Cornelii Balbi*, sia i *Cornelii Lentuli* ecc. Così il nome Caio Giulio Cesare stava a indicare un componente (Caio, *praenomen*, corrispondente al nostro nome personale) della *gens* Iulia della *familia* dei Cesari.
impluvium vasca dell'atrio sottostante il *compluvium*, ovvero l'apertura nel tetto.
ingenui figli nati liberi, cioè non soggetti a schiavitù.
insula palazzo condominiale a più piani, anche cinque o sei, diviso generalmente in appartamenti d'affitto. I ruderi di molte *insulae* sono ancora visibili negli scavi di Ostia.
ius osculi antico diritto del *paterfamilias* (*vedi*) di baciare le donne di casa per accertarsi che non avessero bevuto vino.
kyria (maschile: *kyrie*) parola di origina greca per "signora" (o "signore").

lacerna mantello corto con cappuccio.

latrunculi gioco da tavolo, simile forse alla dama o agli scacchi, che si disputava su una scacchiera di sessanta caselle.

lupa prostituta.

mappae salviette, tovaglioli.

mos maiorum il costume, le usanze degli antenati.

mandra (plurale: *mandrae*) pedina di valore minore nel gioco dei *latrunculi*.

novacula rasoio.

nundinae periodo di nove giorni tra un mercato e l'altro.

ostiarius portiere.

paelex serva o liberta concubina del padrone.

paterfamilias il capofamiglia romano alla cui volontà erano sottoposti mogli, figli di qualunque età, schiavi e liberti.

pistorius mugnaio.

popina taverna.

pocillator coppiere.

raeda (plurale: *raedae*) carrozza per il trasporto di persone o cose.

recitatio (plurale: *recitationes*) lettura pubblica di un'opera letteraria.

sabana lenzuolo da bagno.

salutem dicit formula di saluto utilizzata soprattutto in apertura di lettera.

salutigeruli coloro che recano saluti, incaricati di salutare.

sapo tintura per capelli.

sella sedia, scanno.

sportula donazione in natura o in denaro che il patrono era tenuto a elargire ai *clientes*.

strigilis strumento per strigliare la pelle nei bagni.

subligaculum sorta di fascia di decenza, intorno alle anche.

synthesis (gr.) veste da banchetto.

taberna ufficio, negozio, bottega.

tablinum tablino, ufficio, stanza per sbrigare gli affari.

thermopolium (plurale: *thermopolia*) equivalente romano di un bar-tavola calda, dotato di banchi in cui venivano inserite grandi giare di terracotta per le zuppe calde. Questi locali erano diffusissimi sia nell'Urbe che nei centri di provincia: se ne possono vedere numerosi esempi a Pompei, Ercolano e Ostia.

topiarius giardiniere.

torus (plurale: *tori*) materasso.

umbilicus (plurale: *umbilici*) bastoncino di osso in cui venivano avvolti i volumi che costituivano i "libri" nell'antica Roma.

vale (plurale: *valete*) stammi bene. Saluto di commiato.

verba volant lett.: "le parole volano", vale a dire: "si dimenticano facilmente".
vigiles nocturni guardie pubbliche addette alla prevenzione degli incendi e dei crimini.
volumen rotolo di papiro, libro, volume.

Glossario dei personaggi storici

CLAUDIO imperatore romano. Nipote dell'imperatrice Livia per parte di padre, fu il quarto principe di Roma, dopo Ottaviano Augusto, Tiberio e Caligola. Succeduto a quest'ultimo nel 41 dopo Cristo, Claudio restaurò (formalmente) l'autorità del Senato, concesse la cittadinanza romana a numerose colonie, favorì l'ascesa sociopolitica della classe equestre, rafforzò il dominio dell'impero sulla Mauritania, la Giudea e la Tracia. Unitosi a Messalina in terze nozze, in seguito sposò la nipote Agrippina Minore, che gli fece adottare il figlio avuto da Domizio Enobarbo, il futuro Nerone.

EPICURO filosofo greco. Nel 306 avanti Cristo inaugurò ad Atene una scuola filosofica (il Giardino), aperta sia alle donne che agli schiavi. Tema della riflessione epicurea era la ricerca della felicità; questione che il filosofo risolveva indicando lo strumento liberatorio dell'*atarassia*, ovvero di un sobrio, sereno, equilibrato distacco dalle passioni della vita. Allontanandosi progressivamente dalla sua originaria matrice greca, e a dispetto di non poche opposizioni (tra le quali quelle dei primi pensatori cristiani), la filosofia epicurea conobbe una grande fortuna presso il mondo romano, complice la "divulgazione" che ne fece Lucrezio nel *De rerum natura*.

FEDRO favolista latino, vissuto tra il 20 avanti Cristo e il 50 dopo Cristo. Sulla falsariga di Esopo, i protagonisti delle sue favole sono animali che incarnano i vizi e le virtù del genere umano.

GERMANICO vissuto tra il 15 avanti Cristo e il 19 dopo Cristo, condusse alcune fortunate campagne militari in Germania.

MITRIDATE nome non solo di un singolo sovrano dei Parti, bensì di un'intera dinastia che regnò su numerosi territori dell'Asia Minore.

PALLANTE ex schiavo di Claudio, divenuto, al culmine di una rapidissima carriera, ministro delle Finanze.

SEIANO uomo politico vissuto tra il 20 avanti Cristo e il 31 dopo Cristo. Prefetto del pretorio, mirò alla successione di Tiberio, soprattutto dopo il ritiro di quest'ultimo a Capri. L'imperatore, peraltro, consapevole delle sue manovre, lo denunciò in Senato per poi farlo uccidere.

TERENZIO commediografo vissuto tra il 190 e il 160 avanti Cristo, autentico precursore del teatro in senso moderno. Morì in Grecia, dove si era recato al fine di raccogliere le opere di Menandro, uno dei suoi principali ispiratori.

Glossario dei luoghi

Argiletum nell'antica Roma, la via delle copisterie che, partendo dai Fori, costeggiava la Suburra e immetteva nel Vicus Patricius (*vedi*).
Bitinia regione situata nella parte nordoccidentale dell'Asia Minore.
Cilicia regione della costa sudorientale dell'Asia Minore.
Messenia regione della Grecia meridionale. Al tempo della conquista romana dell'Ellade, era parte della provincia dell'Acaia.
Narbo Martius l'odierna Narbona (o Narbonne), nella Francia meridionale.
Sardinia l'odierna Sardegna.
Vicetia l'odierna Vicenza.
Vicus Patricius a Roma, strada che dall'Argiletum, alle porte della Suburra, saliva sul colle Viminale.

Indice

«Cui prodest?»
di Danila Comastri Montanari
Oscar bestsellers
Arnoldo Mondadori Editore

Questo volume è stato stampato
presso ELCOGRAF S.p.A.
Stabilimento - Cles (TN)
Stampato in Italia. Printed in Italy